N'oubliez pas leurs noms

Encyclopédie de la lumière et des ténèbres

Simon Stranger

N'oubliez pas leurs noms

Encyclopédie de la lumière et des ténèbres

Traduit du norvégien
par Jean-Baptiste Coursaud

GLOBE

116, rue du Bac, Paris 7e

First published by H. Aschehoug & Co. (W. Nygaard) AS, 2018
Published in agreement with Oslo Literary Agency
Titre de l'édition originale :
Leksikon om lys og mørke

Dépôt légal : octobre 2021

ISBN : 978-2-38361-004-5

A

A comme accusation.

A comme audition.

A comme arrestation.

A comme annihilation, comme anéantissement, comme tout ce qui va être aboli et coulisser dans l'oubli. Les souvenirs et les émotions. Les objets et les biens personnels. Ce qui a constitué le cadre d'une vie. Les chaises sur lesquelles on s'est assis et le lit dans lequel on a dormi vont être sortis d'une maison pour être transférés dans une nouvelle maison. Les assiettes vont être posées sur une table par de nouvelles mains, les verres seront portés aux lèvres de nouvelles personnes qui en boiront l'eau ou le vin avant de se tourner vers une autre personne dans la pièce pour continuer la conversation entamée. Les choses chargées d'une histoire vont un jour perdre leur signification et se métamorphoser en forme pure, comme un piano à queue apparaîtrait aux yeux d'un cerf ou d'un coléoptère.

Un jour elle adviendra, la mort. Un jour, tous autant que nous sommes, nous connaîtrons notre tout dernier jour, sans toutefois que nous sachions quand ce dernier jour tombera, ni d'ailleurs comment notre vie s'arrêtera. J'ignore si je passerai les dernières heures de ma vie dans une maison de retraite, secoué par une toux convulsive, des pans de peau blanchâtre et flasque pendouillant aux avant-bras comme de la pâte à pain se décollant d'une louche ; ou si je mourrai brusquement, de manière inattendue, à l'âge de quarante-cinq ou quarante-six ans, d'une maladie ou d'un accident.

Peut-être serai-je tué par un fragment de glace tombé du toit d'un immeuble, il se sera rompu à la suite des vibrations causées par une perceuse dans le sol de la salle de bains à l'étage du dessous, ou à la suite d'un souffle d'air chaud en provenance du jardin de la cour intérieure ; il passera devant les salons et les chambres à coucher puis me percutera en pleine nuque alors que je lis tête penchée les informations sur mon portable, le téléphone me glissera des mains et restera allumé sur le trottoir pendant que les gens effarés s'agglutineront en arc de cercle autour de mon corps ; autant de badauds passant ici par hasard qui se souviendront de mauvaise grâce qu'un abîme se trouve toujours non loin de chacun de nous, même s'il ne se manifeste pas très souvent : tout ce que nous sommes, tout ce que nous possédons peut nous être soustrait d'un coup, dans l'ordinaire du quotidien.

Dans la tradition juive, il se dit qu'un être humain meurt deux fois. La première lorsque le cœur cesse de battre et que les synapses du cerveau s'éteignent, comme une ville privée brusquement de courant.

La seconde quand le nom du défunt est prononcé, lu ou pensé une toute dernière fois, que celle-ci ait lieu cinquante ou cent ou quatre cents ans plus tard. Là seulement la personne disparaît à jamais, est rayée de toute vie terrestre. Cette seconde mort est à l'origine du projet de l'artiste allemand Gunter Demnig qui a eu l'idée de créer des pavés recouverts d'une plaque en laiton, elle-même gravée du nom des Juifs assassinés par les nazis pendant la Seconde Guerre mondiale, puis de les sceller sur le trottoir face au dernier domicile où ces Juifs ont vécu. Il appelle *Stolpersteine* ces pavés de mémoire, littéralement : « pierres contre lesquelles on trébuche ». L'œuvre est une tentative pour repousser la seconde mort car, en inscrivant sur le sol le nom des victimes, l'artiste oblige ainsi les passants à se pencher des décennies durant pour les lire et ce faisant à maintenir les morts en vie, de même que sont maintenus en vie les souvenirs de l'un des plus sombres chapitres de l'histoire européenne, sous la forme de cicatrices ostensibles sur le visage de la ville. Pour l'heure, soixante-sept mille *Stolpersteine* ont été posées dans différentes villes d'Europe.

L'une d'elles est la tienne.

L'un de ces pavés porte ton nom et a été incorporé au trottoir, face à l'endroit où tu vivais, dans la ville de Trondheim, au centre de la Norvège. Il y a quelques années de cela, mon fils s'est accroupi devant ce pavé de mémoire pour, avec sa moufle, débarrasser le métal des cailloux et autres poussières. Puis il a lu à haute voix :

– « Ici vivait Hirsch Komissar ».

Mon fils, qui venait d'avoir dix ans cette année-là, est l'un de tes arrière-arrière-petits-enfants ; à l'instar de ma fille, qui avait six ans en ce printemps et a passé les bras autour de mon cou. Ma femme, Rikke, se tenait à côté. À l'intérieur de ce cercle de gens, comme réunis pour le dépôt d'une urne, se trouvaient aussi ma belle-mère Grete et son mari Steinar.

– Oui, c'était mon grand-père, a dit Grete. Il habitait là, au deuxième étage, a-t-elle précisé en se tournant vers les fenêtres de l'immeuble derrière nous, face auxquelles tu regardais dehors, lorsque d'autres personnes que nous étaient encore en vie. J'avais toujours les bras de ma fille autour du cou pendant que mon fils continuait de lire les faits les plus élémentaires, sobres, gravés dans le laiton.

ICI VIVAIT

HIRSCH KOMISSAR

NÉ EN 1887

ARRÊTÉ LE 12.1.1942

FALSTAD

ASSASSINÉ LE 7.10.1942

Grete a évoqué à gros traits l'invasion de la Norvège par l'armée allemande, qui a pris tout le monde au dépourvu. Elle a à nouveau raconté l'histoire de son père découvrant au matin du 9 avril 1940 des soldats qui défilaient dans les rues en uniforme vert-de-gris tandis que leurs bottes claquaient sur le sol. Rikke s'est redressée pour prendre part à la discussion, ma fille est allée se pelotonner contre elle. Seuls mon fils et moi sommes restés assis à côté du pavé de mémoire. Il a caressé la dernière ligne avec sa moufle avant de relever la tête vers moi.

– Pourquoi il a été assassiné, papa ?

– Parce qu'il était juif.

– Oui, mais pourquoi ?

J'ai senti posé sur nous le regard de Rikke qui participait aux deux conversations en même temps.

– Eh bien… les nazis voulaient assassiner tous les gens qui étaient différents. Et ils détestaient les Juifs.

Mon fils a observé un bref silence avant de demander :

– Nous aussi on est juifs ?

Ses yeux marron étaient limpides, concentrés.

J'ai cligné des paupières à plusieurs reprises, en tentant de récapituler en pensée ce qu'il savait de l'histoire familiale. Que savaient exactement mes enfants de leurs origines juives ? Nous avions dû leur expliquer que, du côté maternel, leurs arrière-arrière-grands-parents avaient émigré de diverses régions de Russie il y a plus d'un siècle. Nous avions parlé de la guerre, de la fuite de leur arrière-grand-père Gerson, qu'ils avaient tous deux eu le temps de connaître avant son décès.

Rikke inspira, voulant dire quelque chose, mais fut de nouveau happée dans la conversation avec Grete. J'ai croisé les yeux de mon fils.

– Tu es norvégien, ai-je répondu, en discernant une forme de trahison dans mes propos, en découvrant le regard de Rikke. Mais une partie de toi est aussi juive. Même si nous ne sommes pas croyants.

Je me suis relevé. J'espérais que Rikke ou Grete apporteraient une précision, qu'elles sauraient mieux que moi ce qu'il convenait de répondre dans un cas comme celui-là ; or leur discussion était déjà passée à autre chose, suivant la logique des associations, l'esprit d'escalier, elles étaient loin.

Pourquoi il a été assassiné, papa ?

Cette question m'a hanté pendant des mois. La réponse se révélait compliquée, car le temps se dépose en strates toujours plus épaisses et finit par recouvrir ce qui n'est plus. Et pourtant. En feuilletant différentes archives, en parlant à des proches de la famille, les événements du passé ont lentement refait surface.

Je n'ai pas tardé à visualiser la neige dans le centre de Trondheim.

La buée sortant de la bouche des gens qui passent devant les petites maisons en bois inclinées.

Je n'ai pas tardé à voir que la fin de ta vie commence un mercredi matin, dans l'ordinaire du quotidien.

Nous sommes le 12 janvier 1942. Tu te tiens derrière le comptoir du magasin de confection que tu possèdes avec ta femme. Tu es entouré de présentoirs à chapeaux, de bustes parés de robes et de manteaux. Tu viens de faire entrer la première cliente de la journée. Tu viens de lui expliquer l'offre vestimentaire de la maison quand le téléphone t'oblige à poser ta cigarette et ton carnet de commandes.

– Paris-Wien, j'écoute… dis-tu machinalement, comme tu l'as dit des milliers de fois.

– *Guten Morgen*, répond un homme à l'autre bout du fil, qui poursuit sur le même mode, en allemand : Suis-je bien chez monsieur Komissar ?

– Oui, en effet.

Tu réponds en allemand toi aussi, en songeant un instant qu'il s'agit peut-être d'un fournisseur de Hambourg. Oui, peut-être s'agit-il encore de problèmes de dédouanage, ces robes d'été que tu as déjà commandées. Tu es en tout cas en relation avec un nouvel employé car cette voix ne t'est en rien familière.

– Hirsch Komissar, marié à Marie Komissar ?

– Oui… À qui ai-je l'honneur ?

– Le service de sécurité de la Gestapo.

– Ah ?

Tu relèves les yeux du carnet de commandes, tu remarques que la cliente a compris la gravité de la situation, tu tournes la tête vers le mur tandis que ton cœur bat déjà plus vite. La Gestapo ?

– J'aimerais m'entretenir avec vous sur une affaire en particulier.

– Ah bon ?

Tu hésites, tu t'apprêtes à rouvrir la bouche pour demander de quoi il retourne, mais tu es interrompu dans ton geste.

– Je vous prierai de vous présenter à l'hôtel Misjonshotellet, aujourd'hui même à 14 heures, en vue d'une audition.

– Une audition ?

– Un interrogatoire, si vous préférez.

Un interrogatoire ? Au Misjonshotellet ? Mais pourquoi es-tu convoqué à un interrogatoire ? te demandes-tu, le visage toujours tourné vers le mur. Est-ce que ça a à voir avec le frère de Marie, David, et ses sympathies communistes ? L'extrémité d'un clou sans tête dépasse du chambranle. Tu poses le pouce contre le métal, tu enfonces le bout dans ta peau, tu fermes les yeux.

– Allô ? dit la voix d'un ton impatient. Vous êtes toujours à l'appareil ?

– Oui, je suis toujours à l'appareil…

Tu retires ton pouce du clou, tu vois sur la pulpe le point blanc par lequel le sang s'est écoulé de la chair. La cliente s'est arrêtée devant le portant auquel les robes sont suspendues, mais elle continue de les faire défiler du bout des doigts lorsque tu te retournes et que tu la regardes.

– Certains de mes collègues estiment que je prends un risque beaucoup trop grand… dit l'homme à l'autre bout du fil.

Tu entends le bruit d'un briquet allumé tout près du combiné.

– Ils estiment que je ferais mieux d'envoyer immédiatement une voiture qui vous conduirait chez nous. Pour que vous n'ayez pas l'idée d'emmener vos fils et de décamper puisque vous êtes quand même, les uns comme les autres, *juifs*... précise-t-il en appuyant sur le dernier mot, avant de poursuivre d'une voix plus basse, presque sur le ton de la confidence : Mais je sais que votre épouse, Marie, est actuellement hospitalisée... Elle a fait une chute sur une plaque de verglas, n'est-ce pas ?

– Oui, c'est juste... Elle a dérapé et elle est tombée il y a quelques jours. Elle s'est cassé le... l'os dans la hanche.

Tu ne te souviens plus comment on dit *col du fémur* en allemand, tu ne sais même pas si tu as appris le mot un jour. Mais le sens est là.

Tu penses : *Ce qu'il faut être bête, aussi ! Pourquoi Marie est sortie en bottines à talons par ce temps ?* Quelle imprudente... Mais une imprudente d'une élégance constante, à l'image de son obstination, elle qui veut toujours tout décider toute seule. Si d'aventure tu lui suggères de changer d'attitude par rapport à telle ou telle chose, d'être un peu plus prudente, si tu lui dis que ce n'est peut-être pas très malin d'envoyer tel ou tel courrier des lecteurs dans les journaux comme elle en a pris l'habitude, d'organiser des tables rondes à la maison où vous discutez de sujets politiques, Marie te rit au nez. Une ombre d'acrimonie voile son regard avant qu'elle ne te fasse comprendre qu'elle compte bien continuer comme elle l'entend. Et voilà, maintenant c'est fait, et regarde où ça nous mène, penses-tu à présent, toujours derrière ton comptoir, le téléphone toujours dans la main. La cliente te sourit, se dirige vers la porte. Quand elle la referme, la clochette sonne pour la deuxième fois.

– Une *fracture du col du fémur,* oui... précise l'individu sans visage à l'autre bout du fil, en te rappelant par la même occasion la dénomination allemande. Donc je pars du principe que ni vous ni vos fils ne nous fausserez compagnie, n'est-ce pas ? Sans quoi nous nous verrions obligés de prendre soin d'elle.

Prendre soin d'elle. Tu hoches la tête en silence, quand bien même nul ne peut lire au téléphone ton langage corporel, puis tu confirmes que vous n'irez nulle part.

– Parfait, monsieur Komissar. Donc vous vous présentez ici à 14 heures. Vous savez où c'est, je suppose ?

– L'hôtel ? Oui, bien sûr.

– Très bien. Alors au revoir.

Un clic résonne au moment où l'autre raccroche tandis que tu restes immobile, que tes pensées se bousculent dans ton esprit, volettent telle une nuée d'oiseaux effarouchés, chassés de l'arbre où ils étaient perchés. Que vas-tu faire à présent ? Tu lèves les yeux vers la pendule. Tu as encore du temps avant qu'il ne soit 14 heures, suffisamment de temps pour fuir tout ça, penses-tu. Tu envisages un instant de sortir le dos rond par l'arrière-boutique, de déguerpir par la porte de l'entrepôt, de t'éclipser dans les venelles puis de t'élancer, de courir aussi loin que possible, sans t'arrêter, sans t'attarder à ce goût de sang dans ta bouche, aux regards des inconnus, à tes pieds qui se fatiguent en montant les côtes. Tu pourrais courir tout du long, atteindre la forêt, te mettre à l'abri entre les pins, continuer jusqu'à la frontière suédoise où ta fille, Lillemor, vit déjà en sécurité. Ça peut marcher, penses-tu. Mais tu sais immédiatement que ce coup de tête est une chimère. Car qu'adviendra-t-il de Marie ? Et qu'adviendra-t-il de tes deux fils, Gerson et Jacob ? Si tu t'enfuis, tout retombera sur *eux*, penses-tu en refermant de l'autre main le carnet de commandes. De toute façon, même si tu parvenais à prévenir Jacob en croisant une vague connaissance à la faculté, tu ne pourrais pas joindre Gerson puisqu'il est parti en randonnée dans un chalet avec des amis de l'université. Et qu'est-ce qui lui arrivera quand il reviendra à Trondheim et découvrira que les Allemands l'attendent en bas de chez lui ? Que feront-ils de Marie ?

Sont-ils vrais, ces ouï-dire qui circulent ces derniers temps dans les magasins, dans les dîners en ville, à la synagogue ? Comme quoi les Juifs sont envoyés dans des camps spéciaux à l'étranger ? Ou ne s'agit-il que de ragots, d'exagérations, d'inventions comme celles qui te faisaient voir la nuit toutes sortes de monstres sortir du noir quand tu étais enfant ?

Tu téléphones à l'une des employées qui travaille à mi-temps pour savoir si elle a la possibilité de venir te remplacer. Tu lui expliques ta convocation à un interrogatoire et lui demandes si, dans le pire des cas, dans l'hypothèse où les choses devaient traîner en longueur, elle peut tenir la boutique les jours prochains. Puis tu appelles Jacob, tu lui racontes ce qui vient de se produire, tu le pries de tout faire pour trouver Gerson. Jacob se met aussitôt à bégayer, comme cela lui arrive parfois quand il est bouleversé, tu tentes de le calmer, tu lui dis que tout va bien se passer, que ce n'est sûrement pas grave, que tu dois filer prévenir Marie à l'hôpital. Et tu raccroches. La vendeuse ne tarde pas à franchir la porte, la mine sombre elle aussi, avec la souffrance presque imprimée sur le visage, à tel point que tu te vois obligé de la tranquilliser, de désamorcer le sérieux de la situation. Après quoi tu enfiles ton manteau, tu lui dis au revoir, et tu prends la direction de l'hôpital.

De quelle *affaire* peut-il bien être question ? Sans doute rien de plus qu'une vague accusation qui ne saurait constituer un motif d'arrestation, penses-tu en montant les rues pentues, en veillant à poser les pieds sur les endroits sablés des trottoirs, à bien te retenir au garde-corps pour ne pas glisser sur les marches en pierre des escaliers où subsistent des plaques de glace pareilles à des méduses.

Oui, c'est certainement une broutille, car qu'as-tu fait dans le fond ? Rien. Voilà, c'est sans doute juste une formalité, peut-être veulent-ils simplement recenser la population juive, à moins qu'ils veuillent au pire obtenir des informations sur le frère de Marie, penses-tu en tournant à l'angle de l'hôpital.

Quelques heures plus tard, tu te retrouves au Misjonshotellet en vue de l'interrogatoire. Les lieux fourmillent de jeunes gens en uniforme. Un charivari de soldats, qui parlant, qui fumant, qui transmettant des messages. L'homme assis à son bureau devant toi tapote le bout d'un crayon contre une petite pile de documents, relève la tête et braque sur toi un regard dur et froid.

– J'ai entendu dire que vous êtes originaire de Russie, c'est vrai ?

– Oui.

– Et que vous parlez cinq langues, ou est-ce six ?

– Oui ? réponds-tu, sans trop savoir ce que tu dois ajouter.

– C'est… inhabituel. Vous avez une formation d'ingénieur, vous avez fait vos études dans différents pays, en Angleterre, en Allemagne, en Biélorussie, et pourtant… vous dirigez un modeste magasin de vêtements avec votre épouse ?

– Oui, c'est juste, je…

Tu n'as pas le temps de terminer ta phrase.

– … et donc vous êtes *juif*, dit-il en se renfonçant dans son fauteuil. Quels sont vos liens avec David Wolfsohn ?

– C'est mon beau-frère.

Tu savais pertinemment que cela le concernait. Or la surprise surgit maintenant.

– Vous savez qu'il est illégal d'écouter la BBC, n'est-ce pas ?

– Oui, réponds-tu, en sentant tes mains se chercher sur tes genoux.

– Vous savez aussi qu'il est interdit de propager des informations en provenance d'Angleterre ?

Tu acquiesces.

– Et que chacun se doit de prévenir les autorités s'il connaît quelqu'un qui commettrait ce genre de délit ?

Comment sait-il tout ça ? penses-tu. Avec l'énergie du désespoir, tu fouilles ta mémoire en quête des lieux où tu serais allé, où vous auriez parlé des dernières nouvelles en provenance d'Angleterre, or tu ne vois pas où cela pourrait être, ni qui pourrait avoir intercepté vos discussions.

– Nous avons la preuve que ces informations ont été partagées dans un café dénommé… Kaffistova.

C'est donc là. Bien sûr. Le Kaffistova.

– Nous savons également que vous vous rendez très souvent au port. Pouvez-vous nous expliquer ce que vous y faites ?

– Je vais y réceptionner des marchandises.

Quelqu'un t'aura suivi, forcément. Quelqu'un aura écouté tes conversations en catimini, tout comme celle que tu as eue au Kaffistova. Quelqu'un qui maîtrise le norvégien. Mais qui ?

– Vous allez devoir rester ici pendant que nous creusons cette affaire.

D'un revers de main, l'homme te fait signe de t'en aller tout en adressant un regard à l'un des soldats campés devant la porte.

– Je vous remercie, monsieur Komissar, ponctue-t-il avant de pousser dans ta direction le dossier te concernant et de demander aux gardiens de te conduire dans une cellule au sous-sol.

Le lendemain matin, tu crois toujours qu'ils vont te libérer, que quelqu'un de la hiérarchie admettra que tu ne représentes aucun danger pour le IIIe Reich, qu'il serait plus simple et moins onéreux de te laisser poursuivre tes activités. Or trois soldats entrent au même moment dans ta cellule, te saluent poliment et te demandent de mettre les mains dans le dos. Le métal des menottes est froid sur ta peau.

– Où allons-nous ? demandes-tu en allemand.

– Suivez-nous, se contente de répondre l'un des gardiens.

Ils te conduisent en haut des marches, à travers un corridor, et enfin dans une cour où les flocons de neige tombent doucement. Une voiture noire attend, moteur allumé. Ils te forcent à t'installer sur la banquette arrière. Puis vous quittez la ville. Il te faut un long moment avant de comprendre où vous allez.

Le camp de concentration de Falstad.

Situé à une heure de Trondheim. Un bâtiment blanc, en briques, avec une cour centrale, encadré par des baraquements, fermé par des clôtures grillagées et surmontées de fils barbelés où la neige s'est déposée en fines couches blanches sur l'entrelacement métallique.

Le portail s'ouvre, tu es conduit à travers un porche, tu passes devant un bouleau décharné, tu pénètres dans le bâtiment, tu montes au premier étage. Tu parviens à une galerie où les cellules se succèdent en enfilade. Les portes sont en bois, percées d'une lucarne à la grille bombée. Un visage apparaît. Un autre prisonnier. Deux gardiens te regardent retirer tes vêtements, juste devant une cellule. Ils t'y font entrer. Une pièce rectangulaire, avec une fenêtre à l'autre bout, et un lit superposé. Le verrou se referme derrière toi. Tu sens l'angoisse monter en toi au moment où tu constates que tu ne peux pas t'échapper. L'angoisse au moment où tu admets que cet endroit est sans doute la fin, que tout vient d'avoir lieu pour la dernière fois.

A comme alcool, l'alcool et surtout l'absence d'alcool, cet alcool que tu te prends à regretter dans tes premières semaines au camp de concentration, le désir d'une ivresse susceptible d'atténuer la dureté de ton entourage, d'adoucir tes pensées, d'amollir ta confusion et ta colère, de les assoupir dans des vapeurs d'oubli.

A comme association, les associations capables de surgir à n'importe quel moment, alors que tu es envoyé aux travaux forcés, alors que tu te trouves au réfectoire ou dans la forêt ; des laps de réminiscences, aussi brusques qu'inattendus, comme si tout ce qui avait existé était une brèche ouverte dans autre chose.

La terre lardée de larges entailles creusées par les roues des camions te propulse parfois jusqu'aux sentiers boueux de ton enfance, dans cette partie juive de la Russie tsariste, où les poules brun clair caquetaient derrière les clôtures, où tu décrivais toujours un grand demi-cercle pour éviter un chien galeux.

La vue d'un gardien penchant la tête en arrière et fermant les yeux dans le soleil éblouissant te transporte parfois en Allemagne alors que tu y faisais tes études, pendant ces instants époustouflants de bonheur quand tu profitais d'une pause entre deux cours magistraux pour t'incliner contre le dossier d'un banc, dans un pays qui n'était pas encore subverti par les nazis.

Une chemise fraîchement lavée et mise à sécher près de l'un des baraquements, tendue comme une voile quand souffle le vent, te ramène dans la boutique que Marie et toi avez construite à partir de rien, ou encore dans le camp de réfugiés à Uppsala, en Suède, que vous avez eu la bêtise de quitter, où les vêtements séchaient sur des fils à linge devant les maisons tandis que les enfants gambadaient tout autour.

A comme amnésie, une amnésie impossible lorsque tu invoques dans ta tête les visages de ta famille sitôt que le silence retombe enfin le soir dans le camp de concentration et que, les yeux fermés, tu es couché sur ton châlit entre les quatre murs de ta cellule.

A comme arêtes, ces bandes noires de terre et de cailloux déblayées de neige que tu vois tout près d'une ferme en allant aux travaux forcés dans la forêt de Falstad, un coteau que des enfants ont dévalé, juchés sur leur luge, les joues rougies par le froid, leur petite bouche libérant des cris stridents de joie.

A comme adversité, l'adversité en creux des histoires qui demeuraient dissimulées sous le pavé de mémoire et ont été révélées ces dernières années, mises en lumière ; un nombre écrasant d'histoires saturées d'adversité, comme cette myriade d'insectes qui s'esquivaient des pierres que tu soulevais dans ton enfance.

Cher Hirsch. Ce livre est une tentative pour repousser la seconde mort, pour éloigner l'oubli, car même si je ne pourrai jamais raconter en totalité l'histoire de ce qui t'est arrivé, je peux en extraire des fragments, les associer afin de redonner vie à ce qui a disparu. Je ne suis pas juif, mais mes enfants, tes arrière-arrière-petits-enfants, ont du sang juif. Ton histoire est leur histoire. Comment puis-je, en tant que père, expliquer cette haine ?

Cette matinée devant le pavé de mémoire m'a conduit dans des villages et dans des lieux où je n'étais jamais allé ; elle m'a plongé dans des archives, des conversations, des livres, des albums photo.

Mais surtout, elle m'a en dépit de tout amené au récit d'une villa très spéciale, située en périphérie de Trondheim ; à une histoire si macabre, si atroce que je la croyais impossible. Car cette maison individuelle lie notre histoire familiale commune avec l'histoire de Henry Oliver Rinnan, un jeune homme qui a fini par devenir l'un des pires nazis de Norvège.

Cette maison portant un surnom qui commence par la lettre B.

Bandeklosteret.

B

B comme bande.

B comme bâtisse.

B comme *Bandeklosteret*, « le cloître de la bande », cette villa tristement célèbre qui se dresse au sommet d'une colline, à la sortie du centre-ville de Trondheim, au numéro 46 de la rue Jonsvannsveien ; et B comme la bande à Rinnan, du nom de Henry Oliver Rinnan, qui y résidait.

Pendant plusieurs décennies après la guerre, les gens changeaient de trottoir au moment d'arriver devant la maison, comme si la cruauté qui y avait régné dans le passé allait réussir à s'exhaler dans l'air et les contaminer. C'est entre ces quatre murs que Henry Oliver Rinnan et sa bande ont élaboré leurs plans pendant la Seconde Guerre mondiale, là qu'ils ont interrogé des prisonniers, torturé, assassiné, trinqué et festoyé. Un journaliste inspectant les lieux, juste après la capitulation des nazis, a écrit ses impressions en ces termes :

> *Animés par une soif folle de destruction, ils ont ravagé la maison de fond en comble, comme les traces le laissent partout percevoir. Les pièces semblent dans leur totalité avoir servi à des exercices de tir : les murs et les plafonds sont criblés de balles – les tapisseries, si elles avaient l'air un peu trop intactes, ont été lacérées –, même la baignoire et le mur de la salle de bains sont transpercés de projectiles. Force est de supposer que ces tirs étaient*

partie intégrante de la terreur psychique exercée sur les prisonniers détenus à la cave, dans de minuscules cachots opaques.

La maison se révèle avoir également dissimulé un autre passé, dont j'ai pour la première fois entendu parler dans la cuisine de l'une de tes petites-filles : Grete Komissar, ma belle-mère.

C'était un samedi ou un dimanche, une matinée indolente sans rien de particulier à faire, si bien que le temps s'étirait encore plus mollement qu'à l'accoutumée. Un disque de jazz tournait dans le salon où les enfants jouaient à rester en équilibre sur un ballon de gymnastique bleu ; leur doux chahut – petits éclats de rire, cognements sourds dès que leur corps tombait sur la moquette – se mélangeait aux notes calmes du piano. J'étais à la cuisine avec Grete qui préparait le repas, elle coupait des poires dont elle posait les tranches dans un plat, à côté de cuisses de poulet et de légumes. Nous parlions certainement d'un sujet ayant trait à l'enfance car son mari est apparu sur le seuil de la porte et m'a demandé si je savais que Grete avait grandi dans le quartier général de Rinnan. Les mains tenant du gras de poulet, Grete a esquissé un sourire perplexe, sans doute surprise que Steinar raconte soudain cette histoire. Le nom de Rinnan me disait vaguement quelque chose, sans que je sois en mesure d'indiquer avec exactitude qui il était. Steinar a rafraîchi ma mémoire en précisant son prénom, Henry, et ajouté qu'il avait travaillé pour les nazis en tant qu'agent double, en résumant l'ampleur des horreurs qu'il avait perpétrées dans cette maison : actes de torture, assassinats. Grete a balayé de l'avant-bras les mèches de cheveux qui lui tombaient sur le front, le couteau de cuisine toujours dans une main, du gras de poulet dans l'autre. Son apparente réticence à approfondir la discussion rendait l'ambiance curieusement tendue, mais d'un autre côté il aurait été trop flagrant pour elle de tenter de la contourner en changeant de sujet. Un nouveau cognement a résonné dans le salon, j'ai entendu Rikke demander aux enfants d'aller jouer à l'étage, puis elle est passée devant Steinar et nous a rejoints dans la cuisine.

– Alors comme ça tu as grandi là-bas ? ai-je demandé, surpris, car même si je connaissais Grete depuis plus de quinze ans, elle n'en avait jamais parlé.

– Oui, de ma naissance jusqu'à mes sept ans.

– Quoi ? a dit Rikke, qui comprenait qu'elle venait de rater un épisode.

Grete a coupé la dernière moitié de poire en deux et, comme s'il s'agissait d'une affaire insignifiante, a répété :

– Je viens de dire que j'ai grandi dans la maison de la bande à Rinnan.

À voir l'expression de Rikke, j'ai compris qu'elle l'apprenait tout autant que moi.

– On organisait même des pièces de théâtre dans la *cave*, a poursuivi Grete en insistant sur le dernier mot, tandis qu'elle appuyait du dos de la main sur la pompe du flacon de savon liquide. Dans les mêmes pièces qu'occupait la bande à Rinnan quelques années avant.

Empruntant à leurs parents vêtements, chapeaux et colliers, portant des bottines pour dames trop grandes, Grete, sa grande sœur Jannicke ainsi que des camarades du quartier avaient donné dans la cave de petites représentations théâtrales chantées. Campée en haut de l'escalier, Grete avait pour mission de distribuer aux enfants et parents du voisinage les billets d'entrée dessinés à la main. Après quoi les adultes descendaient les marches, tête baissée, papillonnant du regard.

Les images de ces enfants se mettant en scène dans une cave qui avait autrefois servi de lieu de torture, ainsi que celle de la petite fille juchée en haut des marches, n'ont pas manqué de soulever quantité d'interrogations : pourquoi diable cette famille juive avait-elle choisi d'emménager dans l'un des symboles les plus flagrants de la cruauté qui avait sévi à Trondheim ? Parce que la maison n'était pas chère ? Ou pour rattraper le cours de l'histoire ? Quelle influence cette bâtisse avait-elle eue sur ses nouveaux résidents ?

Tenant à en savoir davantage, j'ai compulsé tous les documents que je pouvais trouver au sujet de la bande à Rinnan, y compris des photos de la villa où ma belle-mère avait grandi. J'ai eu la sensation que quelque chose se dénouait ce matin-là car, par la suite, Grete s'est mise à me raconter son enfance dans le Bandeklosteret.

Au moment où Steinar et elle ont vendu leur appartement de Trondheim, nous sommes allés les voir une dernière fois. Nous nous sommes promenés dans la rue où se trouvait jadis ton magasin, Paris-Wien, nous nous sommes arrêtés une nouvelle fois devant le pavé de mémoire qui porte ton nom, puis nous avons rejoint en voiture la petite rue où Grete a grandi, au 46 de la rue Jonsvannsveien. C'était une maison assez basse, charmante, aux murs blancs alors que les encadrements de fenêtre étaient peints en vert. Une voiture rouge des années 1950 était garée devant, comme si le temps s'était arrêté.

– Et si on sonnait ? a proposé Grete.

J'ai acquiescé et, voyant que personne n'en prenait l'initiative, j'ai emprunté le sentier gravillonné pour appuyer sur la sonnette. Pendant l'attente qui s'éternisait, j'ai formulé en pensée ce que j'allais bien pouvoir dire à la personne qui ouvrirait la porte.

B comme balle, une balle en plomb couleur cuivre trouvée dans un mur du Bandeklosteret ; elle est posée sur le bureau, à la maison, ratatinée comme une toque de cuisinier à la suite de son impact dans le mur, peut-être le résultat d'un jeu auquel les membres de la bande à Rinnan se seraient parfois adonnés pour amadouer les prisonniers : bâillonner un homme à une chaise dans la cave et jouer à qui tirerait au pistolet le plus près de lui sans le toucher.

B comme bébé. B comme bras, lorsque les bébés tendent leurs petits bras potelés pour ne pas perdre l'équilibre tout en rampant avec peine sur le plancher du salon. B comme brassière, lorsqu'on habille les bébés joufflus sur la table à langer alors qu'ils gigotent et agitent leurs jambes dénudées. B comme babillage, lorsque ce babillage se transforme en cris joyeux dès que les bébés en rencontrent d'autres de leur âge. B comme balbutiement, car le récit de la villa

Bandeklosteret en a un lui aussi, qui est l'histoire d'une crèche établie dans le sous-sol de la maison et dirigée par Else Tambs Lyche dans les années précédant le début de la guerre ; pendant qu'au premier étage le professeur – et botaniste à ces heures perdues – Ralph Tambs Lyche rassemblait les plantes du Telemark, les faisait sécher puis les rangeait dans ses archives méticuleusement tenues, sa femme dirigeait une crèche privée, si bien que la maison vibrait sous les cris des enfants, bien avant que des fils barbelés ne soient déroulés autour de la propriété, bien avant que des gardes ne soient placés devant l'entrée et que la violence ne pénètre dans les pièces.

B comme bambin, car nous en avons tous été un, car nous venons tous d'une enfance, sans que nous sachions comment la somme des événements et des émotions de nos premières années va descendre en nous, tels des sédiments au fond d'une mer, comment ils vont s'entreposer au plus profond de nous puis former des paysages et des comportements qui nous marqueront jusqu'à la fin de nos jours, de même que cette journée d'hiver va imprégner Henry Oliver Rinnan, qui n'a encore que dix ans.

Nous sommes en février 1927. Les flocons tourbillonnent dans l'air à l'extérieur de l'école de Levanger, ils commencent déjà à former des monticules de neige derrière la fenêtre près de laquelle Henry est penché sur son cahier d'essai. La frange dans les cheveux, il s'apprête à prendre sa gomme pour effacer la boucle du G dont il n'est pas satisfait quand il remarque un léger changement. En effet, l'institutrice s'interrompt en pleine phrase, dévisage le petit frère de Henry et, en se levant de son bureau, lui demande comment il va :

– Je te trouve bien pâle… Tu es malade ?

Henry voit les autres élèves échanger des regards, de minces étincelles s'allument dans leurs yeux impatients car la maîtresse s'avance entre les rangées. Dans un instant, elle va découvrir ce que Henry et son cadet ont tenté de cacher dès le début de la matinée : le petit frère porte des *bottines pour dames*, noires, une paire qu'une cliente a oublié de récupérer dans la cordonnerie paternelle. Sachant pertinemment que cela causerait des problèmes, Henry a essayé de faire comprendre à leur mère qu'elle ne pouvait pas envoyer son fils en classe avec des chaussures de femme. Mais celle-ci lui a alors brandi devant la figure les bottes du petit frère pour lui montrer le décollement béant entre la semelle et le cuir. D'une voix qui renfermait toute impossibilité de contradiction, elle a rétorqué que le petit ne pouvait pas aller à l'école avec des chaussures dans cet état, il aurait les pieds trempés avant même qu'ils aient tourné au coin de la rue.

Les talons, heureusement, n'étaient pas très hauts, même si on voyait de loin qu'il s'agissait de chaussures de femme. Comme en plus les bottines étaient de plusieurs tailles trop grandes pour lui, son frère devait constamment replier les orteils pour ne pas trébucher et, par conséquent, marchait avec une allure étrange, artificielle. Arrivés à l'entrée de l'école, les deux frères sont passés à la hâte devant le groupe de garçons qui n'ont rien remarqué, par chance, trop accaparés par leurs petites affaires. Mais une fois dans la salle de classe, Henry a vu deux filles se donner des coups de coude puis ricaner en silence – or la maîtresse est arrivée l'instant d'après, ce qui les a tous obligés à se lever et à se placer à côté de leur pupitre pour lancer à l'unisson : « Bonjour, madame ! » Ils se sont rassis, Henry a très vite été absorbé par le travail scolaire, s'est concentré sur les lettres qu'ils devaient recopier, les unes à la suite des autres, au gré de pleins et de déliés soignés, du moins jusqu'à ce que la maîtresse interrompe sa leçon.

Et la voilà qui, la mine inquiète, s'avance entre les pupitres. Henry sent le rouge lui monter au visage, il voit son frère essayer de cacher ses pieds en repliant ses jambes sous la chaise. Cela ne lui est d'aucun secours. L'institutrice s'arrête devant lui. Elle est de toute évidence si abasourdie que les mots lui tombent de la bouche, comme s'ils étaient des objets qu'elle perdait.

– Mais… qu'est-ce que c'est que ces chaussures que tu as aux pieds ?

Les autres élèves pouffent de rire. Henry sent son cœur battre plus vite, il sent la honte lui brûler les joues, il tourne la tête vers son frère. Mais celui-ci ne dit rien, il a le regard aux abois, il est à court d'explication. Il ne doit surtout pas dire la vérité, songe Henry, à savoir que leur père cordonnier n'a pas pris la peine de réparer les chaussures de ses enfants ; il ne faut *surtout pas* qu'il dise ça, mieux vaut inventer un mensonge cousu de fil blanc, par exemple qu'il a pris les premières chaussures venues, ou encore qu'il voulait faire une plaisanterie et voir si quelqu'un s'en rendrait compte. Or il ne décroche pas un mot, rien. Bon, là il faut qu'il réponde quelque chose, pense à présent Henry, car son silence ne fait qu'empirer les choses, amplifier la honte. Alors Henry tousse, comme pour s'éclaircir la voix, un bruit qui dévie vers lui l'attention de l'enseignante et des élèves. Il sent leurs regards rivés sur lui. Leur insistance a le don de le déstabiliser encore plus, d'accélérer les pulsations de son cœur, mais ils ne doivent pas s'en rendre compte. Il est obligé d'intervenir, pense-t-il, d'aplanir d'une manière ou d'une autre cet incident. Aussi, il se contraint à soutenir le regard de l'institutrice et déclare :

– Oh, chez nous à l'atelier de cordonnerie, il s'amuse tout le temps à essayer différentes chaussures.

Il se façonne un rictus censé lui montrer que c'est une lubie. Mais il suffit de voir le visage de la maîtresse pour comprendre qu'elle ne le croit pas, d'autant qu'elle ne lui rend pas son sourire. Elle s'accroupit au contraire devant le pupitre du petit frère, pose une main sur son épaule et dit :

– Mais tu as maigri en plus…

D'une voix anxieuse, elle lui demande s'ils traversent une *si* mauvaise passe à la maison. Comprenant que la question peut être embarrassante pour les deux frères, elle la murmure afin que les autres ne l'entendent pas. Mais ce faisant elle rend l'instant plus scabreux qu'il ne l'est déjà : il devient évident pour tous les élèves que cette affaire est à crever de honte, qu'elle ne doit être sue par personne. Forcément, dans ces conditions, elle n'en est que plus truculente. Et tout le monde l'entend, il en est sûr et certain ; la maîtresse a beau chuchoter, ses mots parviennent aux oreilles de chacun, transforment les visages en bouches entrouvertes et en regards scrutateurs.

Là, son frère n'a plus le choix, pense Henry, il doit répondre. Or non. L'air désarçonné, il lève d'abord une tête malheureuse vers l'institutrice puis se tourne vers son grand frère avec des yeux brillants de larmes qui l'obligent à cligner des paupières à plusieurs reprises. Il ne dit toujours rien. Il renifle, porte le bras à son nez. Le silence est total, profond, palpable.

Henry prend alors la parole, à haute et intelligible voix :

– C'est gentil de poser la question, mais tout se passe bien chez nous. Il a juste été un peu malade ces derniers temps. Vous pouvez continuer votre leçon.

À ces mots il baisse les yeux sur la phrase qu'il était en train d'écrire, s'empare de sa gomme pour effacer la boucle de G dont il n'était pas satisfait, balaie les pelures d'un revers de main, attrape son crayon et montre ainsi avec chacun de ses gestes qu'il n'y a pas lieu de discuter davantage, que le cours peut reprendre.

Il a l'impression que tous ses sens sont décuplés : il perçoit sans les voir les regards qui s'éloignent de lui, il entend le raclement des chaises contre le sol au moment où les élèves se redressent et le crissement des crayons qui grattent contre le papier, il entend la maîtresse ouvrir la bouche afin de poursuivre sa leçon, il sent le rire monter inexorablement dans la poitrine de ses camarades de classe, comme la vapeur veut s'échapper d'une casserole fermée par un couvercle.

Le cours terminé, l'institutrice signale au petit frère qu'il peut rester en classe pendant la récréation, et Henry également s'il le souhaite. Celui-ci la remercie, regarde par la fenêtre les élèves jouer et batifoler dans la neige. Les heures suivantes se déroulent sans encombre. La journée d'école enfin terminée signifie qu'il peut ranger les cahiers dans son cartable et emmener son frère pour qu'ils rentrent à la maison.

Ils sont obligés de traverser la cour de l'école, de se frayer un passage parmi les autres élèves qui ricanent et ne quittent pas le petit frère des yeux. Hilares, des garçons plus âgés désignent les bottines :

– Hé, regardez-la ! lâche le plus grand. À demain, mademoiselle Rinnan !

Son commentaire déclenche un fou rire généralisé, méprisant. La colère déferle d'un coup en Henry, une vague de ténèbres le pousse à bondir avant même de réfléchir et à planter son poing dans la figure de l'abruti qui vient de ridiculiser son petit frère. Il n'a pas le droit de se moquer de lui ! Il n'a pas le droit de parler comme ça ! songe-t-il, fou de rage. Il sent la rigidité de la pommette contre ses phalanges, il voit le garçon porter les mains à son visage et se tordre de douleur. Un instant d'incertitude plane au sein du groupe avant que les autres ne se jettent sur lui. Tout n'est plus qu'un chaos de regards noirs, de hurlements, de mains tendues vers lui, de doigts lui tirant les cheveux et le cartable dans son dos. La seconde d'après il est plaqué au sol, incapable de bouger les bras et les jambes.

– Hé, vous là-bas ! C'est fini, oui ?! crie un instituteur en se penchant à la fenêtre, la pipe dans une main.

Ils lâchent Henry à contrecœur, le laissent se relever, non sans lui chuchoter un avertissement à l'oreille :

– Tu perds rien pour attendre, Henry Oliver. Crois pas que tu vas t'en tirer comme ça !

Il frotte la neige de son pantalon. Il sent toujours la colère vibrer en lui, gronder si violemment qu'il a du mal à remplir ses poumons d'air, il a même l'impression d'être à bout de souffle. Il attrape la main de son petit frère et s'en va. Il marche vite, le plus vite possible. Il veut s'éloigner le plus vite possible de l'école et des autres élèves, pense-t-il en revoyant mentalement leur rictus méprisant, avant que ça ne dégénère pour de bon, avant qu'il n'y ait plus rien à sauver. Il porte désormais le ridicule en bandoulière, il va se coltiner cette histoire grotesque qui va faire jaser à l'école pendant des semaines et des semaines. Cette seule perspective suffit à raviver sa détresse car il viendra bien un moment où ils lui régleront son compte, sans qu'il sache où ni quand. Car c'est à ça qu'il a fait allusion, le garçon qui lui a chuchoté l'avertissement à l'oreille : la promesse qu'ils le passeraient à tabac, qu'ils finiraient plus tard ce qu'ils viennent seulement de commencer, pense Henry en serrant les dents. Lui qui pourtant est toujours resté sur ses gardes, dès son tout premier jour d'école, lui qui a toujours veillé à ne pas sortir du lot, à éviter les conflits, lui qui a appris l'art du sourire poli pour arrondir les angles, qui a laissé les grands chahuter ou mener le groupe à la baguette, qui s'est maintenu en retrait quand ils ont grimpé dans les arbres ou joué au ballon ou fait semblant de se battre, parce qu'il savait dès le départ qu'il ne pouvait pas s'imposer, qu'il n'avait pas cette fibre, qu'il était préférable de ne pas attirer l'attention sur lui, qu'il valait mieux adopter un comportement lui permettant de n'être impliqué dans aucun ennui d'aucune sorte. C'était sa stratégie, et voilà qu'elle vole en éclats.

Si seulement son frère ne s'était pas mis à pleurer, pense-t-il en serrant un peu plus sa main dans la sienne, d'une poigne sans doute un peu ferme, ce dont il a conscience tandis qu'il accélère le pas. Son frère gémit. Tant pis, il n'a qu'à supporter la douleur, il doit apprendre à ne pas avoir ce genre de comportement, sans quoi il finira en chair à pâté, il sera le souffre-douleur dès que les autres élèves auront envie d'enquiquiner quelqu'un, ce qui ne manquera pas de rejaillir sur Henry, s'imprégnera en lui comme une mauvaise odeur, et il n'a vraiment pas besoin de ça, pense-t-il, lui qui est haut comme trois pommes, qui est le plus petit de tous les garçons de son âge en plus d'être sûrement le plus pauvre, puisque sa famille peine à joindre les deux bouts. Ils marchent du même pas pressé, Henry tire son petit frère tout en voyant du coin de l'œil que celui-ci grimace, en l'entendant lui demander de le lâcher, en pensant que ça lui fera les pieds, qu'il mérite une punition.

– Tu me fais mal, Henry Oliver !

Dès qu'il voit les larmes couler sur les joues de son cadet, Henry lui lâche la main et caresse délicatement l'endroit qu'il a trop serré.

– Pardon, dit-il – et il le répète plusieurs fois.

Le frère sanglote, frotte sa moufle contre son poignet. Ils continuent leur chemin. Henry se dit qu'il doit réconforter son frère, effacer toutes les traces de chagrin avant qu'ils ne rentrent chez eux : leur mère les assommera de questions si elle voit qu'il a pleuré, ils devront tout raconter, et qu'est-ce qui se passera ensuite ? Elle se fera encore plus de mauvais sang alors qu'elle a assez de soucis comme ça. Henry demande à son frère d'enlever ses moufles, de se moucher dans ses doigts puis de les nettoyer avec de la neige. Il lui obéit. Le froid lui rougit les mains, mais au moins elles sont propres. Henry retire ses moufles à son tour, s'humidifie les mains, essuie avec précaution du bout de l'index le pourtour des yeux de son frère. Puis il dit :

– On ne raconte rien aux parents, d'accord ?

– D'accord.

– Il ne faut pas leur causer plus d'ennuis qu'ils n'en ont déjà, pas vrai ?

– Si.

Henry essaie de dérider son frère, de lui faire oublier sa tristesse à cause de la rixe de tout à l'heure, des larmes, du froid. Il invente un petit jeu qui consiste à faire trottiner ses doigts sur le bras de son frère et de lui chatouiller l'aisselle. Il finit par aviser leur vieille maison en bois, peinte en vert, située de l'autre côté du cimetière, avec la cordonnerie au rez-de-chaussée et l'appartement à l'étage. Il aperçoit sa mère passer derrière la fenêtre de la cuisine, elle est sans doute en train d'éplucher les pommes de terre, de couper des légumes ou de rincer du linge. Il découvre alors que la joie qu'il a réussi à rallumer dans le visage de son petit frère disparaît d'un coup et que les événements de la journée assombrissent ses traits.

– Ça va aller, lui dit Henry en posant une main sur son épaule qu'il caresse avec un sourire. Allez, viens !

Quand ils rentrent à la maison, une odeur de pommes de terre flotte en provenance de la cuisine. Dans le couloir, les chaussures sont alignées en rang d'oignons.

– Y a quelqu'un ? appelle Henry.

Il prend soin d'imprimer à sa voix la même tonalité que d'habitude pour que rien ne paraisse suspect aux yeux et aux oreilles de la famille. Sa mère sort de la cuisine, des gouttes de transpiration sur le front et le tablier saupoudré de farine. La benjamine des sœurs chancelle juste derrière elle, en se retenant à sa jupe, en se mettant sur la pointe des pieds afin d'être soulevée.

– Alors, comment ça s'est passé à l'école ? demande la mère. C'était quand même mieux, non, d'avoir les pieds bien au chaud toute la journée ?

Sa question semble réveiller le père car Henry entend le grincement des ressorts du vieux fauteuil et, l'instant d'après, voit la figure paternelle dans l'encadrement de la porte. Il brandit les bottes du petit frère avec un sourire de satisfaction pour souligner qu'elles sont désormais étanches.

– Merci, papa, dit celui-ci en prenant ses chaussures d'hiver.

– Et… est-ce que quelqu'un les a remarquées ? demande le père d'un ton badin avec un signe de tête en direction des bottines.

Or, au même moment, la benjamine se rattrape à un pan de la nappe et manque ce faisant de renverser les verres et les assiettes, ce qui ravit Henry car sa mère ne peut ni percevoir les nuances de sa voix ni la honte qui se lit sur le visage du petit frère lorsqu'il répond timidement :

– Non, papa.

B comme bâtiments, les différentes structures qui toutes réunies composent le camp de concentration de Falstad : un grand corps de logis blanc, en briques, construit sur deux niveaux, entourant une cour intérieure rectangulaire ; une succession de baraquements disséminés tout autour, de taille plus réduite ; de modestes cabanes destinées aux gardiens, des cabanons également en bois pour les vaches et les cochons, en plus des toilettes extérieures et de l'atelier de menuiserie, avant d'atteindre les clôtures en fils de fer barbelé qui elles-mêmes encadrent l'ensemble de ces bâtiments.

B comme bruit, celui des couverts contre l'assiette dans le réfectoire, un bruit qui se transforme en tumulte assourdissant pendant les quelques secondes qu'il faut aux prisonniers pour attraper leur fourchette et leur cuillère et commencer à manger.

B comme bouleau, celui devant lequel tu passes dans la cour de promenade avant d'être envoyé aux travaux forcés, avec son tronc d'un blanc sale et ses feuilles désormais dorées qui te rappellent la couleur de certains échantillons de tissu que tu rapportais au magasin.

B comme bruyère, dont les feuilles sont collées dans les herbiers et inventoriées au gré de l'écriture déliée du professeur Ralph Tambs Lyche, le premier propriétaire de la villa, bien avant qu'elle ne soit transformée en quartier général de la bande à Rinnan.

B comme bouleversement, quand la décision est prise de changer de domicile ; B comme bagages, tous ceux qui sont entassés dans la voiture ; B comme boutons, quand les bourgeons des bouleaux éclosent en ce jour de printemps 1948 à Oslo.

Le soleil brille sur les toits des immeubles et fait scintiller les gouttes de pluie qui tombent des gouttières. Gerson tend la main vers la poignée du coffre dans un mouvement à l'égal de tous ses gestes aujourd'hui, c'est-à-dire d'une fébrilité doublement inutile puisqu'ils n'ont aucune urgence sinon celle d'arriver à Trondheim avant la nuit. Accroupie sur le trottoir, Jannicke s'apprête à ramasser un caillou pour l'enfourner dans sa bouche quand Ellen, après l'avoir prestement soulevée, le lui retire de la main avec autorité. La petite regimbe, gigote pour se libérer – en vain. Elle se met à hurler, à sangloter, elle crie : « C'est à moi ! À moi ! À moi ! », Ellen la place sur la banquette arrière, Gerson s'installe au volant.

Le mobilier a été emporté le matin même par camion. Quant à la décision de déménager, elle a été prise quelques mois plus tôt. Dans un premier temps sous la forme de vagues insinuations : à chaque coup de téléphone, Marie parvenait à glisser entre les lignes qu'elle avait besoin d'aide au magasin, qu'elle ne s'en sortait pas toute seule. Jusqu'au jour où elle est venue les voir en train à Oslo. Gerson attendait sa mère sur le quai, l'a vue descendre du wagon, perchée sur des talons hauts et coiffée d'un chapeau au bord si large qu'il a effleuré l'encadrement de la porte au moment où elle est sortie. Elle a certes fait signe à Gerson mais s'est écartée pour laisser passer un inconnu qui lui portait sa valise. Marie a toujours été comme ça, si élégante et tirée à quatre épingles que la seule idée de porter elle-même la moindre chose aurait paru contre nature. Gerson s'est donc contenté de la regarder : elle a embrassé l'homme sur la joue en guise de récompense avant de lui faire au revoir en agitant la main. Sur ce, elle s'est tournée vers son fils sans faire mine de vouloir prendre son bagage, le forçant ainsi à s'approcher d'elle pour le soulever. Ce que j'aurais fait de toute façon, n'a-t-il pas manqué de penser, quelque peu irrité de constater qu'elle prenait cette attention pour argent comptant. Il a malgré tout ravalé son agacement, souri, répondu brièvement à ses questions sur le mode succinct qu'elle escomptait, comme il le savait. Car bien qu'elle lui ait demandé comment il allait, elle ne s'intéressait guère au « *bien* » lapidaire qu'il offrait pour seule réponse. Elle refusait de l'entendre parler de ses difficultés à trouver un travail ou du chamboulement que leur fille Jannicke causait dans leur quotidien, et encore moins des conséquences de la guerre, qui lui avait subtilisé son avenir au moment même où il était censé se jeter dans l'existence à corps perdu. Sa mère ne se préoccupait que de ce qui la concernait, il en avait toujours été ainsi, s'est dit Gerson en se souvenant de l'éclat de rire d'Ellen quand il lui avait raconté les grandes vacances de son enfance : Jacob et lui avaient été envoyés plusieurs semaines dans un pensionnat, seuls, alors qu'ils n'avaient que dix et douze ans, sous prétexte que leurs parents avaient trop à faire au magasin.

La porte tout juste franchie, Marie a jugé bon de commenter la taille de l'appartement d'Ellen et Gerson, trop petit, trop étroit.

Gerson a vu Ellen se décomposer, son sourire se figer, forcément puisqu'elle le trouvait aussi, elle qui vient d'une famille aisée, qui est la fille d'un propriétaire d'usine.

– Nous allons déménager, maman. Nous avons acheté une parcelle à Holmen. Dès que le pavillon sera terminé, on part, a-t-il dit en lui retirant son manteau.

– C'est justement de cela que je voulais vous parler, a-t-elle répliqué en entrant dans la salle à manger. Je vous ai trouvé une maison. Une maison à Trondheim, tout près du centre. Avec un jardin. Et des toilettes non pas sur le palier comme ici, mais à l'intérieur. Une maison individuelle, Gerson. Et, en prime, un travail pour toi à Paris-Wien.

Marie s'est adressée à Ellen, qui avait Jannicke sur les genoux. Elle lui a parlé du magasin, des robes, des étoffes, des chapeaux, des manteaux qu'elle pourrait bien sûr emprunter si elle le voulait.

Mais elle n'a rien dit de l'histoire de la maison. Quelques semaines plus tard seulement, à la faveur d'un coup de fil à Gerson, elle a mentionné à la fin de la discussion, juste avant qu'ils ne raccrochent, comme si c'était la chose la plus banale du monde :

– Ah, au fait. La bande à Rinnan a vécu dans la maison quelques années, pendant la guerre.

Gerson, le dos tourné vers le salon, a fermé les yeux.

– Allô ? Tu es toujours là ?

– Mais… maman… Pourquoi tu n'en as pas parlé plus tôt ?

– Parce que j'avais peur qu'Ellen monte tout ça en épingle et en fasse toute une histoire, a répondu Marie en yiddish.

– Mais… tu ne trouves pas qu'on aurait dû le… savoir ? a répondu Gerson, lui aussi en yiddish, tout en entendant Ellen babiller avec Jannicke en fond sonore.

– En être *informés*, ou être *mis au courant*, a corrigé sa mère. Mais enfin quoi, Gerson ! La guerre est finie, que je sache. La bande à Rinnan a quitté les lieux depuis belle lurette. C'est une très belle maison, avec un jardin, située dans un beau quartier. C'est la seule possibilité pour vous de trouver quelque chose qui ait un tant soit peu de standing. Et puis j'ai besoin de toi ici, Gerson.

Il a observé un silence, Marie est repassée au norvégien :

– Est-ce que j'aurais dû dire non ? Est-ce que j'aurais dû dire que mon fils ne veut pas venir s'installer à Trondheim sous prétexte que sa femme a peur des fantômes ?

– Non, maman, a répondu Gerson – et au même moment Ellen est entrée dans le salon avec Jannicke dans les bras.

Il n'a rien dit. Chaque fois qu'il comptait parler à Ellen de l'histoire de la maison, il en a été empêché. Il y avait autre chose : ce désir de rattraper le cours de l'Histoire, de reprendre le pouvoir.

Et désormais le printemps est arrivé, la décision a été prise. Ils s'installent dans la voiture, Gerson tourne la clé de contact, ils partent. La petite Jannicke, du haut de ses deux ans, oublie peu à peu ce qui la fâchait autant. L'inquiétude se dissipe, ils engagent la conversation. Ils regardent les fermes, les champs, un tracteur qui transporte du foin. Jannicke passe ses doigts sur la vitre, y colle sa langue. Gerson sourit dans le rétroviseur. Il imagine la vie à Trondheim, dans la boutique Paris-Wien. Il prend une profonde inspiration, sent la main d'Ellen se poser sur la sienne qui tient le volant. Il tourne rapidement la tête vers elle, lui sourit, change de vitesse, glisse la main sur la cuisse d'Ellen, sent sa peau chaude sous la robe, invoque dans sa tête l'image d'une famille heureuse dans le jardin de leur nouvelle maison.

B comme baryton, ce prisonnier de temps à autre contraint d'apporter un peu de distraction à Falstad grâce à sa voix de baryton.

Pendant les travaux forcés, certains soldats lui demandent parfois de chanter. Le grincement des scies s'arrête alors, de même que le cognement des marteaux dans l'atelier de menuiserie, l'agitation permanente des mains et des pieds. Quelque chose s'éveille en chacun de vous : d'une voix limpide et belle, le baryton chante, la tête légèrement inclinée en arrière. Une complainte semble s'élever vers le ciel et atténuer la dureté des alentours. L'espace de quelques secondes, les douleurs musculaires disparaissent, tout comme les brûlures constantes causées par les ampoules et les petites coupures. Le visage des gardiens s'adoucit, se détend, avant qu'une voix intérieure ne leur ordonne de se ressaisir, de réintégrer leur rôle.

Dans des moments comme celui-ci, tu te demandes si ces jeunes hommes sont éventuellement ceux que tu as croisés dix ans plus tôt dans les villes allemandes. Ils avaient alors dix ou douze ans, ils couraient dans les rues sur des jambes grêles, dégingandés, les bras nerveux, les yeux luisants de gaieté et de curiosité. Oui, peut-être as-tu souri à l'un des gardiens quand il était petit, ou tu as échangé quelques mots avec lui dans un parc. Mais maintenant ? Maintenant la guerre leur a tous imposé une autre forme.

B comme bar-mitsvah et B comme bancs, ces bancs que tu aidais à porter dans la synagogue de Trondheim ; ces bancs sur lesquels tes enfants étaient assis avec leurs pieds qui gigotaient sans toucher terre pendant qu'ils écoutaient les psalmodies du rabbin et percevaient la gravité du moment dans la salle.

B comme bourreau, et les images d'archives qui documentent les exactions perpétrées par la bande à Rinnan dans la cave de la villa.

Je travaille en cette matinée chez nous à Oslo, je compulse dans mon bureau les photos du Bandeklosteret prises à la toute fin de la guerre. La première représente la maison vue de l'extérieur, avec ses fenêtres du rez-de-chaussée équipées de volets et sa lucarne cintrée qui perce la toiture à l'étage. Les fils de fer barbelé entourant la propriété ont été retirés, les gardiens autrefois en faction ont eux aussi disparu. La deuxième photo dévoile l'état dans lequel se trouve une chambre à coucher : la tapisserie est déchirée ; tiroirs, vêtements, papiers et déchets sont dispersés de part et d'autre du plancher.

Sur la troisième, le soleil qui brille à travers les vasistas de la cave éclaire un comptoir recouvert de bouteilles. Devant ce bar, deux tonneaux soutiennent une grosse barre métallique, incurvée en son centre, sans doute à cause du poids de tous les hommes qui y ont été accrochés à la pliure des genoux, suspendus tête en bas, pieds et poings liés, mains rabattues sur les jambes, pendant que les membres de la bande à Rinnan se succédaient pour les frapper, les fouetter ou les flétrir. L'image en noir et blanc d'un homme aux cuisses dénudées surgit sur mon écran, je distingue une croix gammée marquée au fer juste au bas de la fesse.

J'entends des pas derrière moi. J'étais tellement plongé dans mes recherches que je n'ai pas entendu quelqu'un arriver. Et, de fait, ma fille se tient dans mon dos. Je fais disparaître à la va-vite la page que je consultais, or il en reste une, ouverte dans une autre fenêtre, qui montre trois fouets différents.

– C'est quoi, papa ? demande ma fille – et j'ai tout juste le temps de fermer complètement le moteur de recherche.

– Rien, des choses sur la guerre que j'étais en train de lire.

Je pose ma joue contre la sienne, soulève le corps chaud et frêle de ma fille que j'emmène loin de l'ordinateur.

B comme béton, le béton de la cave du Bandeklosteret.

Nous sommes à la fin du mois d'avril 1945, Rinnan entre dans la buanderie, il voit les caisses posées au milieu du sol en béton puis il voit le sang qui s'écoule lentement vers la bonde ; il opine à l'attention de l'homme debout, essoufflé, une hache sanguinolente pendant mollement au bas de sa cuisse.

C

C comme Cadillac.

C comme cow-boy.

C comme crémaster, ce muscle situé dans les testicules des garçons et dont le développement a lieu pendant la puberté, une période de transformation opérée par la sécrétion d'hormones qui provoque la pousse des poils sur les jambes et le pubis, la modification de la voix, le durcissement du visage, l'apparition de l'acné sur les joues et le nez, en même temps qu'elle annonce la sortie progressive de l'enfance.

Parfois, quand il est seul, Henry se campe devant le miroir de l'entrée et se regarde, il pense que sa petite taille anormale est due à la pauvreté. Parfois, il entend sa mère en parler à une amie ou à un commerçant, elle leur explique qu'il a une croissance tardive, qu'il rattrapera son retard plus tard, et ses paroles le remplissent alors d'espoir – mais cela n'arrive jamais. Henry grandit en âge mais pas en taille, il ne rattrape jamais les autres. Il évolue toujours en marge du groupe. Il dit qu'il ne veut pas jouer au foot avec ses camarades, qu'il n'aime pas ça, mais en réalité il rêve dans son lit qu'il est sur le terrain, qu'il dribble tous les joueurs, qu'il se retrouve seul dans la surface de réparation, qu'il envoie le ballon avec élégance au-dessus de la tête du gardien de but qui se jette sur la pelouse, que ses coéquipiers se précipitent sur lui et le soulèvent, le visage rayonnant de triomphe et de joie. En vain. Cela n'arrive pas. Cela n'arrive jamais. À défaut il s'enferme dans le silence. Il reste poli, prudent. Il se fait aussi invisible que possible, car celui qui n'est pas vu ne peut pas non plus être victime de harcèlement.

Henry a treize ans, il emprunte à son oncle un magazine avec un cow-boy en couverture. Pendant que la famille boit le café – et que son père explique qu'il faut couper la tête à tous ces communistes et les exterminer avant qu'ils prennent le contrôle du pays –, Henry se lance dans la lecture en découvrant à quel point l'histoire du cow-boy constitue une porte ouverte vers un autre monde, elle l'absorbe complètement, le transporte loin des rues de Levanger, de la cour de l'école, des garçons qu'il veille à ne surtout pas croiser seul et qui le tyrannisent parfois quand il rentre de l'école.

Henry a quatorze ans, il se réveille en pleine nuit avec une tache collante sur le ventre et les mains sur les seins d'une fille du voisinage, dont le corps nu se dissout sous ses yeux.

Henry a quinze ans, il fait sa confirmation et, comme beaucoup d'autres enfants, son cadeau consiste à se faire arracher ses mauvaises dents du haut pour les remplacer par un dentier. De nouvelles dents lisses qu'il caresse du bout de la langue, qui brillent d'un éclat blanc dans le miroir.

Henry a seize ans, il a définitivement cessé de grandir. Il n'ira donc pas plus loin que ça. Pas plus loin que ces ridicules cent soixante et un centimètres.

Il est à Levanger le plus petit des garçons de seize ans. Il n'arrive pas plus haut qu'aux épaules de la plupart de ses camarades de classe, son corps semble étrangement petit par rapport à sa tête, comme s'il appartenait à une espèce différente, à une branche de l'humanité qui serait certes distincte et plus laide, mais surtout plus intelligente – ce point précis ne lui a pas échappé. Mais une espèce qui n'en demeure pas moins plus petite que les autres et, dans ces conditions, être poli ne lui sert strictement à rien, ni d'ailleurs être sage et appliqué à l'école ou répondre à toutes les questions. Si les adultes semblent apprécier une telle attitude – parce que ainsi il ne cause pas de problèmes et ne fait pas parler de lui –, les autres élèves l'ignorent complètement. Les garçons ne s'intéressent pas à lui, les filles encore moins. Il aurait dû être plus grand. Il prie Dieu en Lui demandant d'avoir le droit de continuer de grandir – mais rien ne se passe.

Si encore ses parents avaient été d'une taille anormalement petite, il aurait pu les rendre responsables. Mais tant sa mère, son père que ses frères sont comme tout le monde. Il est *le seul* à se démarquer. Pourquoi ? Pourquoi lui ? Il n'y a pas de réponse, pas de solution. Il ne lui reste guère d'autre option, sinon celle de se faire pousser une longue mèche de cheveux qu'il gomine à la brillantine, plaque en arrière pour qu'elle forme une espèce de houppette, aussi haute que possible au-dessus du crâne, en espérant que les centimètres ainsi gagnés lui permettront de se fondre plus facilement dans la masse de ses camarades d'école. En vain. Il demeure l'intrus, il est ostensiblement plus faible, alors forcément, les garçons de son âge doivent s'en prendre à lui. Henry ne tarde pas à le comprendre, la nature est ainsi faite. Où qu'il aille il s'en rend compte : les plus forts s'accaparent tout ce qu'ils veulent, établissent leurs règles et forcent les autres à leur obéir. C'est comme ça. Immanquablement, dès que les adultes ne regardent pas, les autres garçons forment un cercle autour de lui pour mieux le bousculer et le lancer entre eux comme une bille.

Henry serre les dents, essaie de rester de marbre, il se sait impuissant.

Souvent, ces persécutions se poursuivent sitôt qu'il ferme les yeux avant de s'endormir. Imaginant alors les visages réjouis des garçons qui le poussent d'un côté à l'autre, il n'a qu'une seule pensée en tête : il ne doit pas flancher, il ne doit surtout pas craquer.

C comme Carl Fredriksens Transport, le nom de code d'une organisation secrète qui assure le transfert jusqu'à la frontière suédoise de Juifs et de résistants norvégiens cachés dans une exploitation horticole à Oslo ; durant l'automne et l'hiver 1942-1943, elle permettra de sauver plus de mille personnes, dont Ellen Glott, ta belle-fille et la grand-mère de ma femme Rikke, ainsi que ta propre femme, Marie.

C comme Cappelengården, cette maison cossue en bois, peinte en vert, située à Levanger dans la rue Sjøgata, au bord de l'eau, devant laquelle Henry passe en ce printemps 1931, à seize ans. Les yeux aux aguets comme à son habitude, il avise un groupe d'adolescents massés devant Hveding, le magasin de sport où travaille son oncle. Il connaît la boutique pour y être allé à plusieurs reprises, petit, il devait d'ailleurs toujours se tenir sur la pointe des pieds pour voir par-dessus le comptoir pendant que son père faisait ses emplettes pour son vélo ou pour son atelier de cordonnerie. Il se rend aujourd'hui au magasin parce qu'il veut voir la Ford que son oncle a achetée. Une vraie Ford, la première en ville, avec une carrosserie noire brillante et des sièges en cuir marron foncé. Après de nombreux pourparlers, Hveding a ouvert une concession automobile ainsi que la toute première station-service de la ville, où les futurs propriétaires de voitures pourront faire le plein et se fournir en pièces détachées. Pour marquer le coup, une Ford a été placée dans la vitrine qui donne sur la rue. Henry a du mal à la voir à cause des curieux agglutinés devant. Son oncle est penché sur le capot pour montrer quelque chose aux adolescents mais, quand il se relève, la tête bien au-dessus des autres, il aperçoit son neveu et l'appelle.

Henry a envie de partir à toutes jambes ou de continuer son chemin comme s'il n'avait rien entendu, mais ce serait trop bête, leurs regards viennent de se croiser, l'oncle pourrait se plaindre à sa mère du comportement bizarre de son neveu.

– Henry Oliver ! crie-t-il en agitant la main. Viens là, il faut que je te fasse voir quelque chose !

Henry regarde les autres. Il reconnaît l'un des garçons avec qui il s'est battu après l'incident des bottines de femme, l'un de ceux sur lesquels les filles se retournent toujours. Henry cligne des yeux, traverse la rue, passe à côté d'une flaque d'eau, essaie de trouver une réplique maligne – mais laquelle, qu'est-ce qu'il pourrait bien dire ?

– C'est drôlement gentil de venir me voir ! dit l'oncle, jovial, en posant une main sur l'épaule de Henry.

Les autres s'écartent pour le laisser passer. Ils ne mouftent pas, ils n'osent pas en présence de l'oncle.

– Regarde ! dit-il, en plaquant l'autre main sur le toit de la voiture.

Henry se penche et regarde à travers le pare-brise. Il voit les sièges en cuir, le volant rainuré qui s'adapte parfaitement aux doigts, les boutons et les leviers.

– Elle est pas belle ? lui demande son oncle.

Henry acquiesce. L'oncle contourne l'automobile et ouvre la portière côté conducteur.

– Je me suis dit que j'allais faire un petit essai sur route. Tu veux venir avec moi ? demande-t-il d'un ton blagueur.

Henry ne peut réprimer le sourire qui s'étend maintenant sur son visage, les autres le regardent avec envie.

– Je veux bien. Quand ?

– Hum… répond son oncle, avec une hésitation feinte qui a le don d'attirer l'attention des garçons et d'une dame avec un landau de l'autre côté de la rue. Maintenant ?

– Maintenant ?

– Oui ! C'est le meilleur moment. Allez, monte !

L'oncle désigne la portière côté passager, Henry tend la main vers la poignée, le cœur battant dans sa poitrine. La clique de garçons est assez proche pour le frapper, pour le pousser. Mais le feraient-ils maintenant ? Avec son oncle à côté ? Il ouvre la portière et les oblige ainsi à reculer de quelques pas. Il s'installe à l'intérieur de cette étincelante merveille de métal, de bois, de verre et de cuir, dans laquelle lui seul a la permission de s'asseoir. Il referme la portière avec précaution, pour ne pas l'endommager. Jetant un coup d'œil par la vitre, il voit la jalousie imprimée sur tous les visages et sent une vague de fierté monter en lui. Parce qu'ils n'ont plus qu'à s'en aller, parce qu'ils ne peuvent qu'*admirer* la voiture. Alors que lui, il est assis dedans, il va même rouler dedans. Henry caresse le tableau de bord en teck et ses garnitures en acier chromé.

L'oncle tourne la tête vers lui et demande :

– Prêt ?

Henry acquiesce, fébrile mais exalté. Et comment qu'il est prêt ! Au même moment, son oncle tourne la clé et sort ainsi le véhicule de sa torpeur. Il appuie sur une pédale, fait vrombir le moteur, pose la main sur le levier de vitesse, passe en première – et les voilà qui descendent la rue, loin des garçons. Ils tournent à gauche dans la rue principale et traversent la ville tandis que les gens se tournent sur leur passage.

– Regarde.

L'oncle lui montre comment changer de vitesse, comment conduire, comment accélérer. Il lui montre comment, en actionnant un taquet, les essuie-glaces balaient soudain le pare-brise. Tout cela pendant que, dehors, les passants et les maisons défilent comme si tout ce qui se trouvait hors de l'habitacle était propulsé dans un autre monde. Une fois qu'ils sont sortis du centre, l'oncle demande :

– Tu as déjà conduit une automobile, Henry Oliver ?

Henry secoue la tête, son oncle lui prend la main, qu'il place sur le volant.

– Voilà, comme ça tu vas pouvoir conduire un peu.

Henry frémit, essaie de retirer son bras, mais son oncle dit dans un éclat de rire :

– Ne t'inquiète pas, Henry, tout va bien.

Celui-ci se rend compte qu'il n'a pas le choix, et en fait ça le tente bien ; il se penche donc sur le côté, pose l'autre main sur le volant, et voilà : il conduit ! Pendant un instant, c'est *lui* qui conduit la voiture. Pendant quelques minutes, alors que la chaussée se rapproche d'eux de façon vertigineuse, c'est lui qui est aux commandes, qui fait une embardée pour éviter un nid-de-poule, qui amorce le virage, qui revient au magasin. Puis son oncle reprend le contrôle du véhicule et lui indique qu'il peut lâcher le volant. Il se gare devant la vitrine. Hélas les garçons sont partis.

Le silence s'installe dans la voiture. Henry est assis paumes contre les cuisses, comme à l'école. Son oncle se racle la gorge, sort une cigarette, la tape contre son genou.

– Alors, Henry Oliver… Ce n'était pas si mal, hein ?

– Oui. C'était… ce n'était… pas mal du tout, répond-il en souriant. Merci !

– De rien. Tu en veux une ?

Il lui tend l'étui de cigarettes, une belle boîte en fer-blanc avec un palais arabe reproduit sur le couvercle et les lettres du mot *Medina* lovées autour de l'un des dômes.

– Euh… je ne sais pas.

Bien qu'il ait déjà essayé de fumer, avec des cigarettes volées à son père, il n'a jamais vécu une situation pareille, où il est traité comme un adulte. Il cligne des yeux à plusieurs reprises, décide d'en prendre une. Il l'allume, sent une brûlure dans sa poitrine lorsqu'il inspire à pleins poumons.

– Et dis-moi, Henry Oliver ? demande son oncle, en soufflant sur le pare-brise un nuage de fumée qui part des deux côtés puis s'évapore. Comment il va, mon neveu ?

– B-bien, merci, répond Henry, en tirant de nouveau sur sa cigarette.

– Oui, j'ai entendu dire que tu réussis bien à l'école, mais… à part ça ? Tu ne fais pas de sport ou autre chose, c'est ça ?

Henry secoue la tête. Il souffle la fumée et aspire tout de suite une nouvelle bouffée, conscient de révéler ainsi sa nervosité. Il ne réussit même pas à tenir la cigarette de manière détendue, contrairement à son oncle qui tient la sienne comme si elle était une extension de sa main, comme si elle pointait tout naturellement entre son index et son majeur.

– Non, ce genre de chose ne m'intéresse pas vraiment, répond-il, non sans un coup d'œil à son oncle pour voir sa réaction.

Ce dernier regarde droit devant lui, hoche la tête tranquillement, ne montre aucun signe de déception. Il ne semble pas considérer cela comme un problème.

– D'accord. Donc tu dois avoir pas mal de temps libre… quoique, tu passes sûrement tes journées avec tes camarades, non ?

Henry opine en guise de réponse, tire encore sur sa cigarette. La cendre commence à s'allonger dangereusement. Il ne faut pas que je la laisse tomber et fasse des cochonneries dans la voiture, pense-t-il. Son oncle descend la vitre. En fait il y a une petite poignée fixée dans la portière, ce qui en soi est presque magique, pense-t-il cette fois. Tandis qu'il baisse la sienne, il la regarde fasciné glisser dans une fente de la portière et disparaître complètement. Voyant son oncle jeter la cendre de sa cigarette dehors, il l'imite de nouveau en souriant.

– Tu sais, notre affaire, là… dit l'oncle tout en désignant le magasin juste à côté d'eux.

– Oui ?

– Il n'est pas exclu qu'on ait besoin d'un petit coup de main, Sverre et moi. On s'est souvent fait la réflexion que ce serait bien d'avoir un arpète. Ça te dirait ?

– Oui, merci, bien sûr. Ça me plairait bien !

Henry remarque que les muscles de son visage refusent de suivre les mouvements de son sourire nerveux. Parce que cette proposition est énorme. Travailler là-bas, lui qui aura terminé l'école à la fin de l'été ! Avoir un vrai travail !

– Parfait. Dans ce cas je vais en parler à ta mère. Tu pourrais commencer demain, après l'école, et voir si ça se passe comme tu le veux ?

– Demain, déjà ? s'exclame Henry, tout feu tout flamme.

– Oui, pourquoi pas ? Il n'y a aucune raison d'attendre, n'est-ce pas ?

Henry a de la peine à le croire. Il est vraiment assis dans cette voiture ? Il vient vraiment de décrocher un boulot ? Son oncle lui sourit, observe une volute de fumée monter vers le toit avant de jeter d'une pichenette le mégot par la vitre ouverte.

Henry court annoncer la nouvelle à son père qui, il s'en rend bien compte, refrène son enthousiasme. Il est sans doute jaloux que son beau-frère ait si bien réussi dans la vie, se dit Henry – avant de prendre conscience qu'il était probablement déjà au courant, que sa mère a tout arrangé de son côté.

Le lendemain matin, Henry se prépare. Son père lui a ciré ses chaussures, peut-être une façon pour lui de s'excuser. Il longe le cimetière, tourne à l'angle, file tout droit jusqu'au magasin et au garage. Pour y être allé une centaine de fois dans son enfance, il sait à quoi ça ressemble à l'intérieur et où tout est rangé.

Même les yeux fermés, Henry pourrait décrire l'intérieur en détail : l'établi qui court sur toute la longueur de la pièce, la caisse enregistreuse marron avec ses boutons et sa manivelle en bois noir sur le côté, qu'il faut tourner à moitié pour actionner le ressort qui ouvre le tiroir-caisse. Il parviendrait à décrire les sacs à dos mis en vente à la fenêtre, et surtout il parviendrait à décrire chaque centimètre de la Ford exposée en vitrine. Ce qu'il ne parviendrait pas à exprimer, en revanche, c'est la sensation de soulever de la patère la blouse blanche de vendeur, d'y glisser ses bras et de se voir alors dans le miroir, transformé en quelqu'un d'autre. Il serait incapable de décrire comment sa nervosité disparaît dès qu'il enfile cet uniforme, ou comment ce qu'il associe à la tenue le modifie et lui apporte une nouvelle et étrange confiance en lui. Dans sa fonction d'employé, il lui est facile de faire la conversation avec des étrangers, d'écouter leurs besoins, de les conseiller. Lui qui a toujours été si mutique, si timoré, remarque que les formulations viennent toutes seules et lui permettent de voir les gens sous un autre angle. Il retire le voile derrière lequel il se cache et endosse le rôle du vendeur sûr de lui : quelqu'un qui sait où chaque article est placé, qui sait quels clients peuvent être tentés par un petit achat supplémentaire, une paire de gants ou de moufles, qui réussit à vendre des outils ou de l'huile à un client venu simplement faire réparer son vélo. Il détache du mur les poulies de corde pour descendre les articles suspendus aux poutres. Il fait en sorte que les clients se sentent les bienvenus. Il rentre chez lui avec de l'argent pour sa mère, étonné lui-même de constater à quel point son assurance et ses compétences professionnelles liées à son uniforme semblent s'envoler dès l'instant où il l'enlève. Dès lors, il redevient Henry Oliver, le garçon qui rentre chez lui aussi vite que possible en se faufilant pour éviter d'être repéré par un garçon faisant partie d'une clique.

Il n'a jamais imaginé à quel point il peut être heureux en soulevant le tuyau de la pompe les rares fois où un client vient faire le plein, où il hume l'odeur magique des vapeurs d'essence qui font vibrer l'air et lui donnent une forme plus matérielle, comme un mirage ; ce carburant qui s'écoule dans la voiture à côté de lui pour être transformé, converti en vitesse, en son, en plaisir.

Un mois passe. L'oncle de Henry lui fait des éloges, tout comme le propriétaire du magasin, sa mère lui est reconnaissante de rapporter de l'argent à la maison. Il passe ses après-midi dans l'atelier, derrière la concession, où il bricole les voitures. Il apprend le nom et la fonction de chaque pièce du moteur, il passe le plus de temps possible penché sous le capot, les mains dans le cambouis. La joie que lui procure son nouveau quotidien est cependant ternie par un point très précis : la maigreur du salaire. Une fois déduits l'argent pour la nourriture destinée à la famille et les remboursements de l'emprunt de ses parents, il ne reste plus rien à Henry. Bien sûr, il pourrait demander la permission à sa mère d'en garder un peu, rien qu'un tout petit peu, mais il n'ose pas, car dès que l'idée lui vient, il l'imagine secouer la tête dans la cuisine, le visage sévère, puis énumérer tout ce dont ils ont besoin. Il n'aurait alors aucun argument à lui opposer, bien sûr, il ne peut pas sortir vainqueur de cette discussion. Jamais elle ne comprendrait combien il est important pour lui de rejoindre ses camarades de classe au café tenu par la société de tempérance et de pouvoir s'acheter un chocolat chaud ou une brioche. Il doit toujours inventer des excuses, prétendre qu'il ne peut pas les accompagner, qu'il doit rentrer à la maison.

Il aurait *dû* exiger dès le départ de garder une partie de l'argent, mais il n'en a pas eu le courage. Aussi continue-t-il de vivre coupé des autres, de leur vie, de leurs petites occupations. Et, parce que sa mère connaît le montant exact de son salaire, il n'a jamais l'occasion de mettre un peu de sous de côté pour une virée au café ou pour une friandise. *C'est tellement injuste !* pense-t-il en allant au magasin. Pourquoi est-il toujours en marge, quels que soient les efforts qu'il déploie ? C'est injuste. Ceux qui obtiennent des choses dans la vie, ils obtiennent tout. Ceux qui sont nés grands, beaux et sûrs d'eux, ils ont de l'argent. Les garçons de son âge peuvent se permettre d'aller au café de la grande rue, le point de rencontre des gens importants. Ils ont l'argent, eux, pour acheter des cigarettes, du chocolat, des tickets de cinéma. Il n'y a *que lui* qui soit contraint de rester à l'écart de tout ça, comme un poisson pris au piège dans un aquarium, avec pour seule possibilité de regarder ce qui se passe de l'autre côté de la vitre, sans jamais pouvoir sortir de son enfermement pour se joindre à la conversation, pour être comme tout le monde. Jamais, jamais, jamais. Il a beau s'échiner au travail, jamais il n'est invité à un anniversaire, jamais il n'est choisi pour jouer dans l'équipe de football, jamais il n'est remarqué par les filles. Il n'y a *que lui* qui soit contraint de porter les anciens vêtements de ses cousins, des pantalons dont il doit remonter les bas, des manteaux dont il doit enrouler les manches pour que le bout de ses mains ne disparaisse pas dans le tissu et qui le font ressembler à un animal qui sortirait le bout de son nez d'une grotte pour vérifier s'il est en sécurité dehors.

Peut-être que je devrais demander une augmentation, pense Henry. Une idée à laquelle il renonce aussitôt car il sait que Sverre Hveding n'acceptera jamais de revoir son salaire à la hausse, même si l'entreprise connaît un tel succès qu'il peut se pavaner en costume et en gilet et conduire sa propre voiture, même si le chiffre d'affaires a considérablement augmenté depuis que Henry a commencé chez lui parce qu'il est un excellent employé. Ce n'est pas juste, pense-t-il, en passant l'index sur la caisse enregistreuse, en pensant à toutes les pièces qui s'y trouvent, là, juste là, de l'autre côté du métal froid. Et d'un seul coup l'idée se fait jour dans son esprit, simple et claire, puisqu'il y a effectivement une solution pour rectifier la situation, une manière simplissime de relever son salaire au niveau auquel il *devrait* être et veiller ainsi à ce qu'il obtienne ce qu'il mérite : étant donné qu'il est si doué et qui plus est responsable d'une grande partie de l'augmentation des bénéfices, il suffit de ne pas enregistrer certaines ventes et de garder l'argent, comme un pourboire. Il s'agit de montants insignifiants, si petits qu'on ne les remarquera jamais. Ça ne fera pas la moindre différence pour le propriétaire du magasin. Mais pour lui ? Pour Henry, ça lui donnera la possibilité d'aller comme tout le monde au café, c'est ce qui lui permettra d'être admis dans la clique de garçons et non d'en être exclu. Et puis cet argent, il l'a de toute façon mérité, pas vrai ?

Henry pose les mains de chaque côté de la caisse enregistreuse et jette un coup d'œil à la porte de l'arrière-boutique. Il voit le propriétaire penché sur de la paperasse, dans un nuage de fumée de cigarette qui flotte au-dessus du bureau. Son oncle est sorti ou se trouve dans l'entrepôt. Un client entre sur ces entrefaites. Un monsieur âgé. L'homme parfait pour s'entraîner, pense Henry, alors que son cœur bat dans sa poitrine, ce que nul ne voit néanmoins car il ne se départ pas de son sourire, salue poliment comme à son habitude, garde les deux mains sur le comptoir, se tient bien droit, parle d'une voix forte et claire sans quitter le monsieur du regard. Il remarque que le client aux cheveux blancs semble distrait et inattentif, qu'il fouille dans la poche de son manteau en quête d'un mouchoir pour essuyer la goutte luisante qui pend à sa narine.

Et c'est maintenant que l'occasion se présente.

C'est un jeu d'enfant. Il lui suffit de garder un doigt dans le tiroir-caisse lorsqu'il le referme et d'attendre que le vieux machin ait quitté le magasin, puis de glisser du plat de la main l'argent dans sa poche de pantalon.

Quelques secondes plus tard, alors que la sonnette de la porte continue de tinter, que son cœur bat toujours aussi fort dans sa poitrine et que sa main droite tient bien fermement les pièces, la vente qu'il vient d'effectuer n'a pour ainsi dire jamais eu lieu. Mais l'argent est bel et bien là. Après le travail, il inspecte les lieux où il sait que les autres garçons traînent normalement. Il rencontre quelqu'un de sa classe, un garçon tranquille qui lui non plus n'est pas très apprécié, et lui demande s'il veut l'accompagner au café. Il précise que c'est lui qui régale. Heureusement, l'autre accepte. Et, tandis qu'ils marchent, la main droite de Henry serre toujours les pièces au creux de sa paume, un grand sourire illumine son visage.

Le café étant géré par la société de tempérance, il n'y a ni bières ni alcools sur les tables, mais on peut fumer autant qu'on veut et se raconter des histoires. Il achète deux chocolats chauds, remarque les regards des autres posés sur lui, entend le tintement des tasses et des couverts, le brouhaha joyeux des discussions et des rires. Son camarade de classe l'emmène à une table occupée par des garçons du voisinage. Henry s'assied, s'efforce de cacher sa nervosité, se contente d'écouter, sirote son chocolat chaud. L'un d'eux parle d'un film, d'un cow-boy qui sauve une ville entière. Tout le monde l'écoute. Quand le silence se réinstalle, Henry s'empare de l'occasion pour demander s'ils connaissent cette autre histoire de cow-boy, qu'il a lue dans un magazine. Ils relèvent les yeux de leur tasse, sans aucune trace de sarcasme, bien au contraire, ils l'écoutent vraiment et disent :

– Non, laquelle ?

Et Henry a l'impression que ces garçons n'attendaient que ça, que quelqu'un vienne les divertir, car ils l'écoutent attentivement, ils sont totalement absorbés par ce qu'il raconte, à savoir l'histoire d'une petite ville poussiéreuse d'Amérique, d'un braquage de banque et de valises pleines d'argent. Il les retient à la seule force de son regard et de son récit, il chuchote plus qu'il ne parle, les forçant ainsi calmement à se pencher et à s'asseoir sur le bord de leur chaise pour ne rien rater de ce qui se passe, pour suivre chaque détail. L'histoire commence certes avec les protagonistes du magazine, mais Henry ne tarde pas à s'introniser personnage principal, et nul ne réagit face à ce changement de rôles, nul ne s'étonne que Henry fasse subitement partie de l'histoire, car c'est lui désormais qui est au centre, lui et personne d'autre. Son camarade de classe l'observe avec admiration.

Vient le moment où il doit rentrer chez lui pour le dîner mais, alors qu'il se lève, l'un des garçons lui demande s'il reviendra demain.

– Oui, bien sûr, répond Henry avec désinvolture, comme si c'était la chose la plus normale au monde. C'est un chouette endroit, ajoute-t-il.

Puis il part, tandis que le bonheur et la fierté montent en lui, et pendant tout le trajet du retour, il sait ce qu'il doit faire le lendemain : empocher un peu plus d'argent. Suffisamment pour retourner au café. Et pendant qu'il s'amuse à la maison, il imagine déjà l'histoire qu'il leur racontera la prochaine fois.

Ça continue sur ce mode le reste de l'année. Il est prudent. Il prend garde de ne jamais trop se servir dans la caisse, de ne jamais céder à la tentation, même si rien ne laisse présager qu'il sera découvert. Non, rien que de petites sommes. Juste assez pour lui permettre de temps en temps d'aller faire un tour au café ou de rejoindre les autres au cinéma. Suivre la foule des jeunes impatients dans la salle, entendre le murmure des voix, voir le rideau de velours rouge s'écarter, pareil à des paupières qui s'ouvrent et lui montrent la voie pour accéder à un autre monde. Les films sont entre-temps si réalistes que les personnages parlent, que les armes, les portières et les voitures font du bruit. Il a la sensation d'être *tiré* dans l'écran, de devenir le héros de l'histoire. La musique, les images et les dialogues le transportent au cœur du drame, dont il ressent la tension comme si c'était la sienne. Seulement voilà, un ticket coûte une couronne entière, ce qui signifie qu'il doit mettre de côté plus d'argent qu'auparavant, sourire poliment aux clients, continuer de leur faire la causette pendant que son doigt maintient le tiroir-caisse ouvert. Après le « merci beaucoup et à bientôt ! », après le tintement de la sonnette de la porte, les pièces peuvent alors glisser hors du tiroir et atterrir dans ses poches où elles reposent, totalement silencieuses, mais chargées de puissance, étincelantes de mille et une possibilités.

Sauf que.

Un après-midi, alors qu'il est seul au magasin, la porte s'ouvre soudain sur deux garçons qui entrent comme dans un moulin. Les deux qui s'acharnaient toujours sur lui à l'école, uniquement parce qu'ils le pouvaient. Ils ont dû guetter, attendre qu'il soit seul, ils ont choisi le moment où ils savaient que son oncle et Sverre Hveding seraient sortis, où la plupart des gens sont en train de déjeuner. Henry sent son cœur cogner dans sa poitrine.

– Alors, c'est là que tu te caches ? demande l'un d'eux en s'approchant du comptoir. Comment un pygmée comme toi a réussi à monter si haut dans la vie ?

L'autre éclate de rire, une succession de petits hoquets, avant de plaquer la main sur sa bouche et d'imiter un Indien d'Amérique.

Henry ne répond pas. Il ne doit surtout pas leur montrer à quel point ces mots le brûlent au fer rouge. Le plus âgé s'empare d'un crochet qui sert à lever les vélos avant de les réparer puis saute par-dessus le comptoir sur Henry. Celui-ci essaie de se libérer, mais le plus jeune le rattrape par les mains et le cale sur le comptoir, si bien que Henry a le visage plaqué sur le bois.

– Qu'est-ce que vous faites ?! demande-t-il, désemparé.

– Il faut qu'on aide le pygmée à monter encore plus haut dans la vie, répond le garçon derrière lui, en mettant l'accent sur le dernier mot de sa phrase.

À ces mots, il descend un crochet retenu à une poulie fixée à la charpente. Henry sent d'abord un objet être glissé dans les boucles de son pantalon, puis l'acier froid sous sa chemise, des mains tâtonnantes, et enfin une corde sèche qui lui brûle la peau. Le garçon de devant lui lâche les bras et, un instant, Henry est libre de ses mouvements. Jusqu'à ce qu'ils commencent à tirer sur la corde. Son pantalon se resserre au niveau de la taille, Henry est hissé, il tourne sur lui-même à plusieurs reprises, il voit le comptoir et la caisse rapetisser, se retrouve juste sous le toit, plusieurs mètres au-dessus d'eux.

– Alors, elle est comment, la vue de là-haut ? demande l'un d'entre eux.

Henry ne répond pas. Il refuse de leur donner ce plaisir.

– C'est ça, continue de t'agiter comme un gardon ! Quelqu'un va bien finir par arriver pour te réconforter et changer ta couche, crie l'autre.

Ses yeux sont luisants de rire pendant qu'il fixe la corde au mur. Sur ce, ils sortent. La sonnette retentit à nouveau, le blondinet passe la tête dans l'entrebâillement pour crier un « merci ! » avant que la porte ne se referme et que leurs pas s'écrasent sur le gravier à l'extérieur.

Henry est suspendu là, dans un silence total.

Il se demande combien de temps il va rester coincé comme ça avant que quelqu'un le trouve. Et qu'est-ce qu'il dira alors ? Comment pourra-t-il supporter que cet incident entraîne des ragots qui se colporteront de voisin à voisin, dans tout Levanger ? Je les aurai, ces connards ! Je vais leur faire payer leurs saloperies ! Ils n'en finiront donc jamais, ces intimidations et ces bizutages, pense-t-il en se tortillant, sans hélas arriver à mettre ses doigts sur la corde. Au contraire, à cause de ses mouvements, la corde lui frotte le bas du dos, lui brûle la colonne vertébrale, il sent le désespoir le gagner, les larmes lui monter aux yeux, mais il refuse catégoriquement de pleurer. *Je ne vais pas leur offrir ce putain de plaisir !* pense-t-il, en serrant les dents. Il baisse les yeux, respire profondément par le nez en refoulant les larmes, car un jour il prendra sa revanche. *Putain, ce que je vais leur mettre !* se dit-il. Et, en fantasme, il modifie radicalement la scène. Il imagine ses deux tortionnaires entrer, aussi odieux et répugnants qu'ils le sont en réalité, mis à part qu'il change la suite : lorsqu'ils se penchent sur le comptoir, Henry redresse le dos et les remet en place à la seule force de son regard. Il leur crie, en remarquant à quel point ils sont d'emblée dans leurs petits souliers : « Qu'est-ce que vous foutez ici ? Si vous n'achetez rien, vous déguerpissez tout de suite ! Ne me faites pas perdre mon temps ! C'est compris ?! »

Henry ne peut réprimer un sourire alors qu'il les imagine en train d'échanger des coups d'œil perplexes, incapables de décider ce qu'ils vont faire maintenant que les choses ne se passent pas du tout comme prévu. Ils ne s'attendaient pas à ça, ah ça non ! L'un d'eux essaie de l'alpaguer par le col de la chemise, mais Henry est plus rapide : il esquive, se tourne à la même vitesse qu'un film en accéléré, recule le coude pour mieux enfoncer son poing dans le nez du type. Un coup violent et déterminé. Là, le gros dur fait moins le malin et tombe à la renverse, incrédule, les mains sur le visage et les larmes aux yeux. L'autre essaie de lui rendre la pareille, mais Henry se met à couvert – non, d'ailleurs, il ne se dérobe pas ! Il s'empare au contraire du cendrier posé sur le comptoir, un cendrier en cristal plein de mégots et de cendres, qu'il écrase contre la joue du garçon ! Il cogne si fort qu'il entend la pommette craquer, le cartilage et les dents, en plus des mégots de cigarettes qui volent dans tous les sens ! Putain, quel bonheur ! Quel triomphe de voir ces deux sacs à merde s'effondrer, s'éloigner en rampant, en haletant, en crachant du sang et des dents, car il les a mis tous les deux hors d'état de nuire. Il ne lui suffit plus que de bondir par-dessus le comptoir, un enjambement élégant. Il les attrape par le dos de leur manteau et les traîne jusqu'à la porte comme des sales morveux désobéissants.

Le temps et l'espace cessent d'exister tandis que ces scènes défilent dans son esprit, encore et encore, chaque fois avec de légères variations. Son pantalon lui irrite les deux côtés de l'aine, la corde lui brûle la peau, les aisselles et les flancs dès qu'il essaie de bouger. Depuis combien de temps est-il suspendu ?

Finalement la porte s'ouvre, Henry tourne la tête et voit un vieil homme entrer dans la boutique. Heureusement, ce n'est pas un habitué, ni quelqu'un qu'il recroisera, susceptible de lui rappeler cette humiliation à chaque rencontre.

– Mon Dieu, que s'est-il passé ? demande-t-il, en se précipitant derrière le comptoir pour défaire le nœud.

– Oh, c'est juste une blague, répond Henry avec un rictus, en expliquant à l'étranger que ce n'était qu'une farce entre copains et que les autres vont arriver dans un instant.

Il parvient à le persuader, il parvient à sourire et à en rire après qu'il est redescendu. La corde remise en place, il vient aussitôt en aide au client en lui apportant les articles dont il a besoin, pendant que quelqu'un d'autre entre.

Puis il se sert dans la caisse, il vole beaucoup plus d'argent que d'habitude, parce que lui revient en mémoire un homme en mesure de l'aider : un type qui vend des choses illégalement et qui peut soi-disant mettre la main sur tout et n'importe quoi, pourvu qu'on ait l'argent nécessaire.

À son retour, l'oncle de Henry lui demande si tout va bien. Il file dans l'arrière-boutique s'occuper des nouvelles commandes, lire le journal et fumer une cigarette.

D'autres clients entrent dans le magasin, à la recherche qui de ballons, qui de pompes, qui de poids, Henry prend sa quote-part, range l'argent subtilisé dans la poche de son pantalon. Enfin, il raccroche sa blouse et ferme le magasin, tout en criant au revoir à son oncle.

Quelques heures plus tard, Henry achète son premier pistolet.

C comme café, ce café où en cette année 1948 Gerson s'arrête, situé en bord de route au milieu de la forêt de pins, alors qu'ils rejoignent Trondheim. Non qu'il ait faim, mais ils ont déjà beaucoup roulé et il ignore combien de kilomètres il devra parcourir avant le prochain lieu où ils pourront se restaurer. Aussi, quand le panneau apparaît, il décide de faire une halte. La tête d'Ellen tombe légèrement vers l'avant lorsqu'il freine, elle ouvre les paupières et le regarde. Jannicke est toujours allongée la tête sur les genoux de sa mère, les yeux fermés, avec ses boucles foncées et ses grosses joues blanches. Et dire qu'ils forment un couple, Ellen et lui, pense-t-il. Jamais il ne l'aurait cru si quelqu'un le lui avait demandé avant la guerre. Pourtant elle est si belle, pense-t-il ensuite, et vient en plus d'une famille aisée. Oui, une bonne famille, sans nul doute, qui possède une usine de tabac à Oslo, plusieurs villas et automobiles, qui emploie des chauffeurs et des couturières. Ellen lui a parlé d'une maison remplie d'œuvres d'art, d'antiquités et surtout d'un grand piano à queue, elle en jouait tous les jours avant qu'ils ne soient obligés de fuir. Bien que la plupart de ces biens aient disparu pendant la guerre, ils gardent l'espoir d'en récupérer une partie. Quoi qu'il en soit, ni l'un ni l'autre n'avaient vraiment le choix, pense Gerson, tandis que les pneus crissent sur les graviers : il n'y avait pas beaucoup de filles de son âge dans les logements de réfugiés en Suède, trouver une femme hors du camp, suédoise, relevait de l'impossible. Qui aurait voulu d'un réfugié norvégien, juif de surcroît ? Sa mère n'est pas innocente dans leur union, puisqu'elle a invité la famille d'Ellen à prendre un café et à s'assurer qu'ils fassent des choses ensemble. La sœur jumelle d'Ellen avait déjà un petit ami alors qu'Ellen était célibataire. Ils se sont bien entendus et sont devenus un couple.

La mère de Gerson n'a pas pu cacher sa déception face à la somme ridicule restituée à la famille d'Ellen à la fin de la guerre, quand ils ont enfin pu réintégrer leur maison et récupérer leur bien – la fortune s'était envolée. Pendant un instant, Gerson imagine une vie différente, il se voit à l'université, plancher sur de nouveaux projets, gagner le premier prix d'un concours de mathématiques. Il cligne immédiatement des yeux et ces images s'évaporent car elles appartiennent à une autre vie qui ne peut pas être la sienne. Encore quelque chose que la guerre a détruit. Mais il ne peut pas se plaindre, il n'en a pas le droit, pense-t-il, parce qu'il est toujours en vie. Il n'a pas été transporté à bord du *Donau* et déporté dans un camp de concentration, ni emprisonné à Falstad, comme tant d'autres l'ont été. Oui, il est vivant, il est indemne, et cette vie n'est tout de même pas si mauvaise.

– Où sommes-nous ? demande Ellen.

– Je pensais qu'on pourrait s'arrêter pour manger un morceau, répond Gerson, le corps tourné vers elle sur la banquette arrière.

Ellen pose une main sur la joue de Jannicke puis lui enlève les cheveux du front.

– Bonne idée.

Et quand elle dit ça avec ce sourire si chaleureux, elle est tellement belle. Ses yeux brillent d'un tel éclat, respirent tant la franchise que Gerson éprouve une pointe de culpabilité. Pendant une fraction de seconde, il envisage de lui parler de la maison dans laquelle ils s'apprêtent à emménager.

– Ellen ?

Elle lui répond d'une voix absente, en lâchant sa main pour la petite endormie sur ses genoux.

– Tu voulais dire quelque chose ? demande-t-elle.

Gerson secoue la tête, regarde sa fille adorée et si belle, si innocente, si pure.

– Il est temps de te réveiller, mon trésor, dit-elle.

Jannicke inspire par à-coups à plusieurs reprises, comme si son sommeil était un abîme d'où elle venait de sortir la tête. Voyant cela, Gerson élude toute éventualité de raconter quoi que ce soit.

D

D comme danse, la danse des pigeons qui voltigent dans le ciel au-dessus de Falstad, qui volent parfois en formation au-dessus des champs au gré d'une danse tout en ondulations.

D comme délassement, quand les gardiens du camp ont fini leur journée, et D comme la désinvolture qui s'imprime alors dans leur voix. Parfois, les rires résonnent jusqu'entre les murs de ta cellule et ravivent dans ta mémoire des souvenirs d'enfance, les soirs où tes parents avaient des invités, où tu entendais leurs voix transformées, tout à coup plus fortes, plus joyeuses. Il en va de même pour les soldats allemands. Quand tu comprends la blague qu'ils se racontent, tu ne peux t'empêcher de sourire, c'est plus fort que toi. Puis tu te tournes sur ton châlit et tentes de disparaître dans le sommeil.

D comme doigts, tes doigts engourdis à force d'avoir tenu la scie ou d'avoir porté des pierres de 7 heures du matin à midi, de 13 à 20 heures, quand les nuées d'insectes bourdonnent dans la lumière du soleil entre les troncs d'arbres, quand la nature est au meilleur de sa vitalité. En hiver les journées de travail sont plus courtes. Non par égard pour vous qui êtes prisonniers, mais pour que personne ne profite de l'occasion pour s'enfuir à l'abri de l'obscurité.

D comme Dora, le nom de la base sous-marine qu'Hitler comptait construire à l'extérieur de Trondheim, aujourd'hui un bunker qui n'a jamais été terminé et a été transformé en centre d'archives après la guerre à cause de ses murs en béton massif. J'ai lu des articles sur Dora parallèlement aux recherches que j'effectuais pour mieux comprendre l'enfance de Rinnan et à celles que je menais pour trouver des réponses à ce mystère familial : pourquoi tu as été choisi, toi ? Était-ce uniquement cette accusation portée contre toi selon laquelle tu aurais écouté clandestinement la BBC, ou était-ce autre chose ? Auquel cas, qui t'a dénoncé ?

D comme dancings, ceux qui se trouvent aux alentours de Levanger où Henry Oliver a grandi ; et D comme drague, celle qui voit les garçons s'approcher des filles avec nonchalance et engager la discussion, sans a priori se soucier d'être éconduits. Comment y arrivent-ils ? se demande Henry chaque fois, alors qu'il se tient à l'écart de ces tentatives de séduction mais ne rate rien de ce qui se passe. Comment parviennent-ils à paraître si indifférents, si habiles ?

Et s'il manque à Henry le courage nécessaire pour approcher les filles, il accompagne quand même ses copains, en tant que chauffeur, puisqu'ils n'ont ni permis ni voiture, aucune en tout cas qu'ils puissent emprunter pour arpenter les environs en quête d'un bal. C'est donc Henry qui conduit, qui les emmène au dancing et les ramène chez eux, et il n'en va pas autrement ce samedi soir. Il est tard, la soirée était réussie. Les garçons à l'arrière parlent de leurs conquêtes sans cesser de se couper la parole – mais Henry ne les écoute pas. Il appuie sur l'accélérateur, il sent la voiture partir en puissance sur ce chemin forestier, il roule si vite que les graviers fusent sur les côtés.

Tous les vendredis ou samedis, ils vont dans un nouveau lieu. Les gens et les maisons défilent, les garçons flottent sur une vague de bonheur, d'attente et de camaraderie – jusqu'à ce qu'ils arrivent au dancing. Bien que l'endroit soit chaque fois nouveau, l'atmosphère est la même. L'éclairage et la musique qui filtrent de la porte d'entrée sont les mêmes partout : un bourdonnement de vie, d'envie et d'adolescence. La façon dont les hommes titubent, éméchés, dans l'herbe haute, est la même dans chaque ville. Tout comme le rire des filles en groupe, dans leurs robes d'été soyeuses, les cheveux attachés en chignon, les hanches et les seins pressés contre le tissu. Le désir et la voracité manifestes des hommes qui glissent un bras autour de ces femmes et les attirent vers eux sont chaque fois les mêmes.

Que n'aurait-il donné pour posséder ce bras qui se pose avec désinvolture autour des épaules tout juste recouvertes par une robe légère puis descend vers le bas du dos pour caresser du bout des doigts chaque centimètre du corps à travers le tissu ? Que n'aurait-il donné pour posséder ces yeux lorsque la femme se tourne vers l'homme appuyé là-bas contre le mur, pour posséder ces lèvres lorsqu'elle se penche à moitié et se laisse embrasser ?

Mais ce n'est pas possible. Il ne sert à rien d'essayer d'entrer dans ces établissements, car qui danserait avec un homme si petit que son visage s'enfoncerait alors contre les seins de sa partenaire ? Un homme si petit qu'ils resteraient tous les deux plantés là et que la gêne cuisante brillerait sur son visage à elle, au point de la transformer en phare, elle qui le dépasserait d'une tête. Sa taille le contraint à se tenir à distance. Elle le pousse à se garer devant le dancing sans sortir de la voiture, et quand ses copains lui demandent s'il veut les accompagner, il répond en leur adressant un sourire malicieux qu'il a un rendez-vous avec une femme qui habite dans le coin.

Ils s'éclipsent au bal et Henry continue son chemin.

Certaines fois il se gare au bord de la route.

D'autres fois il erre sans but.

Dans son imagination, tout est différent.

Dans son imagination, les roues crissent sur le gravier au moment où il entre dans une cour de ferme et se gare devant une maison peinte en blanc, avec une grange attenante, peinte en rouge et où poussent des framboisiers. Une lampe sur le mur penche la tête, les insectes volettent dans la lumière dorée. Henry frappe à la porte, il met à profit les quelques secondes d'attente pour retirer ses gants de cuir avec les dents, qu'il range d'un air mâle dans sa poche de manteau. Puis la propriétaire des lieux ouvre. Cette femme ressemble presque toujours à Greta Garbo, en un peu plus petite. Henry a vu et revu les films de l'actrice suédoise, il a caressé du bout de l'index son visage reproduit sur l'affiche et, quand nul ne le regardait, il a descendu le doigt sur ses seins, son ventre et même jusqu'à son sexe caché sous une robe moulante. Greta Garbo était elle aussi issue d'une famille pauvre, elle sortait elle aussi de rien, et puis… regardez ce qu'elle est devenue ! Mondialement connue, sophistiquée, bien habillée, toujours élégante et sensuelle, comme dans *Mata Hari* où elle joue le rôle d'une espionne qui séduit les hommes grâce à ses numéros de danse et leur soutire des informations, avant de finir devant le peloton d'exécution et d'être abattue. La scène est à la fois déchirante et cruelle, mais heureusement seul le personnage meurt et non l'actrice. Greta Garbo peut donc ressurgir, dans d'autres films, ainsi que dans les fantasmes de Henry ou sous la forme de femmes qui lui ressemblent, lorsqu'il conduit les garçons à un dancing quelque part.

La femme seule dans la maison reculée lui tend la main en lui adressant un sourire taquin. Elle est ardente, douce, consentante. Parfois ils le font là, dans le couloir, juste derrière la porte, elle a la robe remontée jusqu'au ventre au-dessus de chaussures à talons hauts. Mais de temps en temps elle l'emmène aussi dans sa chambre où elle déboutonne son chemisier, lui montre son soutien-gorge. Il lui caresse d'abord les seins, puis il la voit retirer ses vêtements, les uns à la suite des autres, face à lui, jusqu'à ce qu'elle ne soit plus que peau dénudée.

Ces rêveries sont si réalistes qu'il est parfois obligé, alors qu'il est seul dans les bois, d'enfoncer une main dans sa braguette et de se toucher. Les débuts sont toujours hésitants, maladroits, mais il persévère, va plus vite, plus fort, tandis qu'une nouvelle femme ressemblant comme deux gouttes d'eau à Greta Garbo s'allonge sur le lit devant lui, ses longs cheveux blonds étalés sur l'oreiller ; et là, à l'orée du bois non loin de la voiture, il la pénètre, il entre au creux de cette humidité chaude qu'il n'a pour l'heure jamais connue dans la réalité mais qui diffuse des ondes de chaleur dans tout son corps – jusqu'à ce que son sperme jaillisse dans le noir et s'accroche en filaments aux feuilles et aux brindilles. Il s'extrait de sa rêverie, il est soudain revenu au bord de la route, dans les fourrés, le pantalon baissé au niveau des genoux. Il s'essuie les mains dans l'herbe. Il cherche un ruisseau ou une flaque où laver ses gants gluants, il porte la main à son nez pour s'assurer que l'odeur est partie, frotte ses mains avec des feuilles, vérifie l'heure, continue d'attendre.

Les garçons restent bouche bée d'incrédulité et de jalousie quand Henry leur raconte ses rencontres avec ces femmes plus âgées et plus expérimentées. Il en parle avec tant d'ardeur et tant de précision qu'elles existeraient presque dans la réalité. C'est l'impression qu'ils ont tous en ce samedi soir, à commencer par Henry, alors qu'ils rentrent dans le noir après une escapade à Namsos. Il vient de leur parler de sa dernière conquête, il a pu constater que son histoire les a rendus envieux et excités, eux dont la soirée s'est limitée à danser et embrasser quelqu'un.

L'herbe haute au bord de la route scintille dans les phares des voitures. Sur la banquette arrière, les garçons rient et s'égosillent, galvanisés par ce qu'ils ont vécu ce soir ; ils échangent de petits détails, se délectent à l'évocation des prénoms de certaines filles, se fendent d'un commentaire qu'eux seuls sont en mesure de comprendre tout à fait, notamment la taille des seins de l'une d'elles, partent dans un grand éclat de rire. Ils s'amusent tellement, ils s'amusent comme des petits fous. Mais pour celui qui conduit, les écouter n'a rien d'amusant. Bien au contraire ! Ils parlent de choses qu'ils sont les seuls à avoir vécues et ce faisant ils l'excluent, alors que c'est *grâce à lui* s'ils peuvent se rendre dans ces dancings, *lui seul* a accès à une voiture. Pourtant, à les voir, on se croirait devant une bande de perroquets qui ricanent et papotent entre eux, sans se soucier de lui, sans l'impliquer dans la conversation, comme s'il n'était qu'un vulgaire chauffeur privé !

Ils ne perdent rien pour attendre. *Si je ne suis là que pour faire taxi, moi aussi je veux rigoler un peu*, pense Henry en se léchant les lèvres. Il serre le volant, les mains revêtues des gants de conduite qu'il s'est achetés avec son argent : des gants en cuir, ajourés au niveau des articulations, comme ceux des pilotes de course, qui sanglent les doigts et vous transforment en un autre homme dès que vous les portez. Il se penche à présent sur le volant et appuie sur l'accélérateur. Il écoute le moteur monter en régime et les pistons lutter pour suivre le rythme, au point qu'il doit changer de vitesse. Les buissons semblent clignoter dans les phares, heurtent à intervalles réguliers l'aile de la voiture. À l'arrière, les rires s'arrêtent d'un seul coup. Il voit les rictus disparaître des visages. Le chemin de terre est dur et cahoteux, les fondrières creusées par la pluie font frémir la carrosserie.

– Mais roule pas si vite, Henry, dit l'un de ses copains – le meneur, celui qui prend systématiquement la parole – en s'accrochant des deux mains à l'appuie-tête du siège conducteur. On n'est pas pressés, non ?!

Henry lui sourit dans le rétroviseur et voit la peur luire dans ses yeux.

– Ça ne va pas ? T'as peur ? demande Henry, en accélérant encore, jusqu'à sentir la voiture vibrer dans les virages et la force centrifuge comprimer leur corps sur le côté.

Tout va de plus en plus vite.

Son copain ne répond pas. Aucun d'entre eux ne parle. Ils s'inclinent en arrière, se cramponnent. L'aiguille de l'indicateur de vitesse file vers le haut alors qu'ils s'engagent sur une longue ligne droite. Et maintenant, pense Henry en passant en quatrième, voyons à quelle vitesse cette voiture peut vraiment rouler. Tout à coup, il aperçoit quelque chose dans la lumière des phares. Deux yeux brillants, en plein sur la chaussée, un chat peut-être. Il voit alors le reste de l'animal, il s'agit d'un lapin, assis au beau milieu de la route. Une cible à fourrure, un cadeau inattendu, comme un ours en peluche qu'on gagne à la fête foraine.

– Regardez-moi ça, les gars ! Demain soir, on mange du civet de lapin ! s'écrie-t-il en écrasant la pédale d'accélérateur.

– Henry ! crie un autre, celui assis à sa droite, qui ne dit presque jamais rien.

Mais Henry ne répond pas, se contente de se coller au volant pendant les deux secondes que dure ce moment de joie, de vitesse et d'excitation, tandis que la voiture rugit vers la petite créature poilue assise devant, stupéfaite.

Sauf que.

Le lapin saute soudain sur le côté, vers les buissons au bord de la route. Il peut pas faire ça, il a pas le droit de faire ça ! pense Henry, en faisant une embardée vers l'animal. Il a pas le droit de s'échapper, il peut pas me faire la nique ! se dit-il maintenant, en tournant le volant vers l'animal, persuadé d'y arriver.

Ensuite tout se passe très vite.

Le lapin disparaît du halo des phares.

Un ami sur la banquette arrière interpelle Henry.

La voiture quitte la route et bascule. On entend un fracas, un claquement sur le côté, Henry se retrouve couché, le visage plaqué contre la porte. La voiture est coincée contre un rocher, de biais. Il a des éclats de verre sur les genoux, une fissure longiligne balafre le pare-brise. Certains poussent des jurons, d'autres des gémissements.

Henry cligne des yeux à plusieurs reprises, ressent une douleur dans la poitrine causée par le volant qui s'y est encastré. Il est allongé contre la portière, mais il est vivant, il peut bouger les bras et les jambes, donc ce n'est pas grave, il doit juste garder son calme, se dit-il. Ce n'est pas le moment de songer à ce qui va se passer quand il montrera le véhicule accidenté à son oncle, il ne peut pas y penser maintenant, sans quoi ce sera la fin du monde, il doit faire semblant. Il tourne la tête, regarde le copain assis à côté de lui, des bris de verre sur les genoux et dans les plis de son veston. Il tient son visage entre ses mains, il saigne.

– Tout le monde est vivant derrière ? demande Henry.

Il veille à s'exprimer avec une voix impassible, mais toujours aussi cassante. Il n'obtient aucune réponse, hormis quelques geignements.

– Ouais ouais… Mais bon, fait chier, putain ! Y aura pas de civet de lapin en fin de compte, marmonne-t-il en baissant la vitre.

Heureusement, la portière n'est pas endommagée. Il tourne la poignée jusqu'au bout et se faufile par la fenêtre ouverte. Le garçon assis à côté de lui le suit, du sang dégouline de son nez sur la portière.

Henry se relève, enlève les éclats de verre de son pantalon. Les deux garçons à l'arrière sortent à leur tour. L'un d'eux, les dents fermement serrées, se tient l'avant-bras comme s'il était cassé.

– Putain de lapin ! dit Henry. Mais pourquoi il a quitté la route, bordel ?! Pile au moment où j'allais lui rentrer dedans, merde à la fin !

Les autres lui lancent un regard perplexe.

– Ben restez pas là à me mater ! leur crie Henry. Filez-moi plutôt un coup de main pour qu'on remette cette caisse sur la route !

Il va côté conducteur et coince sa main sur la jointure de la portière. Confus, les deux autres prennent la direction du coffre, en file indienne. Ils ont un regard servile, comme s'ils n'osaient pas agir tant que Henry ne le leur en a pas donné l'ordre. Ils poussent quand il leur dit de pousser, ils attendent quand il leur commande de le faire, ils poussent encore plus fort quand Henry leur crie de remonter la voiture sur le talus, jusqu'à ce qu'ils regagnent enfin la chaussée.

Tout le monde se réinstalle à l'intérieur. Le silence est total. Le moteur démarre. Si jamais l'un d'eux a le malheur de révéler à Sverre Hveding la cause réelle de l'accident, il perdra son emploi, ce qui signifie qu'il ne pourra plus jamais emprunter cette voiture, et qu'il se retrouvera à nouveau mis à l'écart. Henry se retourne et réclame leur attention.

– Écoutez-moi bien. Je vais vous expliquer ce qui vient de se passer, dit Henry à voix basse, en s'assurant que tout le monde l'écoute attentivement. Il n'y avait pas de lapin. Il n'y a JAMAIS eu de lapin. N'est-ce pas ?

– Qu'est-ce que tu veux dire ? demande l'un d'eux.

Henry le fixe du regard, comme le font toujours les héros dans les films qu'il a vus quand ils prennent le contrôle de la situation.

– Voilà ce qui s'est passé : une autre voiture venait en face qui fonçait droit sur nous, qui roulait trois fois trop vite. Si vite qu'on n'a vu que des phares aveuglants. Un connard qui nous a obligés à une sortie de route et qui ne s'est pas arrêté, même s'il a dû voir qu'on a fini au fossé. C'est ce que vous allez dire. C'est compris !?

Ils le regardent, troublés, comme si c'était difficile à saisir.

– C'est compris, j'ai dit ? répète-t-il, plus fort, et tout le monde hoche la tête en éructant :

– Oui, Henry Oliver.

Nul n'ose le contredire. C'est incroyable, pense-t-il. Les vociférations et la virilité ont disparu de leurs visages. Tout à coup, ils ressemblent à des enfants terrifiés devant leur père.

D comme début, le début du jour quand tu vois la rosée collée aux brins d'herbe à l'extérieur du camp et le scintillement des gouttes dans la lumière du soleil matinal.

D comme domaine, ces domaines viticoles que tu aperçois à travers la fenêtre du train, avant la guerre, alors que tu traverses l'Allemagne pour voir de nouvelles collections de vêtements ou pour assister à des rendez-vous avec des grossistes.

D comme date et D comme drame, ce drame dans ce que Marie Komissar s'apprête à annoncer à Gerson lorsqu'elle lui téléphone ce 12 janvier 1942, cette gravité qui fait trembler sa voix lorsqu'elle prononce la phrase qui va tout changer :

– Ils ont pris ton père !

E

E comme exécution, comme peloton d'exécution.

E comme emblème.

E comme *Elektrisk Bureau*, la société norvégienne de téléphone dont le logo est gravé dans le plastique de l'appareil téléphonique sur lequel Gerson se penche, en ce 12 janvier 1942, dans un chalet non loin de Trondheim.

Il porte un chandail en laine et des knickers, il est entouré de son petit groupe d'amis. Tous sont étudiants, tous sont célibataires, le salon déborde de rires, la fumée de cigarette flotte au-dessus d'anoraks trempés et de regards chargés de désir. Du moins jusqu'à ce que la sonnerie du téléphone ne retentisse dans le couloir et que l'ami propriétaire du chalet n'appelle Gerson. C'est d'une absurdité sans nom : non seulement la famille a fait installer une ligne téléphonique dans ce chalet reculé, mais elle se met à sonner en interrompant leur conversation et, pire encore, le coup de fil est en fait pour lui. Pourquoi chercherait-on à le contacter ici ?

– Ils ont pris ton père ! chuchote sa mère dans le combiné.

Les mots ont du mal à l'atteindre, ils le troublent tellement que sa seule réaction consiste à fixer silencieusement l'appareil. Sur le sol à côté de lui sont posées les chaussures de ski en rang d'oignons, aux extrémités plates et noires qui ressemblent à des becs d'ornithorynques. Les glaçons qui entourent encore les lacets chez certaines commencent à fondre.

– Gerson, tu es toujours là ?

– Oui, je suis là… Ça s'est passé quand ?

– Dans la matinée ! Ils l'ont appelé pour qu'il se présente au Misjonshotellet, en vue d'un interrogatoire…

– Il est accusé de quoi ?

– Je n'en sais rien… Nous n'aurions jamais dû revenir de Suède !

Il entend qu'elle est au bord des larmes.

La porte du chalet s'ouvre sur l'un des amis de Gerson qui entre avec un seau de neige qu'ils vont faire fondre, le large sourire sur son visage se fige dès qu'il remarque le silence dans la pièce.

– Il ne peut pas s'enfuir ? demande Gerson à voix basse.

– Non. Et il ne le veut pas. Pas tant que je suis à l'hôpital ! Et à cause de vous, les enfants, dit-elle.

Gerson entend les larmes monter en elle.

– Jacob est au courant ?

– Oui, il est complètement bouleversé. Ton père lui a parlé.

Il entend sa mère éloigner le combiné de sa bouche pour cacher ses sanglots.

– Je viens tout de suite ! dit Gerson.

Il raccroche et voit les visages graves et interrogateurs des autres.

– Qu'est-ce qui se passe ? demande l'un d'eux.

Gerson tient toujours le téléphone d'une main. Une onde de chaleur se diffuse en lui, lui pique les joues.

– Les Allemands ont pris mon père.

– Mais pourquoi ? demande la fille aux cheveux blonds.

– Je ne sais pas… Il faut que je rentre. Je suis désolé.

Il range à la va-vite ses vêtements dans son sac à dos. Il ne lui échappe pas que les regards de ses amis ont changé, passant de la joie et du rire à la pitié, à la honte et à la confusion. Il a la vague impression qu'ils sont même contents de le voir partir car, bien qu'ils soient désolés pour lui, une part d'eux-mêmes souhaite qu'il s'en aille dans la mesure où sa seule présence rapporte soudain ces ténèbres et cette gravité auxquelles ils avaient voulu échapper en s'accordant quelques jours de congé. *J'aurais dû m'en douter*, pense Gerson alors qu'il met le dernier pull dans son sac et noue ses lacets. Ils auraient tous dû savoir que ça arriverait tôt ou tard, pense-t-il ensuite avant de se lever pour embrasser les filles et serrer la main de ses camarades sans manquer de les remercier pour ces journées ensemble. Son ami, celui dont les parents possèdent le chalet, lui propose de le conduire en ville.

Gerson porte son sac et ses skis dans la voiture. Il ne dit rien pendant le trajet jusqu'à Trondheim, le front posé contre la vitre froide, ses pensées toutes à leur décision tragique de revenir en Norvège en 1940. La famille avait réussi à s'enfuir en Suède lorsque la Norvège avait été envahie par les Allemands en avril de la même année. Eux comme d'autres avaient fait leurs bagages, rejoint en toute hâte la gare, y abandonnant même leur voiture, afin de franchir la frontière avec le dernier train avant que les contrôles ne commencent. Le temps avait passé et, au bout d'un moment, la famille avait appris que la situation s'était normalisée pour les Juifs, qu'il était possible de revenir en toute sécurité, de continuer comme autrefois à condition de garder la tête baissée. Ils étaient donc retournés à Trondheim, dans leur appartement et à leur vie d'avant. Tous sauf sa sœur, Lillemor. Si seulement ils étaient restés là-bas avec elle !

Gerson ouvre les yeux et regarde le paysage : le tapis blanc sur les champs, les cristaux de neige fraîche qui scintillent au soleil, une ligne régulière de petits points laissés par les traces d'un lapin ayant traversé le terrain et identiques aux coutures sur les tissus du magasin de ses parents.

Il y est arrivé justement, son ami le dépose sur le trottoir, Gerson voit des soldats allemands à travers les vitres. Sa mère, entre-temps sortie de l'hôpital, même si elle a du mal à rester debout, le serre longuement dans ses bras. Un des hommes en uniforme indique à Gerson qu'ils ont fouillé sa chambre et qu'ils l'emmènent pour l'interroger. Ils le poussent dans une voiture, sa mère lui crie une phrase qu'il n'entend pas. Où le conduisent-ils ? Il imagine une prison, ou un camp de prisonniers, tandis que la voiture traverse le centre-ville et finit par s'arrêter devant un bâtiment qui sert désormais de bureaux à la Gestapo. Le Misjonhotellet.

Les soldats le poussent à travers les portes, dans un maelström de militaires allemands, de prisonniers norvégiens et de lits de fortune.

Gerson avise parmi eux un jeune homme vêtu de bottes et de jodhpurs, qui passe devant les fonctionnaires et s'adresse directement au commandant. Son attention est d'abord attirée par la petite taille de l'homme et par l'intensité de son regard, mais aussi par le fait que sa tête semble trop grande par rapport au corps. Mais ce dont il se souviendra le plus par la suite, c'est son accent : l'homme parle un allemand bourré de fautes de grammaire et qui porte très nettement les tonalités du dialecte de Trondheim. Il est norvégien.

E comme effervescence et euphorie, celles qui résonnent dans la voix de la petite clique de garçons. Ils marchent à l'extérieur de Levanger, devant de belles palissades protégeant des maisons peintes en jaune dont les fenêtres sont éclairées par une lumière chaude, des jardins bien entretenus où poussent des arbres noueux qui croulent sous le poids des fruits. Henry ouvre le cortège.

– C'est là, murmure l'un d'eux avec un signe de tête en direction d'un jardin où se dresse un énorme pommier chargé de fruits.

– Parfait, moi je fais le guet.

À ces mots, Henry sort de sa poche intérieure un pistolet qu'il fait tourner d'un côté sur l'autre. Les autres se penchent pour jeter un coup d'œil.

– Un pistolet ?! murmure l'un d'entre eux. Tu as un pistolet ?

Les autres échangent un regard rapide dans une tentative de jauger la situation.

– Parce que ça ressemble à quoi, d'après toi ? rétorque Henry d'une voix moqueuse. Et maintenant, passez par-dessus la clôture !

Ses amis obtempèrent. Ils escaladent maladroitement la clôture, en essayant de ne pas accrocher leur pantalon, puis ils disparaissent dans l'obscurité des arbres.

C'est une nuit d'août sombre et silencieuse, on ne voit personne alentour. Tout se passe comme dans la scène d'un film. Si seulement ce n'était pas qu'un simple vol de pommes, pense Henry, en sentant l'excitation palpiter dans ses veines et cogner dans son corps. Si seulement ce n'était pas une petite rue ennuyeuse de Levanger, mais une grande ville d'Amérique ? New York ou Chicago ? Car alors ils ne s'attaqueraient pas à un vieux *jardin*, mais à la *Banque fédérale*. Ils auraient la figure dissimulée derrière des masques de carnaval ou des cagoules qui couvriraient tout sauf leurs yeux et, à voix basse, ils ordonneraient aux employés derrière le comptoir de leur remettre l'argent et de garder leurs doigts bien à l'écart du bouton d'alarme.

Henry observe les silhouettes de ses amis sous les arbres, il les voit tirer sur les pommes qui s'accrochent obstinément à chaque brindille, faisant frémir les branches. Soudain une fenêtre s'ouvre et un homme se penche.

– Hé ! Vous là-bas, qu'est-ce que vous fichez ?!

Henry lève son arme et, instinctivement, tire deux fois en l'air. Il sent le recul de l'arme jusque dans son bras, comme si un serpent venait de lui mordre la main. Deux coups de feu si puissants qu'ils résonnent dans les rues. Les autres garçons sursautent, tellement effrayés qu'ils laissent tomber les pommes qui finissent leur course sur la route. Henry en ramasse une et, tandis que l'adrénaline monte en lui, il court, il enfile les rues, tourne ici et là, jusqu'à ce qu'ils soient tous à l'abri. Ils s'arrêtent, à bout de souffle.

– Où est-ce que tu l'as trouvé ? demande l'un d'eux, nerveusement, en désignant l'arme d'un mouvement de tête.

– Qu'est-ce qui te fait croire que je vais répondre à ta question ? répond Henry, en croquant la pomme.

Il fixe intensément le garçon, broie la chair du fruit entre ses dents. Une seconde s'écoule. Puis une deuxième. Le garçon ne répond pas, il n'ose pas. Voyant la peur et l'incertitude sur son visage, Henry sent le plaisir fuser en lui, car les yeux du garçon ont changé.

Ils suintent l'admiration, ou le respect.

Au cours des semaines suivantes, Henry prend de l'assurance. Il se comporte différemment, regarde les gens différemment. Ça doit se voir d'une manière ou d'une autre, ça doit rayonner forcément de lui, le rendre plus attirant, car peu après cet incident il fait la connaissance de Klara.

La femme qui, en l'espace d'un instant, change tout.

E comme Ellen Komissar, alors qu'en ce moment même Gerson et elle roulent enfin dans les rues étroites de Trondheim. Jannicke s'est à nouveau assoupie sur ses genoux – et Ellen de penser que la voiture semble agir sur la petite de deux ans comme un landau mécanique, que le ronronnement du moteur la berce et l'endort dès qu'il est allumé. Ellen penche la tête pour regarder les maisons en bois, basses, étranges et toutes de guingois, pareilles à des décors de théâtre ou à des maisons de poupées. Elle a hâte de repartir de zéro. Ils n'ont pas réussi à se bâtir une vraie vie à Oslo, mais ils peuvent en commencer une ici. Elle est impatiente de revoir la boutique, d'essayer les vêtements que Marie importe. Elle se transformera alors, deviendra à son tour l'une de ces femmes sûres d'elles qui portent des vêtements venus de France, d'Allemagne et d'Italie. Reconnaissant le chemin, elle se penche sur le dossier du siège pour voir où ils vont et sent alors la tête de sa fille toucher son ventre. Elle désigne une rue adjacente.

– Il ne faut pas tourner là ? demande-t-elle.

Gerson est clairement mal à l'aise : penché en avant, raide, il serre le volant beaucoup trop fort, papillonne des yeux de gauche et de droite.

– Ah bon, tu crois ?

Agité, il rate presque la rue. C'est bien lui, tiens… se dit Ellen. À toujours penser qu'elle ne sait rien, qu'elle ne peut contribuer à rien.

– Mais si, regarde ! La rue Nordre gate commence là. Il faut que tu tournes là.

Gerson lâche un gros mot, elle le voit transpirer. Il essaie de rétrograder mais agit dans la précipitation à cause d'une auto arrivée derrière eux et passe la mauvaise vitesse, la boîte de vitesses couine et regimbe, le bruit réveille Jannicke qui se met aussitôt à gémir comme si elle avait saisi l'atmosphère tendue qui règne dans l'habitacle. Gerson s'empare à nouveau du levier de vitesse, le pousse beaucoup trop fort pour passer en marche arrière, se retourne sans un regard pour Ellen, commence à reculer en roulant trois fois trop vite, trouve-t-elle, surtout avec l'autre voiture toujours derrière eux. Elle se tourne elle aussi et crie :

– Gerson !

Il a failli percuter le véhicule dont le chauffeur les regarde avec stupéfaction. Gerson change à nouveau de vitesse et s'engage enfin dans la bonne rue. Ils se taisent tous les deux. Sentant le regard de Jannicke posé sur elle, Ellen lui prend la main et esquisse un sourire qui se veut rassurant. Gerson se gare juste devant les grandes devantures de Paris-Wien qui font l'angle, Ellen soulève Jannicke sur ses genoux et les lui désigne par la vitre.

– Regarde, c'est la boutique de grand-mère ! On va pouvoir aller regarder les robes…

Jannicke ouvre de grands yeux brillants. Ellen sent les bras de sa fille autour de son cou. Elle ouvre la portière, voit Gerson sortir son briquet, ils se dirigent ensemble vers le magasin. Soudain la porte s'ouvre et Marie sort. Elle porte un canotier à large bord entouré d'un ruban de soie et un chemisier léger avec une ganse en dentelle sur une jupe noire qui lui galbe les hanches. Elle lève la main pour leur adresser un signe élégant. Il y a toujours chez elle cette allure aristocratique et parfaite, pense Ellen, en ôtant une poussière de son chemisier.

– Bienvenue à Trondheim, dit-elle en serrant Ellen dans ses bras avant de s'adresser à Jannicke : Et toi aussi tu es là, ma petite chérie.

Celle-ci tourne la tête avec une résistance telle que Marie abandonne toute tentative de communiquer avec l'enfant et s'adresse plutôt à Ellen :

– Alors, comment s'est passé le voyage ? demande-t-elle, sans attendre la réponse puisqu'elle pivote vers la porte pour l'ouvrir. Quel bonheur que vous soyez ici !

Ellen secoue la tête en regardant Gerson, qui ne semble pas comprendre son allusion, trop habitué aux bizarreries de sa mère pour s'en rendre compte. Ils entrent, Ellen décide d'oublier le voyage et le manque d'intérêt de sa belle-mère pour eux, car elle est d'emblée subjuguée par la boutique. Elle se dirige vers les étagères et les portants, caresse les tissus du bout des doigts. De la soie, de la mousseline, de la laine, de beaux boutons brillants. Elle a l'impression d'avoir ouvert une malle aux trésors. Gerson a enfin un travail, pense-t-elle, avec un salaire régulier. Alors oui, ça vaut sûrement le coup, bien qu'elle ait été contrainte de payer le prix fort : quitter Oslo, partir loin de ses parents et de Grete, sa sœur jumelle avec qui elle a toujours vécu, fait les mêmes choses et tout partagé. Elles qui n'ont jamais été séparées plus de quelques heures vont désormais vivre chacune de son côté.

– Tenez, dit Marie en sortant une bouteille de porto et trois petits verres de sous le comptoir. Il faut fêter ça.

– Merci, maman, dit Gerson, en prenant le verre qu'elle lui tend et en regardant Ellen comme s'il lui demandait la permission de boire.

Ils trinquent. Ellen boit une gorgée, sent aussitôt la chaleur parcourir son corps. Elle pose Jannicke qui se coule au bas de ses hanches pour descendre.

– Vous imaginez ? dit-elle. Nous sommes là ! Avec notre fille, un travail et bientôt une maison !

À peine a-t-elle terminé sa phrase qu'elle remarque un changement chez Gerson : il cligne des yeux, se passe la langue sur les lèvres. Et non seulement ça, mais il répond d'une voix un peu trop neutre :

– Oui, nous avons de la chance.

– Vous avez même beaucoup de chance, renchérit Marie en posant son verre qui tinte contre le comptoir. Bien sûr, que personne n'ait voulu s'installer dans la maison a facilité les choses… compte tenu de son histoire.

Confuse, Ellen interroge Gerson du regard. *Compte tenu de son histoire ?*

– L'avantage, c'est que vous en avez vraiment pour votre argent.

– Que voulez-vous dire ? demande Ellen.

Marie lance un coup d'œil étonné à Gerson.

– Mais… tu n'as rien dit ?

– Dit quoi ? demande Ellen.

– À propos de l'histoire de la maison ?

Voyant Jannicke ramper en direction d'un portant chargé de robes, Ellen se hâte d'aller la soulever. Puis elle interroge Gerson, dont les yeux sont plongés dans son verre de porto qu'il tourne et retourne entre ses doigts :

– Qu'est-ce qu'elle a comme histoire, cette maison ?

– Eh bien, si nous l'avons eue pour une bouchée de pain, c'est pour une raison bien particulière.

– Laquelle ? Elle est en mauvais état ? Il s'est passé quelque chose ? demande Ellen.

– La maison a servi de quartier général à Henry Rinnan pendant la guerre, déclare Marie.

Ellen sent les poils de ses bras se hérisser tout en se débattant avec Jannicke qui veut redescendre et poursuivre son exploration des lieux.

– Henry Rinnan ? répète-t-elle, interdite. C'est là qu'ils ont fait leur… On va… on va vivre dans la maison de la bande à Rinnan ?

– Oui. Mais, ma chère Ellen, dit Marie avec un sourire, comment crois-tu sinon que tu aurais pu te permettre de t'acheter une villa avec jardin dans un quartier tel que Singsaker ?

E comme élastique, ces élastiques utilisés pour fermer les boîtes et les caisses où sont rangés les vêtements, les ustensiles de cuisine, autant de cartons qui restent le long du mur de la maison pendant les tout premiers jours, comme si les objets attendaient de s'habituer aux lieux avant d'oser sortir de leur contenant et de trouver une place dans leur nouveau foyer.

E comme expiration, et l'air qui devient lourd et confiné dans les cellules exiguës de Falstad, à cause de la respiration des détenus, de l'odeur acide des corps. Mais aussi E comme éclats de rire, car il vous arrive de rire aux éclats quand l'un d'entre vous raconte une blague pour que vous gardiez un semblant de bonne humeur, ce qui arrive plus souvent que tu ne l'aurais cru initialement, comme si l'humour n'était pas l'une des premières victimes d'une guerre mais bien au contraire la dernière ; puisque le rire retire l'aiguillon de l'abattement, redonne de l'éclat dans les yeux des autres prisonniers et réveille les muscles, ne serait-ce que pendant quelques secondes qui ressemblent dès lors à un instant de grâce.

E comme eider, ces eiders que tu vois parfois à Falstad, tandis qu'ils rejoignent la côte. Un jour, alors qu'ils volent dans le ciel pendant que tu es avec Ralph Tambs Lyche, il t'explique de quelle espèce il s'agit exactement.

– Tu savais que ce sont parmi les animaux les plus anciens vivant en Norvège ?

Tu l'ignorais complètement.

– Les gens sur le littoral veillent sur les nids pendant la couvaison et chassent les prédateurs. En contrepartie, les êtres humains prennent le duvet des eiders quand la saison de nidification est terminée. Ils l'utilisent pour leurs couettes et leurs oreillers. D'où le mot édredon !

Tu penches la tête, tu aperçois les contours des oiseaux qui disparaissent au-dessus de la cime des arbres et, en pensant à cette attention, en te disant que tant de douceur existe malgré tout, tu éprouves une nostalgie singulière. Puis l'un des gardiens vous interpelle et tu continues de scier.

E comme énergie, cette énergie que les travaux forcés au camp te subtilisent, peu à peu, jusqu'à ce que tu commences à penser que tout t'est désormais égal, qu'il vaudrait encore mieux disparaître. T'allonger à même le sol. Poser ta joue sur les copeaux, les aiguilles de pin, l'odeur de la terre. Rester ainsi étendu et enfin te reposer. Sentir chaque muscle se décontracter. Ne plus te soucier des gardiens qui t'interpellent, qui te donnent des coups de pied dans les côtes. Ne pas réagir quand tes camarades t'aident à te relever. Rester couché là et sentir ce besoin de t'enfoncer dans la terre, de ne faire plus qu'un avec elle. Admettre que la mort ne signifie pas fuir quelque chose. Reconnaître au contraire que tu peux l'accueillir les bras grands ouverts, puisqu'elle est le moyen le plus sûr et le plus rapide pour fuir le camp de concentration.

F

F comme fin, comme Solution finale.

F comme folie, comme furie, comme férocité.

F comme fantôme, ces fantômes du passé qui ne cessent d'exister ; et F comme fascisme, ce fascisme qui ne cesse de grossir dans la culture comme une métastase.

F comme fiel, comme fiasco, comme fraude.

F comme flagellation, comme flétrissure, comme forfaiture.

F comme froid, ce froid glacé dans la cour de promenade le matin, en hiver ; et F comme femmes, ces femmes détenues dans une aile du bâtiment, que tu entraperçois de rares fois, derrière les fenêtres ou dans la cour de promenade.

F comme Falstad.

Nous sommes à la mi-octobre et pourtant il fait doux en cette matinée où un taxi me conduit de la gare jusqu'au nord de Trondheim. Le trajet dure une heure. Il y a des champs à gauche et à droite, séparés par cette route de campagne flanquée de chaque côté de lignes discontinues, à croire qu'un géant muni de ciseaux pourrait à n'importe quel moment découper la chaussée du paysage en suivant ces pointillés.

Je vois un panneau marron rehaussé du symbole international marquant la présence d'un lieu emblématique, un carré aux coins en boucle retournés sur eux-mêmes, tout comme l'Histoire se retourne sur elle-même et répète les mêmes motifs, les mêmes : l'amour, l'envie, la possession, la haine, le rire, la joie, la peur, la colère, le désir, la maladie, la naissance.

Puis je l'aperçois.

Un bâtiment carré, sur deux niveaux, aux murs en brique peints en jaune, refermé sur lui-même, accessible par un porche voûté surmonté d'un clocheton encastré dans la toiture. Un beau bâtiment, conçu à l'origine pour accueillir une école spécialisée destinée aux handicapés mentaux, loin de la ville la plus proche.

Je vois dans l'atrium un bouleau aux feuilles jaunies, dont beaucoup sont tombées. C'est le même arbre que pendant la guerre, mais l'atrium d'aujourd'hui s'appelait alors la cour de promenade. Cette cour puis ce porche qu'on t'a forcé à traverser, par un matin froid d'octobre, pour t'emmener dans la forêt marécageuse voisine.

Le soleil se levait sur le paysage, faisait reluire les feuilles dorées, scintiller les gouttes de rosée et sécher l'écorce cassante. L'ombre du bouleau glissait lentement dans la cour comme la grande aiguille d'une horloge, jusqu'à ce que l'obscurité se dépose sur le paysage et avale tout sur son passage.

Quelques heures plus tard, un nouveau groupe de prisonniers a été conduit à travers le porche. Certains regardaient droit devant eux pour ne surtout pas provoquer la colère des gardiens, d'autres jetaient autour d'eux des coups d'œil à la dérobée pour tenter de savoir dans quel genre d'endroit ils arrivaient. L'un d'eux n'était autre que Julius Paltiel, un jeune homme qui intégrerait plus tard la famille Komissar en se mariant avec Vera Komissar, après qu'elle aurait divorcé de Jacob. Dans l'ouvrage qu'ils ont écrit ensemble, Julius Paltiel se souvient d'un épisode près de cet arbre où il se trouvait avec d'autres prisonniers, en octobre 1942, juste après ta mort, quand un des soldats allemands leur a ordonné d'enlever les feuilles.

– Il y a des râteaux ? a demandé un détenu.

Le soldat allemand s'est d'abord moqué d'eux. Puis il les a forcés à se mettre à quatre pattes et leur a ordonné de déplacer les feuilles avec leur bouche. Julius Paltiel a dû ramper, enfouir son visage dans les feuilles mortes, sentir sur sa langue le goût dégoûtant de feuilles à moitié pourries. Tout en gardant un air concentré, il a penché la tête, craché les feuilles, est revenu en rampant, a plongé de nouveau la tête dans les feuilles mortes.

Julius Paltiel a survécu à sa détention à Falstad. Il été transféré à Oslo, mis dans un train en direction du sud, à destination des camps de concentration.

Il a survécu au voyage en train à travers l'Europe.

Il a survécu aux trois années passées à Auschwitz, à la marche de la mort à travers la Tchécoslovaquie jusqu'à Buchenwald. Avec quelques autres, il s'est caché lorsque les autres Juifs ont été fusillés.

Il a survécu à la déception de ne pas avoir été libéré comme les autres prisonniers en mars 1945, devant attendre que les forces américaines leur portent secours en mai.

Je l'ai rencontré plus de cinquante ans plus tard lors d'un dîner chez Gerson, et ce qui m'a vraiment frappé, c'est l'apparence de cet homme, l'un des rares à être revenus vivants des camps de concentration. Il n'était pas un homme brisé et amer qui maudissait la vie pour toutes les souffrances qu'il avait dû endurer dans son existence ; bien au contraire : il était un être qui, dans tout ce qu'il disait et faisait, arborait un calme inhabituel.

Julius Paltiel parlait tranquillement, à voix basse, ses manches de chemise retroussées qui révélaient ainsi le tatouage de son numéro de déporté à Auschwitz. J'avais le sentiment que l'homme brillait dans son entier.

Pendant que, par la fenêtre du premier étage à Falstad, je regarde le bouleau qui se trouve sous moi, je revois son visage, je revois la gentillesse d'un homme mis à l'épreuve, encore et encore, jusqu'à ce qu'il ne reste que la partie la plus coriace de l'humain qui est en nous. Qu'est-ce qui rend certains plus forts face à une telle adversité et une telle cruauté, tandis que d'autres s'affaissent, s'effondrent, se brisent et finissent démoralisés, mutilés, détruits ?

Cela dépend-il de ce qui nous constitue au préalable ? De nos expériences dans la petite enfance ? Du sentiment d'être aimé, chevillé à notre corps, au plus profond de notre personnalité ? Ou est-ce au contraire une froideur ? Qu'en est-il des frères et sœurs de Rinnan ? Seuls deux d'entre eux l'ont soutenu.

Rinnan aurait même révélé à l'un de ses frères, pendant qu'ils roulaient en voiture, qu'il avait été engagé comme espion par les Allemands ; mais quand Rinnan lui a proposé de travailler avec lui, son frère lui a simplement demandé d'arrêter la voiture : il en est descendu et a fait le chemin jusqu'à Levanger à pied.

L'homme qui me sert de guide dans Falstad sort de son bureau en tenant ses clés de voiture et me demande si je suis prêt à voir le monument érigé à l'endroit où les prisonniers ont été fusillés. Nous nous mettons en route, nous empruntons un chemin de terre à travers les bois jusqu'aux tombes : des stèles pyramidales jaillissent de la bruyère, gravées de chiffres romains. Il me laisse avancer seul entre les pins et la bruyère. Un gros rocher en forme de coquillage repose sur le sol de la forêt. Y sont inscrits les noms des personnes assassinées, certains cachés par de petites feuilles, mais je trouve le tien quasi immédiatement. Je passe le doigt dessus, je ferme les yeux, j'essaie de me représenter la scène, ce matin-là, il y a longtemps. Je tente de t'imaginer ici, à côté, peut-être même entre ces arbres. Mon guide de Falstad m'indique que la stèle pyramidale a été construite à l'endroit où tu as été enterré pour la première fois. Je prends quelques photos. Nous nous parlons à peine lorsque nous retournons à la voiture. Je remercie l'homme, je continue ma route.

Mon rendez-vous suivant est avec le propriétaire actuel de la maison que Henry Rinnan a utilisée comme quartier général : le Cloître de la Bande, comme elle s'appelait aussi, au numéro 46 de la rue Jonsvannsveien. Cette fois, je vais pouvoir y entrer.

F comme Flesch, qui non seulement sonne comme le mot anglais prononcé *flesh* et signifie *chair*, mais est aussi le nom de famille du nouveau chef de la sécurité pour la Norvège centrale. Tu as vu ce bureaucrate à plusieurs reprises pendant ta détention à Falstad, tu as remarqué combien les soldats autour de Gerhard Flesch deviennent aussitôt plus nerveux, plus durs. Ils sont transformés en versions plus sévères et plus brusques d'eux-mêmes, craignant les représailles que l'officier pourrait leur infliger s'ils montraient le moindre signe de faiblesse ou de compassion. L'homme a l'apparence d'un fonctionnaire ordinaire ; ses cheveux fins, ses yeux clairs et amicaux sont en contradiction totale avec les gestes qu'il effectue : coups de pied et coups de poing arbitraires, exécutions sommaires, dont la dernière a eu lieu au petit matin, la veille de ton assassinat.

F comme fruits, ceux du verger de la rue Jonsvannsveien. De vieux arbres fruitiers dont les branches poussent au-delà de la palissade, aux fleurs blanches dont Ellen sait qu'elles faneront dans quelques jours seulement.

– Regarde ! s'écrie Gerson, enthousiaste. Tous ces pommiers et ces pruniers ! Tu ne crois pas qu'on va se plaire ici ? demande-t-il en s'adressant cette fois à sa fille sur ses épaules, mais Ellen réalise que cette question rhétorique lui est en fait destinée.

– Si, je suis sûre qu'on va se plaire ici, répond-elle.

Et elle le pense vraiment, car le jardin est en effet magnifique : grand, planté de groseilliers en plus de tous ces arbres fruitiers. Cette propriété est si différente de ce qu'ils avaient à Oslo, à commencer par la villa en tant que telle, si joliment perchée sur une colline, dans un quartier huppé, avec une architecture particulière en forme de L autour d'une véranda où ils ont installé une table rectangulaire, sur laquelle reposent en ce moment des vases garnis de fleurs. C'est une maison relativement basse, quasiment de plain-pied si l'on fait abstraction du grenier. La toiture pentue est d'ailleurs percée d'une fenêtre en demi-lune qu'Ellen reconnaît pour l'avoir vue sur les photos que Marie a envoyées à Gerson. Ainsi que sur les clichés réalisés lors du procès de Rinnan. Mais elle ne doit pas y penser, elle doit se ressaisir, se dit-elle en observant sa fille, en voyant à quel point elle est ravie d'être juchée sur les épaules de son père, combien son visage aux joues rondes s'illumine quand elle regarde le jardin. Sa belle petite main pointée, elle dit :

– Alble !

Apercevant les fenêtres de la cave, Ellen sent qu'un tourbillon de pensées tente de pénétrer dans son esprit. Elle préfère se tourner pour regarder sa fille.

– Oui, nous allons être heureux comme des rois ici, dit-elle en souriant à Gerson et en caressant du pouce et de l'index la petite main douce de Jannicke.

Ils sont incroyablement privilégiés. Elle doit absolument garder cela à l'esprit. Et ne penser à rien d'autre. Elle ne doit pas s'attarder sur l'histoire des lieux, car Gerson a tout à fait raison : la maison a servi de jardin d'enfants pendant deux ans, l'horreur a ainsi été balayée, la villa a retrouvé son statut de maison familiale. Au lieu d'imaginer des fils barbelés tout autour de la maison, des prisonniers traînés hors des voitures pour être interrogés à l'intérieur, elle doit se concentrer sur *l'autre* histoire. Voir les petits enfants courir dans le jardin, monter les marches de l'escalier une par une ; voir leurs cuisses potelées et les jolies boucles sur leur adorable frimousse. C'est sur *eux* qu'elle doit se concentrer. Elle doit se souvenir de leur chance, car ils ont vraiment de la chance. Elle a rencontré un homme merveilleux, elle emménage dans une maison individuelle, toute sa famille a survécu à la guerre avec uniquement quelques blessures financières. Et non comme beaucoup d'autres familles juives, auxquelles il ne reste que des appartements vides. Des familles entières ont été exterminées, réduites à des noms cités à la synagogue ou lors d'une rencontre dans la rue, lorsqu'on croise un vieil ami et qu'on prend des nouvelles de connaissances communes. Qu'est-il advenu d'Untel ou d'Unetelle ? Combien s'en sont sortis chez eux ? Et là on voit la nervosité s'emparer de l'autre qui se met fébrilement à cligner des yeux peut-être ou à se gratter le cou avant de répondre : Ils sont tous morts. Surtout, comme Ellen l'a appris, il ne faut jamais poser de questions sur les enfants, sur les petits de deux ans, de quatre ans, de sept ans. Parce qu'eux aussi sont tous morts.

Elle a de la chance. Ils ont de la chance. Ils se sont enfuis, ils n'ont pas été tués, comme le père de Gerson et le frère de Marie. Même si la guerre a consumé leurs finances, ils héritent malgré tout de cette superbe villa, située dans un beau quartier de Trondheim. Ils ont de la chance, se répète Ellen, encore et encore. Et pourtant, elle ne parvient pas à se départir de la sensation que quelque chose ne va pas. Un frisson glacé la traverse et la fait même frémir alors qu'ils entrent dans le jardin. *Tu savais qu'ils ont torturé des centaines de personnes dans ces pièces ?*

Gerson descend Jannicke de ses épaules, qui s'élance pour faire plus ample connaissance du jardin. Elle ressemble à un chiot qui bondit de-ci de-là. Elle caresse du plat de la main les poteaux auxquels on peut étendre du linge ou faire des exercices de gymnastique. Elle observe les plates-bandes fleuries, les carrés de légumes, les arbres dans lesquels elle pourra grimper par la suite.

Gerson sort les clés. La maison est censée être vide. Ses anciens habitants, la famille Tambs Lyche, est déjà partie s'installer à Oslo. Marie s'est occupée de tout, la villa leur appartient désormais, le pavillon en construction à Oslo a été échangé contre une petite somme d'argent.

Ici. Ils vont vivre ici. Tout va bien se passer, pense Ellen en glissant la main sous le bras de Gerson. Il est si beau, se dit-elle. Avec ses yeux marron, ses boucles foncées, sa peau mordorée. Un homme aussi fin qu'il est attentionné. Elle pose la tête sur son épaule. Oui, ce sera chouette, se dit-elle cette fois, en forçant ses yeux à ne pas regarder les fenêtres de la cave, fermées par des plaques grillagées dont les petits cercles métalliques encastrés ressemblent à des menottes.

F comme fourvoiement.

F comme Ford.

F comme fabrique.

F comme fanatisme.

F comme famille, ces familles qui à de rares occasions ont le droit de rendre visite aux prisonniers en ce printemps à Falstad, y compris Marie et Jacob qui viennent te voir. Et bien que tu éprouves de la joie et du soulagement de constater qu'ils sont en vie et en bonne santé tous les deux, un autre sentiment assombrit leur joie tandis que vous vous tenez des deux côtés de la clôture : la honte de porter une tenue de prisonnier, d'être négligé, épuisé, affaibli. Tu préférerais ne pas avoir à tenir leurs mains à travers les fils de fer barbelés et toucher leur peau douce – parce que tu ne te reconnais pas et que tu vois dans leurs yeux qu'eux non plus ne te reconnaissent pas.

F comme frugalité, un autre mot pour évoquer le dénuement et le quotidien miséreux de la vie en province dans la Norvège des années 1920. Si certaines des biographies consacrées à Henry Rinnan insistent sur la pauvreté de sa famille, comme c'est le cas dans *Hvem var Henry Rinnan [Qui était Henry Rinnan]* de Per Hansson, d'autres remettent en question cette affirmation et arguent du contraire : quelque difficiles qu'aient été les années 1920 et 1930 pour de nombreux Norvégiens, la famille de Rinnan n'était pas plus mal lotie que les autres. Ils étaient peut-être pauvres, ils avaient certes beaucoup d'enfants, mais ils vivaient dans une maison en ville et le père possédait son atelier de cordonnerie. L'oncle travaillait dans un magasin de sport qui s'est transformé en concession automobile et même en station-service. Les grands-parents étaient propriétaires d'une ferme à l'extérieur de la ville, ce qui implique que les Rinnan ont très bien pu s'y rendre pour se procurer de la viande et des légumes s'ils avaient du mal à joindre les deux bouts, ainsi que certains l'ont souligné. Rien de tout cela ne laisse penser que Henry Oliver Rinnan ait souffert plus que quiconque. Quant à l'incident des bottines pour femmes (comme l'a rappelé l'institutrice de Rinnan dans une interview), il n'est pas difficile d'imaginer comment cette méprise a pu résulter d'une décision toute simple, par un matin compliqué et chaotique dans une jeune famille. Combien de parents pressés n'ont pas trouvé dans le cartable de leur progéniture, juste avant de les emmener au jardin d'enfants, les moufles mouillées de la veille que le personnel éducatif avait rangées dans un sac en plastique, les obligeant à la dernière minute à trouver autre chose pour garder les doigts de leurs petits au chaud ? Des moufles beaucoup trop grandes, sans doute ; ou bien ils leur disaient de bien enfoncer leurs mains dans les poches de leur parka pour qu'ils ne grelottent pas.

F comme filtre à air, comme frein, comme flexible de frein. Toutes sortes de clés, de vis, de boulons, de tuyaux. Tout ce avec quoi Henry se familiarise, penché sous le capot de la Ford. Il s'éclipse dans l'atelier dès qu'il le peut, en sentant la fascination qu'exerce sur lui la voiture qu'il bricole, en tentant de comprendre le fonctionnement conjoint de ces pièces, en éprouvant une immense fierté à chaque sourire de son oncle.

– Tu as encore fait du bon boulot ! dit celui-ci quand Henry émerge du capot, les mains couvertes de cambouis et de saleté.

Car il sait que son oncle dit vrai : s'il maîtrise quelque chose, c'est bien la mécanique.

G

G comme Grenade, la ville espagnole située en altitude et à plusieurs jours de marche de la mer en 1066, année où environ quatre mille Juifs sont massacrés par les Maures, qui inaugurent ainsi l'un des premiers pogroms connus dans l'histoire de l'Empire romain, marquant le début d'un long récit de persécutions antisémites.

G comme gêne, ce malaise que tu éprouves en voyant les autres détenus passés à tabac. La douleur se transplante dans ton corps, se mélange à une colère que tu parviens à contenir uniquement en pensant que tu ne subis pas le même sort. Tu es témoin à une occasion des sévices infligés aux prisonniers russes, contraints de courir dans un cercle pendant que les gardiens placés autour les frappent sans relâche avec un balai, jusqu'à ce que le manche casse. Ces brutalités s'arrêtent alors quelques instants, en attendant que quelqu'un envoyé dans un atelier rapporte des bêches.

G comme générosité, celle de certains gardiens. Ceux qui ferment les yeux sur les lettres et la nourriture introduites clandestinement dans le camp, qui tournent la tête quand on découvre qu'un détenu a transgressé un interdit. À l'instar des enfants qui apprennent à différencier les adultes avec lesquels ils peuvent rigoler de ceux qui sont d'une grande sévérité, tu développes une capacité à interpréter chez les soldats les différences microscopiques de ton et de mimique.

Peu à peu, tu distingues lesquels sont ici par conviction et de plein gré, lesquels remplissent uniquement leur rôle par devoir, vêtus d'un uniforme qui aurait tout aussi bien pu être une blouse de médecin ou une robe de prêtre. Tu en as l'illustration par un camarade prisonnier qui, le sourire aux lèvres, te parle d'un cadeau d'une ferme voisine ayant glissé du vêtement dans lequel il était caché, juste au moment où ce prisonnier franchissait le porche, sa journée de travail terminée. Une bouteille de lait et un peu de viande de mouton séchée se sont soudain retrouvés à terre, à la vue de tous. Le gardien s'est contenté de lui adresser un sourire amical avant de détourner le regard pendant quelques secondes, le temps pour l'homme de se pencher et de dissimuler la nourriture.

G comme Grete.

– Ce dont je me souviens ? Je me souviens du jardin, il y avait des poteaux où nous pouvions jouer. Jannicke et moi partagions la même chambre à côté de la cuisine. Je me souviens de la chambre mansardée, avec la fenêtre en demi-lune, où maman allait s'allonger quand elle avait la migraine. Nous ne devions pas faire de bruit et ne surtout pas la déranger. Je me souviens que Jannicke et moi, on avait un club secret dans le grenier où Jannicke conservait des choses datant de la guerre qu'elle avait trouvées. Mais je préférerais qu'elle le raconte elle-même. Je me souviens qu'on présentait des pièces de théâtre à la cave, que je distribuais des tickets d'entrée en haut de l'escalier qui y descendait. Je n'ai pas d'autres souvenirs particuliers. Enfin, ce qui ne fait aucun doute pour moi, c'est que cette maison a littéralement cassé maman en deux.

G comme *gravlund, cimetière* en norvégien, *den jødiske gravlunden på Sofienberg*, le cimetière juif de Sofienberg à Oslo, à côté de l'endroit où habitait Rikke lorsque nous avons décidé de vivre ensemble. Dans sa majeure partie d'origine, il a été aménagé en parc où les vivants peuvent aujourd'hui prendre des bains de soleil, se promener avec leur poussette ou tendre des cordes entre les arbres pour jouer aux équilibristes, vraisemblablement en ignorant tout des squelettes qui se trouvent dans le sol, sous leurs pieds. L'unique périmètre restant du cimetière est constitué du carré juif, à l'angle du parc. Avant même d'entamer l'écriture de ce livre, je savais qu'il ne faut jamais retirer les pierres tombales juives. Rikke me l'avait expliqué quand à Prague nous étions allés voir le cimetière juif qui ressemblait à un bois, où la nature aurait certes repris ses droits, mais où se succédaient des stèles noires et grises, gravées de noms. Certaines des personnes enterrées là étaient décédées depuis plusieurs siècles. Le carré juif de Sofienberg était considérablement plus petit, et considérablement plus récent, mais Rikke reconnaissait les noms figurant sur les tombes. Elle m'a dit que le seul fait de voir le cimetière constituait une sorte d'avertissement, le rappel de ce qui est arrivé à sa famille. Et ce, bien sûr, sans oublier les personnes inhumées ici, dont les noms surgissaient parfois dans les conversations, lors des repas chez son grand-père Gerson ou dans les ouvrages consacrés aux Juifs norvégiens : les Dworski, les Klein. Ce matin-là, il y a presque vingt ans, alors que nous passions tous les deux devant le carré juif, nous avons remarqué que plusieurs stèles avaient été renversées – délibérément. Indignée, Rikke a voulu les remettre en place aussitôt. Je l'ai suivie avec la sensation d'enfreindre un interdit ; je me souviens même que je regardais nerveusement à droite et à gauche avant que nous n'entreprenions de soulever les stèles. Les prenant chacun d'un côté, nous sentions la pierre froide sur nos doigts. Nous avons bien essayé de les soulever, mais elles étaient trop lourdes, et nous avons été obligés de quitter les lieux en laissant les noms face contre terre.

G comme Gestapo, comme génocide, comme Gerson. Toutes les personnes qui seront assassinées doivent d'abord être privées de leur part d'humanité. Les différences de goût et de style doivent être gommées : finis, les blazers en velours bleu, les chemises à rayures et à boutons blancs ; finies, les montres et les chaussures en cuir ; finis, les robes d'été flottantes et les chemisiers fleuris, les colliers de perles et les bagues scintillantes.

Puis les coupes de cheveux : finies, les franges qui tombent dans les yeux et qu'on balaie par un léger mouvement de tête en arrière ; finies, les nattes, les queues-de-cheval et les tresses qu'on fixe à l'aide d'épingles à cheveux ; finies, les moustaches en guidon dont les pointes raides ornent les joues ; finies, les barbes qui embrassent doucement sur le menton et recueillent parfois des miettes de pain ou une goutte de sauce qu'une femme retire ensuite avec un mouchoir.

Toute trace de personnalité doit être éliminée pour empêcher le bourreau de se reconnaître dans ses victimes. C'est la distance nécessaire. Sans quoi le geste suivant serait impossible et reviendrait à s'attaquer à son propre reflet.

Cette transfiguration achevée, les prisonniers peuvent être rassemblés, triés et tués. Sans la moindre compassion, selon des procédés organisés et méthodiques, comme on le ferait pour exterminer les rats qui se multiplient dans une ville et qui répandent la maladie, la saleté et l'inquiétude.

L'ambiance des années 1930 à Trondheim déshumanise peu à peu Gerson, si bien que, au début de la guerre, il se retrouve exclu d'un nombre chaque jour croissant de catégories. Il n'est plus un Norvégien. Il n'est plus étudiant. Il n'est plus un Trondheimois, un batteur, un passionné de jazz, un étudiant, un mathématicien, un fils, un frère. Il est juif. Et, en tant que Juif, il est suspect. Il en va de même pour son frère Jacob, pour sa mère Marie. Leur appartement est perquisitionné. Les soldats trouvent des photos de filles aryennes sur le bureau de Gerson. Il est convoqué à un interrogatoire où on lui présente les photos. On lui dit de se tenir bien à l'écart des jeunes Norvégiennes s'il veut éviter de se retrouver à Falstad avec son père. Puis il est relâché.

La famille convient qu'il est préférable pour lui de partir à Oslo et tenter d'y reconstruire sa vie. Il est bientôt contraint d'abandonner ses études puisque la fortune de la famille a été confisquée par les autorités.

Par le biais d'un ami de son père, Gerson décroche un emploi de comptable. Les autres personnes impliquées dans l'affaire des informations émanant de la BBC sont à leur tour exécutées. Parmi les victimes, le frère de Marie. Le temps passe. L'appartement familial est confisqué. Jacob doit s'installer chez une autre famille juive, Marie trouve refuge dans une pension de famille. Bientôt, Jacob a vent de rumeurs selon lesquelles ils seraient surveillés ; sa mère et son frère décident par conséquent de partir vivre dans la capitale. Vient le printemps. Vient l'été. Nous sommes en 1942 et Gerson apprend par bribes ce qui t'est arrivé : tu as été envoyé en Norvège du Nord afin de servir d'interprète aux prisonniers russes qui construisent des barrages de neige en bordure de route.

Sur des feuilles A4 dactylographiées rangées dans un dossier, Gerson écrit sur son enfance et sur le changement soudain des conditions de vie en Norvège. L'événement qui a tout chamboulé :

> *Au printemps 1942, la situation était relativement paisible. À cette époque, le nombre de Juifs arrêtés était négligeable, mais la synagogue de Trondheim avait été saisie par les Allemands, dévastée et transformée en dortoir pour l'armée. Un certain nombre d'incidents ont laissé penser que les autorités allemandes à Trondheim étaient en train de planifier une action plus systématique. […]*
>
> *Puis, le 8 octobre, le choc est arrivé.*

En ce 8 octobre 1942, le quotidien posé habituellement devant la porte de sa chambre ne s'y trouve pas. Gerson s'habille et entend sa logeuse pleurer dans la cuisine. Il frappe, ouvre, la voit se lever de table avec le journal entre les mains, le regard sévère.

L'article indique que tu as été exécuté à Falstad, la veille, ainsi que neuf autres personnes. Il précise que tu es l'un des dix hommes abattus en représailles à la campagne de sabotage menée par la Résistance qui a récemment détruit les lignes de chemin de fer, coupant ainsi l'approvisionnement en minerai de fer destiné à l'industrie d'armement allemande. Le journal vous qualifie de « *victimes expiatoires* ». Il est enfin question de l'état d'urgence décrété dans la ville.

La logeuse pose une main sur l'épaule de Gerson qui sent ses yeux le piquer, qui sent un nœud dans son ventre et un étrange engourdissement se répandre dans son corps. Il se voit obligé de fuir à nouveau le pays. Son frère et sa mère aussi. Le plus vite possible. Les mains tremblantes, il fait ses valises et appelle Jacob. Il demande à son frère de le rejoindre, tout de suite, incapable de parler sans sangloter, comme si sa voix avait besoin de plus d'air. Sa logeuse le serre dans ses bras en pleurant, puis il s'enfuit en catimini.

Pendant plusieurs jours, Gerson et Jacob vivent chez leur ancienne nourrice, de quand ils étaient petits. Mais l'atmosphère est tendue dans la maison car les Allemands peuvent surgir devant la porte à tout moment – et que se passera-t-il alors ? Finalement, le maître de maison leur parle d'un lieu où ils vont pouvoir se cacher, chez une veuve, en plein centre-ville. Gerson éclate de rire quand l'homme lui donne l'adresse et suppose qu'il s'agit d'une blague, mais pas du tout. Jacob et lui seront les plus proches voisins de Victoria Terrasse : le quartier général des nazis à Oslo.

G comme *gartneriet*, l'exploitation horticole appartenant à Rolf Syversen et située à l'époque sur la Carl Berners plass à Oslo. Des familles juives et des membres de la Résistance s'y présentaient tous les jours pour y trouver refuge, cachés entre les plantes vertes, pendant que leur fuite vers la Suède était organisée par les membres d'un groupe appelé Carl Fredriksens Transport.

Tout a commencé le 7 octobre 1942, alors que Rolf Syversen se promenait dans l'immense serre de sa pépinière, entre les rangées de pots et de cruches, des tas de feuilles mortes et plantes grimpantes. Jusqu'à ce qu'il remarque un léger mouvement derrière l'une des caisses. Qu'est-ce que c'était ? Un animal ? Ou quelqu'un entré par effraction ?

Il s'agissait en fait de quatre frères, quatre frères juifs, propriétaires d'un magasin attenant et désormais en fuite après avoir entendu que la police avait reçu l'ordre d'arrêter tous les hommes juifs de la ville. Connaissant bien ces hommes, le jardinier a contacté des amis, dont le propriétaire d'une société de transport. Ils sont ainsi devenus quatre : le couple Gerd et Alf Pettersen, Reidar Larsen et donc Rolf Syversen. Carl Fredriksens Transport venait de voir le jour. Un camion est venu chercher les quatre frères et les a fait passer clandestinement en Suède. Mais quid de celles et ceux, en fuite, qui tentaient de rejoindre le pays voisin ?

Les frères ont rapidement fourni les noms de connaissances qui avaient besoin d'aide pour passer la frontière. Gerd s'est chargée de contacter les personnes sur la liste. À peine le premier camion faisait-il route vers la frontière que le groupe s'affairait déjà pour organiser le transport suivant.

Le reste appartient à l'Histoire. Au cours des six semaines suivantes, ces quatre Norvégiens ont sauvé environ mille hommes, femmes et enfants de l'exécution ou de la déportation. Des Juifs et des résistants ainsi que leurs familles.

Mille êtres humains. Combien de descendants ont-ils aujourd'hui ? Et inversement : combien de gens ne seraient jamais nés à cause de la Shoah ? Cela fait aujourd'hui soixante-quinze ans que les camps de concentration ont été libérés, que les corps ont été exhumés des charniers, que les familles survivantes ont récupéré quelques miettes de la vie qu'elles avaient menée avant la guerre. Combien de descendants y aurait-il aujourd'hui en Europe si les six millions de Juifs n'avaient *pas* été tués ? Cinquante millions ? Plus ? Et inversement : qu'en est-il de ceux qui n'auraient jamais existé si personne n'avait risqué sa vie pour les réfugiés, de ceux qui n'auraient jamais existé si la Suède avait fermé ses frontières et renvoyé les familles en Norvège ?

En janvier 2017, les quatre Norvégiens qui ont dirigé Carl Fredriksens Transport ont reçu le titre de Justes parmi les nations lors d'une cérémonie solennelle à l'hôtel de ville d'Oslo. Comme la famille de Rikke figurait parmi les survivants, nous avons reçu une invitation officielle par courrier. Le soir venu, nous avons passé la sécurité et franchi l'une des grandes portes. Plusieurs centaines de personnes avaient déjà pris place dans la salle principale, beaucoup de personnes âgées, beaucoup d'enfants portant une kippa, ce que je ne vois jamais à Oslo. Je reconnaissais certains anciens pour les avoir accompagnés la veille au matin, lors d'une reconstitution de l'évasion historique à laquelle j'avais été invité, qu'ils aient fui eux-mêmes à l'époque ou soient les enfants de celles et ceux qui avaient réussi à franchir la frontière suédoise et ainsi éviter la déportation.

C'était un mois de janvier exceptionnellement doux sous un soleil radieux, j'avais obtenu une place dans une voiture avec les Mendelsohn, dont les parents avaient été secourus en Suède. Le chauffeur, un ami de la famille, passionné d'histoire, était passé me chercher à Carl Berners plass, où l'évacuation avait commencé. Nous avons suivi l'itinéraire initial, en démarrant à l'emplacement d'origine de l'exploitation horticole. Une fois Oslo derrière nous, nous avons roulé plein est, passant Lillestrøm, descendant sur Fetsund, avec ces poteaux en bois plantés dans la rivière et qui, dans cette lumière matinale, amplifiaient d'autant plus le silence qu'ils nous apparaissaient comme des objets presque magiques car ils avaient perdu leur fonction d'origine et se dressaient là, mutiques et seuls. Nous avons franchi le pont que les camions devaient traverser, surveillés à l'époque par des soldats allemands, puis nous sommes entrés dans la forêt en empruntant un sentier étroit, où la glace s'était épaissie à l'ombre des sapins. Nous avons enfin garé la voiture et fait la connaissance de deux autres personnes venues comme nous pour traverser la frontière à pied. L'un d'eux était Freddie Malkowitz, un homme de petite taille, aux cheveux gris, âgé de soixante-dix-huit ans, avec un air immédiatement sympathique. La route glissante nous a obligés à marcher au milieu, là où les pneus de la voiture n'avaient pas encore poli la glace. Pendant que nous avancions à grand-peine, Freddie nous a raconté sa fuite. Il avait quatre ans à l'époque. Il se souvenait d'avoir été placé au fond du camion, derrière la cabine du chauffeur, avec sa mère à côté de lui, entassé avec des gens qu'il ne connaissait pas. Une bâche au-dessus d'eux et sur les flancs du véhicule empêchait quiconque de voir à l'intérieur et ainsi de les découvrir. Le silence était total sous la bâche, a-t-il dit. Ils avaient reçu avant de partir la consigne de ne pas prononcer un mot, pas même un chuchotement, jusqu'à ce qu'ils aient atteint la Suède. Les seuls bruits venaient du vrombissement du moteur. Il flottait une odeur de copeaux de bois, utilisés comme combustible pour remplacer l'essence, et de corps qui s'écrasaient les uns contre les autres dans les virages.

Soudain, le camion s'est arrêté. Freddie a senti une odeur de brûlé. Puis la bâche a été retirée, et il a entendu des voix crier en allemand et en norvégien. Il n'avait aucune idée de ce qui se passait à ce moment-là – il ne l'apprendrait que plus tard. Toujours est-il qu'un sac de copeaux avait pris feu et qu'Alf Pettersen grimpait à la hâte sur le toit pour le retirer. Non content d'avoir fait le salut nazi aux gardes qui bloquaient la route, il les a sermonnés en leur demandant de l'aider à éteindre l'incendie au lieu de rester plantés là à le regarder.

– Il a dû avoir l'air très convaincant, car les gardes ont immédiatement saisi le sac en feu qu'ils ont aspergé de pelletées de neige. Ils étaient tellement concentrés sur leur tâche que le camion a pu repartir, a expliqué Freddie en souriant.

Nous venions d'arriver dans une clairière où une bande de cinq mètres de large avait été déboisée. Au bord de la route se dressait un vieux panneau où figurait, en noir sur fond jaune : RIKSGRÄNS SVERIGE – frontière suédoise.

Nous sommes restés là, tous les cinq, à regarder autour de nous. Freddie a terminé son histoire en indiquant qu'il avait été consterné d'entendre quelqu'un crier de joie du côté suédois de la frontière.

– On nous avait dit de rester silencieux, vous comprenez, a-t-il dit avec un petit sourire aux lèvres. Et quand on est enfant, on prend ces choses-là très au sérieux, donc ça m'a vraiment contrarié quand les Suédois de l'autre côté nous ont souhaité la bienvenue en Suède : *« Välkomna i Sverige ! »*

Il s'est fendu d'un rire bref en racontant ce moment de sa fuite, tout comme il a ri lors de l'interview diffusée sur le grand écran de l'hôtel de ville d'Oslo, plus tard dans la soirée, lors de la cérémonie. La Première ministre norvégienne a prononcé un discours et, peu après, une vieille dame au dos voûté a été accompagnée sur scène par sa fille. Elle s'est approchée de la tribune qu'elle a saisie des deux mains, avant de se pencher sur le micro, de parcourir la salle bondée du regard et de dire, d'une voix forte et claire :

– Je m'appelle Gerd.

Au premier rang se trouvaient la Première ministre, l'ambassadeur d'Israël ainsi que tous ceux et celles qui avaient survécu à la guerre grâce à Carl Fredriksens Transport. Avec ma famille, j'étais assis tout au fond, à la dernière rangée, juste devant les caméras et les agents de sécurité en costume noir et équipés d'oreillettes. Les enfants se taisaient, mon fils me tenait la main.

– Je m'appelle Gerd, a-t-elle répété. J'avais douze ans quand la police est venue me chercher, le 26 novembre 1942. Un policier norvégien et un soldat allemand sans brassard. Ils nous ont demandé de les suivre. Quand ma mère a voulu savoir où ils nous emmenaient, ils ont uniquement répondu que nous devions nous dépêcher, donc ma mère n'a fait qu'un seul sac et nous sommes sorties. Nous avons longtemps attendu un taxi. Mais le taxi a été retardé pour une raison ou une autre. Nous sommes descendus au port, où un bateau était accosté. J'étais sur le point d'actionner la poignée et d'ouvrir la porte quand un soldat allemand s'est approché et a dit : *« Zurück ! »* Il n'a dit que ce mot : *Zurück ! Repartez !* Par la vitre, j'ai vu que la passerelle était tirée et que le bateau était sur le point de partir. Donc ils nous ont ramenées à notre appartement.

Je ne bougeais pas, je regardais mes deux enfants qui s'accaparaient cette histoire. La dame sur le podium était l'arrière-grand-mère d'un camarade de classe de mon fils, elle avait donc à l'époque à peu près le même âge que mes enfants ce jour-là.

– J'aurais dû être sur ce bateau, a-t-elle poursuivi. Leur projet, c'était de me mettre ensuite dans un train de marchandises qui m'aurait conduite à Auschwitz où ils m'auraient envoyée directement dans une chambre à gaz puis auraient réduit mon corps en cendres. Voilà leur plan. Sauf que notre taxi a été retardé, et donc ça n'a pas eu lieu, a-t-elle dit en écartant un bras – un simple geste du bras pour indiquer l'arbitraire qui régit la vie de chaque être humain.

L'assemblée était muette. Les larmes coulaient. J'ai regardé Rikke, qui m'a souri les yeux embués. Sans Carl Fredriksens Transport, elle n'aurait jamais vu le jour.

Quelqu'un a aidé Gerd à quitter le podium. Elle était toujours en vie, à quelques centaines de mètres seulement du port où elle aurait dû embarquer sur le *Donau*. Par la suite, elle a réussi à s'enfuir en Suède grâce aux quatre personnes de Carl Fredriksens Transport qui ont travaillé jour et nuit cet automne-là. De nouvelles listes, de nouveaux chauffeurs, de nouveaux transports de personnes silencieuses dans des camions surchargés.

Carl Fredriksens Transport a fini par cesser d'aider les gens à se réfugier en Suède, non pas par épuisement ou par peur, mais parce que le groupe a été infiltré. Un Norvégien s'est fait passer pour un réfugié. Il a participé au trajet avant de franchir discrètement la frontière dans le sens inverse pour faire un rapport sur eux. Probablement un homme ayant des liens avec le réseau d'espions dirigé par Henry Oliver Rinnan.

Aujourd'hui, l'exploitation horticole a disparu, remplacée par des immeubles et des blocs d'habitation. Mais la petite colline attenante, surplombant la place, accueille un parc commémoratif portant le nom merveilleusement simple *C'est un bel endroit* et créé par l'artiste juif Victor Lind, qui lui-même a survécu à la guerre grâce aux transports.

Si on suit le sentier partant du virage au nord de la Carl Berners plass, on arrive devant une plaque en marbre poli et en forme d'étoile de David, qui porte une inscription à la mémoire de celles et ceux qui ont été assassinés. Ma fille prenant des cours de danse classique dans les environs, je suis près de ce mémorial plusieurs fois par semaine – et, il n'y a pas longtemps, j'ai croisé l'artiste par hasard, dans l'un des endroits les plus improbables : au fond de la piscine découverte de Frogner, à Oslo.

C'était une nuit froide et claire, le 7 octobre 2017, soixante-quinze ans jour pour jour après ta mort, et j'étais au fond de la piscine avec Rikke et nos enfants. Elle avait été vidée avant l'hiver et reconvertie pour l'occasion en un plateau de théâtre. La chaleur du soleil avait disparu, tout comme le tumulte des voix, le claquement des petits pieds contre la dalle qui laissent des taches sur le béton, les mains qui s'agitent en sautant du plongeoir de sept mètres, tous les enfants et les adolescents qui jettent un regard anxieux dans le vide.

La saison était terminée, nous étions au fond du bassin vide sur les côtés duquel avaient été placés des projecteurs. Ils éclairaient la structure en béton peinte en blanc de la tour de plongée, qui brillait d'un éclat crayeux dans le sombre ciel d'octobre. La pièce s'intitulait *Le Nouvel Être*, nous étions debout, à cinq mètres de profondeur, la tête penchée vers l'arrière, regardant les quatre acteurs juchés chacun sur son plongeoir, portant chacun un peignoir de couleur criarde. J'avais à côté de moi un homme âgé assis sur le pliant qu'il avait apporté, quand Rikke s'est alors penchée vers moi pour me chuchoter que c'était Victor Lind et que sa fille avait écrit la pièce à laquelle nous assistions en ce moment.

À la fin de la représentation, je suis allé le voir pour lui demander de me parler de son travail sur le mémorial et des raisons qui l'ont poussé à le réaliser.

– Ils n'étaient pas obligés de le faire, vous savez. C'étaient juste un jardinier, le propriétaire d'une société de transport, un policier et sa femme. Ils n'étaient pas obligés de faire quoi que ce soit. L'un d'entre eux a même été exécuté.

Je lui ai souri. Les lumières se sont éteintes. Je ne l'ai pas interrogé sur sa fuite en Suède. Il tombait une légère bruine, nous étions parmi les derniers au fond de la piscine. Derrière le plongeoir des dix mètres – en haut duquel je m'étais tenu tant de fois pendant mon adolescence sans jamais oser sauter –, une étoile scintillait dans le ciel.

– Ils n'étaient pas obligés de le faire.

G comme gravier, celui que l'on foule afin d'atteindre le Cloître de la Bande.

Si une maison doit être comparée à un corps, le couloir de l'entrée n'est pas son visage, même si c'est la première pièce que l'on doit traverser. Ce couloir ressemble plutôt à une poignée de main lorsqu'on se salue, ou à un premier regard, un instant assez superficiel au demeurant mais qui donne malgré tout une impression générale de la personne, de la même manière que le hall d'une maison donne une impression des personnes qui y vivent, par le choix des carreaux et du papier peint, ou par l'odeur du curry ou des boulettes de viande.

Les premiers à avoir traversé le couloir de cette maison sont les ouvriers qui l'ont construite dans les années 1920. Chaussures de sécurité aux pieds, ceinture à outils autour de la taille, cigarette au bec, ils en soufflaient la fumée qui finissait par former de petits nuages au-dessus d'eux, avant de se dissoudre dans l'air, de s'insinuer dans les murs et les plafonds.

Viennent ensuite les premiers propriétaires : le professeur et botaniste Ralph Tambs Lyche ainsi que sa femme, Else Tambs Lyche. Impatients de découvrir les lieux, ils remontent l'allée gravillonnée, arrivent dans l'entrée, jettent un œil dans le salon, avant que Ralph ne prenne la main d'Else pour lui montrer les autres pièces. C'est ici qu'ils vont vivre. C'est ici qu'elle dirigera un jardin d'enfants familial, dans la cave, pendant que Ralph enseignera à la faculté.

Peu de temps après, des pieds d'enfants. De petites bottes, pointure 20 et 21. Des mitaines minuscules, des manteaux. Des pleurs de bébé et des rires. Des conversations sur la guerre. Sur l'invasion.

Puis, quelques années plus tard, on frappe à la porte.

Ralph ouvre et fait face à des soldats au visage sévère, aux boutons luisants sur leur uniforme.

– Vous êtes bien Ralph Tambs Lyche ? demande le soldat le plus proche de lui en allemand, considérant qu'il comprend automatiquement.

– Euh… oui ?

Ralph entend les rires des enfants à la cave, la voix pleine de vie de sa femme qui appelle l'un d'eux.

– Vous devez nous suivre.

– Pourquoi ?

– Vous êtes en état d'arrestation à cause de vos opinions politiques subversives, et de votre travail à l'université.

– D'accord… Puis-je simplement en informer ma femme ?

Le soldat acquiesce.

– Mais ne tentez rien de stupide, dit l'homme en uniforme et, d'un geste du bras, il envoie le reste de la troupe autour de la maison, tandis qu'il attend sur le seuil.

Ralph est conduit au camp de prisonniers de Falstad. Sa maison est confisquée, et Else Tambs Lyche emporte ses biens par la porte d'entrée. La clé tourne dans la serrure en émettant un clic, le couloir se tait.

Plusieurs mois s'écoulent. La poussière se dépose sur le plancher comme un sédiment descend au fond de la mer. La petite pièce s'illumine et s'assombrit à intervalles réguliers. Puis, un jour de 1943, le bruit d'un moteur de voiture résonne, suivi de pas sur le gravier, la porte s'ouvre à nouveau. Henry Oliver Rinnan entre. Il se frotte les mains, poursuit dans le salon.

Des caisses d'eau-de-vie sont apportées sur le seuil. Des armes. Du jambon. Du pain. Une balle de revolver traverse le couloir et s'enfonce dans le mur, brisant la boiserie. Les membres de la bande à Rinnan entrent et sortent. Les prisonniers sont amenés, traînés dans la pièce, les mains attachées dans le dos.

Le temps passe. Trois cercueils contenant des cadavres sont emportés hors de la maison. Le sang au fond des cercueils traverse le bois, goutte sur la lirette, s'infiltre dans les fibres.

Plusieurs années plus tard, Gerson foule le gravier, entre dans la maison, traverse le couloir, un bras autour de la taille d'Ellen.

Ellen tient Jannicke par la main, hésite un instant, empêche sa fille d'aller plus loin.

La petite lève les yeux, essayant d'interpréter la réticence dans les yeux de sa mère. Gerson les regarde toutes les deux, prend sa fille dans ses bras et lui dit en souriant, et en montrant le salon du doigt :

– Regarde, ma chérie ! Regarde là !

C'est ici qu'ils vont vivre.

H

H comme Hirsch.

H comme hypothèse.

H comme histoires, celles que raconte Henry au café de la société de tempérance, dans l'espoir que les autres garçons l'écouteront cette fois encore, qu'ils se rassembleront autour de lui, s'assiéront les yeux écarquillés sur le bord de leur chaise et boiront ses paroles. Et tant pis s'il doit partir seul à la fin, s'il n'a pas le courage de les accompagner au parc pour rencontrer les filles, s'il invente constamment des excuses pour rentrer chez lui. Il sait de toute façon que ces filles ne lui accordent aucun regard, voire se détournent avec un air embarrassé dès qu'il s'approche d'elles, font semblant de reprendre le fil d'une conversation ou sont soudain très affairées, n'importe quoi pourvu qu'elles aient la possibilité de l'éviter. Les filles sont comme ça, toutes sans exception. Or, un week-end, un événement se produit, quelque chose de nouveau et d'inattendu. Henry a emmené les garçons dans un dancing à l'extérieur de Levanger.

Nous sommes en juin, l'air est saturé de rires.

Il la voit dès qu'il sort de la voiture, car elle se retourne et le scrute. Qui est-ce ? A-t-elle entendu certaines des histoires ridicules qui circulent à son sujet ? Non, il ne semble pas, il n'y a aucun signe de pitié dans ses yeux, pense-t-il. Il referme la portière, se passe consciemment une main dans les cheveux, s'autorise une toute dernière œillade sur elle pour voir si elle le suit toujours du regard. Elle esquisse alors un sourire gêné. Henry sourit à son tour. Il doit l'approcher ! Heureusement pour lui, elle se trouve avec un de ses copains, ceux qu'il est censé venir chercher, il a donc une bonne excuse. La fille s'écarte un peu pour le laisser passer, elle sourit. Elle est petite, plus petite que lui.

– On s'en va ? demande son ami.

Henry secoue la tête, il sent que la fille attend sa réponse. Il dit :

– Non, on n'est pas pressés…

Voilà comment le bonheur entre dans la vie de Henry : comme une vague d'affection inattendue. Sous la forme d'une femme qui tout à coup se tient devant lui. Elle a dix-huit ans, de longs cheveux ondulés qui passent derrière ses oreilles – et elle est plus petite que lui ; oh, pas beaucoup, mais juste ce qu'il faut. Qui plus est, et c'est pour lui une grande surprise, elle ne fait pas mine de vouloir partir, elle ne jette pas un coup d'œil dans le dancing pour apercevoir une amie ou une connaissance, elle reste discuter avec lui. Elle est mal à l'aise elle aussi, elle est timide, mais elle reste. C'est incroyable, quasiment impensable, après toutes ces années qu'il a passées à regarder le monde derrière la vitre d'un aquarium, elle est là, pour de vrai : un corps réel, chaud, vivant, respirant, avec des lèvres qui dessinent un sourire, des yeux qui cherchent les siens, des seins bombés sous la robe.

Henry touche son bras avec précaution, rien qu'un peu. Il caresse de l'index sa peau pâle, ses taches de rousseur, ses beaux cheveux blonds. Il sent une étincelle, un choc électrique partir du bout de ses doigts, monter le long de son bras et descendre jusqu'à l'aine ; et il en va de même pour elle, semble-t-il, car elle ne retire pas son bras. Au contraire, elle le rapproche de la main de Henry et rougit, ses yeux deviennent plus sérieux, plus sombres, elle passe un bras autour de sa taille.

Ils parlent. Il apprend son nom, Klara. Il lui dit le sien, précise d'où il vient. Quelques jours plus tard, ils se retrouvent, chez elle, seuls.

Et quel bonheur c'est !

La voir déboutonner son corsage, devant lui, non plus dans son imagination mais bien dans la réalité. Sentir sa peau si douce. Sentir enfin le corps d'une femme contre le sien, pour la toute première fois. Sentir chaque centimètre de son corps ressusciter, s'embraser, trembler.

Le lendemain matin, il se réveille à côté d'elle et regarde dans ses yeux pétillants avant qu'elle se love contre lui et pose la tête sur son torse. Un calme parfait, un sentiment de victoire, bouillonne dans son corps. Elle est à lui. Rien qu'à lui.

Ils se marient.

Le grand-père de Henry lui confectionne un costume spécialement adapté à sa taille. Maintenant ils vont voir, tous ces gens qui croyaient qu'il ne rencontrerait jamais personne, qu'il ne deviendrait jamais quelqu'un. Ils vont le voir conduire sa femme dans l'allée centrale de l'église. Ils vont le voir apporter des meubles dans l'appartement qu'ils louent. Des tables et des chaises neuves, à la mode, que la banque leur a permis d'acheter à crédit, grâce à son emploi stable au magasin de sport. Un lit double, dans un bois foncé. Des draps en coton blancs et soyeux, qui seront suspendus au soleil sur la corde à linge, offrant aux passants un regard sur les nuits qu'ils passent l'un contre l'autre et l'un dans l'autre, changés en animaux qui se reniflent, avides de corps et de désir.

Quel bonheur merveilleux et unique de pouvoir l'embrasser sur la joue avant de partir travailler.

De faire tourner avec le pouce son alliance autour de l'index, quelques années plus tard, et de sentir le métal dur contre sa peau.

De croiser son regard quand elle lui annonce qu'ils vont avoir un enfant, de se tenir derrière elle et de poser le nez sur sa nuque.

Ce bonheur lui apporte un sentiment de paix inattendu. Comme s'il avait vécu jusque-là en ayant les épaules tendues, à guetter le moindre bruit et les femmes qu'il croise. Il a l'impression de pouvoir enfin baisser la garde, souffler, profiter de la vie. Il peut enfin savourer toutes les merveilles de ce monde, ces choses qui ont toujours été là mais qu'il n'a jamais eu le droit de voir.

La seule ombre au tableau, dans toute cette joie, c'est l'argent. Non qu'ils soient pauvres, mais Klara laisse échapper tant d'indices sur ce qu'elle aimerait, et il y a tant de choses qu'il voudrait lui donner. Or ce n'est pas possible. Il devrait gagner plus d'argent au magasin. Ce ne serait que justice, pense-t-il, car c'est *lui* qui travaille le plus longtemps derrière le comptoir, qui vend des articles jusqu'à en avoir des douleurs dans les pieds et dans le dos. C'est toujours *lui* qui, grâce à son sourire, grâce à ses petites plaisanteries, grâce à sa bonne mémoire qui lui permet de se souvenir du prénom des enfants du client ou d'un détail de sa ferme, fait en sorte que celui-ci se sente bien dans le magasin et finisse par acheter un petit objet supplémentaire dont il ignorait avoir besoin. Mais même dans ces conditions, il ne gagne toujours pas assez ; pas assez pour tout ce que Klara et leur fils méritent, pense-t-il en rangeant le stock, en emportant les caisses, en dépoussiérant les étagères. S'il leur faut de nouveaux vêtements, ils doivent les avoir. Si Klara veut aller au café, alors oui, ils doivent pouvoir aller au café et s'offrir un chocolat chaud ou un café et un morceau de gâteau, comme tout le monde. Pourquoi ne le feraient-ils pas ?

Pourquoi *lui*, qui travaille si dur, du matin jusqu'au soir, ne pourrait-il pas vivre comme tout le monde ? Le magasin fait des bénéfices, est toujours bondé, et grâce à qui ? *Grâce à lui !* Et pourtant c'est lui, Henry, qui doit supporter ce manque continuel d'argent !

C'est injuste, pense-t-il. Il doit trouver un moyen de s'en sortir, trouver un moyen de gagner plus, mais comment ? Se servir dans la caisse toutes les semaines ne suffit pas, pense-t-il entre deux clients et le réapprovisionnement des rayons. Il le rumine au moment de se coucher, en mettant son dentier dans un verre d'eau ; il le ressasse en jouant au foot avec son petit garçon sur la pelouse à côté de la maison.

Et tout à coup il sait. Dans un moment de soudaine lucidité, il entrevoit une issue. Une solution géniale à ce problème sans fin.

H comme horaires, ceux qui régissent le quotidien du camp : se lever à 5 heures du matin au son des cris, enfiler le plus vite possible sa tenue de prisonnier, manger quelques tartines de pain et boire un ersatz de café, descendre en file indienne dans la cour pour l'appel, être affecté à un groupe de travail. Si tu as de la chance, tu es envoyé à l'atelier de menuiserie et tu as ainsi la possibilité de travailler à l'intérieur, dans une atmosphère agréable de fredonnements et dans l'odeur de contreplaqué et de copeaux de bois. Si tu as moins de chance, tu dois te rendre à la carrière ou dans la forêt, où tu devras casser des roches au marteau ou déterrer des racines pour les scier par la suite, sans que tu en saisisses le but ou le sens.

Le quotidien, c'est le goût de la soupe du soir, avec de petits morceaux de pommes de terre et de rutabagas qui surnagent dans un brouet grisâtre.

Le quotidien, ce sont les hurlements dans la cour chaque fois qu'un prisonnier se fait tabasser ou, en guise de punition, est contraint de marcher à quatre pattes, jusqu'à ce qu'il n'en puisse plus et s'effondre.

H comme herbier. Nous sommes le 10 mars 1942 et, à la cantine de Falstad, tu reconnais l'un des prisonniers amenés la nuit précédente. Un homme très grand, aux yeux clairs, vêtu du même uniforme que les autres. Il te regarde et lève la main pour te saluer. Il s'agit de Ralph Tambs Lyche. Vous l'avez croisé à maintes reprises, Marie et toi. Parfois dans la rue, lors de ses traditionnelles promenades en forêt afin de trouver de nouvelles plantes pour son herbier, mais aussi dans les locaux de la Société étudiante où il donnait des conférences enflammées sur les droits des travailleurs et la répartition injuste des ressources mondiales. Un jour, tu leur as même rendu visite, à sa femme et lui, dans leur villa rue Jonsvannsveien ; tu es monté au premier étage voir son herbier, dans une pièce avec une fenêtre arquée donnant sur le jardin.

H comme habitat, comme les chambres où on s'endort et se réveille, où l'on peut échapper aux regards extérieurs et être simplement soi-même. Nous sommes en juillet 1950, au milieu de l'année et au milieu du siècle. Regardant la nounou jouer avec Jannicke dans le salon, Ellen tente de sourire mais n'y arrive pas, son visage refuse de lui obéir. Elle a l'impression que les murs se referment sur elle et que les plinthes lui chuchotent à l'oreille. C'était différent au début. *Elle aussi* s'enthousiasmait à l'idée d'avoir une maison individuelle et de commencer une nouvelle vie, dans une nouvelle ville, avec un mari et des enfants, un jardin et une femme de ménage. Bien sûr qu'elle s'en faisait une joie. Elle aimait, au début, aller à Paris-Wien pour voir les nouveaux chapeaux confectionnés par Marie, essayer des robes et commander des manteaux qu'ils retoucheraient dans l'arrière-boutique. Gerson et elle se promenaient ensuite, bras dessus bras dessous dans les rues de la ville, avec Jannicke dans son landau, ou accompagnés de la nounou, et elle voyait à quel point les gens les regardaient avec admiration. Car ils formaient un beau couple. Et ce, sans oublier la boutique que Gerson cogérait et qui lui permettait de suivre les tendances de la mode européenne. Elle n'avait rêvé à rien d'autre que ça à Uppsala, dans le camp destiné aux Juifs norvégiens réfugiés en Suède ; quand elle était captive, incapable de se représenter ce que l'avenir lui réserverait. Aujourd'hui, elle a obtenu tout ce dont elle rêvait. Il n'empêche : son quotidien se dépose comme une couche de poussière sur son enthousiasme et l'étouffe. L'année dernière, son sourire s'est figé. Elle a pris conscience avec une acuité redoublée que tout le monde a un rôle, une responsabilité. Tout le monde sauf elle. Elle est devenue gênante, superflue. Elle ne travaille pas. Elle ne s'occupe pas de son enfant. Elle ne fait pas à manger car elle n'a jamais appris. Sa mission consiste donc à passer le temps, à aller au café dans le centre, à faire les boutiques. Mais maintenant, son ventre est si gros qu'il est difficile de sortir, qu'il est vain d'essayer de nouveaux vêtements. Un enfant en elle la chatouille de temps en temps. Les gens sourient quand ils la voient, les étrangers prennent même la liberté de poser leurs mains sur son ventre et de lui dire combien c'est merveilleux d'être enceinte. Elle ne trouve pas ça merveilleux du tout et elle a honte de penser ça. Pourtant elle ne voit pas ce qu'il y a de merveilleux à attendre son deuxième enfant, qui doit naître juste après le Nouvel An. Le froid et la neige ne vont pas tarder à arriver eux aussi, il lui sera impossible de sortir. Elle se retrouvera emprisonnée entre ces murs, dans la Cloître de la Bande ; et, bien qu'elle ait réussi à chasser de ses pensées l'histoire de cette maison – comme on le ferait d'un oiseau entré par la fenêtre ouverte –, il lui est cependant de plus en plus difficile d'en faire abstraction. Il faut sans cesse que les gens lui racontent de nouvelles anecdotes sur les horreurs commises ici, lui fournissent des détails toujours plus précis, tant et si bien que ses défenses lâchent.

Passant près de la porte qui donne sur la cave, elle ne peut s'empêcher de penser aux personnes traînées au bas des marches, mains attachées dans le dos. Elle les imagine suspendues à une barre de fer elle-même retenue à deux tonneaux. Elle entend les cris, les hurlements de douleur, le bruit des massues et des chaînes qui frappent les corps. Ainsi que le lui ont expliqué ses voisins, ses amis. Elle voit les méthodes de torture employées : brûlures de cigarettes, lacérations au fouet, extraction d'ongles. Pourquoi tout le monde se sent-il obligé de lui donner autant d'informations ? Comme s'ils ne pouvaient se contrôler, comme s'ils se sentaient obligés de raconter chaque détail morbide, comme si le fait de le dire à haute voix rendait le mal plus facile à assimiler. Ne se rendent-ils pas compte qu'elle est hantée par tout ça, qu'elle vit avec des fantômes qui attendent qu'elle soit seule pour lui sauter dessus ?

Ils n'auraient jamais dû partir d'Oslo et s'installer ici, pense-t-elle en quittant la porte de la cave pour monter l'escalier et rejoindre la pièce la plus éloignée. Une chambre mansardée, avec une fenêtre en demi-lune et un lit encastré. Ils n'auraient jamais dû déménager car maintenant elle doit non seulement porter les cicatrices de la guerre, comme tout le monde cela dit, ce n'est pas seulement le désespoir qu'elle doit affronter, ou même ces migraines qui l'obligent à rester au lit, dans l'obscurité et le silence – elle doit aussi faire face à l'histoire de la maison.

Un jour, elle emmène Gerson faire le tour de la maison, pour lui montrer le regard qu'elle lui porte, pour lui raconter les choses qu'on lui a dites ou qu'elle a lues. Elle désigne la cheminée et dit :

– C'est là qu'ils ont brûlé leurs documents avant de s'enfuir.

Elle désigne le salon et dit :

– C'est là que Rinnan a tenu son fameux simulacre de procès et condamné à mort plusieurs membres de sa propre bande.

Elle désigne les chambres à coucher et dit :

– C'est là qu'ils ont dormi et fait l'amour.

Puis elle se dirige vers la cave, s'arrête à la porte et dit, avec une colère qu'elle ignorait avoir en elle :

– Et là, Gerson, en bas ! Tu sais ce qu'ils ont fait en bas ?

– Oui, je le sais, répond calmement Gerson.

Mais Ellen voit l'agacement grandir en lui.

– Et ça ne te dérange pas ?

– Ça fera bientôt dix ans, Ellen.

– Et alors ?

– Alors… As-tu la moindre idée du nombre incalculable de lieux, dans cette ville, où des choses horribles ont été commises au cours de l'Histoire ? Depuis que les premiers êtres humains ont élu domicile ici à l'âge de pierre ? Tu en trouves sûrement tous les cinq mètres, des endroits pareils. Mais personne ne s'en soucie, n'est-ce pas ?

– Ce n'est pas comparable ! Et tu le sais très bien ! Hier, Jannicke est remontée de la cave avec une balle. Elle ne savait pas ce que c'était, bien sûr, mais MOI SI ! Qu'est-ce que je suis censée lui dire ? Qu'est-ce que je dois lui dire ?

– Je ne sais pas, moi… Tu n'as qu'à lui dire que… que tu ne sais pas.

Ellen baisse la tête, ferme les yeux et dit d'une voix à présent fluette et frêle :

– Mais Gerson, tu ne vois pas que cette maison va nous détruire ?

Gerson pose une main sur son épaule.

– Je vais descendre enlever toutes les traces remontant à la guerre, Ellen. Je vais repeindre les murs. Est-ce que ce sera mieux comme ça ?

Sauf que ce ne sera pas mieux et que ça ne changera rien. Ellen retire la main de Gerson et lui dit qu'elle monte se reposer. Elle ne veut pas être réconfortée, pas de cette manière. Elle refuse qu'on la traite comme une gamine stupide qui voit des ombres effrayantes autour d'elle. Elle veut qu'il la comprenne, ce dont il est manifestement incapable.

H comme humanité, quand des mains nouent un lacet de chaussure. Quand elles soulèvent une enfant pour qu'elle atteignent les fleurs du pommier. Quand elles tiennent un verre. Quand elles ramassent des miettes sur la table, avec des mouvements rapides et vigoureux. Quand elles enfoncent des clous dans la semelle d'une chaussure. Mais aussi H comme horreur, quand ces mêmes mains sont attachées par une corde. Quand elles s'emparent d'un fouet. Quand elles se serrent en poings puis s'écrasent contre la mâchoire de quelqu'un. Et à nouveau H comme humanité, quand ces mains caressent les joues. Quand elles glissent dans des gants. Quand elles glissent sur un tissu en tweed. Quand elles sont celles d'une enfant, posées contre une vitre, sur une poignée de porte. Quand ces mains de petite fille posent un doigt sur les lèvres. C'est Jannicke Komissar. Son visage brille dans la lumière de la bougie qu'elle tient à la main et dont la flamme vacille doucement à cause de son souffle. Jannicke se tourne vers sa sœur et murmure :

– Viens, Grete. Il y a un passage secret là-haut !

H comme hypocrisie, comme les petits trafics et les petits secrets de Henry. Il explique à ses clients qu'ils peuvent désormais payer leurs achats en plusieurs versements, mais que l'accord doit passer directement par lui. Ils s'entendent bien avec lui, ils le connaissent depuis des années, plusieurs topent là. C'est tellement simple. Il est si simple de dire les mots justes au bon moment, en lissant leurs doutes comme on repasse au fer une nappe froissée. Il faut les convaincre d'acheter pour qu'ils lui donnent ensuite l'argent. Henry dirige une petite entreprise au sein de l'entreprise. Il rapporte les bénéfices chez lui et les dépense en nourriture coûteuse, en vêtements neufs, en meubles. Il est toujours aussi compliqué de payer les traites à la banque quand il achète sans cesse de nouvelles choses, mais il refuse d'y renoncer. Jamais, jamais, jamais il ne dira à Klara qu'ils ne peuvent pas se permettre un rôti le dimanche, ni une nouvelle robe, ni de nouvelles casseroles pour la cuisine. JA-MAIS ! Aussi doit-il trouver un subterfuge.

Henry ne tarde pas à se rendre dans les fermes voisines pour proposer des articles censés répondre à leurs besoins. Ils sont si faciles à berner, ces paysans, si faciles à persuader qu'il pourrait leur vendre n'importe quoi. Il lui suffit de petits trajets dans l'après-midi ou le week-end pour récolter les sous nécessaires. Son entourloupe est géniale. Le détournement d'argent augmente. Et si Klara semble heureuse, son sourire s'efface parfois lorsqu'elle le voit rentrer avec une nouvelle nappe ou un vélo. Peuvent-ils vraiment se permettre tout ça ? demande-t-elle du bout des lèvres. Gagne-t-il aussi bien sa vie ? Il se contente alors de l'embrasser et de lui confirmer que oui. Là, elle sourit de satisfaction.

Mais un jour vient la chute.

Il est midi, et Henry est perdu dans ses rêveries au point qu'il remarque à peine la sonnerie de la porte du magasin. Il voit alors son oncle entrer d'une démarche trop vive et trop rapide, avec une mine de colère et d'indignation : ses lèvres tendues ne sont plus qu'une fine ligne. Il s'avance vers Henry et pose ses mains tremblantes sur le comptoir.

– Tu sais ce que j'ai entendu aujourd'hui, Henry ?

– Non… quoi ? demande Henry, bien que tout dans la situation indique de quoi il s'agit.

Son oncle ouvre la bouche et s'apprête à expliquer ce qui a provoqué chez lui une telle hargne, mais au même moment la porte s'ouvre à nouveau, sur un vieil homme avec une chambre à air sous le bras. L'oncle pivote sur ses talons et file attendre dans la pièce voisine, pendant que Henry aide l'homme à décider s'il doit acheter des rustines ou si le trou microscopique sera si difficile à réparer qu'il vaut mieux acheter une nouvelle chambre à air. Sans cesser de leur tourner le dos, l'oncle range de façon démonstrative les étagères où Henry se sert d'habitude.

Dès que le client est parti, son oncle se précipite vers le comptoir.

– Bon, Henry Oliver. Tu sais de quoi il retourne, n'est-ce pas ?

Henry se borne à cligner des yeux. Il pense qu'il sait, en effet, et par conséquent que tout est fini, mais préfère éluder cette éventualité et ne répond pas.

– D'accord, très bien, dans ce cas on va employer la manière forte. Kristoffersen, tu connais ?

– Oui… ?

– Figure-toi qu'il est venu me voir aujourd'hui. Pour être heureux, ça, il l'était ! Il m'a expliqué qu'un type circule dans les campagnes et vend aux gens des marchandises en mon nom… Il a pu acheter des gants qui viennent de ce magasin à un très bon prix… Ça te parle, là ?

Henry ne dit rien. Il baisse la tête, sent les forces quitter son corps parce qu'il voit s'envoler son dernier espoir qu'il s'agirait d'autre chose. C'est fini. Il a été pris.

– Il m'a même donné une poignée de main drôlement vigoureuse en me racontant tout ça. Il nageait dans le bonheur, en somme, pendant que moi je passais pour un con parce que je ne pigeais rien à ce qu'il me disait. Parce que je n'ai rien vu. Parce que j'ai été naïf de bout en bout. Tu sais de quoi je parle maintenant, Henry Oliver ?!

L'oncle pose cette question en criant.

Henry ne répond pas.

Il ne tente pas de s'échapper, c'est impossible. Il ne tente pas de demander pardon car pourquoi s'excuserait-il ? S'il devait recommencer, il le ferait. Il n'avait pas le choix. C'était le seul moyen de gagner assez d'argent pour avoir une vie correcte. Ni l'oncle ni son associé n'ont remarqué qu'il manquait des marchandises. Et pendant ce temps il roulait sur l'or, son oncle. Il organisait des dîners extravagants à trois plats, où les invités étaient amenés chez lui à bord de la Ford. Et qui la réparait ? Henry, pardi ! Qui les conduisait, ces convives ? Encore Henry. Qui les déposait, leur tendait la main, aidait les vieilles dames pomponnées à descendre le marchepied ? Toujours Henry. Son oncle en a plus que profité, et n'a jamais remarqué qu'il manquait quelque chose parce que son commerce marchait du feu de Dieu. Alors que pour Henry, ces petites sommes lui ont permis de garder la tête hors de l'eau, de vivre un peu aussi, d'accord, et non pas seulement de se frayer un chemin dans la vie.

Ce n'était que justice. Mais comment expliquer ça maintenant ? se demande Henry. C'est impossible. Mieux vaut pour lui la boucler, poser sa blouse sur le comptoir et partir sans dire un mot. Avec la honte, la colère et la peur chevillées au corps car il racontera quoi, à la maison, quand il sera rentré ? Elle réagira comment, Klara ? Et ses parents ? Sa vie va s'effondrer, pense-t-il, en mâchant et remâchant l'histoire dans sa tête. L'existence entière de sa famille dépend de ses revenus qui vont lui être sucrés, qui vont leur être sucrés à tous. Pourquoi il n'a jamais le droit de participer à la vie sociale ? Pourquoi on lui refuse systématiquement la moindre parcelle de joie et de bien-être ?

Henry traverse les rues d'un pas pressé, la tête basse. Kristoffersen ! Cet abruti a tout gâché ! Mais pourquoi est-il allé tout répéter ? Les gens dans la rue le dépassent comme si de rien n'était, avec leurs enfants et leurs filets à provisions, leurs projets et leurs conversations, pendant que lui se fait une fois de plus rouler dans la boue par ce trou à rat mesquin. Par cette putain de ville de merde !

Qu'est-ce qu'il va faire maintenant ?

Qu'est-ce qu'il va faire, bordel ?!

Se tirer ? Non, impossible. Il doit rester avec Klara et son fils, il ne peut pas non plus mentir à ce sujet, parce qu'elle le découvrira au moment où la banque viendra toquer chez eux pour récupérer l'argent qu'il lui a emprunté. Il s'arrête à la banque justement, puis va à l'assistance publique. Ces enflures lui expliquent les uns et les autres ce qui va se passer : il va tout perdre, absolument tout. La maison, le mobilier, tout. Il a envie de pleurer, de casser quelque chose. Il serre les dents, préfère prendre la porte et foutre le camp.

Merde ! Merde ! Merde ! pense-t-il, tandis que ses jambes le mènent au bord de la mer, le long du rivage où le varech traîne sur les rochers. Il retourne dans le centre-ville, passe devant le cimetière. Il n'y a pas à tortiller. Henry est obligé de tout révéler à Klara.

Elle acquiesce en silence. Elle ne prend pas la mouche, ne se met pas à pleurer, et c'est peut-être la pire des réactions car ça signifie qu'il n'a personne pour le réconforter, nulle part où mettre ses mains ou ses joues ou son insécurité. Klara est immobile devant lui, bras ballants, hochant lentement la tête comme s'il venait de lui parler d'un voisin ou du temps qu'il fait.

– Qu'est-ce qu'on va pouvoir garder, Henry ?

Il prend une profonde inspiration, sent ses épaules s'abaisser.

– Je ne sais pas.

– La maison ? On va pouvoir garder la maison ?

Henry fait signe que non, entend Klara qui murmure « Oh mon Dieu » puis s'enfouit le visage dans les mains et fond en larmes. Henry pose une main sur son épaule. Elle se tortille pour l'écarter, renifle, lève les yeux.

– Et les meubles ?

– Non, Klara. Ils vont tout prendre sauf le lit. Mais ils vont nous trouver un endroit pour vivre…

– Ils ? Qui ça, *ils* ? L'assistance ?!

Henry hoche la tête, l'entend renifler à nouveau. Il sent à présent le chagrin le vider de ses forces et de sa confiance en lui. Comme s'il s'effondrait, redevenant faible, comme avant. Et il ne le veut pas, il ne le peut pas. Parce que ce n'est pas sa faute ! Jamais il n'aurait volé dans la caisse s'ils l'avaient mieux payé ! Cela ne lui serait même pas venu à l'esprit. En fait, tout est la faute de *l'oncle* ! Mais comment l'expliquer à Klara ? Elle ne le comprendrait pas. Ni ça ni le fait qu'il a agi ainsi dans son intérêt à elle. Pour son bien et celui de leur fils. Voilà pourquoi il a arpenté la campagne, de ferme en ferme, de village en village, qu'il a bossé du matin jusqu'au soir. Pour leur bien à tous les deux ! C'est si difficile à piger pour elle ?

Klara prend un mouchoir dans la poche de sa robe. Ses yeux sont mouillés et les larmes coulent sur ses joues. Elle lui lance alors un regard froid et calme.

– Et dis-moi, Henry. Quand est-ce qu'ils viennent tout chercher ?

– Demain.

– D'accord, dit-elle simplement, en passant le doigt sur le bord de la table en guise d'adieu. D'accord.

Le lendemain, les créanciers emportent les chaises et la table où ils prenaient leur repas du dimanche. Ils emportent les casseroles dans lesquelles Klara préparait les sauces et les ragoûts. Retranché dans une pièce voisine, Henry est obligé d'assister à la scène pendant qu'une foule est massée à l'extérieur, chuchotant et cancanant à qui mieux mieux, sans perdre une miette de ce qui se passe. Il est évident qu'ils prennent un malin plaisir à voir ce scandale, qu'ils en font des gorges chaudes, qu'ils brûlent d'une envie insatiable de regarder, d'une envie de s'élever au-dessus d'eux en les piétinant, lui et sa famille. Putain ! S'ils savaient ! Alors qu'ils ne savent rien justement. Tout ce ramassis de petits-bourgeois privilégiés qui ne ratent jamais une occasion d'écraser celui qui a eu moins de chance qu'eux et n'est pas le fils d'une bonne maison ! Des salauds d'enfants gâtés, nés avec des cuillères en argent dans la gueule et le monde à portée de main. Qu'ils aillent se faire foutre !

Lorsque tout a été emporté, un homme en costume demande à Henry de signer un papier confirmant la saisie de la maison. Il leur demande également de l'accompagner au bureau de l'assistance publique. Henry veut prendre Klara par le bras, mais elle s'écarte. C'est un mouvement quasi imperceptible, mais il ressent le rejet. Au début, il trouve ça compréhensible, pense qu'elle reviendra à de meilleurs sentiments, mais sa froideur continue même après que la municipalité leur a attribué un appartement.

Elle semble s'éloigner un peu plus dès qu'il essaie de la toucher. Il y a maintenant dans son regard une dureté, une distance, une accusation. Comme si *elle* n'avait pas profité de l'argent qu'il a amassé. Comme si *elle* n'avait pas apprécié les côtelettes d'agneau, les sorties au café, les nouvelles jupes et les nouveaux corsages. Putain, quelle hypocrite, pense-t-il. Elle ne peut pas le repousser de cette façon ! Elle n'en a pas le droit ! Tout ce qu'il a fait, il l'a fait pour *elle*, pour *eux*. Elle ne peut pas le rejeter maintenant, pense-t-il, pas *maintenant* !

Ce soir-là il l'attrape, soulève sa jupe, se fout complètement de savoir si elle a envie ou pas, plaque une main sur son entrejambe tandis que, de l'autre, il la tient fermement. Il enfonce un doigt entre ses cuisses bien qu'elle ne mouille pas, la pousse sur le lit, défait son pantalon. Il ne dit pas un mot, sent son pouls s'accélérer, sa colère cogner contre ses tempes. *Sale ingrate ! Comme si t'avais pas été d'accord tout du long et que t'en avais pas profité ? Hein ?! Toi qui te plaignais constamment quand on manquait de sous et qui n'as jamais demandé d'où venait le fric que je ramenais à la maison ! Jamais ça t'a inquiétée !* Il s'allonge sur elle, force son sexe à entrer dans la fente sèche, remarque à peine qu'elle tourne la tête et ne bouge pas.

Le temps s'écoule lentement maintenant qu'il est désœuvré. Sans travail, sans reconnaissance, sans argent, les journées sont vaines. Henry ne supporte pas de rester à la maison, avec les reproches de Klara qui lui rappelle en permanence les erreurs qu'il a commises, uniquement parce qu'il est toujours à côté d'elle. Chaque fois qu'elle ouvre la bouche, chaque fois qu'elle le regarde, chaque fois qu'elle s'écarte de lui, il se souvient du fiasco. Raison de plus pour sortir, errer seul, rêver de partir loin de Levanger, de l'humiliation qu'il lit dans les regards de tous ceux qu'il croise. Il n'est pas difficile de les imaginer à une table du café de la société de tempérance, en train de se délecter de son malheur, de se pencher et de baisser d'un ton pour mieux raconter ce qui est arrivé à Henry Oliver Rinnan, ce m'as-tu-vu de première.

Henry imagine les rictus leur déformer la bouche, les regards répugnants et bouffis d'orgueil qu'ils se lancent autour des tables, dans les salons, dans les fermes. Alors qu'ils sont d'un commun ! Ce qu'il faut être limité dans sa tête pour se soucier de ce que les autres disent et pensent de soi. Ils vont bientôt voir de quoi il est fait, putain ! Il n'a besoin de personne, lui. Ni d'amis, ni de voisins, ni de famille. Pas dans ces conditions. Il a trop pleuré autrefois dans la forêt. Mais c'est fini, les crises de larmes, croyez-moi ! pense-t-il. Elles sont aussi dures que des stalactites dans une grotte, mes larmes. Je vais me remettre sur pied, se dit-il en serrant les mâchoires, en respirant par le nez, en battant le pavé sans but. Je sais pas encore comment je vais me débrouiller mais je vais me remettre sur pied, et là je leur en foutrai plein la vue, à ces connards ! Il croise au même moment deux types du coin qui s'arrêtent de parler et jettent des coups d'œil discrets vers lui. Il sent alors ses joues brûlées par leur plaisir sadique, eux qui se réjouissent de son malheur. Comme s'il en avait quoi que ce soit à battre de ce qu'ils pensent dans leur esprit riquiqui. Bande de tarés, va ! Pourquoi il éprouverait le besoin de leur adresser la parole ? Pour ce qu'il en a à cirer, lui, que Klara et lui ne soient pas invités à leurs dîners ni à leurs goûters du dimanche, vu que de toute façon il ne veut pas y être ! Il s'en fout ! Il s'en tape complètement de leurs soirées débiles. Il n'a aucune envie de perdre son temps avec eux, dans leur salon de petits-bourgeois où il est uniquement question d'épater la galerie avec le nouveau service de table, le nouveau canapé, le nouveau secrétaire qu'ils montrent soi-disant au hasard mais surtout pour avoir l'occasion d'en parler et ensuite balayer le tout avec une fausse modestie en lâchant : « En fait on en a hérité » ou « On le paye en plusieurs fois ». Qu'ils aillent se faire foutre ! Je les emmerde, moi, tous ces connards de mes deux ! jure-t-il mentalement en parcourant les rues.

H comme houppe, comme hirsutes, comme les cheveux de Gerson et Jacob qui ne ressembleront bientôt plus à rien, comme leurs cheveux qui pour l'heure sont foncés, presque noirs, révélant ainsi aux yeux de tous que les deux frères ne sont pas aryens. En ce mois d'octobre 1942, ils se cachent dans un grenier dans le centre d'Oslo, juste en face du quartier général des nazis.

– Vous devez les décolorer, dit la veuve Eriksen en plaçant sur la table devant eux un flacon marron qu'elle a acheté à la pharmacie.

Elle a été la nounou des garçons, autrefois, dans une autre vie, avant la guerre et les séparations. Elle vivait alors dans une maison à côté de chez eux à Trondheim et avait pour mission de s'occuper des garçons, de leur donner à manger et de leur faire la toilette, de frotter leur corps élancé et de les réconforter quand le savon leur piquait les yeux. Après les avoir emmitouflés dans des serviettes, elle les mettait sur ses genoux et leur disait : « Chut, mon mignon, tout va bien. »

Jacob tourne le flacon et lit l'étiquette : *Peroxyde d'hydrogène.*

– Pé-péro-quoi ? bégaie-t-il comme cela lui arrive parfois, en adressant un souriant d'excuse à Gerson, qui prend le flacon pour l'étudier.

– Peroxyde d'hydrogène. Ah oui, c'est de l'eau oxygénée, c'est marqué en tout petit.

La nourrice apporte une baille d'eau sur la table et étend une serviette sur les épaules des garçons. Elle demande à Gerson de pencher la tête puis y verse un peu d'eau oxygénée qu'elle répartit sur l'ensemble des cheveux. Gerson a la chair de poule pendant qu'elle lui masse le cuir chevelu. Le liquide dégouline le long de ses joues. Le shampooing décolorant terminé, elle place une main sous le menton de Gerson, lui relève la tête, le regarde attentivement dans les yeux. Pendant un instant, il est tétanisé de peur à l'idée qu'elle tente de l'embrasser, qu'elle se penche pour appuyer ses lèvres contre les siennes – un fantasme qu'il avait parfois dans sa jeunesse. Or non, elle se contente d'appuyer le bout de son index contre le goulot du flacon puis le frotte sur les sourcils de Gerson. L'un, et ensuite l'autre.

– Voilà. Maintenant, tu te penches en avant et tu laisses agir, dit-elle en passant à Jacob.

Tête baissée sur la table, en entendant Mme Eriksen répéter le processus sur son frère, Gerson repense soudain à sa mère : elle les emmenait parfois à la cuisine, comme ça, tous les deux avec leur père. Puis elle leur coupait les cheveux à tour de rôle, et leurs mèches sombres recouvraient le sol, pareilles à des coups de crayon noir.

Mme Eriksen puise à présent de l'eau dans la baille qu'elle lui verse sur la tête. L'eau glacée coule sur son cuir chevelu, le long de son cou, dans ses oreilles, mais il ne dit rien. Il la laisse rincer et sécher ses cheveux.

Lorsqu'il relève enfin la tête, il regarde le visage de Jacob et explose de rire, un rire qu'il réprime aussitôt en plaquant les mains sur sa bouche – nul ne doit deviner leur présence dans le grenier – car non seulement la tignasse de son frère s'est éclaircie, mais elle est d'une même teinte orangée que la carotte. Une couleur complètement artificielle, qu'il n'a jamais vue chez quelqu'un. Leur ancienne nounou tente à son tour de retenir son rire mais elle ne peut s'en empêcher, si bien que Jacob s'esclaffe lui aussi.

Gerson se campe devant le miroir appuyé contre le mur et glousse, à défaut d'autre chose, en découvrant son apparence. Pour être transformé, il l'est ! Non pas en un Norvégien blond, mais en une carotte brillante ou en un comédien caricatural dans une pièce de théâtre pour enfants. Il dit, en tirant sur ses mèches orange :

– Maintenant, c'est *ça* qu'il va falloir cacher.

Ils essaient de les rincer à plusieurs reprises, mais c'est trop tard. L'eau oxygénée a décoloré tous les cheveux. Il ne leur reste plus maintenant qu'à fuir. Loin d'Oslo, des Allemands, de la guerre.

Ils attendent plusieurs semaines dans le grenier, oisifs. Mme Eriksen monte les voir régulièrement pour leur annoncer qu'on va enfin venir les chercher, mais chaque fois le transport échoue à la dernière minute parce que quelqu'un a été arrêté ou un résistant a été dénoncé et capturé. Elle leur promet d'intensifier ses recherches et de trouver un moyen pour qu'ils partent. Il est trop risqué pour eux de contacter leur mère, insiste-t-elle, ils ne peuvent donner aucun signe de vie. Pas maintenant.

Dans cette passivité, ils ne peuvent guère que penser à ceux qu'ils ont perdus. La nouvelle de l'assassinat de leur père plane sur chaque conversation. Un grondement constant, lancinant, qui s'intensifie jusqu'à balayer toute autre préoccupation. Le chagrin ne vient pas par vagues, régulier et prévisible. Il ressemble davantage à un récipient froid et lourd dans la poitrine de Gerson, rempli à ras bord, qui doit être porté avec précaution pour ne pas se renverser. Parfois, les larmes jaillissent alors qu'il se lave la figure et voit ses cheveux orange dans le miroir. Ça le fait d'abord ricaner, mais son sourire se fige l'instant d'après car il revoit son père sortir son peigne pour plaquer ses cheveux en arrière ou caresser le dos de sa mère en passant dans le salon ; il l'entend fredonner tout seul ou discuter avec sa mère ou avec un ami de la congrégation. Là, le récipient déborde, et les larmes coulent sur ses joues.

Octobre se termine, nous sommes en novembre. Dans l'appartement d'en face vit une femme qui travaille comme secrétaire à la Gestapo. Elle a souvent la visite d'amis soldats, qui font du potin sur le palier. À une occasion, on cogne à la porte d'entrée de l'immeuble, Gerson et Jacob s'embusquent contre le mur de la chambre mansardée, sans faire de bruit, prêts à les voir débouler en haut de l'escalier. Mais ce n'est pas *eux* que les soldats recherchent : ils viennent se plaindre que, chez Mme Eriksen, des rais de lumière filtrent à travers les rideaux occultants obligatoires pendant le couvre-feu.

Vient le 15 novembre, et ils attendent toujours, dans le silence, la peur et l'ennui. Vient le 20 novembre, et ils continuent d'attendre.

Et, le 25 novembre, enfin, on leur dit de se tenir prêts : un taxi viendra les chercher le lendemain matin.

Ils font leurs sacs, remercient leur logeuse de leur avoir permis de rester si longtemps dans l'immeuble, se couchent tôt – mais Gerson demeure éveillé jusque bien après minuit. Et, pendant que des centaines de chauffeurs de taxi se préparent à leur mission, munis de la liste de celles et ceux qu'ils devront transporter au port, pour qu'ils embarquent sur le *Donau*, Gerson essaie d'imaginer à quoi cela va ressembler : demain, à la première heure, ils seront partis. Enfin.

Une vie devient si minuscule quand elle est rognée jusqu'à l'os. Quand un appartement et les meubles ont disparu. Quand les assiettes et les couverts, les peintures et les tapis, les livres, les chaussures, les montres et les bijoux ont disparu, quand il ne reste que le corps et les quelques vêtements que l'on porte. Gerson est assis sur un petit lit avec Jacob, en attendant l'arrivée du taxi. Son sac à dos est plein. Il contient à manger et à boire, des vêtements de rechange. Voilà tout ce qui reste de l'œuvre d'une génération et de l'immense voyage social que tu as entrepris, Hirsch, pour passer d'une classe sociale à l'autre. D'un petit village russe à la vie mondaine d'un homme d'affaires européen. Maintenant, tout cela a disparu.

Ils attendent. Attendent. Attendent encore. Ils entendent une voiture arriver et s'arrêter en bas. Des soldats ?

Des pas dans l'escalier. La clé tourne dans la serrure, la porte s'ouvre. C'est Mme Eriksen.

– Venez. Tout est prêt, chuchote-t-elle.

Gerson se lève, puis Jacob. Ils disent adieu à la chambre mansardée et sortent par l'escalier. Gerson jette un œil par la fenêtre vers le ciel nocturne où brille la planète Vénus, celle qu'on avait appelée pendant des siècles l'étoile du Nord. L'escalier craque, marche après marche. Mme Eriksen sort la première, pour s'assurer qu'aucun soldat ne rapplique au même moment. Elle leur fait signe qu'ils peuvent sortir.

– Je leur ai dit où vous alliez. Vite, montez, dit-elle, en les serrant tous les deux dans ses bras.

Le dos voûté, Gerson rejoint le taxi, s'installe sur la banquette arrière, regarde le visage du chauffeur dans le rétroviseur. Jacob s'assied de l'autre côté, rajuste le bonnet censé cacher ses cheveux orange.

– À la gare, s'il vous plaît, lance Gerson.

Le conducteur hoche la tête et démarre. À vingt mètres de là, un soldat allemand en patrouille se retourne en entendant le moteur mais continue son chemin. Et voilà, ils roulent, bien avant le lever du soleil, pendant que les rues plongées dans l'obscurité sont encore désertes, hormis quelques oiseaux qui picorent des déchets extraits d'une poubelle. Le taxi longe le port, avec le fjord d'un côté et les énormes bateaux amarrés de l'autre, continue jusqu'à la gare de l'Est. Le chauffeur s'arrête, indique que Mme Eriksen a déjà payé la course. Tête baissée, Gerson et Jacob prennent la direction du quai en veillant à ne pas quitter les ombres.

Or le quai, sur toute sa longueur, est éclairé, beaucoup trop éclairé. Certes ils sont seuls pour l'instant, mais avec leurs mèches orange qui pointent sous leur bonnet et les quinze minutes d'attente avant l'arrivée du train, ils se retrouvent en pleine lumière. Ni une ni deux, Jacob va vers le lampadaire le plus proche, jette un coup d'œil de part et d'autre et tourne l'ampoule à moitié avec sa main gantée. Il adresse un sourire malicieux à Gerson qui rejoint son frère dans l'ombre et lui donne une petite tape sur l'épaule.

Ils attendent, observent chaque mouvement sur les autres quais. Le train arrive enfin. Ils montent à bord, choisissent un compartiment vide, nul ne vient s'asseoir à côté d'eux. Le convoi quitte la ville. Ils descendent à la gare de Strømmen, et continuent en car, conformément aux instructions qu'on leur a données. Ils passent le trajet recroquevillés sur eux-mêmes, en permanence avec l'envie de s'aplatir, de se rendre invisibles, de n'être que deux bonnets qui se dressent au-dessus du siège.

Tandis qu'en cette même nuit cent taxis font la navette entre le domicile de familles juives et le bateau qui les attend dans le port d'Oslo, deux frères voyagent en bus. Ils se retournent chaque fois qu'un camion passe. Ils finissent par arriver à l'arrêt où ils sont censés descendre, au plus profond de la forêt. Et, entre les sapins, ils recommencent à attendre. Attendre, attendre, attendre.

Au bout d'un moment, ils entendent un moteur dans l'obscurité.

Il vaudrait peut-être mieux qu'on se cache dans la forêt, au cas où ? pense Gerson. Il voit que Jacob semble se demander la même chose, mais aucun ne parvient à prendre une décision : que faire si ce n'est pas des soldats mais bel et bien le camion qui vient les chercher ? Ne risquent-ils pas que le conducteur continue son chemin et qu'ils restent là, sans rien d'autre qu'un sac à dos, à la fin novembre, dans l'hiver nordique ?

Il n'a pas le temps de poursuivre ses réflexions car deux phares balaient déjà le virage, qui éclairent les troncs et l'aveuglent. Le véhicule ralentit et se gare sur le bord de la route. Baissant la main qu'il avait mise en visière, Gerson aperçoit un visage joyeux : un homme lui demande s'ils sont bien Gerson et Jacob. Rires et soulagement. Ils repartent.

Les arbres passent à toute vitesse. Les pins se réduisent à des traits sombres à l'écorce poreuse orangée et écaillée par endroits.

Ils sourient, sans oser faire exploser leur joie – pas encore.

Le chauffeur s'engage dans un sentier forestier. Sur le côté s'étend un pâturage à vaches, aride et vide en cette saison, malgré le foin derrière la clôture. Gerson voit le visage du conducteur dans le rétroviseur. Un jeune homme à peu près du même âge que lui. Qu'est-ce qui pousse un inconnu à prendre un tel risque ? Qu'est-ce qui pousse des gens, au péril de leur vie, à organiser une évasion au-delà de la frontière, à pied, en voiture, en bateau, pour aider des réfugiés comme Jacob et lui ?

Une ferme apparaît. Une maison d'habitation blanche et une grange rouge. Un tracteur bleu avec une fourche rouillée, plantée dans le bord du chemin, une des dents recourbée comme un doigt. Traînent aussi des restes d'outils et de machines, rouillés pour certains, en train de retourner à la terre.

Un homme costaud et barbu, en chemise de travail tachée, se tient dans la cour et fait signe au conducteur de se ranger devant la grange où attend le prochain moyen de transport : une fourgonnette avec un plateau, garée à côté d'un gigantesque tas de foin. Trois hommes et une femme d'une vingtaine d'années sont présents, tous juifs. L'un d'eux n'est autre que le célèbre pianiste Robert Levin.

– Où allons-nous nous cacher ? demande Jacob.

– Là-dedans, dit l'homme avec un sourire oblique, en montrant le plateau.

– Dans un chargement de foin ? demande Gerson.

Le fermier acquiesce :

– Il faut d'abord que vous mangiez et que vous alliez aux toilettes. Vous n'en aurez plus la possibilité avant d'être arrivés en Suède.

Une heure plus tard, Gerson, Jacob, Robert grimpent sur le plateau et s'allongent côte à côte. Gerson place les mains sur sa poitrine comme un pharaon, afin de pouvoir se gratter plus facilement le visage ou retirer le foin qui lui chatouillerait le nez ou la bouche. Puis ils sont recouverts de foin, en majeure partie sec et raide, mais parfois humide et poisseux car certains brins d'herbe ont mal séché.

Gerson ferme les yeux et retient son souffle. Il sent le foin lui gratter le menton, les lèvres, les doigts, s'introduire sous sa chemise et dans son pantalon. Il est certes enterré, non pas dans un cercueil qui sera descendu dans l'opacité de la terre, mais à l'arrière d'une fourgonnette, en direction de la frontière suédoise. Mais avant de l'atteindre, ils doivent d'abord prendre un bac, dont l'embarcadère est surveillé du côté norvégien par les Allemands. Et si tant est qu'ils le contrôlent, Gerson espère du fond du cœur qu'ils ne vont pas inspecter le véhicule et sa cargaison, ni là-bas ni d'ailleurs en cours de route.

Le foin ne cesse de le gratter pendant que son corps est transporté sur des routes qu'il ne peut pas voir. Tout ce qu'il sent, ce sont les nids-de-poule sur la chaussée, comme autant de coups contre sa tête et ses épaules. Tout ce qu'il entend, c'est le bruit du moteur diesel en dessous. Sa perception du sol se limite à de vagues changements de poids dans les montées et les descentes, ainsi qu'à la force centrifuge qui dans les virages le comprime sur le côté.

Gerson garde les yeux fermés, sans bouger. Dans son imagination surgissent constamment des soldats allemands. Et si les scénarios diffèrent plus ou moins, les soldats sont toujours deux ou trois : ils soulèvent le foin sans ménagement, découvrent sa présence, le forcent à se mettre debout, avec des tiges de foin accrochées à son pantalon et à son veston, ou encore qui dépassent de ses cheveux et lui donnent une allure d'épouvantail. Il revoit en pensée la jeune fille juive qu'il fréquentait depuis peu à Oslo. Où se trouve-t-elle à présent ?

Il se force à refouler ces images et tente de se concentrer sur autre chose, comme l'entreprise qu'il aimerait créer – mais ça ne dure qu'un instant. Il suffit d'une petite bosse ou d'un caillou sur la route, d'un carrefour qui oblige le véhicule à s'arrêter, le sifflement d'un train, pour que revienne la scène où les nazis le forcent à descendre du plateau. Encore et encore.

Parfois, il est exécuté sur place, traîné au bas du véhicule et abattu d'une balle de revolver en pleine tête avant d'être jeté dans un fossé. Parfois, il est emmené en voiture et envoyé en prison ou à la Gestapo pour y être interrogé. À partir de là, son imagination devient floue, moins tangible, parce qu'il n'a pas le matériau suffisant pour faire avancer les images. Il a certes entendu des histoires et des rumeurs sur le transport des Juifs, mais il en sait trop peu pour imaginer autre chose que des hangars, des fils barbelés, des soldats et de la boue.

Depuis combien de temps roulent-ils ? Un quart d'heure ? Une heure ? Il a envie de faire pipi mais n'a d'autre option que de se retenir. À l'issue de ce qui lui paraît une éternité, la fourgonnette ralentit. Seraient-ils arrivés ? Son pouls cogne dans ses tympans, frappe dans son estomac, chante ce rythme cohérent qui constitue la vie, sans discontinuer, de génération en génération ; un martèlement régulier transmis de la mère à l'enfant, encore et encore, à travers les siècles et les millénaires, depuis le tout premier cœur battant : la vie qui bat en lui.

Gerson entend le vrombissement du moteur changer de tonalité au fur et à mesure que la fourgonnette s'arrête. Quelqu'un crie dehors, et ce n'est pas leur chauffeur. Qui plus est, il ne parle pas suédois. C'est de l'allemand ?

Oui.

Une portière se referme. Le foin lui pique les joues, les paupières, une tige lui chatouille une narine. Une conversation s'engage à côté du plateau. Les soldats tiennent à connaître la destination du chauffeur. Puis l'un d'eux exige :

– Die Ladung kontrollieren !

Ils veulent donc contrôler le chargement. Gerson entend à présent des mains fouiller le foin. Instinctivement, il ferme les yeux, persuadé que tout est fini, que les mains le trouveront dans un instant. Quelqu'un prononce à nouveau une phrase, en allemand, que Gerson ne comprend pas. Auraient-ils trouvé Jacob ?

Il a beau tendre l'oreille, le silence est total. Les soldats ont cessé de parler. Crissement du gravier. Et soudain, *fiousch !* Une espèce de sifflement. Un objet enfoncé dans l'herbe sèche. Une fourche ? La pointe d'un fusil ? Un second résonne, lorsque l'objet passe à travers le foin et est ensuite retiré.

Pourquoi diable quelqu'un transporterait-il du fourrage au-delà de la frontière ? pense Gerson tandis que le métal tranche encore le foin. Il regrette de ne pas l'avoir demandé plus tôt, car ce stratagème n'est-il pas totalement rocambolesque ? Les nazis croient-ils vraiment que les agriculteurs suédois ne peuvent pas faire eux-mêmes leur foin ?

Fiousch ! Des voix. En allemand. Un léger mouvement dans le foin autour de lui.

Il s'efforce de ne surtout pas bouger. Il ferme les yeux, ose à peine respirer. Il peut être heurté à tout moment. Parviendra-t-il alors à rester tranquille, si la pointe d'une fourche lui transperce la cuisse, la poitrine, la joue ?

Fiousch ! Fiousch ! Fiousch !

Un objet dur frappe Gerson juste au-dessus des genoux, il sent l'herbe bouger près de sa rotule. Un objet pointu gratte le fond du plateau, à côté de son oreille, en émettant un bruit métallique strident. Un troisième coup atterrit dans son bras. Pas assez pour pénétrer sa peau, mais assez fort pour le blesser. Le soldat l'a-t-il remarqué de son côté ? A-t-il senti que l'extension de son bras tendu a rencontré une légère résistance ?

Une seconde s'écoule, puis deux. Un nouvel objet dur est tordu et vrillé dans le foin, dont la pointe écorche la peau de Gerson, mais se retire l'instant d'après. Il entend une voix dire que tout est en ordre et qu'ils peuvent monter à bord du bac.

Gerson ressent une vibration dans son dos lorsque le moteur redémarre. La fourgonnette s'ébranle. Il voudrait crier de joie, pleurer de soulagement, mais ne fait ni l'un ni l'autre. Il reste allongé, les paupières toujours fermées, la vessie prête à éclater et la douleur de l'éraflure sur son bras.

Le bac oscille de gauche à droite quand ils montent à bord, le vrombissement du moteur se répercute jusque dans son corps. Un bruit plus puissant retentit, probablement dû au fait que le bateau est mis en marche arrière. Puis ils glissent sur l'eau pour rejoindre l'autre rive. Une éternité semble s'écouler. Gerson entend des cris. La porte métallique du bac s'ouvre, ils se remettent en route. Gerson sent à présent son pouls battre dans sa carotide. Ne devraient-ils pas être arrivés à l'heure qu'il est ? Que se passe-t-il ? Il sent chaque mouvement de la carrosserie, chaque bosse sur le chemin. Soudain le véhicule s'arrête, le moteur est à nouveau coupé. Gerson ne bouge pas, oublie presque de respirer, ne sachant pas s'ils sont arrivés à un autre poste de contrôle. Le toit s'ouvre au-dessus de lui. Gerson se lève, brosse la paille de son visage mais tressaille aussitôt à la vue du pistolet dans la main du chauffeur. Va-t-il leur soutirer de l'argent ? Ou tout ça n'est-il qu'un seul et même piège, ourdi par ces agents doubles dont Gerson a entendu parler ?

– Vous pouvez sortir, dit le chauffeur en se retournant.

Gerson a maintenant assez de courage pour se mettre entièrement debout. Il vérifie autour de lui que c'est vraiment sans danger. Il n'y a pas d'autres camions à proximité. Aucune troupe allemande ne les attend, prête à les envoyer dans un camp de concentration ou à les exécuter sur place, dans la forêt.

Il n'y a autour d'eux qu'un sentier forestier, entouré de pins et d'épicéas. Il croise le regard de Jacob, le bonnet à la main, toujours aussi ridicule avec ses cheveux jaune orangé pleins de foin. Gerson se met à rire, le pianiste fait de même.

Il descend du camion, brosse de son pantalon les restes de foin, constate qu'il a les jambes engourdies à force d'être resté allongé si longtemps.

– Si vous suivez ce chemin sur deux cents mètres, dit le chauffeur, en montrant du doigt, vous arriverez à un croisement avec un panneau de signalisation. Vous serez alors en Suède.

Le pianiste et les trois autres personnes serrent la main du chauffeur, Gerson et Jacob n'ont de cesse de le remercier. Puis ils se mettent à marcher. Gerson ressent le besoin de courir mais se force à marcher normalement.

Après quelques mètres, il se retourne et voit le chauffeur remonter dans la fourgonnette. Ils atteignent le virage et arrivent à une entaille dans la forêt, où les arbres ont été abattus dans les deux sens. Un panneau jaune indique RIKSGRÄNS SVERIGE : la frontière suédoise.

Jacob pose un pied au-delà de la frontière invisible et sourit d'un air rusé. Gerson franchit à son tour la frontière, en s'assurant qu'il est bien au-delà de la ligne, qu'il n'y a plus aucun doute, qu'il est vraiment de l'autre côté. Son frère se jette alors à son cou, Gerson sent le soulagement le submerger, à tel point qu'il ne peut que rire. Il éclate de rire, il n'en finit pas de rire, et les larmes coulent sur ses joues.

Ils ont réussi. Ils sont en sécurité !

I

I comme ignominie, comme infamie.

I comme impunité, comme inanité.

I comme injonction, quand tu es contraint de faire des pompes dans la cour de promenade pendant que tu reçois des coups de bâton et que la douleur irradie le long de ta colonne vertébrale.

I comme inflammation, quand les brûlures mangent la peau gagnée par les glaçons qui se forment dans la barbe ou dans les cheveux des prisonniers en hiver, à cause de filets de morve ou de salive qui gèlent aussitôt.

I comme indignation, cette indignation qui grandit en toi, à cause des bousculades, de la privation de nourriture, des coups de gueule. Comment peut-on conserver sa dignité, son humanité, quand tout le système dans lequel tu as été séquestré est conçu avec un seul objectif : te priver de ces qualités ?

I comme Ivar Grande, devenu le second de la bande à Rinnan après l'avoir rejointe en mai 1942. Un homme grand et athlétique, dont le mariage a pris fin dès qu'il a entamé une relation avec une autre membre de la bande, Kitty Lorange, devenue Kitty Grande lorsqu'ils se sont mariés. En plus d'être décrit comme un infiltré redoutable, Ivar Grande n'avait aucun mal à se faire aimer des gens : il était beau et sûr de lui. Un homme qui faisait tourner les têtes, que les gens écoutaient automatiquement pour connaître son opinion et qu'ils considéraient comme leur chef. Ce qui n'a pas échappé à Rinnan et a fini par poser problème car il n'y avait qu'un chef : *lui*. Il l'a donc transféré à un poste à Ålesund, sur la côte ouest. Juste après, Ivar Grande a été abattu. Veuve, Kitty Grande s'est aussitôt retirée de la bande à Rinnan.

I comme interview, l'interview avec l'Agence de presse norvégienne en 1946, dans laquelle l'un des trois experts médicaux du procès de Rinnan a déclaré ce qui suit :

> *Il ne fait aucun doute que Rinnan a une emprise assez particulière sur ses semblables. J'ai eu plusieurs conversations avec lui, et je n'ai pas honte de dire que j'ai moi aussi ressenti son pouvoir de suggestion. De plus, il est impressionnant à bien des égards et possède une intelligence hors du commun. S'il a néanmoins fini par devenir un grand criminel, c'est peut-être principalement en raison des graves anomalies de sa vie émotionnelle. Mais je ne pense pas qu'il y ait quoi que ce soit d'anormal dans le pouvoir qu'il exerce sur ses semblables.*

J

J comme janvier.

J comme *jøssing*, le surnom donné aux résistants norvégiens et en quelque sorte l'exact contraire du *quisling*, autrement dit un collabo, du nom de Vidkun Quisling, créateur en 1933 du parti fasciste norvégien Nasjonal Samling (Rassemblement national) puis Premier ministre pronazi durant l'Occupation. Ce qualificatif vient d'une défaite allemande dans le fjord de Jøssing, en février 1940, quand l'abordage d'un navire de guerre nazi a permis la libération de trois cents prisonniers anglais, ce qui a sans doute précipité la décision d'Hitler d'envahir puis d'occuper la Norvège en avril de la même année. Utilisé comme insulte par les nazis, le terme *jøssing* a été repris par les résistants qui non seulement l'ont adopté pour se désigner, mais l'ont considéré comme un titre honorifique, de la même manière que de nombreux journaux illégaux l'ont choisi comme titre.

J comme juif. La culture juive possède sa propre langue ainsi qu'une véritable bibliothèque de récits censés se perpétuer dans la mémoire des croyants pour être transmis de génération en génération. Le peuple juif, c'est-à-dire les ancêtres de mes enfants du côté de leur mère, quitte la région de Jérusalem il y a plusieurs millénaires pour migrer progressivement en direction du nord et de l'est. Vers 700 après J.-C., il atteint la Russie qui, au Moyen Âge, devient le lieu au monde accueillant sans doute la plus grande population juive. À la fin du XVIIIe siècle, ce pays décrète que les Juifs doivent être rassemblés dans un territoire individuel, ce qui conduit vers 1880 à des persécutions – les pogroms – et, en quelques décennies, pousse à l'exil plus de deux millions de Juifs. Fuyant la Russie, ils trouvent refuge aux États-Unis ou en Scandinavie.

L'un d'entre eux n'est autre que toi.

L'une de tes descendantes n'est autre que Rikke.

J comme joaillerie, celle de Trondheim où tu avais pour habitude de passer, bien que tu aies quantité de montres. Si tu étais dans le quartier, tu poussais la porte pour saluer le propriétaire juif du magasin et pour voir les nouvelles montres qui lui étaient arrivées, toujours avec davantage de finesse et de détails – avant de te rendre au café Kaffistova.

J comme juin, car tu passes les mois d'été de cette année 1942 en Norvège du Nord, en tant qu'interprète pour les prisonniers de guerre russes. Tu leur expliques comment construire des barrages de neige. Tu négocies en leur nom les heures de travail et les rations alimentaires. Tu vis et travailles sous un ciel qui refuse de s'assombrir et un soleil de minuit qui brille sur le paysage aride, constitué de roches et de prairies. Tu les vois assembler les barrages de neige en bordure de route, tu captes la peur dans leurs regards qui se reflète dans le tien : que feront de toi les soldats allemands quand tu ne leur seras plus d'aucune utilité ? Tu te bats contre les moustiques qui bourdonnent à tes oreilles, tu manges un brouet en guise de soupe, tu te demandes tous les soirs comment va ta famille. Vient l'automne, vient le début du mois d'octobre, et soudain on t'annonce que tu retournes à Falstad. Tu entends des rumeurs sur l'imposition de la loi martiale et sur une attaque contre la Résistance norvégienne. À travers les vitres de voitures et de trains successifs, tu regardes défiler le paysage de la Norvège du Nord : les plaines infinies d'herbe et de bruyère, de bouleaux nains clairsemés, avant que les sapins n'apparaissent, d'abord petits, puis plus nombreux, plus grands et plus denses à l'approche de Trondheim et du camp.

J comme *jul*, Noël en norvégien. En ce Noël 1950, Ellen Komissar se hisse en haut de l'escalier pour rejoindre le nouvel appartement de Marie où, avec un peu de retard, la famille va célébrer Hanoukka. Devant elle, Gerson et Jannicke montent les marches main dans la main. Enceinte de plus de huit mois, susceptible d'accoucher à tout moment, Ellen se traîne. Elle se sent lourde, ses cuisses heurtent sans cesse son gros ventre, les collants de Paris-Wien glissent à chaque pas, l'obligeant à passer une main sous son manteau pour remonter en haut de ses hanches l'élastique à travers sa robe. Agrippée à la rampe, elle est soudain submergée par une vague de chaleur et sent des gouttes de transpiration perler dans son dos.

Elle s'accorde une petite pause pour reprendre son souffle, déboutonne son manteau et laisse entrer l'air froid. Je ne peux tout de même pas arriver à une soirée en nage, pense-t-elle. Son inquiétude n'arrange rien car son corps lui semble étranger. Elle ne se trouve ni belle ni féminine, juste enflée, les bras et les jambes tellement gonflés de liquide qu'ils ressemblent à des bûches de bois. Et qu'est-ce qu'il y a de beau là-dedans ? pense-t-elle, en ahanant sur les dernières marches. Gerson prend sa fille dans ses bras, la cale contre sa hanche puis se tourne vers sa femme :

– Ça va, Ellen ?

Elle lui adresse un signe de tête en le regardant brièvement. Il est tellement chic dans sa queue-de-pie, l'écharpe enroulée autour du cou, alors qu'elle sera bientôt alitée, flottant dans une brume d'allaitement et de privation de sommeil, vêtue d'un corsage taché de bave de bébé. Elle sera moche et démolie, pendant que Gerson saluera les plus belles femmes des meilleures familles de Trondheim, celles qui ont les moyens d'enrichir leur garde-robe en commandant à Paris-Wien des vêtements importés du sud de l'Europe ou des chapeaux réalisés sur mesure avec des détails choisis personnellement. Et là, il se lassera à coup sûr de moi, se dit-elle en pensant à son père qui s'est mis en ménage avec sa secrétaire et a divorcé de sa mère, internée depuis plusieurs semaines dans un hôpital psychiatrique près d'Oslo. J'aurais dû être là, pense Ellen, j'aurais dû lui rendre visite, mais c'est impossible, pas maintenant, alors que je risque d'accoucher à tout moment. L'espace d'un instant, elle a l'impression que toutes ses défenses vont lâcher, elle a juste envie de s'asseoir sur une marche et de pleurer. Mais elle ne peut pas. Elle doit sourire à Gerson et lui dire qu'elle va bien. Il faut que je sois forte et que je me souvienne que j'ai de la chance, beaucoup, beaucoup de chance, se dit-elle. Elle sourit à Jannicke, qui la regarde à travers les croisillons de la rambarde sur le palier du dessus. Quelle adorable petite fille, aux yeux pétillants et aux beaux cheveux noirs. Elle gravit les dernières marches, atteint enfin la porte de l'appartement. Gerson pose une main dans son dos. Et même si elle sait que son geste part d'une bonne intention, elle ne peut s'empêcher de s'en libérer car elle transpire trop. Elle tente de se rattraper en voulant lui prendre le bras, lui montrer par un sourire qu'elle n'avait pas l'intention de faire preuve de dédain – en vain : il s'est déjà refermé sur lui-même et se penche pour soulever Jannicke, à croire qu'Ellen n'existe pas.

Ils sonnent, Marie les fait entrer dans le couloir. Elle paraît exaltée. Comme si elle avait décidé d'abuser de son charme, en leur offrant des sourires beaucoup trop radieux, en parlant beaucoup trop fort et en éclatant de rire. Ils enlèvent leurs manteaux et rejoignent les invités. Ils sont les derniers arrivés. Ellen s'assied, avec Jannicke à côté d'elle, et commence à manger. Elle essaie de se fondre dans la conversation, de ne pas penser à sa sœur jumelle qui lui manque tant, à laquelle elle pense plusieurs fois par jour. Grete aurait tout de suite compris, aurait tout de suite vu qu'Ellen est malheureuse – et surtout : elle ne l'aurait jamais jugée à cause de ses doutes, de ses pensées, de son incapacité à éprouver une réelle gratitude d'avoir survécu à la guerre et d'avoir eu la possibilité de vivre dans cette maison. Prenant son verre de vin, elle remarque que Gerson lui jette un regard réprobateur. Elle peut tout de même se permettre un petit verre, rien qu'un, non ? Quand Marie, en lui passant les pommes de terre, lui redemande comment elle va, Ellen lui adresse le sourire le plus gracieux possible et répond, non sans un sourire à Gerson :

– Je vais bien, merci ! Tout va bien. Regardez comme j'ai de la chance.

Pendant un instant, elle y croit presque elle-même.

J comme jubilation, celle qu'éprouve Rinnan d'avoir trouvé un travail qui le sauve de la ruine financière et l'aide à ne plus dépendre de l'assistance publique. Engagé comme chauffeur-livreur par un certain Ernst Parow, qui dirige une société de transport, il a pour mission de parcourir la campagne près de Levanger en estafette et de vendre des marchandises aux fermiers comme aux particuliers. Décrocher un emploi lui permet d'envisager à nouveau de mener une vie normale, mais la seule perspective de cette existence ordinaire ne lui suffit plus : il veut quelque chose d'autre, de plus grand. Et, pour autant qu'il continue d'aller au café tenu par la société de tempérance, ce n'est ni pour s'asseoir avec ses camarades ni pour leur raconter des histoires ; non, ça ne l'intéresse plus. Il n'y va que pour interroger les autres au hasard, après avoir pris soin de compulser journaux et magazines. Il n'y va que pour les remettre à leur place : « Quelle est la capitale de la Bolivie ? Tu le sais ? Non, bien sûr que non. » Ou : « Quelqu'un peut m'expliquer le sens du mot *clivage* ? Non ? Je m'en doutais ! »

Il veut uniquement éprouver cette joie d'avoir mis à nu leur manque d'assurance et leur gêne. Il veut uniquement les voir bafouiller, avoir un regard aux abois, se décomposer en cherchant désespérément une réponse. Là seulement il peut rentrer chez lui en ayant eu une nouvelle confirmation qu'il est bien plus intelligent qu'eux.

Peut-être espérerait-il dans le fond passer du temps avec eux comme autrefois. Mais à quoi bon ? Désormais, Rinnan effectue ses tournées de ferme en ferme, de hameau en village. Pour devenir un employé exemplaire, il discute avec les habitants, se familiarise avec eux, les appelle par leur prénom. Ce faisant, il apprend toutes sortes de choses à leur sujet, notamment leurs opinions politiques. Autant de petits secrets dont il ne connaît pas encore la valeur.

Puis éclate la guerre d'Hiver entre la Finlande et l'URSS. Henry imagine les soldats finlandais, dans leur uniforme aussi blanc que la neige où ils sont cachés, derrière les rochers et les pins, combattant les soldats communistes. Il les voit avec une telle netteté lorsqu'il ferme les yeux la nuit : la tranquillité du paysage hivernal, les traces de lapin dans la neige fraîche, les morceaux d'écorce brune éparpillés sous les sapins, arrachés par le vent ou par les pattes d'écureuils grimpant dans les branches. Le silence est total, profond. D'un seul coup il se lève de la neige, lui, Henry, invisible pour tout le monde, et il tire.

Nombreux sont les jeunes Norvégiens à vouloir participer à cette guerre. Un bureau de conscription s'ouvre à Levanger. Henry se place dans la file, indique qu'il veut s'engager et vaincre la menace communiste venant de l'Est, qu'il n'a pas peur d'y aller. Au contraire, il aimerait *déjà* y être.

Mais d'abord, ces prétendants au combat doivent être pesés et mesurés. Henry a beau leur dire que ce n'est pas nécessaire, il ne peut pas y échapper. Comme si cet obstacle ne suffisait pas, c'est une *femme* qui en est chargée, forcément ; une jeune fille en blouse blanche, mignonne, avec des bras fins et une longue frange au-dessus d'yeux étincelants. Elle lui demande d'enlever ses chaussures et de se mettre contre le mur, sous une toise jaune. Il entend le curseur blanc partir de l'endroit où se tenait l'homme précédent, sûrement d'une bonne vingtaine de centimètres plus grand que lui, coulisser indéfiniment vers le bas, avant de s'arrêter enfin sur ses cheveux qu'il a coiffés bouffants pour qu'ils lui donnent plus de volume. Mais, bien sûr, cette fichue infirmière se sent obligée d'aplatir ses cheveux avec le curseur, elle va jusqu'à l'appuyer contre son crâne. Henry ne bouge pas et serre les dents. Elle consigne sa taille et, à croire que c'est une affaire de rien, murmure doucement :

– Un mètre soixante et un, bon bon…

Il n'échappe pas à Henry qu'elle trouve cette taille complètement ridicule, la voir tenter de le lui cacher redouble l'humiliation qu'il ressent. Comme si elle le croyait incapable de supporter qu'elle la dise à voix haute. Comme si on ne lui rappelait pas déjà constamment, chaque instant, chaque jour, à quel point il est petit.

Henry rentre chez lui. S'ensuivent de longues journées où le temps se traîne, où il attend la confirmation de son enrôlement. Enfin il aura la possibilité d'échapper à ce quotidien, enfin il aura la chance de quitter Levanger et sa médiocrité, son côté petit-bourgeois, pour aller là où se déroulent les vraies batailles, là où naissent les vrais héros. D'autres se sont également enrôlés, pas beaucoup, certes, mais Henry voit le respect des autres au café quand il leur annonce qu'il s'est engagé. Ce n'est qu'une question de temps avant qu'il ne prenne la direction du nord. Sauf que : l'attente s'éternise.

Une semaine passe.

Deux semaines.

Finalement, le verdict arrive par courrier. Rinnan déchire l'enveloppe avec ses doigts, en ayant la sensation de déchirer des couches d'ennui et d'impuissance et de trouver ainsi l'entrée dans un autre monde, dans une autre vie. Mais c'est un refus. *Inapte au service.*

Il est abasourdi. Il lit et relit les trois mots pour être sûr qu'ils se trouvent bien, noir sur blanc, sur le courrier. Lequel stipule en effet qu'il est inapte au service. Sans explication.

Putain ! C'est à cause de sa taille ?!

Parce que la guerre d'Hiver est un concours de taille, peut-être ? Il faut faire deux mètres pour appuyer l'index sur la détente ? Première nouvelle ! Il faut mesurer un mètre quatre-vingt-dix pour conduire une bagnole, pour prendre d'assaut un bâtiment, pour tirer sur l'ennemi ?

Non, bien sûr que non ! La rage monte en lui. Néanmoins, aucune humiliation, aussi cuisante soit-elle, ne l'a préparé aux chuchotements qu'il intercepte dans la rue, quelques jours plus tard, en rentrant chez lui. Il croise un groupe d'hommes jeunes en train de se pavaner avec des filles, pour épater la galerie. Au moment où Henry les dépasse, l'un d'eux chuchote, doucement mais assez fort pour qu'il l'entende :

– Quelqu'un m'a raconté que Rinnan ne partira pas à la guerre tant qu'ils n'auront pas fabriqué de tanks assez petits pour lui.

Putain !

Putain de merde !

Si seulement il pouvait leur tordre le cou, à tous ces connards ! Si seulement il pouvait leur faire bouffer leur rictus, dans leurs sales gueules de cons : les gens dans la rue, ceux qui bossent pour l'État, les ministères, la municipalité. Tous ces crétins bien nés et bien mis qui n'ont RIEN foutu de leur vie à part venir au monde avec une taille normale !

Putain, ce que je vais leur mettre ! peste Henry, qui continue de marcher les yeux rivés sur le trottoir. Un de ces jours ils vont voir, putain ! Quand il sera sorti de cette ville de merde, quand il sera devenu quelqu'un de grand, quelqu'un d'important, alors ils imploreront, à genoux, pour qu'il leur adresse ne serait-ce que la parole !

« Vous perdez rien pour attendre, bande d'enflures ! » grogne une voix dans sa poitrine.

VOUS PERDEZ RIEN POUR ATTENDRE !

J comme Jannicke :

– Grete et moi avions créé un club que nous avions appelé le Club de la Bougie, à cause d'un couloir secret dans le grenier, si sombre qu'il fallait des bougies pour y voir. C'était assez stupide, bien sûr, nous aurions pu mettre le feu à la maison. Au bout du couloir, il y avait une pièce secrète où Rinnan se serait apparemment caché. C'est là que nous avons trouvé le… le petit sachet, tu sais.

J'ai toujours eu le sentiment que grandir dans cette maison n'avait eu aucune conséquence. Jusqu'à ce fameux jour. Nous étions revenus vivre à Oslo et j'étais en âge de travailler. J'avais décroché un boulot au kiosque de la station de métro Majorstuen. Il y avait cet ivrogne qui venait souvent, un homme pas très propre sur lui, mais comme c'était un client régulier, nous discutions chaque fois que je le voyais. Jusqu'au jour, donc, où il m'a dit avoir été un membre de la bande à Rinnan. Il ne m'a jamais indiqué son nom, mais il devait faire partie de ceux qui ont échappé à la peine de mort et ont purgé une peine de prison. Il parlait à n'en plus finir de ce qu'ils avaient fait dans la maison, des prisonniers, de la torture, à tel point que je me suis sentie mal. À en croire ma collègue, j'étais blanche comme un linge. J'ai dû aller me reposer dans l'arrière-boutique, après.

J comme Jonsvannsveien et ma visite des lieux. Le crissement du gravier quand le taxi se gare sur le bas-côté de la route. Nous sommes en octobre et je suis enfin de retour à l'endroit où convergent toutes ces histoires. J'ai veillé, cette fois, à prendre rendez-vous par e-mail plusieurs mois au préalable. Je vérifie l'heure sur mon téléphone pendant que le chauffeur de taxi imprime un reçu. Il est 17 h 55, je suis en avance de quelques minutes. C'est une rue tranquille, pas le genre de lieu qu'on visiterait délibérément. En plus, avec le temps plus froid qui cloisonne les enfants chez eux, loin de leurs vélos à trois roues et de leurs trampolines, le quartier est presque silencieux. Le seul bruit vient d'une mobylette qui change de vitesse à quelques pâtés de maisons de là.

– Bonne chance ! me lance le chauffeur.

Il connaît bien l'histoire de la maison et s'y rendait souvent, enfant, rien que pour la regarder, pour être à proximité d'elle. Je le remercie, referme la portière, me tourne pour observer la bâtisse. Je descends le chemin gravillonné, je sonne.

La porte s'ouvre sur un homme grand et élancé, que je reconnais pour l'avoir vu en photo dans des articles consacrés à la maison.

Nous échangeons une poignée de main et, après quelques brèves questions sur mon voyage, il m'invite à entrer.

Les pièces que je découvre sont d'une banalité presque déconcertante, comme si je m'attendais à pénétrer dans un musée. Le couloir latéral, que j'ai déjà vu sur les plans et sur les croquis que Grete a réalisés pour moi, est flanqué d'une série de portes.

– C'est là qu'était la chambre des enfants ?

Le propriétaire ouvre la porte d'une pièce lui servant de bibliothèque pour ses bandes dessinées, soigneusement rangées par ordre chronologique et comprenant les éditions complètes de *Donald Duck* – en plus de caisses de 33 tours empilées. Comme Ralph Tambs Lyche avant lui, il est collectionneur. Je regarde le coin où, selon ce que m'a dit Grete, se trouvaient leurs lits à Jannicke et elle.

C'est là aussi que dormait la fille de huit ans d'un des membres de la bande à Rinnan. Une petite fille qui écoutait certainement les bruits en provenance de la cave puis s'endormait dans le tumulte des voix.

Le propriétaire m'emmène ensuite dans le salon prolongé à l'angle par la cuisine. Une succession de petites balles est posée sur le manteau de la cheminée, étrangement douces et ratatinées après avoir heurté les murs en brique. Il les a trouvées en arrachant des panneaux muraux dans la cave. Avant de monter au premier, il me montre la cuisine, qui donne sur le jardin. À l'étage, une porte mène à un espace de rangement, rempli de bric-à-brac, où j'aperçois la lucarne dans le plafond par laquelle Jannicke et Grete ont un jour rampé avec des bougies allumées et trouvé une pièce secrète. À côté de nous, la chambre avec la fenêtre en demi-lune, que Rinnan utilisait comme central de communication, avec une ligne directe reliée au Misjonhotellet ainsi qu'un télégraphe. Le propriétaire range des papiers sur le bureau et, en me retournant, je découvre un lit encastré dans le mur. C'est là qu'Ellen se retirait quand elle avait ses migraines, là qu'elle se reposait – mais je n'en dis rien à l'homme qui vit ici. Je lui demande juste la permission de prendre quelques photos avec mon téléphone. Puis nous retournons en bas.

Je suppose que vous voulez jeter un coup d'œil à la cave ? demande-t-il en tirant la porte en bois sombre.

Je hoche la tête en souriant et le suis au bas de l'escalier. L'âpre odeur de renfermé me monte immédiatement aux narines. Dans les murs dénudés, la maçonnerie commence à se pulvériser. Le propriétaire a dû descendre ouvrir la porte du bas avant mon arrivée car elle est entrebâillée. Elle était autrefois entièrement recouverte d'une immense feuille de papier sur laquelle un des membres de la bande à Rinnan avait dessiné au feutre noir une porte médiévale aux planches en diagonale, rehaussées sur la gauche par des charnières en fer. La véritable poignée de porte était grossièrement enfoncée dans le papier. Tout en haut, on pouvait lire LE CLOÎTRE DE LA BANDE ! ainsi qu'une phrase sur la boisson que je n'ai jamais pu tout à fait déchiffrer, écrite le long de l'arcade en pierre : « *Si tu es crevé, souviens-toi qu'un bon petit verre est [...]* »

En entrant dans la pièce, je me retourne, m'attendant à voir le deuxième dessin accroché de l'autre côté de la porte, celui d'un squelette tenant une faux, avec en dessous, en guise de légende, la phrase : BIENVENUE À LA FÊTE !!

Dans cette pièce basse de plafond, j'essaie d'imaginer les différents éléments que je sais avoir été ici autrefois : un bar sur une estrade, à ma gauche, qui quelques années plus tard a servi de plateau de théâtre à Grete et Jannicke ; les deux tonneaux, et beaucoup d'autres instruments de torture, que j'ai vus en photo ce matin, lors de ma visite du musée de la Justice de Trondheim.

Le propriétaire me montre d'autres balles qu'il a dénichées lors de la rénovation de la maison, puis l'endroit où se trouvaient les cellules de la prison : deux petits cachots, dont le mur porte encore les traces, visibles par la présence de vieux trous de vis et de bandes plus claires dans la maçonnerie, là où étaient accrochées des poutres.

J comme jambes, et ce courant d'air qui souffle sur les jambes d'Ellen chaque fois qu'elle ouvre la porte de la cave, au 46 de la rue

Jonsvannsveien, et l'oblige à s'arrêter dans son élan. En l'absence de Gerson, au travail, de Jannicke, à l'école, et de la nourrice sortie avec Grete, elle sait qu'elle doit descendre si elle veut récupérer le chemisier qui sèche en bas et qu'elle souhaite porter. Pendant un moment, elle envisage de mettre autre chose ou carrément d'annuler sa promenade en ville et de monter se reposer à la place, mais ce serait dommage, non ?

Parfois, Ellen souhaiterait simplement disparaître ou, mieux encore, pouvoir fuir tout ça, tout abandonner – comme Nora a quitté Helmer dans *La Maison de poupée* d'Ibsen – et s'en aller, se remettre au piano, donner des concerts. Elle se voit dans un auditorium bondé, face à un public émerveillé qui l'ovationne. Elle imagine faire ses valises et partir, s'éloigner de son mariage en berne, des images épouvantables qui surgissent à certains moments dans son esprit, du sentiment d'avoir tout raté. Mais où irait-elle ? Et avec quel argent ? Non, ça ne fonctionnerait pas. Elle ne peut rien faire. Elle n'est que la petite-fille du propriétaire d'une usine de tabac nommé Moritz Glott et de sa femme norvégienne, Rosa Olivia. Elle a grandi dans une villa majestueuse, avec des cuisiniers, des couturières et des servantes, une existence soutenue par une fortune que la guerre a depuis dérobée à la famille. Et si son grand-père a tenté de protéger cette richesse, en transférant ses actions à ses enfants et à sa femme norvégienne, les autorités ont quand même confisqué ses biens. L'usine de tabac à Oslo a été saisie, ainsi que la villa de son grand-père à Nordstrand et la maison de campagne à Konglungen. La villa de son père à Heggeli a également été prise par les nazis, qui l'ont transformée en casino. Après, ils n'ont eu d'autre choix que de fuir. Le fait que sa grand-mère soit originaire de la Norvège du Nord ne leur a été d'aucun secours car, à cette époque, il suffisait qu'une seule personne soit juive pour que toute la famille devienne suspecte. Ils n'ont compris la gravité de la situation que lorsque des soldats allemands ont frappé à la porte de leur villa. Ils avaient l'ordre d'arrêter le grand-père Moritz parce qu'il était juif. Or, alors qu'il demandait ce qu'il avait fait de mal et pourquoi il devait les accompagner, il a été victime d'une crise cardiaque qui, ironie du sort, les a tous sauvés car la détermination initiale des soldats à l'emmener a soudain diminué. Ils ont demandé à Moritz de se présenter s'il survivait et, pendant qu'il était étendu par terre avec des douleurs lancinantes dans la poitrine en attendant l'ambulance, les soldats sont partis. Moritz a réussi à se rendre à l'hôpital, ce qui a donné à sa famille le temps de planifier sa fuite. Rosa et lui se sont réfugiés dans un chalet, à l'ouest du pays, dans la vallée du Gubrandsdalen où ils sont restés jusqu'à la fin de la guerre, tandis qu'Ellen et le reste de la famille se sont enfuis en Suède avec l'aide de Carl Fredriksens Transport. Après un passage par l'exploitation horticole, ils sont partis à bord d'un camion à côté de parfaits inconnus : Ellen, sa sœur jumelle Grete, et leurs parents, blottis sous la bâche du plateau, dans le noir, terrifiés à l'idée qu'on les arrête en cours de route. Ils sont certes arrivés vivants à la frontière et ont pu rejoindre le camp de réfugiés, mais Ellen n'a jamais retrouvé de sentiment de sécurité. Son ambition de donner des concerts ou de devenir artiste n'a pas abouti non plus. Au camp, elle a rencontré Gerson. Et si, depuis, les années ont passé, pour Ellen la guerre n'a jamais tout à fait pris fin. Le passé la hante, qu'elle le veuille ou non, tout comme ce matin-là, alors qu'elle se tient devant la porte de la cave.

La porte est face à elle. Longtemps immobile, Ellen secoue la tête et finit par appuyer sur la poignée. La porte grince en s'ouvrant, comme d'habitude. Il n'y a aucune raison d'avoir si peur, se persuade Ellen, en passant la tête dans l'embrasure, alors qu'une odeur de renfermé, froide et poussiéreuse, monte à ses narines. Puis elle descend les marches, en se retenant à la rampe. Se souvenant que la main de Rinnan a dû glisser sur le bois lisse, elle le lâche rapidement comme si elle venait de se brûler. Sa respiration devient plus lourde, mais elle se force à continuer, pas à pas. Elle penche la tête pour ne pas se cogner et parcourt la pièce du regard.

– Hé ho ?! fait-elle, pour s'assurer qu'il n'y a personne.

Pas de réponse. Ellen fait quelques pas sur le plancher. Elle est déjà venue ici à maintes reprises, rien ne motive donc cette anxiété, pense-t-elle, mais elle était chaque fois accompagnée. Là elle est seule et, dès qu'on est seul, l'imagination a la possibilité de transformer ce que l'on voit dans une pièce et la remplir d'images et de souvenirs, ce que la cave fait précisément en cet instant. En passant devant le bar où la bande à Rinnan se versait autrefois à boire pendant les interrogatoires, elle les imagine brièvement en train de frapper les prisonniers, attachés à une chaise, avec des fouets et des chaînes. Elle entend les cris et se souvient des bribes d'informations que les gens lui ont divulguées avec un sourire macabre, insensible, tous aussi incapables de comprendre à quel point leurs paroles s'imprégnaient en elle.

Ellen cligne des yeux pour évacuer ces images et se dépêche de traverser la cave. Elle voit les impacts de balles dans le mur mais continue à l'angle pour entrer dans la buanderie où son chemisier en soie est suspendu à la corde à linge, à côté d'une nappe, de quelques sous-vêtements et d'un drap. Ce qu'il faut être sotte pour croire que quelqu'un est ici, pense-t-elle, les revenants n'existent pas. Il n'empêche : ses mains tremblent toujours lorsqu'elle retire les pinces à linge, si vite que son chemisier blanc tombe par terre et qu'elle est obligée d'écarter le drap pour se pencher. Elle s'empare du vêtement, le soulève et pousse un cri en découvrant ce qui se trouve en dessous. Ce n'est qu'une petite bonde pour recueillir l'écoulement de l'eau mais, pendant une fraction de seconde, elle voit du sang disparaître à l'intérieur – et elle entend les mots de son amie résonner dans ses oreilles :

« Tu en as entendu parler ? Ils ont dépecé trois personnes dans cette cave. »

K

K comme Karl, Karl Dolmen, ce jeune homme de dix-neuf ans aux cheveux blonds, qui de lui-même a proposé ses services à Rinnan en mai 1942 et est très vite monté en grade, devenant celui en qui Rinnan plaçait le plus sa confiance.

C'est lui, Karl Dolmen, qui à la fin du mois d'avril 1945 se tient dans la cave, à bout de souffle, une hache sanguinolente entre les mains et un air de souffrance imprimé sur le visage.

K comme kippa. Je me souviens d'avoir entendu ce mot prononcé à voix haute pour la première fois dans une piscine, en banlieue ouest d'Oslo, un jour d'hiver à la fin du siècle dernier. J'étais blanc comme un cachet d'aspirine, en short de bain, moi qui n'en portais jamais, car à l'époque j'étais complexé par mes jambes et je pensais que le short accentuait encore ma maigreur. Et pourtant j'étais à la piscine, au milieu de l'hiver, où je suivais une formation aux premiers secours parce que je me préparais à un job d'été dans une MJC sur l'île de Kalvøya, tout près d'Oslo. Dès que je suis entré, j'ai repéré une jeune femme assise non loin du bassin, sans doute parce qu'elle était la seule personne habillée. Il n'a fallu qu'un regard pour me rendre compte que le courant passait entre nous, même si elle avait l'air très différente du genre de fille que je pensais rechercher : les cheveux courts, un pantalon noir, un haut batik bleu indigo, des yeux marron et limpides. Nous avons échangé un regard qui s'est éternisé un peu plus qu'il ne l'aurait dû, avant qu'elle ne reprenne la conversation avec une amie. Je l'ai entendue lui dire qu'elle allait bien, qu'elle venait de rencontrer un nouveau petit ami – et je me souviens que la déception m'a fait l'effet d'un poids à l'estomac. Je me suis dit que ce genre de chose n'arrivait qu'à moi, qu'il valait mieux l'oublier. Quelques minutes plus tard, je discutais au bord du bassin avec une connaissance, peut-être d'un détail dans un film ou un livre, bref, quand soudain je ne me suis plus rappelé le mot désignant le couvre-chef que portent les hommes juifs. Et c'est alors que la fille de tout à l'heure a tourné son attention vers moi et a dit :

– Kippa.

Comble du hasard, elle était la responsable de la MJC. Elle passait l'été en Norvège avant de retourner faire ses études en Espagne et avait un nom inhabituel, Komissar. À la fin de l'été, ayant mis fin à la relation dont il avait été question à la piscine, nous sommes tombés amoureux l'un de l'autre et elle a décidé de rester en Norvège. J'ai emménagé dans son appartement, nous avons voyagé, étudié, nous nous sommes mariés. Nous avons très vite eu un enfant, puis un second, vingt ans ont passé sans que nous nous en apercevions, tandis que nos liens se renforçaient.

K comme Komissar, le nom de famille que tu as hérité de ton père, Israël Komissar. Un nom qui ressemble à s'y méprendre, vraisemblablement parce que les mots ont la même origine (*Reichskommissar*, commissaire du Reich), à la fonction occupée par tous les gens qui participent à ton arrestation, à ta déportation, aux mauvais traitements qui te sont infligés. Pour autant que je sache, ce patronyme a été donné à ton père parce qu'il travaillait comme garde-forestier pour le tsar : *komissarov* en russe, celui qui sert le tsar.

K comme kiosque, l'un des kiosques de Trondheim où tu achètes parfois ton journal en allant au port, avec ses énormes entrepôts en forme de boîtes, la mer anthracite qui clapote à un rythme régulier contre le béton, les vagues qui soulèvent les roues de tracteur accrochées à la paroi du quai. Je t'imagine arriver ici le matin, un jour où le soleil brille en oblique sur la ville et projette des ombres longilignes, à cause des grues massives qui penchent leur bec métallique énorme sur le bord de la plateforme. Une journée assourdie par les grondements et les crissements mécaniques, bercée par les cris et les appels des dockers, par le sifflement d'un homme. Je t'imagine longer les quais, discuter avec des capitaines de navire. J'imagine l'attente face au spectacle d'un bateau qui glisse dans le fjord ; il y a là quelque chose de méditatif, comme si tu regardais un feu de joie, car, bien que le fjord ne change pas et que le bateau s'approche toujours très lentement, cela suffit à capter ton attention : l'étrave orange qui fend le courant, la nuée de mouettes qui tournent en surplomb, avant de se rendre compte qu'il s'agit d'un simple cargo et non d'un chalutier susceptible de leur fournir de la nourriture. J'imagine les personnes à bord ou observant le port depuis le pont, toutes réduites à des formes minuscules. Tout cela t'invite à rester, à continuer d'observer, jusqu'à ce que le navire accoste, que des grincements résonnent au contact de la coque contre la gomme des pneus du tracteur ; puis commence l'amarrage, avec des aussières si épaisses qu'elles semblent provenir d'une île de géants, si lourdes qu'elles doivent être tirées par des cordes plus petites, avant que l'énorme boucle puisse être accrochée au bollard sur le quai. J'imagine que tu profites de l'occasion pour pratiquer les langues que tu maîtrises : l'allemand avec les ouvriers, le français avec un grossiste, le russe avec un capitaine de navire ; après quoi tu retournes à ton magasin avec des boîtes pleines de boutons, de plumes et de rubans de soie. Je sais en tout cas que ces promenades au port ont concouru aux spéculations selon lesquelles ton existence ne serait qu'une couverture, que le magasin et même ta famille, que tout ne serait qu'un leurre : que tu serais en fait un espion à la solde des Russes, des Britanniques, ou des deux.

K comme kidnapping.

K comme *kommando*.

K comme *krig* en norvégien, comme *Krieg* en allemand : *guerre*. Cette guerre qui se dissémine dans toute l'Europe et engloutit tout, à croire que quelqu'un a tenu une allumette sous une carte, que la flammèche a d'abord dévasté l'Allemagne avant de consumer le reste du papier, que le feu a fini par se déclarer entièrement, par devenir une béance de plus en plus immense, dévorant ville après ville, pays après pays.

Pour Rinnan, la guerre se présente sous la forme d'un cri qui retentit dans la rue, au bas de la fenêtre de sa chambre à coucher. Il ouvre les yeux et s'assied. Klara se tient déjà à la fenêtre, nue, en partie cachée derrière le rideau. Avec une érection courbée comme souvent à son réveil il se précipite pour voir par lui-même et entend à présent ce qui est crié : la Norvège vient d'être attaquée, la guerre est arrivée.

Enfin ! pense-t-il en s'habillant et en sortant à la hâte sans prendre son petit déjeuner. Enfin ! Cette fois, peu importe qu'il soit petit ou grand. Et ils ont intérêt à l'accepter. Si jamais ils lui posent des questions, il leur montrera le niveau de ses compétences en tant que chauffeur. Quels hommes dans cette ville ont une conduite aussi rapide et aussi sûre que lui ? Combien d'hommes dans cette région de la Norvège possèdent une aussi bonne connaissance de chaque bosse et de chaque virage que celle acquise par Rinnan, que ce soit en emmenant ses amis aux dancings ou en effectuant des livraisons dans les campagnes ?

Personne !

Personne, personne, personne – à part Henry Oliver Rinnan. Il est l'homme de la situation, ils le savent tous, et cette fois nul ne lui volera cette opportunité.

Henry obtient son uniforme. Les conscrits reçoivent la consigne d'utiliser les anciens uniformes, mais pas question pour lui, pas quand il y a des piles et des piles d'uniformes neufs juste devant eux. Il en trouve un à sa taille. Ça, *au moins*, ça ne pose pas de problème, forcément vu la quantité, pense-t-il. Henry enfile le pantalon devant le miroir, ferme la veste aux boutons dorés, noue les lacets des bottes et à peine s'est-il changé qu'il sent la transformation que la tenue lui apporte : l'uniforme fait l'homme. En croisant son reflet, il sait d'emblée qu'il est prêt à tout, qu'il osera n'importe quoi.

Il intègre un bataillon secret caché dans une ferme non loin de Sandnesmoen. Sa mission : rejoindre l'aéroport, charger des caisses et des caisses de munitions dans le camion, se remettre au volant. Il sent le plastique blanc et dur dans sa paume, contre ses gants de conduite ; il sent le danger que représente toute cette poudre empilée derrière lui, ces explosifs qui n'attendent que de détoner, de cribler le corps des soldats allemands et de les tuer.

Il adore cette vie. Dormir à côté des autres soldats, en égaux. Leur raconter des histoires, écouter la radio, discuter des dernières nouvelles du front.

Une semaine passe. Deux semaines.

Un jour, il apprend que la Norvège a capitulé, que les lâches du Sud ont déposé les armes. Tout est fini, on leur demande de se rendre.

Non : on leur *ordonne* de le faire. Henry essaie de persuader les autres de continuer de se battre, de former une unité secrète, mais c'est impossible car soudain les Allemands sont là, avec leur manteau vert-de-gris et l'éclat intense de leurs yeux bleus.

La capitulation décourage ses amis, tous réduits à une seule et même bande de dégonflés, de lavettes, de bons à rien. La compagnie est dissoute du jour au lendemain, les soldats sont transférés à l'extérieur du village de Snåsa, dans un camp de prisonniers.

Henry attend dans la boue et le brouillard, durant des jours et des nuits interminables, désœuvrés. Les doigts et le front appuyés contre le métal froid de la clôture, il sent son imagination se remettre en mouvement et remodeler la réalité.

Il s'imagine, avec l'aide d'un camarade, neutraliser un gardien en lui fracassant le crâne avec une pierre. Ils rampent ensuite sous la clôture, se faufilent entre les troncs d'arbres, dans l'obscurité, jusqu'à une colonne de camions allemands : un convoi d'armes. Parfait. Nul ne semble les remarquer lorsqu'ils montent à bord d'un camion où ils prennent chacun une mitraillette. Assis à l'arrière, menton sur le genou et tremblant d'excitation, ils regagnent Trondheim. Au premier croisement qui oblige le véhicule à s'arrêter, ils descendent sans se faire repérer – croient-ils. Sauf que le chauffeur les a vus dans son rétroviseur extérieur et se précipite, revolver à la main. Henry pointe son arme et tire sur l'Allemand, qui tombe à terre, avant de s'élancer vers les arbres.

– Toi, là-bas !

Henry sort de sa rêverie. Le film de sa fuite s'évanouit au son de l'interpellation. Il est de retour au camp, les chaussures pleines de gadoue.

– Éloigne-toi de la clôture ! crie le soldat en allemand.

Henry rejoint les autres prisonniers, affine le récit de son évasion jusque dans les moindres détails.

Deux semaines passent. Deux longues semaines d'ennui et d'attente, dans la crainte de ce qui pourrait arriver, avant que Henry Oliver ne reçoive l'ordre de ranger ses affaires et de se poster à l'extérieur du dortoir où les camions, avec leurs pneus massifs et leurs bâches vertes, sont prêts à emmener les prisonniers. Henry saute à l'arrière avec les autres et il est reconduit en ville.

Ç'aurait pu être la fin de la guerre pour Henry.

Il retourne à son ancien travail, reprend sa vie comme avant et, bien que Klara ne semble pas particulièrement heureuse de le revoir, son patron à la société de transport routier est débordant de gratitude tel un homme sauvé d'un naufrage : qui d'autre pourrait l'aider sinon Henry ? Celui-ci passe le printemps à sillonner la campagne pour vendre ses marchandises. Il connaît déjà beaucoup de familles dans les fermes et les villages, mais maintenant que la guerre devient le sujet principal de leurs conversations, il est vite au courant de qui sympathise ou pas avec les Allemands. Il vend, les louanges et l'argent affluent. Oui, son patron est tellement satisfait de lui qu'il l'invite un jour à un dîner. Une soirée de gala, à laquelle participent des commandants et des officiers allemands.

Lui ! Henry Oliver Rinnan ! Invité là-bas ! À la table des officiers !

Henry fait sa toilette, se coiffe, essaie différentes chemises, change constamment d'avis. Klara ne comprend pas pourquoi il fait tout un plat de cette invitation et, quand elle l'interroge à ce sujet, il ne lui fait aucun reproche, se borne à ravaler sa colère, ne prononce pas un mot en guise d'explication. *Pas un mot, rien.*

Il boutonne sa chemise, tire sur les manches pour qu'elles soient visibles sous la veste de costume que son grand-père lui avait taillée à l'époque, ouvre la porte avec le bout de sa chaussure. Sa petite dernière crie dans la cuisine, une brève explosion de frustration sous prétexte qu'elle n'a pas obtenu ce qu'elle voulait, mais c'est le problème de Klara, pas le sien. Il débarrasse le plancher en vitesse. Il voit les coups d'œil admiratifs de ceux qu'il croise en chemin, remarque également ceux qui ne le regardent pas. Si seulement ils savaient, pense-t-il.

Mais, peu après avoir sonné à la porte, sa joie et sa fierté virent à une sensation de ridicule en constatant le comportement des officiers allemands à son égard : ils l'ignorent complètement. Tout juste s'ils daignent le saluer avant de poursuivre leur conversation en allemand, une langue qu'il comprend à peine. Ils continuent de rire et de plaisanter, dans leurs uniformes étincelants, tandis que Henry ne quitte plus sa chaise, silencieux et peu sûr de lui.

Seul le troisième homme qu'il rencontre, un certain Gerhard Stübs, semble un peu curieux. Heureusement pour Henry, Stübs a appris le norvégien et lui demande poliment ce qu'il fait dans la vie. Non sans un sourire un peu forcé, Henry lui parle de ses tournées en estafette, des marchandises qu'il vend dans les fermes de la région, un métier qu'il exerce depuis longtemps.

– Vous devez donc bien connaître les gens du coin ? lui demande l'homme, qui semble soudain beaucoup plus intéressé car il ignore même la question que lui pose à un moment un autre officier – toute son attention se porte sur Henry.

– Et comment ! lui répond ce dernier. Je connais tout le monde… Personne ne connaît la région et ses habitants mieux que moi, répond-il avant de boire une gorgée.

L'Allemand regarde son assiette un instant, s'essuie la bouche sur une serviette blanche puis relève les yeux.

– Vous devez donc savoir qui sympathise avec nous et qui ne nous soutient pas ?

– Ah ça oui ! Évidemment. Ça fait dix ans que j'arpente tous les villages et toutes les fermes. Ces derniers mois aussi. Donc je sais très exactement qui est pour et qui est contre l'Occupation. Je sais aussi qui cache des armes, dans quelles fermes, qui a une radio dissimulée dans le grenier. Si jamais ça vous intéresse…

Les autres officiers commencent à leur tour à le considérer, la légèreté a maintenant disparu de leurs visages. Stübs se penche pour tendre vers Henry son étui à cigarettes et demande à un voisin de lui donner du feu. Tout tourne à présent autour de Henry : la soirée, l'attention – comme autrefois au café, mais en mieux, en plus important, en plus conséquent, pour la simple et bonne raison qu'il détient des informations qui les intéressent à tout prix. Stübs marmonne une phrase en allemand aux deux autres hommes, sans doute un résumé de ce dont ils viennent de discuter, avant de s'adresser à nouveau à Henry.

– Écoutez, Rinnan. Nous menons une guerre, une guerre que nous avons l'intention de gagner, pour le bien de nos enfants, de nos petits-enfants et de notre avenir commun.

Henry tire sur sa cigarette. Il voit les regards rivés sur lui, la pièce est silencieuse, il sent l'excitation nerveuse dans son estomac mais essaie de ne pas la laisser transparaître. Il souffle de la fumée du coin de la bouche et fait un signe de tête pour leur montrer qu'il écoute.

– Et dans cette guerre, l'information est très importante. Surtout les informations du genre de celles que vous possédez. Pouvez-vous nous en dire plus ?

Gerhard Stübs veut tout savoir sur chaque ferme et chaque village. Henry est en mesure de tout lui raconter, avec la même clarté et la même précision que s'il décrivait la maison où il a grandi. Ils mangent, ils boivent, Henry parle des dépôts d'armes cachés, des membres de la Résistance, des passeurs chargés d'emmener les fugitifs au-delà de la frontière. Alors que la soirée touche à sa fin, Stübs remercie Henry pour la discussion et précise qu'il aimerait rester en contact avec lui, qu'il pourrait être une source précieuse pour eux.

Il n'y a pas le moindre signe de pitié dans son regard, pas la moindre trace de dédain ou de mépris. Face à cette reconnaissance qu'il lui témoigne, Henry sent qu'un large sourire se déploie sur son visage.

Quelques jours plus tard, un coursier vient frapper à la porte de Henry. Klara le rejoint avec une petite enveloppe à la main, de couleur crème. Au recto figure le nom Henry Oliver Rinnan, écrit à l'encre noire, en belles lettres déliées. Henry se lève, reconnaît immédiatement l'expéditeur et, le cœur battant, se met à lire. Le Reichskommissar Gerhard Stübs le remercie de nouveau pour la très agréable soirée passée en sa compagnie et lui demande de se présenter le lendemain à l'hôtel Phoenix, à Trondheim, chambre 320, pour discuter d'une éventuelle collaboration.

Une éventuelle collaboration !

Avec lui !

Henry relit la lettre plusieurs fois, caresse les mots.

Une possible collaboration… Hôtel Phoenix… Très agréable soirée… Demain, chambre 320… Meilleures salutations, Gerhard Stübs.

Le lendemain, le 27 juin 1940, Henry a une nouvelle fois parcouru les quelque quatre-vingts kilomètres qui séparent Levanger de Trondheim. Mais cette fois pour rencontrer Gerhard Stübs. Il est nerveux, fait et refait le tour de la place, parce qu'il est arrivé un peu trop tôt. Il vérifie de nouveau l'heure à sa montre, il reste dix minutes avant l'heure du rendez-vous, parfait, comme ça ils verront qu'il est ponctuel et qu'il prend leur rencontre très au sérieux, pense-t-il. Devant l'hôtel Phoenix, il avise une grande sculpture qui lui apparaît d'emblée comme un obstacle : un imposant oiseau en bronze qu'il doit contourner pour entrer dans le hall, où l'écho de ses pas résonne si fort qu'il est encore plus nerveux. L'homme à la réception lève les yeux de son journal et demande en quoi il peut l'aider.

– Je… euh… j'ai rendez-vous avec Gerhard Stübs. Chambre 320.

– L'ascenseur est là-bas, dit le réceptionniste, en désignant d'un air désintéressé le mur du fond.

Henry s'approche de l'ascenseur, un rectangle brillant de miroirs et de laiton poli, avec des boutons lumineux affichant notamment le chiffre 3. Les portes s'ouvrent sur un couloir, et soudain, le voici arrivé. Il frappe à la porte, un homme le fait entrer, que Henry reconnaît pour l'avoir vu la veille au dîner, sauf qu'il porte aujourd'hui l'uniforme allemand. Il donne une poignée de main à Henry.

Deux autres hommes sont présents, deux officiers. Henry les salue et s'efforce de paraître détendu, mais il est fébrile, trop conscient de ses mimiques, beaucoup trop préoccupé par sa façon tant de parler que de traverser la pièce pour aller s'asseoir. Comment font les autres ? se demande-t-il en poussant sa chaise vers la table, sans savoir où mettre ses mains. Comment font-ils pour avoir une attitude naturelle, comme s'ils ne pensaient pas une seconde à ce qu'ils disent et font, mais tout bonnement *sont* et *font*. Si leur tête ou leur cou les démange, ils se grattent sans réfléchir et continuent de parler avec le plus grand naturel, ce que le commissaire du Reich chargé de la sécurité fait en ce moment même en se grattant la joue tout en demandant à Henry de répéter ce qu'il a dit sur la Résistance et les armes cachées.

Heureusement, Henry refoule sa nervosité et, encouragé par les regards de Stübs, finit par se détendre et par se concentrer sur son récit, il parvient à attirer leur attention – comme avant au café – en ne leur délivrant que quelques pans de la vérité, comme s'il alignait une quantité de bouts de pain qu'ils voudraient absolument picorer alors que c'est un piège qu'il leur tend. Et ça marche : ils suivent chaque rebondissement de son histoire, pas à pas, jusqu'à ce que la conclusion se referme sur eux.

Ils sont satisfaits, et ils sont stupéfaits. Il le voit sur leurs visages, Gerhard Stübs rayonne même d'une fierté paternelle. Quand Henry a terminé, ils lui font une offre, bien plus grande que ce qu'il aurait pu imaginer.

Les officiers SS veulent l'engager.

Ils veulent que Henry note toute chose qui lui paraît suspecte, le nom de toute personne qui semble enfreindre un interdit : qui possède une radio illégale, qui a choisi le mauvais camp de la guerre. Ils veulent qu'il soit leurs yeux et leurs oreilles, comme le dit Gerhard Stübs, et qu'il lui rapporte tout.

– Comme un agent ? demande Henry.

– Comme un agent, confirme Stübs en souriant.

En outre, ils veulent qu'il infiltre le mouvement de résistance norvégien, qu'il découvre où ils se trouvent, qu'il apprenne où ils cachent leurs armes.

Son nom de code est *Lola*.

Ils lui offrent un bon salaire, cent couronnes par semaine, plus que ce qu'il a jamais gagné au magasin, sans compter les extras : cigarettes gratuites, nourriture rationnée, eau-de-vie à volonté.

La cigarette de Stübs s'entortille sous son pouce lorsqu'il l'écrase dans le cendrier.

– Alors, Rinnan ? Vous avez peut-être besoin de quelques jours pour réfléchir à mon offre ?

Henry secoue la tête, répond que c'est tout réfléchi. Ils échangent une poignée de main, discutent des dernières formalités. Puis Henry est reconduit dans le couloir et à l'ascenseur.

Il a envie de hurler de joie au moment où les portes de l'ascenseur se referment sur lui. En observant son reflet dans le miroir, il voit le triomphe briller dans ses yeux. Une fois que la machine l'a ramené au rez-de-chaussée, il ne prend même pas la peine de regarder le réceptionniste, car qui est ce type ? Un quidam ordinaire, un étudiant, un chômeur, un alcoolique ? Le portier lui dit quelque chose, mais Henry passe devant lui à grands pas, sans répondre, à croire qu'un voile vient d'être arraché de devant ses yeux et que son champ de vision s'est élargi. Il sort dans cette chaude soirée d'été qui sent le lilas et le gazon, le parfum et les cigarettes. Maintenant seulement, il prend conscience de ce que la sculpture représente. Ben ma parole, c'est un putain de phénix ! pense-t-il, satisfait, en lui tapotant doucement la tête.

Henry ne révèle rien à Klara des détails de son rendez-vous, de toute façon elle ne comprendrait pas. Il lui dit simplement qu'ils sont sauvés, qu'il a décroché un emploi important en tant qu'assistant et guide local du commandant en chef allemand de la région. Il lui demande de garder le secret jusqu'à nouvel ordre. Quand il lui indique combien il va gagner, il voit aussitôt les soucis s'envoler du visage de Klara et un sourire lui monter aux lèvres. Elle devra uniquement adhérer au Nasjonal Samling. Cela ne pose aucun problème, répond-elle, car beaucoup devront sans doute le faire s'ils veulent continuer de vivre normalement sous ce nouveau régime. Elle se blottit contre lui, il sent la chaleur de son corps contre le sien et, au moment de fermer les yeux, un énorme soulagement lui gonfle la poitrine.

Lorsqu'il rouvre les yeux le lendemain matin, il sait déjà ce qu'il doit faire. Après le petit déjeuner, il sort acheter une tenue pour le soir : un costume marron foncé censé rappeler l'uniforme de Gerhard Stübs. Puis il saute dans sa voiture et quitte la ville, en suivant les routes sinueuses qui le mènent à la ferme où ils avaient été arrêtés par les Allemands quelques mois plus tôt. Il a l'impression que tout ceci fait partie d'un plan beaucoup plus vaste. Comme si tout ce qui lui était arrivé jusque-là le conduisait ici.

Quel coup de pot d'avoir été pris par les Allemands ! Quelle chance d'être déjà venu ici en tant que chauffeur et d'avoir ainsi eu vent des opérations norvégiennes avant que le filet ne se resserre. Car quel bon usage va en faire l'agent secret à présent…

Henry gare sa voiture dans la cour, entre la grange et la maison d'habitation, et remarque une petite fille à la fenêtre de la cuisine, qui tape sur les croisillons avec une cuillère en bois, avant que sa mère n'apparaisse pour l'éloigner. Quelques instants plus tard, la porte d'entrée s'ouvre sur un homme portant des bottes en caoutchouc et un manteau sur ses vêtements de travail usés. Il lui faut quelques secondes pour reconnaître Henry.

– Ben ça alors… Ils t'ont libéré ?

Henry hoche la tête d'un air grave.

– Oui. Heureusement, ils nous ont libérés du camp de prisonniers au bout de deux semaines, répond Henry en serrant la main du fermier avec enthousiasme. Si seulement ils savaient ce que nous savons, poursuit-il, plus silencieux maintenant, avec un sourire ironique, tandis que le sérieux plane dans l'air.

– Les armes sont toujours bien en sécurité ?

Le fermier opine d'un œil brillant et malicieux.

– Tu peux me montrer où elles sont ?

Le fermier l'emmène derrière la grange, dans un fourré d'orties et de framboisiers. Seul un regard attentif remarque que certaines orties montrent le dessous de leurs feuilles d'un vert plus clair, avec leurs petits poils urticants, et révèlent ainsi que certaines tiges ont été écartées.

– Deux mètres au fond des buissons, dit-il.

– Parfait ! Ici elles sont en lieu sûr, répond Henry tout en tapotant le bras de l'homme. Il est crucial pour la Résistance que ces armes restent ici. C'est d'accord ?

– Oui.

– Je te remercie vraiment pour ta bravoure.

– Oh, y a pas de quoi. C'est une affaire de rien, répond le fermier, à voix basse – mais Henry voit à quel point l'homme est fier, même s'il réprime un sourire.

– Si, si. C'est le courage de gens comme toi qui va nous aider à battre les Allemands et à les renvoyer de ce pays !

Le fermier répond d'un signe de tête. Henry lui tapote à nouveau le bras, comme le ferait un bon ami, puis retourne à sa voiture.

– Une dernière chose, dit Henry en ouvrant la portière.

– Oui ?

– Il est fort probable que des types du Nasjonal Samling viennent fouiner dans le coin. Ça pourrait même être des Norvégiens qui ont changé de camp... Il est donc vital que tu ne parles à personne de ces armes. Tu comprends, j'espère ?

– Je comprends ! répond le fermier. Pas âme qui vive ne le saura !

Henry Oliver Rinnan remonte dans sa voiture et enfile ses gants de conduite. En enclenchant le démarreur, il imagine la satisfaction de son patron allemand quand, dès son premier jour de service, il lui fera son rapport sur une planque d'armes. Il voit déjà le chef de la Gestapo sourire à son bureau. Il va tout découvrir, tout ! Bientôt, son carnet va se remplir d'observations, grandes et petites, sur tout ce qui lui paraît suspect. Il commence à réfléchir aux magasins et aux cafés auxquels il doit rendre une petite visite, aux lieux où les communistes et les résistants se rencontrent d'habitude. Maintenant il va leur montrer. Il va leur montrer, à tous, qu'il est le meilleur agent qu'ils aient jamais rêvé d'avoir.

L

L comme Lisbonne, le massacre de Lisbonne perpétré en 1506, lorsqu'une meute de chrétiens s'en est prise à la population juive de la ville, les rendant responsables d'une longue période de sécheresse et de mauvaises récoltes. Traqués, arrêtés, assassinés, brûlés, les Juifs de Lisbonne ont trouvé la mort en quasi-totalité au cours de quelques journées d'avril durant lesquelles environ deux mille personnes ont été tuées.

L comme Lind, l'artiste juif Victor Lind qui, en 1998, a composé une performance artistique recréant la nuit et le matin du 26 novembre 1942, quand toutes les familles juives d'Oslo ont été arrêtées. À l'instar du commissaire général de la police Knut Rød à l'époque, Lind a commandé cent taxis qu'il a stationnés en file indienne sur l'avenue Kirkeveien, lumineux jaunes allumés comme une succession synchrone de gyrophares et de sirènes hurlantes, pendant que les minutes puis les heures s'écoulaient et qu'un navire invisible quittait le port d'Oslo pour s'engager dans le fjord.

L comme lumière, la lumière dans le jardin de la villa rue Jonsvannsveien qui tombe entre les arbres pendant leur premier été là-bas. Ellen voit Gerson attraper Jannicke par les bras pour l'aider à sauter les marches du perron pendant que la petite rayonne de joie. Elle-même est allongée à l'étage, dans la pièce à la fenêtre en demi-lune, tandis que des images de sa vie dans le camp de réfugiés en Suède lui reviennent en mémoire comme autant de flashes. Elle se souvient des yeux de Gerson qui brillaient de tout leur éclat au moment où il s'est retourné sur elle la première fois. Elle se souvient de sa gaieté, une des raisons pour lesquelles il l'a frappée par sa présence. Elle se souvient qu'il s'est levé un soir pour rejoindre des musiciens en train de jouer et qu'il a eu la permission de se mettre à la batterie ; elle se souvient qu'il portait un pantalon qui lui moulait les fesses, qu'il lui souriait, rien qu'à elle, qu'il s'est assis sur le petit tabouret, qu'il a pris les baguettes de la batterie et s'est incorporé dans le rythme du morceau de jazz que les autres interprétaient. Elle se souvient du bonheur qu'elle éprouvait lorsqu'ils se réveillaient ensemble et qu'elle lui caressait la cuisse. Elle se souvient de leurs longues matinées au lit et du bruit des gens qui passaient dehors et les obligeaient à être silencieux quand ils faisaient l'amour.

Aujourd'hui tout cela est si loin, le bonheur est tellement loin pour Ellen. Elle est étendue dans le noir, à l'étage, avec une migraine qui cogne à l'intérieur de son crâne, et la lumière qui tente de s'infiltrer à travers les rideaux ne fait qu'empirer la situation.

L pour Landstadvei 1, l'adresse de la maison de la famille Rinnan à Levanger, où un petit garçon appuie sa figure contre la fenêtre du salon, un après-midi vers la fin de la guerre. Ce garçon n'est autre que Roar, le fils de Henry. Le front appuyé sur la vitre froide au premier étage de la maison, il regarde le paysage transformé par la lumière dorée du soleil qui illumine les arbres et la route. Il suit un oiseau du regard en entendant le bruit des casseroles dans la cuisine où se trouve sa mère. Tout à coup, il voit son père remonter la route à la hâte. Il lève la main pour lui faire coucou, mais son père ne le voit pas, il regarde droit devant lui, s'arrête près d'un arbre et allume une cigarette. Qu'est-ce qu'il attend ? se demande le garçon. Il voit alors un autre homme arriver, qui lui aussi marche d'un pas pressé et nerveux. Le garçon voit son père se cacher derrière l'arbre et, lorsque l'autre s'approche, il voit son père bondir sur lui et l'attraper d'une main par le col de chemise alors que l'autre recule de terreur, le dos courbé. Il voit son père agiter l'autre main, qui tient une arme, il entend vaguement sa voix qui crie, en colère. Qu'a fait l'autre homme ? se demande Roar, en pensant immédiatement que sa mère ne doit pas assister à la scène. Personne ne doit voir ça : son père faire tomber l'homme, au sommet de cette petite colline herbue où ils font de la luge en hiver, son père donner des coups de pied au pauvre monsieur qui finit par dégringoler et par rouler au bas de la pente. Il voit son père glisser le pistolet sous sa veste, se passer les doigts dans les cheveux pour recoiffer sa frange, avant de se tourner et de continuer son chemin. Roar sent son cœur battre dans sa poitrine et ses pensées s'embrouiller. Soudain, son père regarde en direction de la maison et le garçon saute aussitôt de la fenêtre. Il ne veut surtout pas que son père sache de quoi il vient d'être témoin.

L comme Last Train, ce bar à Oslo qui pendant de nombreuses années a été le lieu de prédilection de Rikke. Un local exigu, aménagé en wagon, avec des cabines en cuir noir. Jusqu'à la fin des années 1990, le bar était encore un lieu enfumé où les gens devaient crier pour s'entendre dans la musique diffusée à plein volume par les haut-parleurs. Un soir, elle s'est retrouvée à bavarder avec un type au comptoir. Il portait un jean noir, des rangers, il avait un regard amical, ils s'appréciaient. Or, au fil de la conversation, Rikke a appris qu'il ne faisait pas partie du milieu antifasciste comme elle l'avait cru, mais le contraire : il était membre du groupuscule néonazi.

– Dans ce cas, je crois que nous n'avons plus rien à nous dire, a-t-elle répondu, puisque je suis issue d'une famille juive.

Il a semblé surpris et triste, comme s'il prenait soudain conscience du caractère impossible de cette rencontre. Il a demandé à Rikke quel était son nom de famille.

– Komissar.

Le jeune homme a hoché la tête à plusieurs reprises, en donnant l'impression de répéter le nom dans sa tête. Puis il lui a dit :

– Komissar… oui, oui. Tu es sur notre liste.

– Quelle liste ?

– Notre liste des personnes à éliminer. Komissar est dessus.

Il n'a rien ajouté, semblant retenir une information.

Rikke l'a fixé du regard et a secoué la tête. Sans un mot, elle est retournée s'asseoir avec ses amies, tandis que la peur et le malaise se répandaient dans son corps comme une réaction physique.

L pour Lillemor, ou Esther Meyer Komissar comme elle s'appelle en fait. La seule à être restée en Suède après la première fuite des Komissar au déclenchement de la guerre en 1940. Lillemor est peut-être la seule qui va survivre, penses-tu parfois, lorsque les circonstances t'offrent suffisamment de tranquillité et de forces pour réfléchir, notamment lorsque tu travailles dans la carrière et que les gardiens allemands bavardent entre eux. Tu ne l'auras jamais su, mais Lillemor a effectivement survécu à la guerre. Elle a survécu à tout le monde et fêterait bientôt ses quatre-vingt-dix-neuf ans quand Rikke et moi lui avons rendu visite à Stockholm en 2016.

C'était un dimanche de début septembre, et nous étions convenus d'aller la voir chez elle, dans un immeuble de style fonctionnaliste, à l'extérieur du centre. Je l'avais déjà rencontrée à plusieurs reprises, la dernière fois aux funérailles de Gerson. Je gardais d'elle l'image d'une femme énergique et pimpante, qui portait de grandes lunettes de soleil et un pantalon rouge, une passionnée d'art ; mais cela remontait déjà à plusieurs années, et j'ignorais si elle était toujours autant en forme. Le temps peut filer à toute vitesse chez les personnes âgées, cinq à six ans peuvent faire la différence entre une personne toujours fringante et une personne atteinte de démence, ce qui n'était pas le cas pour ta fille.

Elle nous a reçus avec un sourire et un déambulateur sur lequel elle avait posé en équilibre un plateau de petit déjeuner et une tasse de café. Ses cheveux gris coupés au carré révélaient des boucles d'oreilles assorties à un cardigan rouge vif et un pantalon blanc. Nous avons retiré nos chaussures et lui avons offert une bouteille de porto ainsi qu'une corbeille de fraises. Il nous a fallu passer les premières secondes de mondanités, nous aider des commentaires sur le plaisir de nous revoir. Immédiatement après, lorsque je me suis retrouvé dans sa cuisine pour l'aider à préparer les couverts, elle a tapé son index de presque quatre-vingt-dix-neuf ans sur l'assiette vert menthe que j'avais dans les mains et m'a dit :

– Cette assiette, nous l'avions déjà quand j'étais petite. Mon père et ma mère l'avaient achetée en Amérique.

En un éclair, sa main de cinq ou six ans aux petits doigts et à la peau douce s'est confondue dans mon esprit à ses doigts ridés aux ongles presque bleus. L'assiette avait autrefois une aura de grandeur et d'émerveillement.

Et ensuite ?

Une conversation dans son salon rempli de peintures et de vieux meubles provenant de ton appartement de Trondheim, tout comme a survécu la causeuse ciselée en brocart rouge dans laquelle, selon Lillemor, Marie s'asseyait. En sirotant un café, elle nous a parlé de son enfance, en suédois, un monologue qui revenait sans cesse au même point, à une phrase prononcée quelques minutes plus tôt mais en y incluant chaque fois de nouveaux détails, de nouvelles descriptions, des formulations souvent sages et surprenantes. Ainsi, lorsque Rikke lui a demandé comment Gerson et Ellen avaient pu acheter la maison de Rinnan après la guerre, Lillemor a regardé ses mains pendant un moment et s'est frotté les doigts avant de saisir une couche de vêtements imaginaires et de les enlever :

– On se déshabille de ses sentiments, a-t-elle dit en suédois. On n'a pas le choix.

On n'a pas le choix, on se déshabille de ses sentiments.

Je me suis légèrement penché sur le canapé, en repensant à ce que j'avais entendu à propos d'Ellen, qui serait tombée de plus en plus malade pendant la période où elle a vécu dans la maison alors que Gerson restait de marbre.

– Mais… j'ai l'impression que la maison a affecté Gerson et Ellen de manière très différente, ai-je dit.

Sa vieille main a posé la tasse de café sur le plateau du petit déjeuner, toujours en équilibre sur le déambulateur.

– Oui, Gerson avait un côté un peu particulier, a-t-elle répondu. Il ne s'ouvrait pas vraiment aux autres, donc on ne savait jamais tout à fait ce qu'il ressentait. Ellen était tout l'inverse. Elle était… sincère, réceptive, sans défense en quelque sorte, a-t-elle ajouté en éloignant la main de sa poitrine.

Ses mots sont restés en suspens pendant quelques secondes, puis la discussion a fait un bond en avant, comme un chien s'élance dans un parc : il va renifler un banc, un arbre, s'en va ailleurs au pas de course avant de retourner auprès de son maître, en décrivant des cercles toujours plus concentriques. De la même manière, notre conversation s'est élancée dans diverses directions mais elle revenait toujours sur l'élément central de toute vie humaine, l'enfance. Sans qu'aucun de nous le demande, cette dame presque centenaire nous a dit que, dès l'âge de quatre ans, elle était danseuse classique au théâtre de Trondheim.

– C'est pour ça que je suis restée en bonne santé toutes ces années, a-t-elle dit.

Elle a allié le geste à la parole et, en se redressant sur sa chaise, elle a tendu gracieusement les bras pour effectuer, en position assise, un grand plié. Et quand elle a fait ce mouvement, je l'ai imaginée petite fille, vêtue d'un tutu rose clair, avec des chaussons de danse lacés autour des mollets, comme ma fille. Puis la conversation est repartie dans une autre direction. Son récit a décrit un saut dans l'Occupation, un pas chassé dans la fuite vers la Suède, une pirouette dans son choix de rester en Suède lorsque la guerre a pris fin et que les autres sont retournés à Trondheim.

Cette mention de sa ville natale a ramené la conversation au théâtre de Trondheim et à la danse classique quand elle était petite.

– C'est sans doute pour ça que je suis restée en bonne santé toutes ces années, a-t-elle répété, en écartant à nouveau le bras dans un mouvement élégant et aérien.

Cette fois, le dos de sa main a heurté la tasse sur le déambulateur, le café s'est renversé sur son pantalon blanc et sur le parquet. Son âge venait de se remanifester dans ses mouvements, le charme était rompu. Je suis allé chercher le rouleau d'essuie-tout à la cuisine et j'ai laissé le papier absorber le café sous sa chaise et autour des roues de son déambulateur.

Elle nous a ensuite parlé de la nourrice que Marie et toi aviez engagée pour s'occuper des enfants, vantant les mérites de sa mère, son intelligence, ses talents d'oratrice et de chroniqueuse, de chanteuse et de pianiste, elle qui avait été la première femme à la faculté de droit avant de tomber enceinte de Lillemor.

Elle nous a parlé de Paris-Wien, nous expliquant comment sa mère avait demandé à Gerson de revenir à Trondheim pour l'aider à la boutique et comment elle leur avait trouvé une maison.

– Le temps guérit toutes les blessures, a-t-elle dit, puis elle s'est arrêtée avant de changer presque d'avis et de rectifier : Non, pas toutes, mais il guérit.

L comme lassitude. Ellen est allongée dans la chambre à l'étage, les yeux fermés. Elle aimerait tant une autre vie car, même si plusieurs années se sont écoulées depuis son accouchement, elle se sent toujours aussi tétanisée. Ellen est lasse. Elle ne supporte plus d'être avec les autres et n'arrive pas à être la mère qu'elle a toujours imaginé être, parce que sa vie n'est jamais devenue celle qu'elle avait rêvé d'avoir. Elle était jeune, amoureuse, avait l'avenir devant elle, aurait pu embrasser toutes les carrières, aurait donné des récitals dans l'auditorium de l'université à Oslo. Puis la guerre est arrivée. Et la guerre a tout détruit : les concerts, le petit ami, les maisons de Heggeli et de Nordstrand, les couturières, le pavillon des domestiques, le chauffeur, l'usine. Et maintenant ? Maintenant elle passe ses jours et ses nuits dans une chambre de torture et partage son lit avec un homme qui n'est presque jamais à la maison. Maintenant elle mène une vie qui est en passe de la rendre folle, qui la pousse à quitter la maison le plus souvent possible, à s'éloigner de ses enfants le plus souvent possible, bien qu'elle ne le veuille pas, bien qu'elle ne se voie pas de cette manière, mais c'est plus fort qu'elle, elle ne peut s'en empêcher. Elle entend des rires au rez-de-chaussée.

Mais quel genre de femme je suis ? pense-t-elle, en se tournant vers le mur. Elle écoute leur nourrice danoise jouer tendrement avec les enfants, réussir tout ce qu'Ellen n'arrive pas à faire. Elle peut regarder les enfants dans les yeux et rire, rire de tout son cœur et étinceler de bonheur. Pourquoi Ellen en est-elle incapable ? Pourquoi ne s'y intéresse-t-elle qu'à distance ? Quand les enfants sont dehors, quand Jannicke joue avec sa petite sœur ou est à l'école, Ellen n'a aucun problème à imaginer ce qu'elle fera avec elles. Elle leur apprendra peut-être à coudre, elle les emmènera au théâtre ou en ville. Elle les imagine marcher ensemble, toutes les trois, elle imagine les deux filles la regarder en souriant et en riant, tandis que la conversation va bon train, qu'elles discutent de tout ce qui leur passe par la tête. Mais elle ne parvient jamais à transformer ce rêve en réalité. Chaque fois que ses filles de chair et de sang franchissent la porte, avec leurs questions, leurs bruits et leurs exigences, elle a l'impression que ces rêves s'évaporent, remplacés par une brume noire qui lui sort de la tête, la force à se retirer, à monter s'allonger et à écouter cette vie qui se déroule en bas, sans elle.

Peut-être que je suis malade ? pense-t-elle en refermant les yeux. Ou pire : peut-être que je souffre d'une défaillance, d'une carence atavique ? Est-ce que d'autres personnes sont comme moi ? Des voisins, des parents, des amis de Gerson ? Comment font-ils ? Comment réussissent-ils à sourire autant, à rire autant, à parler à bâtons rompus ?

Est-ce qu'ils sont stupides ? Ils n'ont pas conscience de ce qui s'est passé ici ou bien ils n'ont aucune sensibilité ? Pourquoi je suis la seule à ne pas pouvoir refouler ces pensées ? se demande-t-elle en traversant le couloir pour rejoindre le salon. Elle passe devant la nourrice, qui fredonne toute seule. Elle est si jeune, elle a une ligne si fine dans ses robes qui accentuent ses hanches et ses seins, juste à cause de leur coupe et de leur absence de décolleté ; non que ses tenues soient inappropriées ou trop courtes, *rien* dans sa façon de s'habiller n'est répréhensible, mais quand même ! *Tout* chez elle a quelque chose de provocateur. Comme si Ellen n'avait pas remarqué les œillades que lui lance Gerson ! Lorsqu'elle passe devant lui en se dandinant, en quittant la pièce avec une pile de serviettes ou un plat, il lorgne l'air de rien par-dessus son journal, pour apercevoir ses fesses.

Mon Dieu ! Mais reprends-toi, Ellen ! pense-t-elle, en essayant d'écarter ses pensées paranoïaques – mais l'instant d'après elles reviennent. Il n'y a pas longtemps, elle a surpris dans le courant de l'après-midi Gerson et la nourrice, seuls dans la cuisine. Ils discutaient, à un mètre cinquante de distance. Alors certes, ce n'est pas comme si elle les avait surpris dans la chambre à coucher, serrés l'un contre l'autre avec la robe de la bonne remontée sur ses cuisses ; mais il flottait un je-ne-sais-quoi dans l'air – ou, pour être précise : dans la façon dont l'ambiance a changé du tout au tout dès qu'Ellen est entrée. Les rires se sont tus, la chaleur entre eux s'est évaporée, comme un brusque changement de temps à la fin de l'été. Elle a esquissé un sourire et, d'un ton léger et enthousiaste, leur a demandé de quoi ils parlaient. Ils ont été surpris par son allégresse, sans doute. À moins bien sûr qu'ils n'aient eu déjà honte de leur comportement et que sa présence ne leur ait rappelé l'interdit qu'ils s'apprêtaient à transgresser ?

Ou réagit-elle de façon excessive ? N'est-ce qu'un seul et même fantasme ? La nourrice danoise est tout de même gentille, charmante, et Gerson doit tout de même avoir la permission de lui adresser la parole, non ?

Mon Dieu… se redit Ellen en écoutant les yeux fermés la vie qui s'ébat en dessous. Inutile de s'étonner, si je suis comme ça, qu'il regarde d'autres femmes ! Hélas, cette pensée ne lui est d'aucun secours : elle a mis le pied dans un bourbier et n'a aucun moyen de s'en extraire. Plus elle se débat, plus elle s'enfonce.

Elle entend Gerson entrer en bas. Elle l'entend rire et bavarder avec la nourrice, comme s'ils étaient un couple. Là, elle décide d'intervenir. Elle est obligée d'agir. En faisant un geste radical.

L comme Levanger.

L comme Little London, ainsi que l'on surnommait la ville côtière d'Ålesund, où les bateaux transportant des armes envoyées d'Angleterre atteignaient le continent et d'où partaient les petits bateaux remplis de réfugiés.

L pour *løvetannbarn*, *l'enfant-pissenlit*, une expression utilisée par Grete pour se décrire quand elle évoque les années consécutives au divorce de ses parents et à leur déménagement à Oslo, chacun dans son appartement : Gerson avec une nouvelle petite amie un peu plus âgée qu'elle, Ellen dans un appartement en ville dont Gerson payait le loyer. Grete nous a raconté que sa mère a commencé à prendre des cours à l'Académie des beaux-arts, qu'elle n'avait pratiquement aucun revenu et survivait grâce aux appoints de Gerson, que Jannicke devait préparer le dîner en utilisant les quelques ingrédients qu'elle trouvait dans le réfrigérateur. Grete nous a également raconté que les propriétaires de l'épicerie d'en face leur donnaient des pommes, que les années ont passé et comment son père s'est finalement installé à l'étranger avec sa nouvelle femme.

L comme Lex Rinnan, la loi de Rinnan, un contrat que les agents survivants de la bande à Rinnan disaient devoir signer. Il leur était interdit de contredire Rinnan, de remettre en cause ses décisions et, surtout, de quitter la bande. La loi de Rinnan définissait également les peines encourues en cas de violation du règlement : s'opposer au chef était passible de la mort.

M

M comme mots, ces mots que nous utilisons lorsque nous parlons les uns des autres, des mots qui constituent notre vision du monde et la façonnent. Ce sont des mots capables de créer des catégories, de qualifier des groupes entiers de cancrelats, d'élaborer des conspirations sur l'infériorité d'un peuple, sur la destruction de la race dite blanche. Les mots peuvent faire en sorte qu'il semble logique d'éliminer l'autre, par quelque méthode que l'on juge nécessaire. C'est ainsi qu'une atrocité devient non seulement une réalité mais une nécessité.

M comme mémoire, comme méfiance, comme méchanceté. M comme malveillance, comme malfaisance, comme maltraitance.

M comme misère, et l'horreur du cachot de Falstad, de cette cellule plongée dans le noir, un endroit que tu fais tout pour éviter car ce cachot n'est qu'un placard sans fenêtre où les gardiens versent constamment de l'eau froide sur le sol afin d'empêcher le prisonnier de s'allonger. Un matin gris de mars, tu vois un homme être poussé par la porte ouverte du cachot. Tu le vois regarder ses pieds mouillés, sans dire un mot, avant que la porte ne soit verrouillée derrière lui. Plus tard, tu l'entends être traîné dehors et battu, puis à nouveau jeté dans la cellule. Tu ne sais pas ce qu'il a fait pour mériter cette punition. Chaque fois que tu l'entends crier de douleur, tu es profondément soulagé de voir que ce n'est pas toi. Chaque fois que les gardiens lèvent les yeux et constatent que tu viens d'assister à ce qui s'est passé, tu te tournes aussitôt, tu continues de marcher et de ne pas leur donner un prétexte pour s'en prendre à toi.

M comme musique et M comme morceaux de musique, ceux que jouait Marie dans votre appartement rue Klostergaten. L'après-midi, elle s'installait au piano et interprétait des sonates de Chopin ou des airs de Mozart. Autant de mélodies qui remplissaient l'appartement et créaient une certaine continuité tout juste interrompue de temps en temps par les enfants qui se précipitaient pour frapper sur les touches graves du piano avec leurs petites mains plates et des yeux si innocents, si écarquillés, qu'il était difficile de les réprimander, même si tu le voulais. Puis ils ont grandi et leurs interruptions intempestives ont cessé. Pourtant, Marie jouait plus rarement, sinon quelques études ; mais il lui arrivait souvent de se relever d'un bond, avec une expression de mélancolie.

M comme monstre, le monstre qui sommeille en chacun de nous.

M comme *människor*, les *êtres humains* en suédois, et les souvenirs que je garde des phrases prononcées en suédois par Lillemor lors de ma visite chez elle à Stockholm :

– De tous les animaux, les êtres humains sont les plus abominables. Ils peuvent être d'une telle cruauté… et d'une telle bonté. Les deux, en fait.

À ces mots, elle a retourné sa main crochue d'un geste rapide. Son *les deux* était à la fois le dos de la main, qui se mue en poing et frappe un visage, et la paume qui caresse une joue avec délicatesse pour réconforter quelqu'un, qui tient la tête d'un nouveau-né ou modèle une cruche sur un tour de potier en faisant tourner le monticule d'argile à l'intérieur de cette même paume.

M comme *motstandbevegelsen*, la *Résistance* en norvégien.

– Votre travail consiste à infiltrer la Résistance norvégienne, à nous révéler quels sont ses membres… dit Gerhard Stübs au Misjonhotellet, le quartier général nazi. Vous devez être à l'affût, toujours, partout. Prenez des notes et signalez-moi tout ce qui vous paraît suspect. C'est compris ?

Rinnan remercie de nouveau Stübs pour la confiance qu'il lui témoigne et s'en va. Traversant un fourmillement de soldats et de fonctionnaires, passant devant des piles de papiers et des masses de caisses, il se dit qu'il doit vraiment faire ses preuves.

Il continue d'opérer en s'attardant sur les détails, car on lui a dit que rien n'est jamais trop petit ni trop insignifiant. Il remplit son carnet d'informations, désireux de montrer qu'il est l'homme de la situation, que l'engager était un choix judicieux, qu'il doit rester à ce poste. Il fait le tour des fermes qu'il a déjà visitées, cartographie les caches d'armes, liste les personnes en fonction de leurs sympathies politiques. Il peaufine ses répliques et ses techniques, il étend peu à peu son terrain d'action. À l'automne 1940, il se rend dans le district du Romsdal pour discuter avec un propriétaire de kiosque. Après avoir évoqué la situation désespérée sous l'occupation allemande, l'homme fort loquace raconte à Rinnan le choc qu'il a eu face à deux femmes venues récemment lui dire qu'elles soutenaient les nazis.

– Vous ne trouvez pas ça odieux ? dit-il en retirant un filament de tabac de ses lèvres.

Rinnan se penche sur le comptoir avec un sourire et demande :

– Vous savez quoi ?

– Non ?

– Ces deux femmes, c'est moi qui les ai envoyées…

– Qu'est-ce que vous voulez dire ?

Désorienté, le commerçant recule la tête et regarde nerveusement la porte comme s'il envisageait de fuir à toutes jambes.

– Je voulais vous tester, voir comment vous réagiriez, répond Rinnan à voix basse, en chuchotant presque et en tapotant sa cigarette sur le comptoir. On n'est jamais trop sûr de nos jours. Même les Norvégiens sont passés dans le camp des Allemands. Voilà pourquoi je voulais vous tester, et je l'ai fait en envoyant au préalable ces deux femmes. Maintenant, nous savons avec certitude que vous êtes du bon côté, conclut-il.

– Mais… mais pourquoi ? insiste le commerçant, toujours aussi confus.

– Je suis dans la région en reconnaissance, pour trouver des compagnons de lutte qui veulent prendre les armes… former un groupe et aider la Résistance. Vous connaissez quelqu'un à qui je devrais parler ?

Le commerçant lâche un sourire de soulagement puis fournit une adresse à Rinnan, une nouvelle porte à laquelle frapper, de nouvelles personnes qui le laissent entrer, de nouveaux noms qu'il inscrit dans son carnet ce soir-là, avant de filer rapporter ses découvertes à Stübs. Il continue d'explorer la région, seul, en train, en bus, en voiture, puis rentre dormir chez lui bien que ses passages à la maison soient chaque fois plus courts. Il embrasse les enfants, leur rapporte cadeaux et nourriture, voit leurs visages s'illuminer de joie. Voilà ce que c'est d'avoir un père comme lui. On a du sucre et du pain frais, de nouveaux vestons et des pulls épais, de la viande et des desserts, de l'eau-de-vie et des cigarettes. Et les autres familles, alors ? Elles vivent de rationnement, d'ersatz, de miettes. Tout bonnement parce que ces gens ne sont pas assez pragmatiques pour comprendre la bourde qu'ils font. Il suffit de regarder autour de soi ou de jeter un coup d'œil dans les journaux pour voir quel chemin prend la situation et qui va gagner la guerre : les Allemands, qui vainquent tous les jours sur de nouveaux fronts, qui conquièrent tous les jours de nouveaux pays.

Un jour, la nouvelle tombe qu'Hitler veut investir massivement dans la région de Trondheim où il projette de créer une métropole aryenne. Il est aussi question d'établir une base navale afin de stopper l'approvisionnement en armes et en soldats provenant d'Angleterre, ce flux constant de bateaux ravitaillant la Résistance qui parvient systématiquement à s'organiser, à attaquer, à tirer sur les soldats, à détruire les lignes de chemin de fer et les ponts vitaux pour les Allemands. Rinnan voit la gravité de la situation mais il se rend compte qu'il a également l'occasion de faire quelque chose de grand. S'il arrivait à infiltrer la Résistance dans le comté du Møre et Romsdal ! Si seulement il arrivait à découvrir où ces bateaux accostent et qui est chargé de les accueillir ! Tout ce que ça signifierait alors ! Il pourrait se faire remarquer, pas uniquement à Trondheim et dans cette Norvège minuscule, mais en Angleterre et en Allemagne. Et, qui sait, être repéré par Adolf Hitler en personne.

Il franchit les portes du Misjonhotellet, salue les soldats qui le reconnaissent, traverse le hall d'un pas léger, passe devant les secrétaires qui relèvent les yeux pour lui sourire. Beaucoup connaissent son nom, la plupart des soldats savent qui il est.

Lui-même n'utilise plus que Rinnan pour se désigner, parce que Stübs ne l'appelle que comme ça. Son prénom n'est plus qu'une seconde peau dont il s'est définitivement défait, comme ces mues de vipères sèches et jaunâtres qu'il trouvait parfois dans la forêt, le seul signe visible qu'un serpent a grandi. Henry Oliver n'est plus. Finis, les brimades, le harcèlement et le ridicule. Finies, les errances dans les faubourgs de Levanger, la tête basse pour éviter les regards. Il est désormais Rinnan ou Lola. Il vit désormais à Trondheim et il est un autre homme : il est devenu agent secret, jouissant d'un salaire fixe, de responsabilités, de cigarettes et d'alcool à volonté. Il se promène dans les rues dans son costume marron foncé, avec des knickers bouffants comme la mode le veut actuellement, il présente ses plans pour démanteler la Résistance, après quoi on le prie de se mettre au travail.

C'est si simple, presque trop simple, pense Rinnan en rejoignant le centre-ville. Quiconque connaît bien Trondheim et les endroits que fréquentent les différentes classes sociales, et souhaite tout en même temps infiltrer la Résistance, sait automatiquement où aller.

C'est pourquoi ils l'ont engagé, *lui* et personne d'autre, pense-t-il avec satisfaction, en traversant la rue pavée d'un pas assuré vers le lieu où se retrouvent les communistes et les résistants : le café de la Maison du Peuple.

Il tourne au coin de la rue et arrive au grand bâtiment en brique de style fonctionnaliste, bondé en ce milieu d'après-midi. C'est donc ici qu'ils lisent leurs journaux, fument et discutent de leurs plans et des dernières nouvelles. Remarquant les regards sur lui, Rinnan prend un air détendu pour monter les marches puis rejoindre le comptoir. Il se commande un café et, tandis que le barman remplit sa tasse du liquide noir et fumant, il inspecte la salle du regard en faisant semblant de chercher une table vide alors qu'il essaie de déterminer qui mérite une attention plus soutenue : qui est ici pour tuer le temps, qui assiste à une réunion secrète ou tente de recruter de nouveaux hommes et femmes pour la Résistance.

Un homme aux cheveux foncés coupés court jette un œil pardessus son journal et interroge Rinnan du regard. Même si ça ne dure qu'une fraction de seconde, celui-ci sait d'emblée que son visage jusque-là inconnu vient d'être repéré.

Dans un brouhaha de conversations, puisque le café est en pleine heure d'affluence, Rinnan fait tourner sa tasse sans cesser d'observer les autres clients installés comme lui au comptoir. Quelqu'un se lève, une place se libère à côté de l'homme louche dont il aimerait faire la connaissance. Il s'approche, s'arrête devant la chaise et, d'un ton nonchalant, demande en désignant la table d'un mouvement de tête :

– Excusez-moi, la place est libre ?

– Oui, je vous en prie.

– Merci, répond-il en s'asseyant.

Rinnan boit une gorgée de café et sort son étui à cigarettes. Il le secoue, entend une cigarette solitaire cliqueter à l'intérieur. Il ouvre l'étui, soupire et feint l'hésitation, comme s'il envisageait de garder la cigarette pour plus tard vu que c'est sa dernière, change d'avis et la coince entre ses lèvres. Puis il tapote la poche de son veston, à la recherche de son briquet ou d'une boîte d'allumettes, glisse les mains dans ses poches de pantalon mais les retire, vides, et soupire à nouveau avant de se tourner vers l'homme à côté qui n'a rien perdu de ce qui se passe puisqu'il lui tend déjà son briquet.

– Vous voulez du feu peut-être ? demande-t-il avec un accent de Trondheim.

– Volontiers.

Rinnan allume sa cigarette et souffle la fumée du coin de la bouche avant de reposer le briquet sur la table.

– C'est très gentil de votre part, dit-il. J'avais oublié que j'étais en panne d'essence. Ou plutôt : en panne de ça *aussi*, ajoute-t-il avec un sourire sardonique, en secouant son étui à cigarettes. Grâce aux Allemands, il sera bientôt impossible de mettre la main sur quoi que ce soit… marmonne-t-il, davantage pour lui-même.

Il tire une autre bouffée, attend de voir si l'homme mord à l'hameçon.

– Tout à fait exact, répond l'homme, qui allume une cigarette.

Ça y est, je le tiens, pense Rinnan, en se tournant vers lui. Il le regarde droit dans les yeux, se penche comme pour créer entre eux un petit espace très privé et se met à chuchoter, d'un ton de conspirateur.

– Avant, je ne savais plus où donner de la tête. Du moins, jusqu'à cette maudite invasion !

– Ah oui ? répond l'autre, toujours appuyé contre sa chaise, une façon de souligner par son langage corporel la distance qui les sépare. Et qu'est-ce que vous faisiez ?

Henry bloque sa cigarette au coin de ses lèvres et tend la main droite en guise de salut, un œil plissé à cause de la fumée.

– Je me présente : Ole Fiskvik, pêcheur, dit Henry en retirant sa main. C'est-à-dire, *j'étais* pêcheur, jusqu'au 9 avril… Et vous ?

Rinnan voit ses mots faire leur effet, comme de petites étincelles qui enflamment les réflexions de l'homme et font d'un coup briller ses yeux.

– Fiskvik ? Vous n'êtes quand même pas de la famille d'Arne Johan Fiskvik ?! demande-t-il en se penchant sur la table.

Rinnan se renfonce dans sa chaise et répond, avec un sourire malicieux :

– Disons que… c'est mon frère.

– C'est vrai !? Lui qui a tant fait pour ce pays ! s'exclame l'autre.

Il jette un œil dans l'établissement, conscient qu'il doit contenir sa jubilation. Il cligne des yeux à plusieurs reprises et se redresse, ce qui ne signifie rien de particulier, pense Rinnan. Au contraire : il a bel et bien mordu à l'hameçon, croqué l'appât, il ne suffit plus que de remonter la ligne.

– Oui, mon frère a beaucoup fait pour le communisme.

Il tire une nouvelle bouffée de sa cigarette et souffle la fumée en prenant une pose pensive.

– Si seulement on pouvait apporter sa petite contribution, au lieu de traîner ici, sans rien pouvoir faire… soupire-t-il en tapotant sa cendre dans le cendrier. J'ai bien mis un peu de sous de côté, mais à quoi me sert cet argent quand il n'y a rien à acheter et qu'il n'est question que de rationnement ?

Rinnan constate que l'homme est plongé dans ses réflexions, que son cerveau tourne à plein régime, qu'il évalue mentalement les dangers et les possibilités.

– Il se peut que vous puissiez faire quelque chose, murmure-t-il.

– Ah oui ?

Rinnan prononce cette phrase d'une voix forte, comme pour faire croire qu'il ne comprend pas immédiatement qu'il s'agit d'une invitation cachée. Passé ce flottement, il regarde l'homme dans les yeux et lui demande comment.

– Si vous voulez, je connais peut-être quelqu'un que vous pouvez contacter.

– Très volontiers. Quand ?

– Tout dépend de votre emploi du temps.

– Comme je vous le disais tout à l'heure, il est très vide depuis le 9 avril, hélas. Je suis donc libre n'importe quand.

Rinnan attend que l'autre se penche pour laisser passer un client, qui le frôle au point de soulever le dossier de sa chaise.

– D'accord… Et que diriez-vous de maintenant ?

– Maintenant ? Je dirais même que c'est le meilleur moment possible.

Ils se regardent les yeux dans les yeux pendant une seconde ou deux, le résistant éclate de rire. Il se lève et dit :

– Dans ce cas, finissez votre café et suivez-moi. Je propose qu'on se tutoie. Tu peux m'appeler Knut. Allez, viens !

Rinnan boit la dernière gorgée de son café et le suit. Ils sortent sous le soleil.

– Voilà, comme ça il y a moins d'oreilles indiscrètes, dit Knut, en se pelotonnant dans son paletot.

– On n'est jamais trop prudent de nos jours, répond Rinnan d'un air grave.

– À qui le dis-tu ! renchérit Knut en traversant la route avec Rinnan sur ses talons. Pourtant, nous avons besoin de toute l'aide que nous puissions obtenir.

– C'est un coup de pot que je sois tombé sur toi aujourd'hui. Je suis très heureux de pouvoir vous aider.

Il veille à ce que sa dernière phrase soit prononcée avec une implication modérée.

– Dis-moi, Fiskvik… Tu as une voiture ?

– Oui. Celle dont je me servais avant la guerre et qui est dans le garage.

– Je participe à la fabrication d'un journal… On a besoin de gens pour le distribuer.

– Tu veux dire… une publication de la Résistance ? chuchote Rinnan.

Ils croisent une femme avec un landau, Knut attend qu'ils l'aient dépassée de plusieurs mètres avant de répondre.

– Oui. Enfin… si ça ne t'effraie pas ?

– Pas du tout. Bien au contraire !

– D'accord, Ole. Je vais être honnête avec toi…

Knut s'arrête à un carrefour, à deux pas de la rivière. Au bord du rivage, une mouette picore un oiseau mort, enfonce son bec dans les entrailles puis relève la tête en regardant autour d'elle avec des yeux perçants.

– Ce que nous faisons est très risqué. En plus, personne n'est payé pour son travail. Tu comprends ?

– Je comprends. Faut que j'y réfléchisse… Voyons voir… Et hop, c'est tout vu. On passe à autre chose ? demande Rinnan en souriant à Knut, qui éclate de rire.

– Merveilleux ! J'espérais que tu fasses une réflexion de ce genre. Donc tu n'as plus qu'à me suivre, Fiskvik.

– On va où ?

– Au quartier général.

Ils traversent le centre-ville d'un pas pressé, entrent dans une ruelle et franchissent la porte d'un studio quasi vide, sans meubles ou presque, dont les fenêtres sont condamnées par des rideaux occultants ; une ancienne chambre d'étudiant transformée en imprimerie clandestine, avec une ronéo, des casses et des rouleaux de papier. Le tout à petite échelle et en amateur, bien sûr. Deux hommes le saluent, Rinnan se présente en tant qu'Ole Fiskvik. Ils lui tendent un journal et, sitôt qu'il le feuillette à la va-vite, il se sent galvanisé. Il imagine déjà la tête de Gerhard Stübs en lisant son rapport ! Des tracts appelant les gens à résister, les exhortant à tenir bon, une liste des opérations réussies par la Résistance, des nouvelles des victoires des Alliés sur le front.

– L'équipement est malheureusement ancien. Mais c'est tout ce que nous avons, dit l'homme.

– Non, non, c'est merveilleux ! dit Rinnan. Ces journaux vont convaincre encore plus de gens de nous rejoindre. C'est comme ça qu'on gagne une guerre. Si vous avez besoin de quelqu'un, je serais heureux de vous aider à les distribuer !

– Nous avons besoin d'aide, en effet… dit l'autre, plus résigné.

Rinnan le voit lever la tête vers ses deux camarades, comme s'il les interrogeait du regard pour savoir ce qu'ils pensent, s'ils estiment que c'est suffisamment sûr. Constatant qu'ils ne le contredisent pas et se bornent à hausser les épaules, l'homme se retourne vers Rinnan et lui demande quand il peut commencer.

– Demain, dit Rinnan. Le plus tôt sera le mieux.

– Merci beaucoup, Fiskvik, dit l'autre qui, après un sourire chaleureux, lui propose un horaire pour qu'ils se retrouvent le lendemain.

Rinnan remercie les hommes et ne tarit pas d'éloges sur leur travail. Au moment de quitter l'immeuble, il vérifie que la voie est libre avant de se précipiter dans les ruelles tout en mémorisant l'itinéraire. Après un long détour afin de s'assurer qu'il n'est pas suivi, il franchit les portes du Misjonhotellet. Il aurait presque envie de courir dans les couloirs jusqu'au bureau de Stübs tant il a hâte de raconter ce qui vient de lui arriver. Les Allemands ont passé des mois à essayer de démanteler ce réseau, sans la moindre piste ou quasi, et lui a tout découvert en une seule matinée !

Les deux hommes se saluent, Henry déroule avec fébrilité sur le bureau de Stübs les documents qu'il a obtenus de la Résistance. L'officier se penche sur le matériel de propagande, marmonne une phrase inaudible et dévisage Rinnan en lui demandant d'où il les tient. Celui-ci raconte donc comment il a réussi à identifier la bonne personne dans un café du centre-ville et à gagner sa confiance en se faisant passer pour le frère d'un communiste de la région. Il parle de leur petit local, de la ronéo et du réseau de gens qui distribuent le journal dans tous les villages environnants, précise que leur équipement est obsolète et provisoire mais qu'il peut causer beaucoup de dommages. Stübs pose ses lunettes sur le bureau. Puis, une main sur l'épaule de Rinnan, il le félicite pour sa mission. Il lui dit qu'il a mené *une action tout à fait incroyable*, qu'il s'est illustré par *un travail remarquable*, que c'était *une excellente idée* de l'avoir engagé. Henry reçoit cette somme de compliments et tente de réprimer le sourire qui menace de lui barrer le visage. Quand Stübs lui demande l'adresse de la cellule de résistants, Henry lui communique toutes les indications qu'il a mémorisées.

Le silence s'installe dans la pièce, Stübs réfléchit. Il appuie la paume de sa main sur le bureau et demande à Rinnan d'attendre un instant, il aimerait lui présenter quelqu'un. Henry acquiesce, en se demandant qui cela peut bien être.

Stübs revient avec deux hommes. L'un d'eux porte l'uniforme, a le crâne dégarni et les yeux bleu clair.

– Rinnan. Voici notre commandant en chef, Gerhard Flesch, dit Stübs.

Le nouvel officier échange une poignée de main avec Rinnan. Stübs s'adresse à lui en allemand pour lui expliquer qui est Henry.

– Et le troisième homme ici présent est votre interprète, Rinnan. Flesch ne parle pas norvégien, même s'il comprend un certain nombre de choses puisqu'il travaille à Bergen depuis l'invasion.

Flesch confirme d'un signe de tête et prononce une phrase en allemand à l'attention de Rinnan. Le temps que l'interprète traduise, un silence aussi inhabituel qu'embarrassant surgit car tous deux doivent attendre que le sens des mots leur parvienne.

– J'ai entendu dire que vous avez découvert la cachette de certains de nos pires ennemis ? dit l'interprète.

Rinnan opine et détaille le résultat de ses recherches : la ronéo, le journal clandestin, la propagande disséminée dans toute la région. L'interprète traduit, Flesch demande :

– Et vous avez l'adresse ?

Flesch interroge l'interprète, et tant pis si les quelques notions d'allemand que possède Rinnan lui suffiraient à répondre immédiatement, avant même que la question ne soit traduite.

– Oui… Ils y sont probablement encore, poursuit Rinnan avec enthousiasme. Vous devriez envoyer des hommes les arrêter… rapidement.

Mais Flesch, avec un sourire complice, indique qu'il a une meilleure idée :

– Ces hommes, ils croient que vous êtes de leur côté. En plus, ils prévoient d'inonder le comté de tracts. C'est bien ça ?

Rinnan attend la traduction.

– Euh… oui ?

– Dans ce cas nous devons les aider, Rinnan. Peut-être pourriez-vous prendre une pile de journaux vous aussi et leur proposer de les distribuer ?

Henry a beau capter certains mots, tels que *helfen* et *verteilen*, il attend la traduction, mais même là ce n'est pas tout à fait clair. Les aider ?

– Mais… pourquoi ?

– Cela nous donnera un aperçu de l'envergure de cette toile d'araignée, puis nous la détruirons, purement et simplement, dit Stübs en norvégien, en passant une main entre eux comme s'il arrachait une toile d'araignée imaginaire.

– Je serais donc un agent double ?

Flesch fait un signe de tête.

– On appelle ça *jouer dans le secteur négatif.* Infiltrer et surveiller l'ennemi, le faire travailler pour nous alors qu'il pense travailler pour lui seul. De cette façon, nous pouvons découvrir qui dirige en sous-main et… dérouler tout leur réseau dans le comté de Trondheim. Ça nous permettra peut-être de remonter jusqu'aux chefs dans les autres villes, comme Oslo et Bergen…

Rinnan sourit, car ce que l'officier lui présente ressemble aux romans d'espionnage qu'il lisait autrefois. C'est comme dans un film, sauf que maintenant c'est *lui*, Henry Oliver Rinnan, qui apparaît à l'écran pour jouer le rôle principal.

– C'est pourquoi, Rinnan, je veux que vous ne parliez à personne de ce groupe. Vous avez évoqué tout à l'heure leur équipement obsolète, c'est bien cela ?

Rinnan attend la traduction et confirme.

– Mieux vaut pour nous qu'ils puissent imprimer beaucoup de journaux. Plus ils en imprimeront, plus ils en distribueront, plus nous pourrons confondre les ennemis. J'ai ma petite idée sur la meilleure façon de contribuer à l'amélioration de leur travail.

À ces mots, Flesch se penche avec satisfaction sur la table pour lui expliquer son plan.

Le soir arrive, Henry rentre chez lui à Levanger. Il joue avec son fils qu'il tient sur ses genoux en lui faisant croire qu'ils sont un camion roulant de plus en plus vite sur une route cahoteuse. Hurlant de rire, le garçon attend ce moment, qu'ils anticipent tous deux, où le camion fait une sortie de route, où les jambes de Henry s'écartent et son fils tombe dans le vide, non sans se cramponner à son père pour ne pas s'écraser par terre. Là, il se retourne et se blottit contre lui en reprenant son souffle. Klara leur sourit depuis le seuil de la cuisine en donnant le sein à leur fille, mais il y a une certaine tristesse dans son sourire. Tant pis, pense Henry. C'est son problème, pas le mien. Une fois les enfants couchés, il prend une bouteille de liqueur et boit un verre après l'autre, à toute vitesse, en repensant au plan élaboré pour le lendemain. Ça pourrait être énorme. Ça pourrait même être gigantesque, pense-t-il avec contentement en vidant le dernier verre. Sur ce il se couche, sans attendre Klara.

La nuit commence.

Le jour se lève. Les rayons de lumière qui traversent les rideaux brillent jusque sur le corps de Klara, qui tourne le dos à Henry. Est-elle réveillée ? Qui sait… Il n'en fait pas plus de cas, se lève et s'habille, prend son petit déjeuner avec son fils, puis se rend directement au local secret de la Résistance. C'est la méthode la plus sûre dans l'éventualité où il serait suivi : on le verrait alors quitter son domicile et aller directement là-bas. Flesch est censé avoir organisé le reste.

Il frappe à la porte, ils le font entrer et, une fois à l'intérieur, il leur apprend qu'un vieil ami a mis la main sur une vraie presse dans une imprimerie qui a fermé. Il leur indique la marque de la machine ainsi que le nombre de prospectus qu'elle imprime par heure.

– Quand pourrons-nous l'obtenir ? demande un homme qui n'avait jusque-là pas pris la parole.

– Elle nous attend à la gare. Elle a été livrée ce matin. Il faut juste aller la récupérer en voiture et nous assurer que personne ne nous suit.

– D'accord, mais qu'en est-il de notre réunion tout à l'heure ? demande l'homme.

Les autres échangent des regards. De quelle réunion parle-t-il ?

– On sera revenus à temps, dit Rinnan. Allons-y !

Ils se rendent à la gare et marchent deux par deux, en faisant semblant de ne pas se connaître. Pendant qu'un groupe monte la garde sur le parking, un autre va chercher la caisse, la charge dans la voiture et repart. Ils se dispersent.

Ils se garent non loin de leur cachette, veillent à ce qu'aucun Allemand ne traîne dans les parages avant de se faufiler au coin et de monter dans la chambre d'étudiant.

Un homme de la cellule ouvre la caisse et sort la presse. Un deuxième rit à gorge déployée en la découvrant, tandis que les autres se rapprochent pour mieux voir : une machine à la pointe de la modernité, en acier et en verre, avec des rangées de boutons et des diodes rondes. Henry explique à quelle vitesse elle imprime, combien de feuilles elle traite par minute, comment elle les trie et les agrafe dans l'ordre.

– Mon Dieu, Fiskvik ? C'est vraiment pour nous ?

– Non, pas indéfiniment, mais vous pouvez la garder jusqu'à la fin de la guerre. Le propriétaire ne peut pas l'utiliser tant que les Allemands sont là, et je lui ai dit que ça pourrait se produire plus tôt que prévu si seulement nous pouvions la lui emprunter. C'est tout ce qu'il avait besoin d'entendre.

– C'est fabuleux ! dit un autre.

– Comment te remercier ?

– En boutant les Allemands hors de Norvège ! Et si vous m'en donnez la permission, j'aimerais bien vous aider davantage !

– Et comment ! Comme je l'ai dit hier, nous avons besoin de quelqu'un pour faire le tour de la région en voiture et livrer les journaux… Ce n'est pas sans risque, mais si tu…

– Je serais heureux de le faire. Ce serait un honneur ! répond Rinnan, avec un sourire prudent et humble.

Et s'il est ravi de la crédulité de ces hommes, il constate néanmoins la lassitude dans leurs sourires. Il a par la même occasion un tout petit aperçu de leur usure mentale, à force de vivre sous la menace, en mettant peut-être en péril une famille à la maison. Ils sont tellement reconnaissants de voir arriver une relève, de pouvoir partager leur fardeau qu'ils ne posent pas de questions.

Ils donnent à Henry une liste manuscrite des lieux où il doit aller, avec les noms des contacts qui prendront livraison des journaux et les distribueront. Il range dans sa sacoche une petite pile des numéros précédents du journal, les remercie de nouveau, s'apprête à partir – impatient de tout raconter à Flesch – quand entrent brusquement deux étrangers. Et, dès qu'ils sont dans la pièce, l'ambiance change du tout au tout.

– Ah, vous voilà ! dit le fameux Knut, que Henry a rencontré au café. Je tiens à vous présenter notre nouvelle recrue, poursuit-il en poussant Henry vers les deux hommes qui ne se départent pas de leur sérieux. Voici Ole Fiskvik, le frère de… ouais, vous voyez qui je veux dire ! Il a réussi à nous dénicher une nouvelle presse d'imprimerie et va nous aider à distribuer les journaux. Fiskvik, voici deux de nos hommes les plus importants du réseau. Le chef du groupe d'Oslo… et le chef du groupe de Bergen.

Rinnan les salue d'une manière polie, presque servile, en feignant le respect, en leur disant quel honneur c'est pour lui de les rencontrer, en prenant soin de leur serrer fermement la main, parce que ces gens apprécient ce genre de geste, pense-t-il. Le chef du groupe d'Oslo les informe qu'une grève générale est prévue, qui paralysera toute la Norvège occupée. Rinnan enregistre mentalement chacun de ses mots et tente de ne rater aucun détail quand l'autre parle de leur projet de saboter les cargos allemands dans un port. Mais il est trop nerveux, ne sait quoi faire de ses mains, les fourre dans ses poches, en profite pour sortir son étui à cigarettes et en allumer une, en continuant d'écouter attentivement. Rangeant l'étui dans sa poche de manteau, il se rend compte qu'il pourrait faire plus ample connaissance avec les deux hommes en leur offrant une cigarette. Il fouille dans la poche de son manteau, touche ses clés et ses gants, trouve l'étui mais s'aperçoit trop tard qu'il s'agit d'une autre boîte, toute différente. Les autres s'arrêtent aussitôt de parler.

– Ça alors ! Vous avez deux marques différentes sur vous ? Je suis impressionné… s'exclame le chef du groupe d'Oslo d'un ton sarcastique.

Heureusement, l'autre n'a rien remarqué, toujours penché sur les plans étalés sur la table.

– Oui, c'est incroyable, non ? répond Rinnan avec un sourire gêné. Figurez-vous que je n'avais plus de cigarettes depuis des semaines et j'ai eu récemment la possibilité d'en acheter, donc j'ai sauté sur l'occasion. À peine si j'ose m'en séparer… Vous en voulez une ? demande-t-il en tendant l'étui.

Au même moment, le chef du groupe de Bergen se tourne vers eux et reprend le fil de la conversation.

– OK, tout le monde. On a encore beaucoup de détails à régler, dit-il en regardant la pendule.

Ils sont pressés, ce qui est un sacré coup de chance, pense Rinnan, car ils seront bientôt tous concentrés sur les missions qui les attendent et nettement moins sur lui. Il reste auprès d'eux, mais en se tenant légèrement en retrait et en répétant mentalement tous les détails. Le chef du groupe d'Oslo finit par partir, suivi par celui de Bergen, à quelques minutes d'intervalle pour des raisons de sécurité. En fin de compte, l'attention des autres se rabat vite sur Rinnan.

– Phénoménal, dit-il. C'est vraiment de types de cette trempe, qui ont du cran, dont nous avons besoin pour tordre le cou aux Allemands.

– Certes. Mais tout le monde apporte sa pierre à l'édifice, Fiskvik, dit l'un d'eux en tapotant la presse d'imprimerie.

Les autres hochent la tête, on lui tend une pile de tracts. Il prend une profonde inspiration en les réceptionnant, avec un sourire grave et reconnaissant, avant de les ranger dans sa sacoche. Pour finir, ils lui donnent les noms d'autres contacts, vivant dans d'autres lieux.

– Et ces gens sur la liste, ils sont dignes de confiance ? demande Henry. Vous les connaissez bien, je suppose ?

Il reçoit en guise d'au revoir une tape sur l'épaule et un remerciement pour sa vigilance. Il franchit la porte de l'immeuble en se faufilant, il aurait presque envie de danser sur les pavés, mais il doit rester sur ses gardes. Tout comme il sait qu'il devrait rentrer directement chez lui, auprès de sa famille, au cas où il serait suivi, mais il a hâte de raconter à Flesch ce qu'il vient d'apprendre. Il doit l'en informer séance tenante. Il marche donc sciemment dans la mauvaise direction et, après quelques pâtés de maisons, tourne au coin, attend quelques secondes, le cœur battant, avant de se retourner pour inspecter la rue – il n'a personne sur les talons. Il peut dès lors rejoindre le centre-ville et le Misjonhotellet, sans cesser de répéter dans sa tête les noms et les lieux. Lorsqu'il est enfin en sécurité dans le hall de l'hôtel, il sort le carnet de sa poche intérieure pour noter tous les détails dont il se souvient : les noms des deux chefs, les dates des prochaines attaques, les adresses des différentes cachettes. C'est presque *trop* beau, pense-t-il, en refermant son carnet dont le léger claquement sonne agréablement à ses oreilles. Puis il se précipite dans le bureau de Gerhard Flesch.

Flesch est penché sur un document avec à côté de lui un mille-feuille entamé, dont la crème pâtissière jaunâtre dégouline mollement des couches de pâte. Dès qu'entre Rinnan, l'officier flaire qu'il y a quelque chose. Il faut qu'il voie à quel point je suis sûr de mon coup, pense Rinnan en posant sur le bureau sa sacoche dont il sort une pile de journaux de la Résistance. Et non seulement il connaît l'ensemble du réseau qui les fabrique et les distribue partout dans la région mais, en prime, comme un bonus, il est en mesure de lui annoncer qu'il a rencontré les chefs de deux autres cellules de la Résistance et qu'il sait tout de leurs plans visant bientôt à saboter la ligne de chemin de fer. Ces informations sont traduites à Flesch qui secoue aussitôt la tête, pas de façon négative, non, non, non, mais afin de montrer à Rinnan qu'il vient de s'illustrer par un acte remarquable.

– Un exploit extraordinaire, insiste-t-il en le remerciant pour ses efforts, avant de prononcer cette phrase dont Henry se souviendra toujours et qui ne le quittera plus dans son travail : *Je savais que nous pouvions compter sur vous !*

Henry se retrouve rapidement impliqué dans la planification des mesures de rétorsion, il est consulté sur la manière la plus efficace de les mettre en œuvre. Et, alors qu'ils discutent stratégie, il se rend compte que tout a changé pour eux grâce à son travail d'espionnage. Le mérite de cette réussite lui revient – *à lui.*

Les nazis mettent leur plan en action. Cinquante-trois personnes sont arrêtées. Plusieurs d'entre elles sont tuées. Henry ne participe pas en personne à l'opération, mais on lui en raconte le succès. La grève et le sabotage sont déjoués.

Ces opérations terminées, Flesch invite Henry dans son bureau pour fêter l'événement. Ils boivent un cognac très coûteux dans des verres en cristal taillé, ils trinquent à leur victoire. Henry apprend alors qu'il va bénéficier d'une promotion, que son salaire va augmenter et qu'il se verra bientôt confier de nouvelles missions, encore plus importantes.

– *Für Agent Lola*, dit Flesch en portant un toast.

Les autres sourient et lèvent leur verre eux aussi.

Quelques jours plus tard, Flesch demande à Henry s'il a été formé à l'*Abfragetechnik*. La secrétaire lui traduit :

– Technique d'interrogatoire.

– *Nein*, répond Rinnan.

Flesch le prie de le suivre, dans la cave du Misjonhotellet et, bien qu'il ait déjà entendu parler des cellules aménagées dans les sous-sols en dessous des bureaux, Rinnan ne les a toujours pas vues de ses propres yeux. Flesch demande à l'interprète de les accompagner. Ils descendent. Marche après marche, jusqu'à la cave où flotte une odeur de fer et de tabac, de sueur et de peur. On entend constamment quelqu'un pousser des cris. Flesch s'arrête devant une cellule et évoque à gros traits le prisonnier qui y est incarcéré : ils le soupçonnent de détenir des informations sur le transport secret de résistants. Il ajoute que des hommes de son engeance sont un danger ambulant pour l'ensemble du Troisième Reich.

– C'est comme ça que vous devez les considérer. Comme un danger avant tout.

L'interprète traduit.

– De plus, vous devez vous dire qu'ils possèdent une clé, une solution, et que leur volonté s'y oppose. Mais nous pouvons déverrouiller cette volonté avec un autre outil : la douleur.

Flesch fait un signe de tête au soldat derrière eux pour qu'il ouvre la porte du cachot. C'est aussi simple que cela. Sa volonté, elle n'a besoin d'aucun signe sinon un vague hochement de tête pour que les portes s'ouvrent, que la nourriture et les boissons soient servies. Un seul signe de sa part peut faire arrêter, tuer ou libérer des gens.

À l'intérieur, un homme est assis sur une chaise, le torse penché en avant et les bras attachés dans le dos. Différents outils sont posés sur une table à côté. Un fouet. Un poinçon. Un couteau.

Le prisonnier lève la tête vers eux. Ses cheveux sont longs et gras, et ses yeux brillent de terreur et de colère mêlées.

– Vous voyez ? dit Flesch en allemand, tout en sortant une paire de gants de cuir jaune. Ils doivent être domptés… comme les animaux sauvages qui doivent apprendre qui est leur maître… Il faut les briser, et là ils parleront… Là ils nous aideront à terminer cette guerre, afin que nous puissions tous échapper à cette cochonnerie.

Il enfile les gants et se tourne vers le prisonnier.

– N'est-ce pas ?

Le coup prend Henry au dépourvu. Le poing serré de Flesch fend l'air et frappe le prisonnier au-dessus de la joue. Un geignement se fait entendre, un filet de salive sanguinolent pend au coin de sa bouche.

– Un simple coup de poing est un bon début. Histoire de s'échauffer.

L'interprète traduit, bien que la situation le mette visiblement très mal à l'aise. Flesch administre un autre coup de poing au prisonnier. Henry sent son cœur battre plus vite et l'agressivité dans le cachot s'intensifier. L'interprète pose à Flesch une question en allemand, sans doute demande-t-il si sa présence est nécessaire ou s'il a la permission de sortir. Flesch frappe à nouveau l'homme, cette fois de la main gauche, et secoue la tête.

Si seulement j'avais ce genre de pouvoir… pense Rinnan. Il se souvient du jour où il a vidé un poisson devant Klara, qui a fini par se détourner pour ne plus assister à la scène, lorsqu'il a ouvert le ventre de l'animal et en a retiré les intestins, l'estomac et le foie qui pendouillaient entre ses doigts en un amas gluant, violacé et orangé. Le prisonnier baisse les yeux pendant que la morve et le sang coulent de son nez. Flesch enlève ses gants jaunes, les plie soigneusement et les remet dans la poche de son manteau, avant de s'adresser à Henry :

– Maintenant, c'est votre tour, traduit l'interprète.

Ce n'est pas une question, c'est une affirmation. Henry acquiesce et regarde le prisonnier, conscient que Flesch et l'interprète l'observent. C'est un test, pense-t-il en serrant le poing si fort que ses ongles s'enfoncent dans la paume. C'est un test, et je dois leur montrer que je peux y arriver. Puis il cogne. Ses articulations heurtent quelque chose d'une dureté inattendue. L'os du nez ou la pommette peut-être. Le coup de poing est si puissant que la chaise bascule en arrière, se balance sur deux pieds pendant un instant, avant de tomber à la renverse et d'envoyer l'homme à terre.

Flesch éclate de rire.

– Quel coup de poing, dit-il en allemand, penché sur l'homme allongé sur la dalle en pierre. Alors ? Tu es prêt à parler maintenant ? Qui t'aide ? Qui sont tes contacts ?

L'interprète traduit. L'homme demeure lèvres closes, refuse de révéler la moindre information. Flesch se relève en feignant la déception.

– Bon bon, très bien. Parfois, il suffit d'utiliser d'autres outils pour pénétrer là où vous voulez aller, dit-il, en plaçant sa botte sur le visage de l'homme pendant que l'interprète traduit.

Voyant la joue du prisonnier écrasée contre la bouche et former des plis, Henry se rappelle les grimaces qu'il faisait, enfant, devant le miroir. Un gargouillement s'échappe de la gorge de l'homme lorsque Flesch lui tord la botte sur le visage, en appuyant de tout son poids, comme si le détenu n'était qu'une souche au milieu d'un sentier forestier. Il se dirige ensuite vers la table, où l'attendent les outils que Rinnan a aperçus en entrant : une pince métallique, assez large pour serrer une cheville ou un bras, un fouet clouté, des matraques et des armes tranchantes, soigneusement placées les unes à côté des autres.

– Il s'agit de trouver les bons endroits, dit-il en prenant un poinçon.

Il attrape un des pieds et le déchausse.

– La plante du pied est un bon endroit.

Flesch enlève la chaussette de l'homme et, d'un doigt, lui caresse le dessous du pied, des orteils au talon.

– Surtout ici, dit-il, en tapant son doigt contre la voûte plantaire, cette zone qui n'est jamais en contact avec le sol et où la peau est la plus fine. Pourriez-vous tenir l'autre pied, s'il vous plaît ?

Rinnan s'approche et saisit l'autre cheville. L'homme donne des coups de pied pour tenter de se libérer, mais finit par ne plus bouger. Seule sa respiration est audible. Suivie d'un cri perçant lorsque Flesch lui plante le poinçon dans le pied, l'enfonçant lentement dans la chair.

– Tu es prêt à parler maintenant ?

– Ouiii !

Un hurlement. Du sang, des crachats et des larmes jaillissent de l'homme. Flesch regarde Rinnan et ressort le poinçon. Le sang s'évacue du trou dans la peau blanche, s'écoule le long de son talon et tombe par terre.

– Je... vais... parler...

– Qu'est-ce que je vous avais dit ? demande Flesch, satisfait.

Il repose le poinçon sur la table, en l'alignant parallèlement au manche du fouet. Puis il se penche, sort un carnet et demande au prisonnier de parler. Après quelques minutes de larmes et de crachats, d'une voix éraillée à force de crier, il énumère les noms qui trouvent tous leur place dans le carnet. Flesch se redresse.

– Toute volonté peut être brisée. Ce n'est qu'une question de temps. Je suis dépendant de la capacité de mes hommes à exécuter des ordres comme celui-ci quand cela est nécessaire. Et je suppose que vous ne protesterez pas si je vous demande de procéder à des interrogatoires ?

– Non, bien sûr que non.

– Très bien. C'était votre première leçon, Rinnan. Il y en aura d'autres.

M comme manger, cette nourriture introduite clandestinement dans Falstad, donnée par des familles dans les fermes alentour et qui soulage un peu le quotidien des prisonniers.

M comme matin, la *gymnastique du matin*, un mot surtout synonyme de punition : course, saut et pompes interminables qui durent jusqu'à ce que tu sois si fatigué que tu t'effondres sur le sol, haletant pour respirer avec une gorge à vif et un goût de sang dans la bouche. Tellement épuisé que l'idée de la mort ressemble au salut.

M comme migraine.

M comme mois, les mois qui passent ; et M comme missions, celles qui ne cessent de lui être confiées. Nous sommes à l'été 1941 et, lors des réunions au Misjonhotellet, Rinnan se rend compte à quel point les Allemands sont dépendants de lui et ont confiance en ses rapports. Il continue de noter tout ce qui lui paraît important, même les détails minimes, et, quand vient décembre, il travaille toujours en solitaire, jour et nuit.

M comme mystère, celui qui entoure ta dénonciation ; et M comme mouchard mystère, car qui t'a dénoncé ? La question surgit brusquement dans mon esprit, un matin, alors que je fouille ton histoire. Qui a assisté à cette conversation au Kaffistova et t'a ensuite entendu partager ces mêmes informations ? Ce devait être quelqu'un qui comprenait bien le norvégien, forcément. Quelqu'un susceptible de fréquenter le café sans éveiller de soupçons. J'ai soudain pris conscience qu'un homme correspondait à cette description, un homme qui à ma connaissance parcourait Trondheim de lieu en lieu pendant l'automne et l'hiver 1941-1942 en prenant des notes sur tout ce qui lui paraissait suspect.

Henry Rinnan.

C'est tout à fait possible, voire probable. Je n'ai aucun mal à imaginer Rinnan traverser Trondheim en ce mois de janvier 1942, s'arrêter devant le Kaffistova, couper le moteur, retirer ses gants de conduite avec les dents, se caler un journal sous le bras et sortir une cigarette de son étui, passer devant la joaillerie juive, gravir le perron et commander un café noir à la serveuse avant de s'asseoir à une table. Je le vois repérer un groupe d'hommes aux cheveux noirs et aux yeux marron, sans doute juifs, pense-t-il, tout en faisant semblant de s'intéresser au journal déplié devant lui, alors qu'il focalise son attention sur la conversation de ces quatre hommes. Il entend tout de suite qu'ils discutent des nouvelles de la BBC, qu'ils parlent du front de l'Est, très ouvertement, comme s'ils ignoraient qu'il leur est interdit d'écouter les informations à la radio. Quel culot, pense-t-il :

évoquer une propagande dont le but est d'affaiblir le gouvernement allemand ! La conversation se poursuit, bien que d'autres puissent l'entendre, bien que la serveuse vienne à leur table pour leur offrir davantage de café. Ha, ils ont la vie belle, beaucoup trop belle ! Ils se sentent beaucoup trop en sécurité ! pense-t-il. Il parcourt son journal jusqu'à la page des mots croisés dont il remplit les cases avec le nom des hommes au fur et à mesure qu'ils sont mentionnés. Il note toutes les informations qui lui semblent dignes d'intérêt et s'apprête à partir quand l'un d'eux se lève, le plus mince, un certain David. Forcément un Juif, quand on y pense, avec des penchants communistes évidents, en plus – un sentiment qui s'est nettement, et à plusieurs reprises, dégagé de la discussion. Rinnan sourit à la serveuse, finit son café et se lève pour suivre ce David. Comme la nuit tombe tôt à cette période de l'année, il décide de laisser sa voiture et de marcher, en observant une distance prudente, mais jamais au point de le perdre de vue. Il voit David tapoter les côtés de son manteau, il l'entend fredonner une chanson, siffler une mélodie juive étrangère.

Et maintenant, voyons où tu vas, sale coco, pense Henry en le suivant de rue en rue. Il regarde David entrer dans une boutique de vêtements appelée Paris-Wien et parler à un homme un peu plus âgé que lui, qui porte des lunettes rondes et que Henry décide de suivre plus tard, puisque David ne tarde pas à ressortir. Henry traverse la rue jusqu'à l'immeuble où entre David. Il attend, note le nom figurant sur la boîte aux lettres : David Wolfsohn. Il note également le nom du magasin, Paris-Wien, en se disant qu'il doit trouver le nom du propriétaire. Cela fait, il retourne au Kaffistova, où il exerce son charme sur la serveuse en lui racontant qu'il a reconnu certains des amis de David mais qu'il n'arrive pas à se souvenir de leurs noms.

– Ce que c'est agaçant, vous ne trouvez pas ? demande-t-il – et il obtient tous les noms.

C'est peut-être ainsi que les choses se sont passées.

La réponse se trouvait très probablement derrière les épais murs en béton des Archives royales de Trondheim, à Dora. Si je ne me trompais pas, cela signifiait alors que nos familles avaient une histoire plus étroitement liée que je ne le croyais au départ. Mais cela rendait aussi cette histoire encore plus sombre et plus douloureuse.

J'ai mentionné tout cela à Rikke.

– Y a-t-il un moyen de le savoir ? m'a-t-elle demandé.

Je lui ai parlé des Archives royales de Trondheim, du carnet de Rinnan dont j'ai lu des extraits dans différentes biographies ; puis j'ai ajouté qu'il y avait peut-être une mention quelque part, écrite de la main même de Rinnan, dans un carnet dissimulé au plus profond de la voûte en béton.

Le lendemain, j'ai réservé mon vol.

M comme Majavatn, l'opération Majavatn.

Le 5 mai 1942, la ligne de chemin de fer utilisée pour le transport du minerai de cuivre, extrait des mines de Løkken et destiné à la production d'armes, est sabotée par la Résistance. Le 20 septembre de cette même année 1942, elle fait sauter la centrale électrique de Glomfjord. Le 5 octobre, une nouvelle mine est attaquée. À peu près au même moment, deux soldats allemands sont tués par un convoyeur de réfugiés. La patience de l'occupant vient d'atteindre sa limite : les autres vont payer pour les résistants. Le 6 octobre 1942, sur la grand-place de Trondheim, le Reichskommissar Josef Terboven déclare l'instauration de la loi martiale. Il est interdit de quitter son domicile entre 20 heures et 5 heures du matin, durée du couvre-feu. Les cinémas resteront fermés jusqu'à nouvel ordre. Tous les autres établissements doivent fermer boutique à 19 heures. La vente de tabac est suspendue, en guise de punition infligée à la population. Les forces de l'ordre norvégiennes doivent en outre fusionner avec les soldats allemands, tant et si bien que plus de mille hommes armés patrouillent dans les rues, fouillent les maisons, interrogent les familles, arrêtent les suspects.

Et, surtout, dix hommes sont condamnés à mort pour endosser la responsabilité des membres anonymes de la Résistance à l'origine des attaques. L'un d'entre eux n'est autre que toi.

M comme Marie Komissar et l'élégance avec laquelle elle passe d'une pièce à l'autre dans son appartement tandis que la bonne et elle, en vue d'un dîner, transportent de grands plats de nourriture de la cuisine à la salle à manger. M comme mélancolie, cette mélancolie qui parfois s'empare d'elle et la plonge dans le découragement, dans l'abattement, un accablement qu'elle chasse en se forçant à rester en mouvement, à faire des projets, à se maintenir occupée comme en cette fête de Hanoukka retardée qu'elle décide malgré tout d'organiser en invitant la famille, juste avant Noël 1950.

Quand elle regarde la pendule et se rend compte qu'il reste à peine une heure avant l'arrivée des invités, elle allume rapidement la hanoukkia : les huit bougies symbolisant les huit jours où Dieu a laissé brûler les lampes à huile presque vides dans le Temple de Jérusalem après que les Juifs l'eurent finalement reconquise. Elle a souvent trouvé cette histoire étrange, notamment parce que le miracle était si petit.

La table sera bientôt pleine. Pourtant, elle sait à quel point les absents seront visibles. David ne sera pas là. Et ta place, à côté de Marie, où tu étais toujours assis lorsque vous célébriez Hanoukka, sera prise par Gerson, avec Ellen à ses côtés, enceinte et sur le point d'accoucher. Puis Jacob et Vera, et à côté d'eux la femme de David et ses enfants qui ont perdu leur père. Marie observe la table si joliment décorée de verres en cristal, d'assiettes au bord doré et de serviettes blanches. Mais tout ce qu'elle veut, c'est s'effondrer, porter une bouteille à ses lèvres, renvoyer la bonne et s'abandonner à ses souvenirs.

M comme membres, les membres de la bande à Rinnan. Il existe de nombreuses photos de ces jeunes hommes et jeunes femmes, prises lors de leur procès après la guerre. Ils sont assis les uns à côté des autres, sur plusieurs rangées, souriant et discutant entre eux. Ou, pour être plus précis : il s'agit des photos de celles et ceux qui ont survécu. Au total, la Sonderabteilung Lola a accueilli environ soixante-dix membres, mais elle n'a jamais compté plus de trente personnes à la fois. Certains ont été tués, d'autres l'ont quittée, cependant que l'efficacité du groupe devenait de plus en plus redoutable.

La bande à Rinnan commence par un voyage à Steinkjer en janvier 1942, peu après la liquidation de la cellule des résistants à Trondheim. Gerhard Flesch veut à présent que Rinnan recrute des associés susceptibles de l'aider à démanteler la Résistance au sud-ouest, dans le comté de Møre et Romsdal. L'idée est de stopper le trafic maritime illégal entre la Grande-Bretagne et la Norvège, qui fournit continuellement l'ennemi en armes, en équipements et en combattants.

Rinnan fait ses valises et dit au revoir à sa famille, en indiquant qu'il sera parti pour un moment. Il soulève son fils, le serre dans ses bras, fait de même avec sa petite fille qui commence à courir partout dans la maison. Il gratifie Klara d'un baiser fugitif sur la joue, auquel il consent pour que son fils le voie ; il remarque ce faisant qu'elle se laisse tenir sans passion ni affection, sans le moindre signe de vouloir que leurs lèvres se rencontrent comme au début. Elle l'autorise tout juste à l'embrasser sur la joue avant de se tortiller pour se libérer de son étreinte. Il est vraiment si peu attirant ? Elle n'est pas fière de toutes les responsabilités qui lui ont été confiées, de tout ce qu'ils ont grâce à son travail, de tout l'argent qu'il gagne pour la famille ? Si c'est ça, qu'elle aille se faire foutre ! pense-t-il en prenant sa valise, se rendant compte qu'il serre un peu trop la poignée et qu'il a ainsi les muscles du visage beaucoup trop tendus, mais il ne peut pas s'en empêcher. Il voit que sa fille assise par terre, en train de jouer avec une boîte en carton, ne le regarde même pas. Il s'apprête à lui dire quelque chose pour attirer de nouveau son attention, lui qui sera parti longtemps – mais à quoi bon ?

– Eh bien… fais attention à toi.

Et il dit ça en partie parce qu'il le pense, en partie pour que Klara ne puisse pas lui reprocher de s'en aller, l'accuser d'être taciturne et froid, parce qu'il ne l'est foutrement pas. C'est juste qu'il a beaucoup de choses à penser, beaucoup de responsabilités à assumer, et dans ces conditions on a le droit d'être un peu impulsif, on a le droit d'espérer être *un chouïa* désiré quand on rentre à la maison, et pas seulement dans le salon mais aussi dans la chambre à coucher, mais il semblerait que non, on peut aller se brosser ! Parce qu'il n'y a rien eu entre eux depuis la naissance de leur fille, rien de rien ! pense-t-il, en regardant encore Klara qui lui offre un semblant de sourire et lui dit d'être prudent sur la route. Alors qu'elle s'en tape complètement ! Elle préférerait que je me tue dans un fossé, pense-t-il alors que, seul au volant, il répète sa phrase d'une voix tordue et dédaigneuse : « Oui, et sois prudent sur la route, hein ! »

C'est ridicule ! Qu'est-ce qu'elle sous-entend, qu'il est un mauvais conducteur ? Il est sans doute l'un des meilleurs du comté, personne ne connaît ces routes mieux que lui. Et d'ailleurs, pense-t-il en appuyant sur l'accélérateur, ses paroles suintent la fausse préoccupation, elle pense tout à fait le contraire. Il serait nettement plus commode pour elle qu'il fasse une embardée sur la route, s'écrase contre un arbre, soit éjecté de la voiture et meure sur le coup. Elle pourrait vivre de sa pension pendant la guerre et, qui sait, pour le restant de ses jours si les Allemands la gagnent réellement, pense-t-il en augmentant la vitesse des essuie-glaces.

En ce mois de février, les routes sont blanches à cause d'importantes chutes de neige qui lui donnent l'impression de traverser un rideau de perles ivoire. Mais comme presque aucune voiture ne circule actuellement, il se détend peu à peu et commence à apprécier le trajet. Bien que la chaussée soit glissante, bien que les conditions de route soient épouvantables, il prend plaisir à conduire car ces difficultés lui font l'effet d'un défi supplémentaire, d'un nouveau test qu'il doit réussir, et, au bout de quelques heures, il se gare enfin devant son hôtel à Steinkjer.

Il sort sa valise du coffre et pénètre dans la chaleur du hall où il est accueilli par le sourire et les manières serviles de la réceptionniste. Il s'émerveille de voir que tout est aménagé pour lui faire plaisir, pour rendre son séjour le plus confortable possible. Et qui peut se permettre de prendre une chambre dans un endroit pareil ? Uniquement des clients qui occupent des postes importants, pardi, des hommes d'affaires haut placés, venus de l'étranger, ou des officiers nazis. Sauf que, pense-t-il avec un sourire en prenant la clé de sa chambre, nul ici n'occupe une position aussi particulière que *la mienne*.

Il commande un verre de porto pour se réchauffer, dîne, se délasse, se prépare à un nouveau chapitre de sa vie d'agent : trouver de nouveaux membres et agrandir son réseau. Il imagine les succès qu'il engrangerait s'il avait davantage d'yeux et d'oreilles pour surveiller, davantage de mains pour prendre des notes et lui rédiger des rapports. Il pourrait alors faire n'importe quoi. Il pourrait vraiment montrer à Flesch ce qu'il vaut, pense-t-il en commandant un autre verre. Il sourit à la jeune serveuse qui lui demande si le plat est à son goût.

– Oui, c'est délicieux. En ce moment, je ne pourrais me sentir mieux… répond-il, et, tandis qu'elle continue de lui sourire chaleureusement, il ajoute avec un clin d'œil : Quoique, à ce sujet, il y a bien un petit quelque chose que je préférerais…

Car n'est-elle pas d'une amabilité inhabituelle envers lui ? Comme si elle essayait de flirter avec lui, ou du moins était attirée inexorablement par lui. Elle rougit, tout à coup consciente que son chemisier blanc épouse son corps quand elle se penche pour enlever son assiette, que sa jupe noire lui colle les hanches. Et il voit que ça lui plaît, aussi lui donne-t-il un généreux pourboire ainsi qu'un large sourire, qu'elle lui rend tout de même avec une certaine réserve. Elle est sans doute timide, pense-t-il, elle n'a pas l'habitude qu'on s'adresse à elle de façon aussi directe. Ce qu'il veut en fait, c'est qu'elle se penche à nouveau, mais cette fois pour lui demander son numéro de chambre, puis lui chuchote qu'elle montera dès la fin de son service. Or elle ne fait rien de tout ça, elle se contente de prendre l'argent et de le remercier poliment d'un air perplexe. Peut-être a-t-elle un petit ami qui l'attend, peut-être quelqu'un qui travaille à l'hôtel, pense-t-il en montant dans sa chambre. Il regarde par la fenêtre, un autre verre de porto à la main, et pense à ce qu'il va faire demain. Il sourit à l'idée de trouver de nouveaux complices et d'embaucher des gens, ce qui lui permettra de monter en grade. C'est difficile à croire et pourtant c'est vrai, pense-t-il, en levant son verre pour avaler les dernières gouttes. Il sent que son cerveau s'adoucit, que l'alcool a balayé la colère et l'inquiétude qui l'animaient tout à l'heure, pour ne laisser en lui qu'un sentiment de satisfaction et ce léger picotement typique de la fébrilité. Il pose son verre, se dirige vers la salle de bains pour pisser mais heurte le lit au passage. Une douleur violente lui monte dans la jambe, le forçant à claudiquer pour retrouver l'équilibre jusqu'à la salle de bains. Au même moment, il entend des pas dans le couloir. Il est sûr que c'est la jeune serveuse qui vient le voir après s'être débarrassée des derniers clients et qu'elle est sur le point de frapper à sa porte, de se glisser dans sa chambre et de déboutonner son chemisier blanc, devant lui, à la lueur du réverbère extérieur. Sentant l'excitation immédiate dans son entrejambe, il pose l'oreille contre la porte, entend les pas continuer, suivis d'un craquement des lattes du plancher. Il s'empresse d'ouvrir pour jeter un coup d'œil, mais ce n'est qu'un homme chauve dans la cinquantaine qui rejoint sa chambre.

Oui, oui, pense Rinnan en refermant la porte. Une fois aux toilettes, il est autant chatouillé par son envie de pisser que de baiser, à tel point qu'il est obligé de s'asseoir sur la lunette en bois, d'appuyer d'une main sur son érection, de pencher la tête et le torse pour réussir à faire ses besoins. Il fixe le carrelage tandis que la salle de bains se balance doucement et qu'il entend enfin l'urine éclabousser la vasque. Il retourne dans sa chambre en titubant, se recroqueville sous la couette avec la sensation que la pièce tournoie lentement, comme si un tourbillon l'aspirait vers le bas, jusqu'à ce que ses pensées et lui-même soient engloutis dans un sommeil profond.

Il se réveille le lendemain matin avec un mal de tête carabiné et une bouche si sèche que sa langue râpe contre le palais. Il se lève, se regarde dans le miroir, se passe la figure sous l'eau à plusieurs reprises, mais la pression continue, comme si son cerveau avait enflé et appuyait contre son crâne. Peut-être que j'ai trop bu hier soir, pense-t-il, mais j'ai quand même le droit de m'amuser un peu, vu que je travaille dur et que j'ai fait beaucoup de route pour arriver. Lui revient soudain en mémoire le tube de comprimés que Flesch lui a donné avant de partir. Il s'était arrêté au Misjonhotellet après une nuit de sommeil trop courte et Flesch avait commenté sa mine fatiguée.

– Essayez ça, ça vous redonnera du tonus, lui avait-il dit avec un sourire.

– Quel genre de comprimés est-ce ? avait demandé Rinnan en faisant tourner le tube entre ses doigts.

– De la pervitine.

Flesch l'avait incité à prendre tout de suite un cachet, l'effet avait été immédiat.

Voilà exactement ce dont il a besoin maintenant. Il fouille dans sa valise, retrouve le petit tube. Il met sur sa langue un comprimé blanc, au goût chimique si puissant, et se penche sous le robinet pour l'avaler avec une gorgée d'eau. Après s'être douché et avoir pris son petit déjeuner, il sent le mal de tête lentement s'atténuer et une force inédite, venue de nulle part, augmenter.

– Merci, dit-il au tube qu'il glisse dans sa poche de pantalon.

Il coiffe sa frange en arrière en utilisant un supplément de brillantine pour qu'elle décrive une jolie courbure au-dessus du crâne, puis se regarde des deux côtés dans le miroir. Il quitte l'hôtel de bonne heure afin de rejoindre un café dont il a mémorisé l'adresse, connu pour être fréquenté par des sympathisants du Nasjonal Samling et où il espère trouver des complices. Il marche dans les rues de la ville bombardée, où les squelettes de la civilisation se dressent sous la forme de vestiges rectangulaires et de maisons éventrées. Pour y avoir effectué autrefois plusieurs voyages, il se souvient de Steinkjer pour ses beaux bâtiments en pierre, ornés de tourelles et d'oriels. Quel dommage qu'ils aient disparu, pense-t-il en imaginant sa ville natale détruite de cette manière. Il n'aurait pas été heureux de voir Levanger réduit à un tas de ruines fumantes comme Steinkjer aujourd'hui. Mais les Allemands devaient avoir une bonne raison de le faire, pense-t-il. Il tourne au coin d'un petit immeuble neuf et avise le café, qu'une cabane de fortune héberge d'un côté, avec un salon de barbier à l'autre bout. Ici, il n'aura pas besoin d'utiliser son identité secrète. Il pousse la porte et entre dans une vaste pièce où des hommes sont assis ici et là par groupes, qui buvant un café, qui fumant une cigarette, qui lisant le journal. Plusieurs se tournent vers lui et le toisent. Il sourit et commande un verre, s'assied à une table et regarde autour de lui. Il écoute les discussions, entame la conversation avec certains d'entre eux, mais ils sont soit inaccessibles, soit inaptes à la tâche qu'il souhaite leur confier. Il apprend cependant qu'une fête de Noël aura lieu ce soir au café et que ce sera noir de monde. C'est parfait.

Il y retourne donc dans la soirée et, effectivement, le lieu grouille d'hommes et de femmes bien habillés, en train de boire, de fumer, de sourire et de bavarder. Il demande aux hommes si une mission pourrait les intéresser et ne tarde pas à trouver quelqu'un qui accepte de l'écouter : un blond aux yeux bleus, avec un sourire timide et une allure un peu débraillée. Il s'appelle Ingvar Aalberg et déclare qu'il « soutient l'Allemagne », comme s'il s'agissait d'une équipe de football. À côté de lui, un homme lance des coups d'œil torves à une femme qui parle à un type au bar. Il s'appelle Bjarne. Ils sont tous deux disponibles, tous deux intéressés, encore plus lorsque Rinnan leur détaille la somme qu'ils toucheront et la simplicité de leur mission. Il leur suffit en effet de se faire passer pour des réfugiés et de trouver quelqu'un qui accepte de les transporter d'Ålesund aux îles Shetland, puis de dénoncer tout le réseau de passeurs et de résistants. Rinnan leur offre une tournée, ils entrechoquent leurs verres, la conversation s'anime au même rythme que le café se remplit d'un nuage de fumée et que les rires résonnent de part et d'autre. Un homme trébuche mais est aussitôt rattrapé par ses voisins.

– Ce qu'il nous faut absolument, dit Rinnan penché sur la table, c'est quelqu'un qui serve de coursier. Quelqu'un capable de faire la liaison entre vous et moi pour me tenir au courant de ce qui se passe. Est-ce que vous auriez une personne en tête ? Et ce serait mieux si c'était une femme, dit-il en vidant son verre.

Regardant ses deux nouveaux acolytes, il remarque d'emblée que Bjarne est le plus brillant et le plus éveillé des deux, mais aussi le plus circonspect. Ingvar serait prêt à faire n'importe quoi si Rinnan le lui demandait. Il semble tout bonnement ravi qu'on lui demande de participer à quelque chose et s'est fendu d'un simple non quand Rinnan lui a demandé s'il avait de la famille. Bjarne a beau être plus réservé, c'est lui qui dit connaître une femme susceptible d'accepter. Il part à sa recherche et revient peu après au bras d'une jeune femme au visage carré, aux traits anguleux, aux bras et aux jambes costauds.

Rinnan se lève, tend la main et se présente :

– Bonjour, je m'appelle Rinnan.

– Ragnhild Strøm, répond-elle avec un sourire.

Rinnan l'invite à s'asseoir. Il ne peut s'empêcher d'être déçu car il avait espéré qu'elle soit un peu plus séduisante, jamais elle n'aurait attiré son attention. D'un autre côté, Ragnhild Strøm est membre du Nasjonal Samling et se dit prête à servir de messagère entre les deux hommes et lui. Ils se soûlent et conviennent de se retrouver le lendemain chez elle.

Ils y partagent la bouteille d'eau-de-vie que Rinnan a apportée pendant qu'il leur donne des instructions sur ce qu'ils vont faire dans les semaines qui viennent. Il aide les deux hommes à trouver de faux noms et une fausse histoire personnelle, ainsi qu'à s'habituer à cette nouvelle identité : ils ont besoin d'aide pour fuir la Norvège et éviter d'être arrêtés par les nazis.

S'ensuit un petit jeu de rôle dans le salon de Ragnhild Strøm avant la fin de la réunion, et quelques jours plus tard, Rinnan rentre chez lui tandis qu'Ingvar et Bjarne se rejoignent sur la côte afin d'infiltrer les passeurs. Ils envoient des messages à Rinnan par l'intermédiaire de Ragnhild qui lui téléphone tous les jours pour lui fournir de nouvelles informations : le nom des bateaux utilisés, des propriétaires, des ports et enfin les dates de départ.

Il insiste auprès d'Ingvar et Bjarne pour qu'ils continuent leur jeu de dupes, leur dit qu'ils n'ont pas à s'inquiéter, qu'ils seront exfiltrés au moment de l'arrestation. Quand il va tout rapporter à Flesch, celui-ci ne cache pas sa satisfaction face au travail effectué par Rinnan et lui annonce dans le même élan que l'opération Seehund II va être mise en œuvre : cinquante soldats armés seront envoyés pour capturer ce ramassis de traîtres.

Voyageant dans un des camions, Rinnan est soudain propulsé aux commandes de l'opération. Je peux être fier de moi, et pas qu'un peu, se dit-il pendant qu'ils roulent à toute allure dans la forêt et que les soldats à côté de lui s'accrochent à leurs sièges, balancés d'un côté à l'autre, en rythme avec le paysage dont les arbres passent comme des ombres.

Or un des camions a une crevaison. Rinnan sort, pousse un juron, fait les cent pas le long du chemin en répétant qu'ils ne peuvent pas se permettre d'arriver en retard. En vain. Quand ils atteignent enfin la côte vingt-quatre heures plus tard, le bateau des réfugiés a déjà pris la mer, avec Ingvar et Bjarne à bord, obligés de partir et sûrement terrifiés à l'idée d'être découverts, pense Rinnan. Il regarde le fjord fouetté par les rafales de vent, où les vagues noires se frangent d'écume et projettent des nuages de bruine.

L'orage en mer annoncé par la météo est leur seule chance. Il appelle Ragnhild qui lui donne les dernières nouvelles des faux réfugiés ainsi que la liste des résistants impliqués. Rinnan ordonne aux soldats de les arrêter et de confisquer les autres bateaux. Il envoie également une troupe à la recherche du bateau des réfugiés tandis que, resté à terre, il sonde la mer du regard.

La nuit passe, la journée passe. Il doit attendre le soir pour apprendre que le bateau de réfugiés a rebroussé chemin à cause de la tempête. Tout le monde a été capturé. Les deux agents doubles peuvent dès lors révéler leur identité, se détacher de la ligne des réfugiés et passer du côté allemand. Rinnan leur donne une petite tape sur l'épaule à tous les deux et les conduit dans un abri chaud. Malgré les problèmes rencontrés en cours de route, l'opération est un succès. Cinquante-deux personnes sont arrêtées, vingt-deux d'entre elles mourront en captivité. Nous sommes en janvier 1942.

En mars, la Sonderabteilung Lola est mise en place. On demande à Rinnan d'intensifier son travail en recrutant davantage de membres. On leur attribue un quartier général, un appartement dans le centre de Trondheim, vide depuis que son propriétaire a été exécuté à Falstad. Cet homme n'est autre que David Wolfsohn, le frère de Marie.

M comme Marie, Marie Arentz.

Henry fait sa connaissance chez Ragnhild Strøm, après avoir demandé à celle-ci de se trouver une amie susceptible de les accompagner lors d'une excursion à Bodø. Sur le bateau qui les y emmène, les deux femmes doivent se faire passer pour des résistantes et essayer d'enrôler des gens. Marie lui plaît d'emblée. Il aime sa façon de lui sourire, la conversation va bon train. Il remplit leurs verres, il la fait rire. Ils boivent, il leur donne de l'argent et des cigarettes, discute de leur défraiement qui équivaut à un mois de salaire pour quelques jours de travail seulement. Il promet à Marie un supplément afin qu'elle s'achète un petit quelque chose de beau.

– Non que tu en aies besoin, ajoute-t-il en lui faisant un clin d'œil et en obtenant un sourire malicieux en retour.

Il a une pensée pour Klara et chasse aussitôt son image de son esprit – pourquoi aurait-il mauvaise conscience lorsqu'elle est si froide et indifférente envers lui ? Puisqu'elle ne lui montre pas le moindre signe de désir ni de volonté de faire l'amour, ce à quoi elle concède uniquement quand lui en a envie, qu'elle aille se faire voir ! pense-t-il. Elle lui donne pour ainsi dire le droit d'aller se servir ailleurs. Il propose à Marie de la raccompagner chez elle. Ils sont ivres l'un comme l'autre, il passe un bras autour de sa taille, profite d'un coin sombre pour attirer son corps contre lui et l'embrasser. Sentant les regards voraces qu'elle lui lance, il la suit dans son petit appartement. Ils ricanent en montant l'escalier alors qu'ils ne doivent pas faire de bruit. Il lui emboîte le pas dès qu'elle a déverrouillé la porte et la pousse contre le mur pour l'embrasser à nouveau. Il introduit une main sous son gilet, caresse son dos nu et la sent se coller à lui. Elle se libère de son étreinte, retire son gilet par la couture du bas en croisant les bras. Henry enlève ses chaussures, déboutonne sa chemise puis sent soudain les mains de Marie sur sa ceinture, qu'elle défait avec une respiration haletante contre sa joue. Il descend les mains jusqu'à ses cuisses, remonte sa jupe et l'emmène sur le lit. Il voit son sourire, sa peau douce, tout lui paraît aussi nouveau que peut l'être une première rencontre. Tout est possible, pense-t-il en faisant glisser sa petite culotte au bas de ses cuisses. Il se penche pour embrasser son ventre, capte l'odeur de son sexe et y enfouit le visage.

Le lendemain matin, Henry s'adosse à un oreiller dans le lit tandis que Marie se recroqueville contre lui. Elle lui chipe la cigarette qu'il vient d'allumer et tire une profonde bouffée. Les rayons du soleil qui s'insinuent à travers les rideaux font briller le duvet qu'elle a sur les bras. Ils discutent, la conversation saute sans effort d'un sujet et d'un lieu à l'autre.

Quelques mois plus tard, Marie s'échappera de la bande à Rinnan en s'engageant au sein de la Croix-Rouge allemande sur le front de l'Est. Ils se retrouveront trois ans plus tard et Marie sera allongée dans ses bras, à nouveau nue mais morte, dans la cave du Cloître de la Bande, une corde autour du cou, et ce sera Rinnan qui l'aura tuée.

M comme mascarade et M comme maquisard. Ainsi de Bjarne Asp, un adversaire acharné des nazis, un homme aussi intrépide qu'intelligent, qui a le don de se mêler aux conversations au bon moment, de traîner dans les cafés au bon moment. Il entame une relation avec une femme prénommée Solveig, qui, avec ses deux frères, fait partie de la Résistance. Bjarne Asp aide Solveig. Il rédige des listes, assiste aux réunions, lui fait l'amour, lui raconte des histoires qui suffisent à la convaincre qu'il est de son côté. Ils deviennent un couple, planifient leur avenir commun, quand la Norvège aura gagné la guerre. Ils mangent, dorment et voyagent ensemble.

Au bout de six mois, Bjarne Asp révèle à Solveig son vrai nom : Henry Oliver Rinnan. Il lui dit qu'il dirige une organisation secrète au nom des Allemands et qu'elle est obligée de le rejoindre si elle veut rester en sécurité. Il lui dit qu'il peut empêcher l'arrestation de sa famille, à condition qu'elle collabore. Il lui dit que les Allemands vont gagner cette guerre, mais qu'elle peut contribuer à minimiser les pertes norvégiennes en empêchant une invasion britannique. Solveig accepte. Vient l'été, vient l'automne. Nous sommes en 1943. La Sonderabteilung Lola s'agrandit, Rinnan obtient un nouveau quartier général à l'extérieur du centre-ville. Une villa située au 46 de la rue Jonsvannsveien. Ils s'y installent avec toutes leurs affaires. Rinnan fait construire des cellules dans la cave. En septembre 1943, Solveig y emménage à son tour, avec sa fille de huit ans. Elle travaille comme secrétaire pour Rinnan pendant tout le reste de la guerre. Elle soigne les blessures de ceux qui sont torturés, prépare les repas pour les membres de la bande à Rinnan, laisse sa fille dormir dans la maison, malgré les cris qui montent d'en bas.

M comme méfiance, celle que Henry Oliver Rinnan inspire de plus en plus ; et M comme menaces, celles qui pèsent de plus en plus sur lui. Consciente du danger qu'il représente, des dégâts qu'il commet, la Résistance décide de le liquider. Un plan est finalement élaboré visant à le capturer – vivant.

Un soir d'octobre 1943, Rinnan rentre chez lui à Levanger. Il sort de la voiture, fourbu de fatigue après une lourde journée de travail, ses pensées ne cessent de se bousculer dans sa tête à l'idée de nouveaux projets et de nouvelles missions. Mais ça ne l'empêche pas de remarquer que quelque chose cloche. Un véhicule inconnu est garé devant son domicile, moteur et phares éteints. Il lui semble néanmoins voir la silhouette d'un homme au volant. Ou seraient-ils deux ?

D'un coup, il est tout à fait réveillé, tout à fait lucide, et cherche l'arme à sa ceinture. Au moment où il dégaine son pistolet, il voit sortir des buissons un troisième homme, également armé.

– Cours, Rinnan ! crie Karl Dolmen, avant de pointer sa mitraillette sur les hommes et de faire feu.

Rinnan s'élance par la porte cochère et entend un échange de tirs. Il se précipite tête baissée, en tenant son pistolet des deux mains contre sa poitrine. Il jette un œil au coin de la maison. Il entend un cri, un moteur démarrer, un crissement de pneus – puis la voiture disparaît dans la nuit. Rinnan ressort aussi vite sur la route. Karl vient vers lui, une main sur le ventre. Il est touché. Henry pose le bras de Karl sur son épaule et l'emmène à la voiture. En levant les yeux vers la maison, il aperçoit Klara à la fenêtre, à demi cachée derrière les rideaux.

Karl ayant besoin de soins médicaux urgents, Rinnan décide de remettre la conversation à plus tard, mais il redoute déjà de devoir tout expliquer à Klara. Il aide Karl à monter dans la voiture et dit au chauffeur de les conduire pied au plancher à l'hôpital. À leur arrivée, Karl est allongé sur une civière et emmené avec une perfusion dans le bras. Rinnan attend dans le couloir, pendant que la colère monte en lui, et refuse de rentrer tant qu'on ne lui aura pas confirmé que Karl est hors de danger. Il finit par apprendre que la balle a frôlé les organes vitaux mais qu'il va s'en sortir. Là seulement, il rentre chez lui. Il dort dans la chambre d'amis.

Il ne ferme pas l'œil de la nuit, furieux que ses opposants en soient venus à l'attaquer chez lui. Chez lui ! Et s'il y avait eu une balle perdue ? pense-t-il, en grinçant des dents dans le noir. Et si tout ce bruit avait réveillé son fils ou sa fille ? Et s'ils étaient venus à la fenêtre et avaient été touchés et tués ? Certes, ils sont en guerre, mais ça ?! Ça signifie une chose : plus de politesses, plus de règlement à la noix. Désormais, tout est permis, pense-t-il. Sur ce, il ordonne à deux membres de la bande d'aller dans la rue et de frapper la première personne qu'ils croisent – en guise de vengeance.

C'est ainsi qu'un passant choisi au hasard est battu à mort en rentrant chez lui ce même soir. S'il était parti plus tard, ou s'il avait choisi un chemin différent, un autre aurait payé pour lui.

M comme mathématiques, un monde que Gerson se surprend à regretter amèrement, un matin en allant au travail. Bien qu'il se soit jeté corps et âme dans la gestion du commerce familial, qu'il soit retourné à Trondheim pour aider sa mère, qu'il ait épousé une femme issue d'une famille juive – une bonne famille et un mariage stratégique, en somme –, malgré toutes ces tentatives, cela ne change absolument rien. Il a beau ajouter un plus un plus un, le compte n'est pas bon. Que lui importent Paris-Wien et les clientes fortunées qui quémandent son aide, qui l'implorent du regard, si avides de compliments qu'elles sont prêtes à gober n'importe quelle flatterie ? Il s'engage dans la rue Nordre gate et sourit à une connaissance sur le trottoir d'en face, ce dont il se sait obligé car il est important de maintenir une bonne relation avec les clientes régulières, afin qu'elles continuent de choisir Paris-Wien plutôt que la concurrence. Il maîtrise ce métier à la perfection, pense-t-il en tournant aujourd'hui encore la clé dans la porte de la boutique. Non qu'il ne puisse également réussir dans cette vie, c'est juste qu'il n'en tire aucun plaisir. Dans les courtes pauses qui jalonnent sa journée de travail, il constate avec stupeur que le monde universitaire lui manque, tout comme les conversations sur les mathématiques, le jazz, la littérature et la philosophie ; cet effort quasi alpin qui consiste à résoudre des problèmes compliqués, suivi de cette immense clarté lorsqu'on parvient enfin au sommet et qu'on embrasse le paysage.

Tout cela lui trotte dans la tête tandis qu'il tient le petit miroir pour que ses clientes se regardent, qu'il trouve la taille adaptée, qu'il parle des différences de coupe, de la qualité du tissu, des couleurs et des motifs. Soudain le téléphone sonne et Gerson se met à parler à un ancien ami de la famille, un mathématicien, celui-là précisément qui l'a aidé à dégoter du travail pendant la guerre. Or voilà qu'il propose à Gerson un autre emploi, et pas n'importe lequel : il aurait besoin de son aide pour développer à Oslo l'Institut d'économie managériale – ou tout simplement BI. Gerson le remercie mais doit baisser d'un ton à l'arrivée d'une cliente. Il lui répond qu'il va y réfléchir, même si c'est déjà tout réfléchi : il va devoir décliner l'offre. Vient enfin le moment de fermer boutique. Alors qu'il raccompagne la dernière cliente, il ressent une lourdeur inhabituelle dans ses mouvements. Il marche dans les rues et, sachant pertinemment ce qui l'attend à la maison, qu'Ellen est probablement fatiguée et repliée sur elle-même comme c'est souvent le cas, seule dans la chambre du haut parce qu'elle souffre d'une nouvelle migraine, il décide de faire un détour. Il a essayé de l'aider, il a vraiment essayé de la comprendre, pour le bien des filles, mais il n'y arrive pas. Elle est tellement désemparée, tellement apathique et inapte à toute forme de vie ordinaire, pense-t-il. Cette réflexion lui rappelle soudain un incident à la cuisine, peu après leur installation dans la maison. Il rentrait d'une partie de pêche avec un vieil ami de l'université, il avait attrapé une belle grosse morue de plus d'un kilo. Il l'avait rapportée à Ellen, imaginant qu'elle en ferait quelque chose, du cabillaud au four ou une soupe de poisson car elle aimait les deux. Or elle l'avait toisé avec anxiété, fronçant le nez face au poisson dont le sang dégoulinait à travers les branchies. Lui qui essayait uniquement d'être gentil, espérant qu'elle le complimente, il avait vu Ellen éclater en sanglots et répondre qu'elle ne savait ni vider ni préparer un poisson. Et elle ne le savait vraiment pas, se dit Gerson, ses parents l'avaient beaucoup trop gâtée. Seulement voilà, la richesse sur laquelle elle avait compté dans son ancienne vie avait aujourd'hui disparu : l'usine avait disparu, la maison avait disparu, les chauffeurs, les couturières et les domestiques avaient tous disparu – et la seule chose qui lui restait, c'était son impuissance, dans toute sa nudité et sa laideur. Gerson l'avait donc incitée à monter se reposer, il avait lui-même vidé le poisson et demandé à la nourrice danoise de l'aider à préparer le dîner.

Il repousse à plus tard son retour à la maison et continue de marcher, pendant que le coup de fil inattendu continue de résonner dans sa tête. Un travail à Oslo. L'économie managériale. La chance d'avoir une carrière plus épanouissante, de travailler sur ce qu'il sait faire de mieux, ce pour quoi il brûle d'envie.

Il refait un calcul rapide : son existence, moins Paris-Wien, moins les clientes qui se plaignent de leur taille ou de leur poitrine trop grosse ou trop petite, moins la maison rue Jonsvannsveien et tout ce qui s'y rattache, plus les mathématiques, plus les étudiants, plus Oslo.

Et, pendant qu'il y est et pendant qu'il y pense, moins Ellen.

N

N comme Nicée, et le célèbre premier concile qui s'y est tenu en 325 après J.-C., où il a été décidé que les clercs n'auraient plus le droit de réclamer des intérêts sur un prêt. Cette interdiction de l'usure a ensuite été étendue à tous les chrétiens, prêter de l'argent n'était désormais possible que s'il bénéficiait à des parents ou des amis. Les étrangers étant toutefois exemptés de cette proscription, c'est ainsi qu'est née la conception du Juif pingre.

N comme Nordstern ou Neu-Trondheim, la nouvelle capitale nordique qu'Adolf Hitler planifiait en périphérie du Trondheim actuel et dont il fit dessiner les plans par l'architecte Albert Speer. Hitler en aurait eu l'idée lors d'une randonnée dans les Alpes bavaroises, alors qu'il se rendait au Mooslahnerkopf, un point de vue au sommet d'une montagne où un petit salon de thé et un banc avaient été construits rien que pour lui, afin qu'il puisse se reposer et réfléchir à ses futurs projets. De ce banc, le paysage se déployait sous ses yeux, un massif montagneux de pitons et de cimes gris, moutonnés, plongeant à pic dans le lac en contrebas – comme le rappel de la petitesse de l'humanité face aux éléments. Et peut-être s'est-il aussi souvenu du conte de fées en lien avec ce paysage car, dans la mythologie germanique, un géant est enterré sous les montagnes, prêt à se redresser à l'heure où sonne le destin de l'Allemagne.

C'est lors d'une de ces promenades, avec son berger allemand, qu'Hitler aurait pensé aux problèmes causés par les bateaux de ravitaillement opérant vers et depuis l'Angleterre. Il a dû réfléchir aux meilleurs moyens de les arrêter, aux endroits stratégiques susceptibles d'accueillir une base navale. À ce stade a surgi dans son esprit l'idée de la Norvège, avec son littoral tourné vers la haute mer. Et quand bien même le territoire était occupé dans son entier, il manquait à Hitler la possibilité, au nord, de contrôler et restreindre le trafic maritime dans l'Atlantique Nord ; un lieu d'où les croiseurs allemands pourraient partir pour stopper les Britanniques, couler leurs sous-marins et leurs navires de guerre, et ainsi isoler la Grande-Bretagne afin qu'elle devienne littéralement une île dans l'océan, coupée du continent, esseulée, incapable de fournir le courage, les munitions et les mitrailleuses dont les résistants avaient tant besoin.

Le doigt d'Hitler a glissé sur la carte, traversé le Skagerrak, atteint Oslo, suivi la longue côte dentelée, contourné Kristiansand puis Bergen – pour finalement s'arrêter à Trondheim. Son regard s'est orienté vers la Russie, avant que son doigt franchisse la frontière suédoise, atteigne la ville d'Östersund à la même latitude, redescende sur la mer Baltique et revienne à son point de départ.

Trondheim.

Stratégiquement, c'était l'endroit idéal pour établir une base navale. Ici, les approvisionnements pouvaient être transportés par des cargos venus du continent, et le matériel nécessaire à la guerre sur le front de l'Est pouvait y être déchargé. Quand on regarde la carte, la Norvège est si mince, si étroite dans cette région, à croire qu'une main gigantesque a resserré le pays par le milieu. Hitler a envoyé une voiture chercher Albert Speer afin qu'ils examinent ensemble les plans, il a demandé à ses assistants de trouver des cartes de Trondheim, aussi détaillées que possible, ainsi que des photographies.

Puis ils ont redessiné le monde, Speer et lui.

Après quelques jours de travail intensif, les premiers croquis étaient prêts. Un tunnel serait creusé dans la roche afin d'accueillir une base souterraine où les navires de guerre et les sous-marins allemands pourraient accoster. De là, la flotte allemande contrôlerait tout l'Atlantique Nord. Après quoi la construction de la ville nouvelle pourrait commencer, une capitale nordique pour le Troisième Reich, appelée Nordstern, peuplée par deux cent cinquante mille habitants qui seraient envoyés d'Allemagne, dotée d'une architecture qui surpasserait toutes les autres métropoles. Une autoroute à quatre voies relierait Nordstern à Berlin.

Ce qui reste de cette base navale abrite aujourd'hui les Archives royales norvégiennes. Un endroit où j'espère trouver les carnets de Rinnan qui parlent de toi, si tant est qu'ils existent : toutes les annotations qu'il a faites sur les activités prétendument suspectes à Trondheim, à l'époque où il allait de café en café. Quelque part là-bas se trouve peut-être la preuve que le frère de Marie et toi-même avez été arrêtés à cause de lui. Alors que je m'y rends en voiture de location, je passe un coup de fil aux Archives pour annoncer ma venue, pour leur laisser le temps de trouver dans leurs coffres les boîtes correspondantes. Mon interlocuteur m'explique que si les carnets de Rinnan sont entreposés quelque part, ils ne sont pas aux Archives royales de Trondheim, mais à Oslo. Étant donné que, même si son procès a eu lieu à Trondheim, tous les documents des procès de guerre ont été déplacés quelques années plus tard aux Archives principales, à Oslo, où ils sont aujourd'hui conservés, cachés dans la montagne, où je peux me rendre de chez moi à vélo.

N comme novembre.

N comme nouveau : nouveaux membres, nouveaux mandats, nouveau quartier général, nouvelle adresse.

Nous sommes en septembre 1943, au 46 de la rue Jonsvannsveien. Sans prendre soin de se déchausser, Rinnan traverse le couloir d'entrée, entre pour la première fois dans le salon et regarde autour de lui avec un large sourire. Ce sera un endroit formidable, pense-t-il, à la fois central et isolé, spacieux, avec les champs comme seule vue si jamais quelqu'un tentait quoi que ce soit. Et à quelques kilomètres de la maison que les Allemands ont mise à disposition de sa famille, dans le centre-ville de Trondheim.

Il va à la fenêtre, regarde les arbres fruitiers jaunis dans le jardin et souffle lui aussi un nuage de fumée qui s'estompe aussitôt, avant de se tourner vers les autres : Ivar Grande, Karl Dolmen, Kitty et Inga, Solveig Kleve avec sa fille de huit ans qui vivra également dans la maison. Ils sont tous jeunes, comme lui. Ils sont tous exaltés, comme lui. Il leur montre où mettre les caisses qu'ils transportent, en ouvre une et sort une bouteille de cognac, achetée spécialement pour l'occasion. Les habitants de Trondheim vivent pour leur part sans cigarettes, sans alcool, sans automobile et sans essence, sans travail. Mais Rinnan, lui, a tout.

– Ivar ? Tu peux aller nous chercher des verres ? demande-t-il.

Y a-t-il l'once d'une hésitation dans le regard du sous-chef Ivar Grande ? Comme s'il se disait que ces tâches subalternes sont en dessous de sa position. Il obéit malgré tout, Inga le suit. Quelques instants plus tard, ils sont tous réunis en demi-cercle autour de Rinnan, comme il leur arrivait de le faire autrefois, ses frères et sœurs et lui-même, que ce soit dans les bois ou dans la chambre où ils dormaient. Il sert chacun, sent les vapeurs d'alcool monter des verres, si fort que ses yeux picotent. Quand tous les verres sont pleins, il lève le sien et propose un toast.

– Et voilà, chers membres de la bande. Bienvenue dans notre nouveau quartier général, dit-il en portant le verre à ses lèvres – l'alcool lui brûle la bouche mais délie aussitôt ses pensées. Ici, nous allons pouvoir planifier nos opérations sans être dérangés. Ici, nous allons coordonner nos attaques, examiner la meilleure façon d'infiltrer nos adversaires et les briser de l'intérieur.

Il voit combien ses paroles suscitent l'enthousiasme de tous et les réveillent.

– Ensemble, mes amis et collègues… ensemble, nous sommes l'arme la plus précieuse des Allemands en Norvège ! Vous avez entendu ce que Goebbels a dit dans son discours ?! Eh bien, nous sommes les agents dont il parlait ! Nous avons fait un si bon travail que notre réputation a atteint le cœur même de l'Allemagne ! Et elle ne va que s'améliorer ! Ce lieu est notre nouveau quartier général, où nous allons planifier nos missions… et, bien sûr, faire la fête !

Le reste de la bande semble plus détendu, ils lèvent leurs verres. Rinnan fait quelques pas vers la cheminée avant de s'arrêter et de se retourner pour les regarder à nouveau. Puis il vide son cognac d'une traite.

– Nous avons le mandat pour faire ce que nous voulons. Nous pouvons arrêter nos adversaires, les interroger et les exécuter si nécessaire. Tous les moyens sont autorisés. Rappelez-vous comment ils ont essayé de me tuer devant chez moi, alors que mes enfants dormaient à l'intérieur ! C'est la guerre ! Et c'est une guerre que nous allons gagner. Nous allons écraser la Résistance. Ici, dans cette maison, mes amis, nous allons écrire l'Histoire, crie-t-il en levant son verre vide.

Il vrille ses yeux dans le regard de chacun puis lance son verre dans la cheminée, qui fait crépiter les bûches et provoque des étincelles pendant que les éclats de verre heurtent la paroi en briques.

Certains sursautent, d'autres rient, mais Rinnan n'est pas dupe. Il sait désormais qu'ils le craignent et qu'ils sont nerveux face à ce qu'il pourrait faire. C'est ce qu'il veut, car il peut ainsi continuer de les contrôler et sait alors très exactement où il en est avec chacun d'eux. Il allume une autre cigarette et jette un regard circulaire dans la pièce comme si rien ne s'était passé.

Sur ce, il descend inspecter la cave.

N comme noms.

N comme nerfs.

N comme nuit, et les pensées dévorantes qui s'emparent d'Ellen Komissar la nuit dans la chambre à coucher, au numéro 46 de la rue Jonsvannsveien, alors qu'elle ne trouve pas le sommeil. Elle tente de deviner à la respiration de Gerson s'il dort ou non, puis essaie de l'atteindre en chuchotant alors qu'il lui tourne le dos.

– Gerson ?

Dans le noir, on ne voit pas le papier peint, ni les tables de chevet, ni les rideaux. Dans le noir, on ne voit pas les yeux de Gerson qui s'ouvrent et fixent l'obscurité à l'autre bout du lit.

– Oui, répond-il doucement.

Quelques secondes s'écoulent avant qu'Ellen ne reprenne la parole.

– Je ne sais pas si je vais pouvoir vivre ici plus longtemps.

– Mais, Ellen… je croyais qu'on en avait fini de cette discussion ?!

– Je…

– Tu sais que je ne peux pas laisser Jacob seul à Trondheim avec ma mère. Il faut que quelqu'un s'occupe de la boutique…

– Oui, mais pourquoi devons-nous vivre ici… dans cette maison ?

– Tu ne peux pas essayer un peu ? Ça va passer.

– Tu as dit ça avant qu'on s'installe, et ça n'est pas passé. C'est même de pire en pire. Tous les gens que je rencontre me demandent ce que ça fait de vivre ici, si je n'ai…

– Chut, Ellen ! Tu vas réveiller Jannicke !

– Mais tu sais ce qu'ils ont fait en bas, Gerson ? Est-ce que tu le sais ?!

– Oui, bien sûr que je le sais, Ellen, mais c'était il y a longtemps !

– Longtemps ?! Aujourd'hui, Jannicke est encore remontée de la cave avec une balle en me demandant ce que c'était. Je croyais que tu les avais toutes enlevées ?

– Je vais y rejeter un coup d'œil et je vais nettoyer partout. D'accord ?

Pendant quelques secondes, aucun d'eux ne parle. Leurs pensées se fondent dans l'obscurité, ils sont comme deux personnes en fuite la nuit à travers une forêt touffue, essoufflées, effrayées, poussant leur chemin à travers les branches, cherchant une sortie. Gerson en trouve une.

– Tu ne t'es jamais plainte de tous les meurtres qui ont été commis à la forteresse d'Oslo, quand on y est allés… Ni des guerres qui se sont déroulées à l'étranger. C'est du passé ! Nous devons penser à l'avenir !

– Je…

– Tu ne pourrais pas au moins essayer, Ellen ?

– Je suppose que si…

– Bien… Maintenant, il faut vraiment que je dorme. Bonne nuit, Ellen.

– Bonne nuit.

O

O comme ongles. Un après-midi, au milieu des années 1950, les deux sœurs montent l'escalier qui mène aux chambres du grenier. La porte fermée devant elles donne sur la pièce avec la fenêtre en demi-lune, où elles n'ont pas le droit d'entrer parce que leur mère s'y repose actuellement : elle souffre encore d'une migraine et a besoin qu'on la laisse tranquille. Mais sur leur gauche se trouvent deux petites pièces, où elles ont en revanche le droit d'aller. L'une d'elles héberge le Club de la Bougie, la chambre mansardée – secrète selon Jannicke – à laquelle on ne peut accéder sans s'accroupir et ramper. Aujourd'hui, c'est la sœur aînée qui ouvre la marche, une bougie à la main dont la flamme vacille, et montre à Grete, avec un mélange d'horreur et de plaisir, ce qu'elle y a trouvé : un petit sachet, fermé par un bout de ficelle et contenant quelque chose d'étrange, des machins durs et secs, légèrement bombés. Quelques secondes s'écoulent avant que Grete ne comprenne de quoi il s'agit. Ce sont des ongles. Et pas seulement des rognures d'ongles. Mais des ongles entiers, ayant appartenu à des êtres humains.

O comme œil. Le regard vide, un bœuf broute d'une mastication lente et monomaniaque dans le pacage d'une ferme située à la sortie de Trondheim. Nous sommes en août 1944 et le son des voix pousse l'animal à lever les yeux. Il voit trois hommes et une femme escalader la clôture. Il s'agit de Rinnan, Karl, Ivar et Inga.

– Oh mon Dieu, mais il est énorme ! s'exclame Inga, en jetant un coup d'œil à Henry et en gloussant.

Rinnan baisse lentement la tête, inspire à pleins poumons, gratte du pied le sol et émet soudain un cri tonitruant, plus vrai que nature :

– MEUEUEUH !

Tout le monde éclate de rire. Le bœuf secoue la queue puis la tête pour chasser une mouche avant de se pencher et de se remettre à manger. Rinnan réalise un nœud coulant avec la corde qu'il tient dans une main, ce qui ne lui pose aucune difficulté puisqu'il l'a fait maintes et maintes fois, enfant, quand il s'entraînait à être un cow-boy – sauf qu'aujourd'hui il en est vraiment un. Le sol est boueux. Ivar jure comme un charretier car il vient de marcher dans une bouse et provoque ainsi des éclats de rire chez Rinnan et Inga. Le bœuf les regarde à nouveau, avec ses gros yeux noirs, alors que le lasso n'atteint jamais sa cible. Ils finissent par s'approcher et par placer le lasso au-dessus de sa tête avant de pouvoir enfin ouvrir le portail et emmener la bête à l'extérieur du champ. Karl attache la corde au pare-chocs arrière du camion, puis ils retournent à petite vitesse au Cloître de la Bande, en forçant le bovin à marcher derrière la voiture. Il a beau écarquiller les yeux et tirer sur sa longe, il est contraint de les suivre, sa bouche bave tout au long du chemin.

Une fois le camion garé au bas de la maison, à côté de la clôture de barbelés et des gardes, Karl défait le nœud et mène l'animal sur les derniers mètres. Pendant ce temps, Rinnan marche près de lui en faisant semblant de conduire. Les deux soldats allemands referment le portail sur eux, un peu ébahis lorsqu'il les dépasse avec son volant imaginaire entre les mains et en faisant des bruits de moteur, ce qui semble en revanche ravir les deux agents féminins.

– Tiens, et si on se garait ici, Karl ? dit Rinnan en descendant une vitre imaginaire. Excusez-moi, mesdames ? Puis-je me garer ici ?

L'une d'elles se penche et répond :

– Bien sûr.

Puis elle les dirige vers le jardin.

– De quel genre de voiture s'agit-il ? veut savoir Inga.

– C'est une Ford Model A-bone, explique Rinnan, qui suscite l'hilarité d'Inga – mais son rire strident effraie le bœuf, lequel déploie soudain ses cinq cents kilos dans la direction opposée. Et comme vous pouvez le voir, il a pas mal de chevaux... euh, je veux dire... de bœufs.

Tout le monde rit à présent, sauf Karl qui tire de toutes ses forces sur la corde.

– Tiens bon, Karl, dit Rinnan.

Il abandonne sa parodie de chauffeur et s'écarte. Il sort son pistolet du holster et joue avec pendant quelques instants.

– Je trouve qu'on manquait sacrément de viande fraîche ces derniers temps. Allez, sortez vos armes, tous !

Chacun obéit, pointe son pistolet et sa mitraillette sur la bête, qui sent l'agressivité dirigée contre elle et essaie de s'éloigner, mais Karl garde une prise ferme. L'animal beugle.

– Tout le monde, à trois. Un... deux...

S'ensuit une salve de tirs, presque simultanés, comme à un peloton d'exécution. Les soldats allemands regardent la scène avec stupéfaction. Le bœuf pousse un bref mugissement avant de s'effondrer. Ses gros yeux globuleux clignent, ses pattes grattent le sol dans un mouvement qui rappellerait une course, un jet d'urine éclabousse les chevilles d'Inga et d'Ivar, les obligeant à sauter sur le côté.

– Ben voilà ! Bienvenue à l'abattoir, tout le monde. Tu peux aller chercher des couteaux, Karl ?

Quelques secondes plus tard, Karl revient avec un couteau de cuisine dans chaque main. Il les tend d'un air interrogatif, mais personne ne semble vouloir en prendre un. Personne n'en a envie.

– OK. Dans ce cas tu commences, Karl, dit Rinnan.

C'est un ordre, et il est compris comme tel.

Karl s'agenouille et pousse la pointe du couteau contre le poil sec et brun clair du ventre de l'animal. Hésitant, il interroge Rinnan d'un regard perplexe.

– Je n'ai jamais fait ça, moi…

– Allez, Karl ! On voudrait bien préparer le dîner avant Noël, si ça ne te dérange pas.

Les autres lâchent un rire nerveux. Karl appuie à nouveau la pointe du couteau sur l'animal et l'enfonce. Le sang gicle immédiatement sur sa main alors que la lame glisse dans la chair. Deux mouches s'envolent du pelage de l'animal et s'éloignent du cadavre, chacune dans une direction. Tout le monde est comme hypnotisé quand Karl ouvre le ventre de l'animal en décrivant une longue entaille qui libère les intestins, luisants, lisses, dans des tons à la fois violets, grisâtres, jaunes et rouges.

– Ben tu vois que tu y es arrivé, dit Rinnan en tapotant l'épaule de Karl, avant de se tourner vers les autres : Y a plus qu'à se servir, les amis, c'est buffet libre. Taillez-vous-en un morceau, gros ou petit comme ça vous tente, emportez-le en cuisine, nos chefs s'occuperont du reste.

Sauf que c'est plus facile à dire qu'à faire. Néanmoins, ils se relaient pour couper des morceaux de viande, du sang plein les bras, pendant plusieurs minutes saturées de dégoût, d'excitation et de rires. Après quoi ils emportent la viande dans la maison et laissent la carcasse traîner dans le jardin.

O comme oreilles, les oreilles des soldats qui ressembleraient presque à des coquilles de moules quand elles sortent de leur casque métallique, ou à des nourrissons qui attendent de naître, des modèles de fœtus, recroquevillés dans le placenta.

O comme opprobre.

O comme octobre, le 7 octobre 1942.

P

P comme pardon.

P comme pathologie, comme pansement, comme pastilles pour la gorge – tous les soins dispensés par les infirmières du camp, que l'on peut aller voir si on est enrhumé, si on a des ampoules aux doigts après avoir travaillé à la carrière ou une blessure au pied, si on s'est coupé à la scierie. L'infirmerie est le lieu où l'humain existe encore, où les soins si simples apportés aux prisonniers rappellent le caractère tout bonnement humain du geste. Du moins au début, du moins jusqu'à ce que la situation se durcisse. On te rapporte la phrase de Flesch, lors de sa première visite à Falstad, quand il a trouvé trois détenus juifs à l'infirmerie et a appris la raison pour laquelle l'administration du camp dépensait du temps et de l'argent pour des Juifs malades :

– Trois balles, et on est débarrassé du problème.

P comme pervitine, cette méthamphétamine dont Rinnan va bientôt manquer et qui l'oblige à faire un détour par le bureau de Flesch au Misjonhotellet pour en demander davantage.

– Donc ça a bien fonctionné, non ? demande Flesch en souriant.

Il sort du tiroir de son bureau un tube métallique et le lui tend. Rinnan le remercie, en allemand. Il réprime son envie d'en prendre tout de suite et le remercie une seconde fois. Il franchit la porte et ressasse mentalement la quantité de missions qui l'attendent. Sitôt dans le couloir, il enfourne un cachet, dont l'effet se fait ressentir quelques minutes plus tard : une soudaine lucidité, une force recouvrée qui bouillonne en lui et le pousse à taper des doigts sur le volant en rentrant chez lui.

P comme plan, comme projet.

En cet après-midi du milieu des années 1950, Ellen descend l'escalier de la villa en tenant dans une main, au fond de la poche de sa jupe, un billet de cinq couronnes. Elle sent l'odeur des boulettes de viande qui cuisent dans la poêle, elle entend l'eau des pommes de terre qui bout sur la cuisinière, et la tension monte en elle car le moment est venu, elle en est tout à fait sûre maintenant. Elle a déjà imaginé cette scène alors qu'elle se reposait à l'étage, mais nul ne doit percevoir quoi que ce soit. Elle entre donc dans la cuisine, sourit à la nourrice danoise, lui dit à quel point ça sent bon, demande si elle a besoin d'aide, mais la nourrice lui répond que tout va bien. Sachant qu'elle lui dirait ça, Ellen ressort, vérifie que les enfants sont occupés et prend la direction de la salle de bains. Dans le couloir, elle remet la main à sa poche et, en passant devant le manteau de la nourrice qui y est accroché, elle y glisse rapidement le billet, le cœur battant, avant de continuer vers la salle de bains. Elle jette un coup d'œil autour d'elle en ouvrant la porte, personne ne l'a vue. Elle la referme, cligne des yeux devant le miroir et voit sur son visage se dessiner un large sourire, dont elle doit vite se débarrasser. Elle tire la chasse d'eau pour ne pas susciter de soupçon, se lave les mains, se regarde à nouveau dans le miroir et ressort. Elle passe un peu de temps avec les filles, les aide à faire leurs devoirs, consciente qu'elle doit se retenir et ne surtout pas paraître enthousiaste, sans quoi elle serait démasquée.

La porte d'entrée s'ouvre peu après, Gerson crie « Hé ho ?! » puis il vient les rejoindre. Elle attend encore.

Elle attend que le repas soit servi. Elle attend que tout le monde ait versé de la sauce sur ses pommes de terre et commencé à manger.

Là seulement, après que Gerson leur a parlé des recettes de la journée au magasin, elle lui demande, d'un ton hésitant, comme au détour de la conversation :

– En parlant d'argent, Gerson… Tu as pris ce billet de cinq couronnes que j'avais posé ce matin sur le buffet ?

Gerson la regarde, perplexe. Jannicke lève les yeux de son assiette.

– Un billet de cinq couronnes ?

– Oui, je l'ai mis sur le buffet ce matin, je m'en souviens bien parce que je comptais le prendre pour aller en ville par la suite. Mais quand je suis redescendue après m'être préparée, tu étais déjà parti et le billet n'était plus là. J'ai supposé que tu en avais besoin pour acheter quelque chose…

– Non. Je ne l'ai pas vu.

Gerson coupe une boulette de viande dont l'intérieur est marron clair. La nourrice a entre-temps arrêté de manger. Elle ne dit rien, ne bouge pas, avec ses mains si fines et si adorables et son si joli visage – et peut-être, pense Ellen en séchant les coins de sa bouche avec une serviette, entrevoit-elle ce qui est sur le point d'arriver.

– Et toi ? lui demande-t-elle. Se pourrait-il que tu l'aies rangé à ton arrivée ? Ou que tu l'aies pris pour aller faire les courses ?

– Non, répond la nourrice, catégorique, mais un peu nerveuse, presque effrayée, sans doute parce qu'elle sent poindre une accusation.

– Non non, je vois… dit Ellen. Pourtant il ne peut pas s'être volatilisé sans laisser de traces, n'est-ce pas ?

Les deux filles relèvent la tête. Le seul bruit dans la cuisine vient du tic-tac de la pendule du grand-père et du cliquetis des couverts dans les assiettes lorsque les enfants coupent leur nourriture ou poussent la sauce.

– Peut-être que tu l'as mis ailleurs ? Ou que tu l'as perdu quelque part ? demande Gerson. Je suis sûr qu'il y a une explication.

– Tu crois ça ? rétorque Ellen sèchement.

Elle plante sa fourchette dans une boulette de viande et la tient devant ses lèvres.

– Enfin bon, ce n'est pas la première fois que de l'argent disparaît dans cette maison… glisse-t-elle, à voix basse, comme si elle ne s'adressait à personne en particulier, car elle doit abattre ses cartes avec finesse et prudence.

Gerson pose son couteau et sa fourchette, avec une véhémence manifeste, capable de répercuter la frustration qu'il sent monter en lui. Ils se regardent. Deux volontés face à face.

– Très bien. Qu'est-ce que je dois faire selon toi, Ellen ?

Ellen finit de mâcher et hausse ses épaules.

– Je ne sais pas, moi… D'après toi ? Peut-être que dans le fond c'est très bien si certaines choses disparaissent, non ?

À ces mots, elle fixe la nourrice, qui baisse à présent la tête.

– Dieu du ciel ! dit Gerson. Tu veux que je regarde dans son sac, c'est ça ?

– Je n'ai pas de sac, dit la nourrice. Je garde tout dans mon manteau.

– Boon… Est-ce que je peux y jeter un œil ? Si ça ne te dérange pas, bien sûr ? lui demande-t-il.

Elle acquiesce doucement, comme si elle connaissait déjà la suite. Ellen se retient de sourire. La chaise de Gerson gratte le parquet quand il la recule. Puis il sort dans le couloir.

– Qu'est-ce qu'il y a, papa ? veut savoir Jannicke.

– Rien. Ce n'est rien, mon trésor, répond Ellen.

Ellen pose une main sur celle de sa fille, si douce contre la sienne, et remarque que la nourrice a les yeux rivés sur elle. Elle relève la tête, en feignant l'indifférence, comme si de rien n'était, tandis que la nourrice la foudroie du regard et serre les lèvres.

Gerson revient, décontenancé, le billet de cinq couronnes dans la main.

– C'est celui-là ? demande-t-il.

Ellen confirme d'un signe de tête.

– C'était dans mon manteau ? demande la nourrice danoise.

Un franc étonnement se lit sur son visage quand elle pose la question, puis Ellen la voit échanger des regards avec Gerson. Celui-ci prend alors une profonde inspiration et se tourne vers son épouse, qu'il toise d'un air scrutateur.

– Ce n'est pas moi qui l'ai mis là, dit-elle en se levant. Mais très bien. Je ne peux pas rester plus longtemps.

Elle s'éloigne de la table, les larmes aux yeux. Cela ne se passe pas tout à fait comme Ellen l'avait imaginé, elle avait espéré que Gerson serait un peu plus convaincu, car elle voit nettement le doute s'emparer de lui. Il fixe Ellen d'un regard glacial. Puis il emboîte le pas de la nourrice, essaie de lui parler – en vain. Elle fait ses valises pendant qu'Ellen et les enfants terminent leur dîner et, une demi-heure plus tard, elle est sortie de leur vie.

P comme Pale, comme Parytchy.

P comme pogrom, ou погром : un terme dérivé d'un verbe russe signifiant *écraser* ou *détruire*, par n'importe quel moyen, aussi terrible soit-il, pour se débarrasser des Juifs : attaque après attaque, avant même que quiconque ait terminé d'en élaborer la pensée.

L'idée de la *Solution finale* a grandi au fil des siècles. Comme une plante qui aurait étendu ses racines dans différentes directions, en se frayant un chemin à travers la roche souterraine, l'argile et le gravier pour atteindre la lumière. Il faut cependant attendre le 20 janvier 1942 – le jour où tu as été transféré de la prison de Trondheim au camp de concentration de Falstad – pour que la réflexion prenne forme autour d'une table de réunion dans la villa Marlier au bord du Wannsee, à Berlin. Cette réflexion selon laquelle la seule façon de résoudre une fois pour toutes la prétendue question juive consiste à faire ce qui est nécessaire : éliminer tous les Juifs de la surface de la planète.

Réunir tous les Juifs, pratiquants ou non, leurs conjoints et leurs enfants, et les anéantir.

Rassembler leurs textes sacrés, leurs traditions et leurs recettes, leurs rouleaux de la Torah et leurs chandeliers, et tout détruire, jusqu'à ce que le monde ne soit plus pollué et affaibli par le judaïsme.

Cette idée est comme une molécule, une recette, un bâtiment, et ses composants sont des récits et des fantasmes : les Juifs utiliseraient des enfants pour fabriquer des saucisses ; les Juifs contrôleraient l'économie, seraient responsables des mauvaises récoltes, des tempêtes, des maladies, des fléaux. La tentative la plus notoire pour salir les Juifs du monde entier est un pamphlet intitulé *Les Protocoles des Sages de Sion*, publié pour la première fois en Russie, en 1905. Il décrit un congrès secret qui se serait tenu à Bâle en 1897 – mais qui n'a jamais eu lieu – où des Juifs de différentes nations auraient organisé un complot afin de dominer le monde. Fabriqué par la police secrète du tsar, le document s'enracine dans des superstitions et une vieille propagande. L'histoire des pogroms n'en reste pas moins beaucoup plus ancienne. L'un des premiers a lieu dans les décennies avant notre ère, lorsque les Romains s'en prennent à la population juive de Judée, dispersant les Juifs dans les régions limitrophes et même au-delà. Plus tard, en 1096, les croisés allemands et français massacrent les communautés juives des villes de Speyer, Worms et Mainz, tuant environ deux mille personnes ; et, en 1563 à Polotsk, tous ceux qui refusent de se convertir au christianisme orthodoxe sont noyés dans le fleuve Dvina.

Entre 1881 et 1884, dans ton enfance, plus de deux cents attaques visent les peuplements juifs de l'Empire russe. En 1791 déjà, l'impératrice Catherine II décide de regrouper les Juifs de Russie dans un secteur géographique spécifique nommé *Zone de Résidence* – ou *Pale of Settlement* en anglais, mot dérivé du latin *palus*, qui signifie à la fois *pieu* et par extension *frontière*. Cette Zone de Résidence englobe un vaste territoire correspondant aujourd'hui à la Lituanie, la Pologne, la Biélorussie et l'Ukraine. La population juive vit dans de petits villages appelés *shtetls* et voit ses droits toujours plus bafoués. Tes parents habitaient dans l'un de ces villages, à Parytchy, au sud de Minsk. Qui sait la peur qu'ils éprouvaient dans les venelles sales et boueuses qui sillonnaient des maisons de fortune en briques et en planches. Leur quotidien était rythmé par le travail dans les champs ou sur le marché, par la vapeur des lessiveuses et l'odeur des poêles à bois, par les aboiements et les chants. Les champs, la saleté, la sueur – que sais-je. Combien de centaines de milliers de personnes ont dû fuir les agressions et la violence croissantes ? Selon certaines sources, ils auraient été deux millions. Moritz Glott s'est d'abord rendu à Vilnius où il est entré en apprentissage dans une usine de tabac, avant de partir étudier en Allemagne et en Angleterre, pour finalement se retrouver en Norvège.

Et toi ? Dans ce long trajet qui t'emmenait vers l'ouest de l'Europe, as-tu d'abord voyagé à cheval et en charrette, ou en train ? Ou bien l'as-tu fait à pied ?

Parmi les rares notes qu'il consacre à sa famille, Gerson a écrit :

> *Dans la mesure où nous, les enfants Komissar, avons grandi sans contact quotidien avec nos parents proches ou éloignés, le terme même de* famille *avait pour ainsi dire disparu de notre horizon. Notre relation avec nos grands-parents était exclusivement liée aux lettres bleues que notre père envoyait régulièrement par avion en Biélorussie, écrites en yiddish avec l'alphabet hébraïque et qui se terminaient par un court salut de notre part, les petits. Mais ces courriers ont ensuite cessé, sans doute à la mort de mon grand-père. Il ne nous parlait jamais de la santé ou des conditions de vie de ses parents. [...]*
>
> *La très faible implication de nos parents vis-à-vis de leurs racines s'est perpétuée dans le regard que nous portions sur les générations précédentes : nous avons totalement perdu toute perspective de nos grands-parents et de ce qu'ils avaient entrepris. L'explication la plus probable réside dans le fait que la distance entre le présent et le passé était trop grande.*

Qu'as-tu évité de raconter à tes enfants ? Les agressions soudaines ? Les commerces détruits par des crapules, les fenêtres brisées, les jeunes garçons battus, les femmes violées ? Vous qui êtes partis, les autres et toi-même, que saviez-vous des persécutions qui se déroulaient dans votre pays natal, ainsi du pogrom de Częstochowa où une foule furieuse a ravagé les magasins, tué quatorze Juifs et lapidé les soldats russes déployés pour stopper ces assauts ? Vous avez dû trouver la vie à Oslo et à Trondheim paisible et simple, avec vos amis et votre famille qui vivaient autour du quartier de Grünerløkka, qui se retrouvaient sur les bancs de l'Olaf Ryes plass, qui ont créé des commerces et ont eu des enfants, alors que la situation empirait dans les régions que vous aviez quittées. La nouvelle est peut-être parvenue à la congrégation des communautés juives d'Oslo et de Trondheim, et avec elle les inquiétudes, car de 1903 à 1906 s'est produite *la deuxième vague* de pogroms – comme on l'appelle – dans la Russie tsariste, où plusieurs dizaines de milliers de gens ont perdu la vie en essayant de se protéger, eux et leurs familles. Avec quelles armes se sont-ils défendus ? Des couteaux, des pioches, des fourches ?

L'aversion à l'encontre des Juifs existe toujours. Elle est toujours en embuscade, a priori imperceptible sous la surface, et rejaillit à de rares occasions, notamment aux informations quand il est question des harcèlements subis par les enfants juifs dans les écoles européennes ou des coups de feu tirés en 2006 sur la synagogue d'Oslo, sur le bâtiment dont les arrière-arrière-grands-parents de mes enfants ont cofinancé la construction : ils ont pris part à sa conception, se sont impliqués dans son animation et la célébration des fêtes juives, ont versé leur quote-part pour l'achat de meubles et le paiement des employés, des factures de chauffage, de l'entretien. À Oslo comme à Trondheim, les différentes branches de la famille Rikke étaient actives au sein de la congrégation et de la communauté juive, tandis que d'autres s'en sont retirées et se sont davantage assimilées au mode de vie norvégien.

J'ai parfois ressenti moi-même un malaise face à cette identité en remarquant que mon fils, au recto des invitations qu'il réalisait en vue de sa fête d'anniversaire, dessinait presque toujours une étoile de David au crayon de couleur ou au feutre, sans que j'en comprenne la raison ou que je sache d'où il la tenait puisque aucun de nous n'est croyant. C'est cette peur que Rikke dit avoir ressentie pendant son enfance. Même dans un pays aussi paisible que la Norvège, on sent ce qui se cache sous la surface.

La liste des pogroms est longue, et elle est avant tout une leçon de cruauté. Ainsi du pogrom de Jedwabne en Pologne, en 1941, où le rabbin juif a été forcé de mener une procession d'une quarantaine de membres de la congrégation, qui ont finalement été poussés dans une grange, assassinés et enterrés avec des fragments détruits d'une statue de Lénine. Le même jour, entre deux cents et trois cent cinquante personnes ont été forcées à entrer dans cette même grange – qui a été fermée à clé et incendiée. Je ne peux imaginer ce que c'est d'inhaler un air si chaud qu'il vous brûle les poumons, ni de tenir dans vos bras votre femme ou votre frère ou votre enfant, pendant que les étincelles tourbillonnent dans la pièce, que le foin et le bois crépitent et sifflent, que la chaleur vous étouffe, que vous êtes brûlé vif.

Il existe un autre événement que de nombreux historiens considèrent comme le prélude à la Shoah : le massacre de Babi Yar, à Kiev, en 1941. Babi Yar, qui signifie *ravin de la vieille femme*, fait référence à un ravin qui marquait autrefois la limite du royaume de Kiev, où les soldats en faction qui s'ennuyaient avaient souvent la visite de leur petite amie.

Le massacre s'est déroulé les 28 et 29 septembre 1941. Après l'occupation de la ville par les nazis dix jours plus tôt, le commandant de l'Einsatzgruppe C fait courir la rumeur selon laquelle tous les Juifs vont être transportés en train jusqu'à la mer Noire et, de là, en Palestine. Tout le monde est alors rassemblé et conduit hors de la ville. Un garçon appelé Rubin Stein, l'un des rares survivants, déclarera plus tard que ces Juifs sont arrêtés à cinq endroits le long de la route, à cinq postes différents :

> *Au premier poste, ils ont pris nos papiers d'identité et les ont jetés dans un feu. Au deuxième poste, ils ont pris tous nos bijoux, nos bagues et nos dents en or. Au troisième poste, ils ont pris les fourrures et les beaux vêtements, et au quatrième poste, nos valises qui ont rejoint un tas déjà énorme.*

Au dernier poste, les femmes et les enfants ont été séparés des hommes et des adolescents. C'est là que j'ai perdu ma mère de vue.

Le garçon de dix ans a réussi à se cacher dans un conduit, je ne sais pas de quel type, mais c'était peut-être l'un de ces conduits en béton qui dévient les ruisseaux sous la route, comme ceux dans lesquels je jouais quand j'étais enfant.

Selon le rapport qui a été envoyé à Berlin peu après, 33 771 femmes, hommes, garçons et filles juifs ont été tués par balle, leurs corps tombant ensuite directement dans le ravin en question. L'ensemble de l'opération a duré trente-six heures. Rubin Stein est l'un des vingt-neuf survivants.

Alors que j'écris ces lignes, il me vient soudain à l'esprit que certains ascendants de mes enfants figuraient sans doute parmi les victimes car ils étaient tous originaires de cette région, la province juive enclavée au sein de l'Empire russe. Autant d'histoires interrompues net.

Q

Q comme Quisling, dont le nom est devenu synonyme du traître par excellence. Jeune homme, Vidkun Quisling n'a eu de cesse de se chercher, testant des voies très différentes, jusqu'à ce qu'il fonde et devienne un enthousiaste promoteur du parti fasciste norvégien, le Nasjonal Samling. Le nazi convaincu qu'il était a lui aussi, dans l'immédiat après-guerre, exagéré son rôle en invoquant ses supposées réalisations, qui révélaient en fait sa volonté la plus profonde, à l'œuvre chez tant de jeunes hommes : le désir ardent d'être quelqu'un d'important.

R

R comme Rikke.

– J'ai toujours su que quelque chose était différent chez ma mère et mon beau-père. Rien que le fait que nous décorions un yucca dans le salon au lieu d'un sapin de Noël et que nous mangions un steak le soir du réveillon au lieu du traditionnel travers de porc. Mais juive ? Je ne me suis jamais assimilée à ce terme, cette identité englobe tellement de choses. J'ai un père originaire de l'ouest de la Norvège, un beau-père du sud et une mère d'Oslo. En plus, nous n'avons jamais commémoré aucune tradition juive à la maison. Il n'empêche que j'ai toujours eu une attirance plus forte pour le côté Komissar de la famille. À cause de l'art et de la culture, de la nourriture et de l'intérêt pour la politique et la société. C'est quelque chose d'assez indéfinissable, de petites touches de judaïsme ici et là, comme le chandelier à huit branches que mon grand-père, ma grand-mère et Lillemor avaient tous chez eux. Ou encore le pain azyme que me donnait tante Jane. Être juive implique notamment de considérer que je serais probablement morte en 1943. C'est la prise de conscience qu'une partie de moi est indésirable pour beaucoup de gens, à ce point indésirable qu'ils sont prêts à tuer pour m'éliminer. Moi ? Pourtant je suis norvégienne. Tout comme mes grands-parents maternels se sentaient norvégiens. Je me souviens du jour où j'ai demandé à mon grand-père pourquoi la judéité l'intéressait si peu, ce à quoi il a répondu : « Je ne suis pas juif, je suis un être humain. » Deux événements, qui ont eu lieu dans mon enfance, m'ont particulièrement marquée. Le premier s'est passé quand j'étais à l'école primaire. Il y avait ce garçon, dont tout le monde savait qu'il était juif. Il rentrait souvent à pied de l'école avec moi, peut-être parce qu'il connaissait le passé familial de ma mère. Un jour, trois garçons un peu plus grands que nous se sont approchés, alors qu'on discutait dans la rue. Ils sont allés directement vers lui et ont commencé à le pousser en criant ce mot : « Juif ! » Je me souviens que j'ai eu peur et que, pour la première fois, j'ai été frappée de constater que ce mot pouvait être utilisé comme une insulte, et enfin que personne ne devait connaître mon passé. Le garçon qu'ils ont harcelé n'a rien dit, même s'il devait le savoir. Alors qu'il aurait pu me montrer du doigt pour déplacer leur attention sur moi, il s'est contenté de se recroqueviller et d'enfouir sa tête dans ses mains, jusqu'à ce qu'ils s'ennuient et passent à autre chose. Ensuite, on est rentrés à la maison en silence pendant que j'avais honte de ne pas les avoir arrêtés. J'aurais dû faire quelque chose. L'autre événement s'est produit bien des années plus tard, lorsque quelqu'un que je n'avais jamais vu distribuait dans la cour de l'école des tracts néonazis qui réclamaient l'extermination des Juifs. Je me souviens d'avoir été choquée et d'avoir senti un nœud à l'estomac. Est-ce que ça s'appliquait aussi à moi ? Je n'en étais pas sûre, mais à ce moment-là j'ai décidé de dire quelque chose. Je ne pouvais plus garder le silence à ce sujet pour le restant de mes jours.

R comme racines, ces racines de sapin que tu es parfois contraint de déterrer puis de scier. Une tâche si épuisante que tu peux à peine tenir ta cuillère et que la soupe déborde parce que ta main n'arrête pas de trembler ; et R comme repos, le soir, lorsque la fumée de cigarette flotte dans la cour de promenade, que l'air se remplit de brèves discussions et du caquetage des colverts qui se rassemblent avant de migrer vers le sud pour l'hiver.

R comme rumeurs, comme réputation, comme rang, comme Rinnan.

R comme Rørvik.

Nous sommes le 7 septembre 1944 et Rinnan est tiré de son sommeil par des cognements à la porte de sa chambre. Il a la langue sèche, mal au crâne d'avoir trop bu, mais il prend une profonde inspiration et se redresse. Il entend de nouveau frapper à la porte puis Karl lui demande s'il est réveillé et lui dit qu'il y a un coup de fil pour lui. Rinnan regarde son réveil sur la table de chevet, il n'est que 7 h 15. Il s'est passé quelque chose, pense-t-il avant de répondre qu'il arrive. Il repousse la couette dans un souffle et pose les pieds sur le plancher froid. Il n'y a personne à côté de lui. J'ai dû dormir seul, se dit-il. Il repense à la veille, aux visages éclairés de sourires et éclatant de rire, à la liqueur qui dégoulinait sur le menton d'Inga. Il se rappelle l'avoir empêchée de l'essuyer, l'avoir embrassée en léchant la goutte ; et elle a aimé, il l'a bien vu. Ils sont allés chercher davantage d'alcool à la cave et ont profité de leur présence en bas pour sortir de sa cellule un des prisonniers, un jeune homme terrorisé – et il avait toutes les raisons de l'être après avoir été trop bête pour refuser de parler – que Karl a forcé à s'asseoir sur une chaise, après quoi ils se sont entraînés à lui tirer dessus au pistolet, en devant viser la tête sans la toucher. Le potin que ça faisait, nom de Dieu ! Ils en restaient chaque fois comme deux ronds de flan : l'écho assourdissant des coups de feu entre les cloisons, les balles qui explosaient les panneaux muraux et finissaient dans la maçonnerie. Hier soir, il a même inventé un nouveau jeu qu'il a appelé *droite/gauche*. Ça consistait à crier « à droite » ou « à gauche » et le prisonnier devait se pencher à toute blinde d'un côté ou de l'autre pour éviter de se faire descendre. La trouille du gars… Putain ce qu'ils se sont marrés ! « À DROITE ! » Rinnan tirait, touchait le dossier de la chaise pile à l'endroit qu'il visait, pendant que le prisonnier se penchait le plus possible. Ils ont joué comme ça plusieurs parties, jusqu'à ce que Rinnan ait envie de continuer de boire. Or, au moment de se retourner, Inga était remontée à l'étage. Il était quelle heure ? 2 heures ?

Rinnan enfile sa chemise et son pantalon et se penche vers le miroir. Il sort le peigne de sa poche arrière et se recoiffe avant de quitter la chambre. Il passe devant la cuisine, où les assiettes sales s'empilent dans l'évier et où un de ses acolytes dort sur le canapé. Il le secoue, lui demande de reprendre l'interrogatoire des prisonniers à la cave. À côté, Karl lui explique que Flesch a téléphoné et qu'il attend un appel de Rinnan le plus vite possible. Le plus vite possible ? Ça n'augure rien de bon. L'espace d'un instant, il redoute d'avoir commis une erreur et de se faire remonter les bretelles, mais à cause de quoi ?

– Bon, faut qu'on y aille, dit-il.

Il prend une saucisse fumée dans le réfrigérateur et se verse un verre de lait. Entendant des bruits à la cuisine, leur berger allemand les rejoint avec de grands yeux implorants et des griffes qui cliquettent sur le parquet.

– Tiens, regarde, lui dit Rinnan.

De plaisir, le chien agite la queue frénétiquement, sans se douter qu'elle claque ainsi contre l'encadrement de la porte. Rinnan coupe un morceau de saucisse et le lui tend, laisse le berger allemand le lui manger directement dans la main puis lui caresse le dos. Sitôt qu'il a avalé une grande bouchée du bout restant, son mal de crâne revient. Il faut que je boive, se dit-il, et il vide d'une traite le verre de lait. Des cris de douleur montent de la cave, ce qui signifie qu'en bas ils se sont remis au boulot – tant mieux. Ils doivent absolument soutirer des noms à ce prisonnier afin de découvrir une nouvelle branche de la Résistance, pense-t-il, tout en prenant une autre bouchée et en sortant dans le couloir pour mettre son manteau et ses bottes. Karl lui emboîte le pas, ils s'installent dans la voiture et franchissent le portail en passant devant les gardes armés et les fils barbelés. Chaque fois qu'il fait un signe de tête à ces soldats allemands, il éprouve une certaine fierté en songeant à ce qu'il a accompli. Tout ça, c'est *lui* qui l'a construit. Si seulement ils savaient, les gens de Levanger. S'ils pouvaient le voir à l'heure qu'il est, pense-t-il. Il sort une cigarette de son étui, la tapote contre le couvercle et l'allume. Il voit les gens partir travailler, le col de leur manteau relevé jusqu'aux oreilles et leur étrange carnet de rationnement caché dans leurs poches intérieures. Alors que lui ! Il est véhiculé par son chauffeur personnel, gagne dix fois le salaire moyen et peut s'acheter tout ce qu'il veut.

Ils se garent devant le Misjonhotellet. Les soldats le saluent en lui ouvrant la porte. Il sourit aux secrétaires et file dans le bureau de Flesch. Il y a deux semaines, Flesch lui a ordonné d'arrêter le plus possible de résistants membres du réseau Milorg, dans la région de Vikna. En février 1943, Rinnan a infiltré le groupe sous le nom d'Olaf Wisth et il sait désormais tout des cinquante membres qui le composent. Mais il ne s'est pas lui-même rendu sur les lieux : lassé par ces allées et venues permanentes et préférant rester au Cloître de la Bande, il a envoyé Karl Dolmen, qui a fait un travail remarquable. Avec l'aide des Allemands, ils ont arrêté de nombreux membres de Milorg, dont Bjørn Holm que Rinnan savait responsable d'un trafic d'armes, ainsi qu'un certain pasteur Moe.

– Lors de l'interrogatoire, dit Flesch, le prisonnier a avoué qu'il y avait un entrepôt contenant cinq cents pistolets-mitrailleurs. Cinq cents ! Nous prenons ces signaux *très* au sérieux.

L'officier explique que, depuis le débarquement des Alliés en Normandie en juin dernier, l'Allemagne redoute une invasion similaire sur la côte ouest de la Norvège, à Vikna très précisément. Rinnan ne cesse de sourire à Flesch pendant que l'interprète traduit, il ne s'est décidément jamais habitué à ces interruptions forcées.

– Votre mission, Rinnan, est de vous rendre sur place au plus vite, de trouver cet arsenal et de le confisquer. L'ordre vient de la plus haute autorité, précise-t-il, laissant entendre que c'est le Führer en personne qui a ordonné l'opération. Si les gens ne coopèrent pas et si vous ne trouvez rien, vous avez l'ordre d'abattre deux otages choisis au hasard. Comme ça ils verront que nous ne plaisantons pas.

Rinnan a beau lui assurer qu'il va trouver la cache d'armes, il ne peut se départir d'une inquiétude croissante dès qu'il passe la porte et rentre chez lui faire ses valises, le pressentiment diffus que quelque chose ne colle pas : pourquoi n'est-il pas au courant de cet arsenal ? Il sait que des armes sont entreposées dans la région de Vikna, mais… dans de telles proportions ? Quand sont-elles arrivées ? Et pourquoi aucun de ses contacts négatifs n'en a parlé, ni d'ailleurs de l'énorme opération que la Résistance prépare visiblement ?

Les bâtiments et les gens passent dans son champ de vision sans qu'il leur prête attention. Il fait défiler dans sa tête les différents endroits, revoit les caves, les visages, essaie d'imaginer ce qu'il aurait pu négliger, qui il ne connaît pas, dans quelle ferme ? Dans quel village ? Ou sur quelle île ?

Il passe chez lui, joue avec les enfants, embrasse Klara à la va-vite sur la joue, uniquement pour que les petits le voient, se fiche de la froideur entre elle et lui, attendu qu'il n'a aucun problème à se trouver d'autres femmes, absolument aucun, pense-t-il. Puis il part accomplir sa mission. Il donne la consigne à deux de ses agents dans la région de prendre le *Rusken*, l'un des bateaux confisqués, et de partir en mer pendant qu'il rassemblera des troupes allemandes et les rejoindra en voiture. Il leur donne une liste d'hommes qui doivent être arrêtés et poussés aux aveux. Il monte dans l'un des camions et se met en route. Il ne voit pas ce grand bateau de cent pieds naviguer sur les eaux étales du fjord. Il ne voit ni le soleil couchant ni les pâturages verts qui dégringolent jusqu'au rivage. Il ne voit ni les roches noires virer au gris moucheté quand on s'en approche, ni le varech flotter en surface et briller dans de multiples nuances de brun. Il ne voit pas Karl et les deux autres arrêter un Harald Henrikø occupé à butter des pommes de terre, qui a tout juste le temps de dire au revoir à ses enfants avant d'être conduit au bateau. Il ne voit pas Karl et les deux autres suivre le bruit du marteau jusqu'à la ferme voisine où, sur le rivage, ils trouvent Kyrre Henrikø et son fils occupés à construire un nouveau hangar à bateaux, qui sont contraints de laisser tomber leurs outils et de les accompagner. Rinnan ne voit les résultats des interrogatoires que lorsqu'il atteint Rørvik dans la soirée, deux jours plus tard, secondé par cinquante soldats de la Schutzpolizei et leur commandant, un certain Hamm. Il avait espéré que tout serait résolu avant son arrivée, que Karl l'accueillerait à sa descente de voiture, lui annoncerait que le prisonnier a craqué pendant l'interrogatoire et qu'ils ont trouvé la cache d'armes. Or, dès qu'il aperçoit Karl sur le port, mal rasé, les cheveux gras et les yeux injectés faute d'avoir dormi, il comprend qu'ils n'ont pas réussi à soutirer les informations dont ils ont besoin.

– Bonjour, chef. Les prisonniers sont là, dit-il laconiquement.

Rinnan pose une main sur le bras de Karl. Ils entrent dans un entrepôt réquisitionné par la bande à Rinnan. Les bottes claquent contre les planches à chaque pas. Le prisonnier est assis au milieu, mains attachées derrière le dos, tête penchée en avant, bouche entrouverte, lèvres fendues.

– Il n'a pas encore dit un mot, indique Karl.

– Nom de Dieu…

Rinnan file droit sur le prisonnier et le saisit par la mâchoire. Voyant la salive couler sur le menton de l'homme, Rinnan s'estime heureux de ne pas avoir enlevé ses gants.

– Hé, toi ! lui crie-t-il, en relevant son visage. Tu sais aussi bien que moi qu'il n'y a que deux façons de sortir d'ici. N'est-ce pas ?

L'homme respire fortement par le nez et lui jette un regard ahuri.

– Soit je dis à mes hommes de continuer leur travail, jusqu'à ce qu'ils t'arrachent la vérité au sens propre du terme. Et si tu ne révèles pas ce qu'on veut savoir, ils t'abattront et jetteront ton cadavre dans le fjord. Ça, c'est une façon de sortir d'ici. Tu m'entends ?

L'homme hoche la tête.

– Soit tu nous dis où sont les armes. Ça, c'est la deuxième façon, et c'est de loin la plus simple.

Au même moment, Rinnan entend des pas derrière lui. L'officier allemand est entré dans la pièce.

– Mais… je ne sais… rien, répond le prisonnier, le souffle court, au bord des larmes.

– Très bien, dit Rinnan, en lui lâchant le menton. Dans ce cas, va falloir qu'on soit un peu plus créatifs. Va chercher Bjørn Holm.

Karl monte les marches quatre à quatre. Comme la confession de Bjørn Holm sur la cache d'armes, lors de son interrogatoire au Misjonhotellet, les a conduits ici, Rinnan l'a fait venir pour qu'il leur serve de guide et d'atout. Rinnan allume une cigarette, en propose une à l'officier allemand qui le remercie. Karl revient avec le prisonnier de Trondheim devant lui. Voyant l'homme sur la chaise, Bjørn marmonne « Oh, mon Dieu ! » et secoue la tête. Il a un œil au beurre noir et les mains attachées dans le dos.

– Voyez-vous ça… On s'est mis du fard à paupières ?! lance Rinnan.

Il demande à un membre de la bande d'attacher le prisonnier à une chaise. Il décide de suivre une méthode que Flesch lui a enseignée : on place devant la personne qu'on torture une de ses connaissances et on la force à regarder dans l'espoir que l'un des deux finisse par craquer et avoue. Karl oblige l'homme à s'asseoir.

– Je ne sais rien ! s'écrie désespérément Harald Henrikø. Je vous jure que je ne sais rien !

– Mais oui, c'est ça. Alors pourquoi Bjørn nous a dit qu'il y a cinq cents pistolets-mitrailleurs cachés dans les environs ? dit Rinnan, en faisant signe à ses hommes de continuer la torture.

– Je suis désolé ! crie Bjørn, avant de s'adresser à Rinnan : Il n'y a pas d'armes ! On m'a forcé à avouer, mais elles n'existent pas !

– Ta gueule ! aboie Rinnan.

Il fonce sur lui pour lui coller une gifle. Qu'est-ce qu'il nous emmerde à soutenir moralement le type qu'ils interrogent ?! jure-t-il mentalement. Il y a beaucoup trop d'intérêts en jeu. Il doit trouver cette foutue cache d'armes, car que va penser Flesch s'il échoue ? Il ordonne que la torture continue. Et donc ils s'y remettent.

Coups. Brûlures.

Cris, larmes, crachats, sang.

Ils utilisent des matraques et des chaînes pour frapper Harald Henrikø aux bras, aux jambes. Ils retirent la chaise pour qu'il gise à terre.

Il finit par perdre connaissance. Bjørn Holm pleure. Rinnan relève la tête du prisonnier, mais il est inconscient. Fait chier ! pense Rinnan, ce qui lui rappelle qu'il a besoin d'aller aux toilettes, et qu'il a faim par-dessus le marché, mais ça devra attendre. Quelle chierie d'avoir été envoyé ici, d'être en plus constamment surveillé par l'officier allemand à chacun de ses mouvements, alors qu'il pourrait être bien tranquille au Cloître de la Bande. Le prisonnier qu'ils sont en train de torturer ne dira rien, c'est évident. Il a fait subir suffisamment d'interrogatoires pour savoir que l'homme aurait déjà parlé s'il était au courant de quelque chose. Il commence à s'y connaître.

– Emmenez-le ! dit Rinnan. Et rapportez-nous à manger et à boire. Amenez l'autre prisonnier pendant que vous y êtes, on continuera avec lui.

Peu après, les autres membres de la bande reviennent avec une bouteille de liqueur de café, un verre, et le dernier prisonnier, Paul Nygård.

– Mettez-le là et attendez, dit Rinnan en désignant la chaise renversée.

Il débouche la bouteille, se sert un verre et le vide d'une traite. Le liquide doux et sucré glisse dans sa gorge, une chaleur réconfortante se diffuse dans son corps.

– Je reviens tout de suite, annonce-t-il, et il prend la direction des toilettes qui se révèlent minuscules.

Il pisse en se regardant dans le miroir, se lave les mains, se recoiffe, peigne soigneusement sa frange en arrière pour qu'elle bombe au-dessus du crâne. Il faut qu'il mange un morceau, n'importe quoi, se dit-il, et il retourne directement à l'interrogatoire.

Paul Nygård hurle dès qu'il voit le couteau s'approcher. Il crie qu'il va parler, qu'il va tout leur dire.

Karl est à bout de souffle, il est tellement concentré sur son travail qu'il oublie de s'arrêter. Il est dans son brouillard de sang, pense Rinnan en posant une main sur son épaule pour le retenir.

– Bon travail, Karl ! dit Rinnan en tapotant l'épaule de son ami. Trouve-toi un petit truc à manger et à boire, je vais prendre la relève.

Il voit le soulagement dans les yeux de Karl et se retourne pour dévisager le prisonnier désespéré.

– Alors, j'écoute… Où sont ces armes ?

L'homme a une respiration haletante, il regarde Bjørn.

– Elles sont… sur l'île de Gals.

– Merveilleux. Et elle se trouve où exactement, cette île de Gals ?

– C'est juste… dans le coin, répond Nygård, essoufflé, sans quitter le couteau des yeux.

– Parfait. Dans ce cas je n'ai plus de questions. Allons-y !

Rinnan attrape l'homme par le bras, le force à se lever et ordonne à tout le monde de le suivre. Harald Henrikø s'appuie sur les accoudoirs de la chaise avec ses mains sanguinolentes pour essayer de se redresser, mais ses jambes se dérobent sous lui – il s'effondre par terre. Il ne manquait plus que ça ! Va falloir le porter, pense Rinnan. Sur ce, il avise une brouette placée contre le mur. Il demande à Karl d'y charger l'infirme pour qu'ils puissent s'en aller sans perdre une seconde. Il rapporte les aveux à l'officier, pendant qu'un soldat traduit pour lui, puis ils rejoignent le port et montent à bord du *Rusken*. Le soleil se lève sur le fjord, l'eau est étale et scintillante.

Rinnan emmène Paul et Karl dans la timonerie. L'officier allemand les suit. Tant mieux, se dit Rinnan, car non seulement il a vu de quoi ils sont capables, comment ils savent faire parler les gens, mais en plus ils sont maintenant à deux doigts de trouver la cache d'armes, ce qui pourrait empêcher une deuxième Normandie en Norvège, contrecarrer une invasion britannique et changer le cours de la guerre. Le bateau décrit un arc de cercle en quittant le port.

– Et maintenant, Paul, tu vas nous montrer le chemin.

Il lui donne une petite tape amicale sur l'épaule. Il voit la peur dans ses yeux injectés de sang, sa peau à vif, couverte de coupures et d'ecchymoses. Il ne peut s'en prendre qu'à lui-même : s'il leur avait tout dit dès le départ, il aurait évité tout ce tintouin, il ferait mieux de s'estimer heureux d'être encore en vie. Même si, il n'y a pas à dire, ce vieux salaud a bien tenu le coup, je commençais lentement à douter qu'il y ait des armes, se dit Rinnan. Et c'est le signe d'un caractère bien trempé, car il faut du cran pour endurer autant de douleurs sans dévoiler les informations que vous cachez. Mais bon, tout ça ne sert à rien quand on se retrouve face à quelqu'un qui *maîtrise* vraiment son métier.

Une fois sur le pont, Rinnan obtient enfin un café et des petits pains. Trois soldats portent la brouette où ils ont carré Harald Henrikø. Rinnan les voit passer dans son champ de vision mais ne s'y attarde pas davantage. Il retourne à la timonerie et dit au capitaine : « Là-bas », lequel répond : « L'île de Gals, c'est ça ? » Rinnan acquiesce, mais décèle chez l'homme une certaine réticence. Il passe outre, il a juste besoin de lui pour conduire le bateau – mais il ne manquera pas plus tard d'envoyer quelques agents suivre sa famille pour savoir avec qui il sympathise.

Ils naviguent sous un soleil éclatant, il est 7 heures du matin, Rinnan est fatigué, le manque de sommeil finit par lui brûler les yeux, il a des mouvements plus lourds que d'habitude. Il fouille dans ses poches, trouve son tube de pervitine. Il tousse en feignant d'avoir un chat dans la gorge, puis enfourne un comprimé qu'il avale sans eau. Il en avait sacrément besoin. Un bon petit remontant, après ce long voyage et ces interrogatoires qui ont duré toute la nuit. Une nuée de mouettes se rassemble au-dessus d'eux, escomptant sûrement qu'ils remontent un filet de pêche, mais les oiseaux vont être déçus, pense Rinnan. Il demande au capitaine de lui indiquer l'île sur la carte marine. La région est parsemée d'une quantité d'îlots, Gals n'est qu'une piqûre d'épingle sur la carte, donc un bon endroit. Jamais les Allemands n'auraient trouvé tout seuls le chemin menant à cette cache, pense-t-il en voyant déjà le respect que Flesch lui témoignera lorsqu'il lui annoncera la nouvelle – ou, mieux encore, lorsqu'il fera empiler par les soldats allemands les caisses d'armes dans l'enceinte du Misjonhotellet.

Le cachet commence déjà à faire effet. Ses pensées s'éclaircissent, ses forces et sa bonne humeur reviennent. Une envie de café le pousse à prier quelqu'un de leur préparer de quoi manger et boire. Le capitaine montre alors une île du doigt et indique qu'ils sont arrivés.

– Alors, Paul. C'est bien ça ? demande Rinnan.

Paul Nygård lève la tête, suit l'index de Rinnan et acquiesce. N'empêche, il cligne des yeux à plusieurs reprises, avec un regard nerveux, aux abois, comme face à un malaise. Rinnan a un mauvais pressentiment mais décide de ne pas gaspiller son énergie là-dedans.

C'est une petite île, pas plus de deux cents mètres de large, et pourtant quelqu'un a réussi à y construire une ferme, il y a même un ponton auquel ils peuvent amarrer leur bateau.

– Viens, Paul. Montre-nous le chemin.

Rinnan prend la tasse de café que lui tend un soldat. Puis ils débarquent.

– Alors, où sont les armes ? Dans la ferme ?

– Euh… je crois, répond Paul dont les yeux s'agitent encore de tous côtés.

– Tu… *crois* ?! C'est quoi, ces conneries ?

– Je n'étais pas… je n'étais pas là quand ils les ont cachées.

– Mais elles sont là, n'est-ce pas ?

– Oui, en principe, oui.

Nygård cligne à nouveau des yeux, plusieurs fois de suite, évasivement. Rinnan n'aime pas ça du tout, il n'aime pas ce changement, la certitude de l'endroit pendant l'interrogatoire et la formulation vague qu'il utilise à présent : « Oui, en principe, oui. » Il va falloir faire avec, ils n'ont plus qu'à passer ce satané lopin de terre au peigne fin. Il ordonne aux soldats de commencer les recherches. D'abord la maison, la grange et la cave. Ils demandent à la famille qui y vit où se trouvent les armes, et les fermiers les dévisagent incrédules, rien dans leur regard n'indique que le père et la mère mentent. Malgré la présence des deux enfants, Rinnan les prévient de ce qui leur arrivera s'ils mentent. Le couple jure ses grands dieux qu'il ne sait rien, Rinnan les croit. Il leur suffit de voir à quel point Paul est amoché et d'observer les dix soldats allemands armés de mitraillettes pour comprendre que Rinnan ne plaisante pas.

– Ils ne sont pas au courant, indique Paul en clignant des yeux à plusieurs reprises. Ils n'étaient pas là quand les armes ont été cachées.

– Ah bon ? Je croyais que tu ne savais pas où elles étaient ? demande Rinnan.

– Je ne sais pas… j'ai juste entendu dire que la famille était absente au moment de la livraison, au cas où… au cas où ils seraient dans le mauvais camp ou iraient tout répéter…

Ça semble plausible. Rinnan prend une gorgée de café et sent ses forces décupler, à tel point qu'il serait capable de tout, pense-t-il en serrant son tube de cachets. Ils attendent au soleil, en ce matin de septembre, pendant que les Allemands mettent la maison sens dessus dessous. Ils inspectent de la cave au grenier, cherchent des trappes cachées dans la grange, retournent les buissons, examinent le sol en quête de traces de terre fraîchement retournée ou de plantes récemment apparues – mais ils ne trouvent rien. Les soldats commencent à se lasser, l'officier allemand demande à Rinnan ce qu'ils doivent faire, celui-ci répond qu'ils vont trouver les armes. Il retourne au bateau, emmène Karl, et va chercher l'autre prisonnier, Harald Henrikø. Deux soldats le portent en haut des marches et le placent dans la brouette. Ils l'emmènent à la ferme. Il garde les yeux fermés pendant le trajet et soudain se remet à pleurer.

– Dis-nous où sont les armes ! crie Rinnan, qui n'en peut plus de cette fichue opération et ne souhaite qu'une chose : rentrer au Cloître de la Bande.

Harald ne fait que pleurer, dit qu'il ne sait rien, qu'il n'a jamais entendu parler d'armes, il le jure. Rinnan sort son pistolet de son ceinturon, sent combien l'arme est agréable dans sa main, et le pointe sur la tête de Harald. Il appuie le canon contre son front et regarde son visage ensanglanté, ses cheveux gras ébouriffés. Cela ne change absolument rien, Henrikø sanglote encore plus fort, répète qu'il ne sait rien, qu'ils doivent le croire. Et Rinnan le croit en effet. Si ça se trouve, le type ne sait strictement rien, pense-t-il. Ce qui est un problème, et non des moindres, car l'idée qu'ils aient pu être trompés refait surface dans son esprit, ou, pire encore : il est probable que cette cache soit imaginaire, l'invention d'un prisonnier torturé si résolu à survivre qu'il a fabriqué de toutes pièces l'histoire d'un stock d'armes secret.

D'un autre côté, se dit-il, peut-être que ces connards sont bornés, peut-être qu'une cache existe vraiment, mais que la Résistance a fait un tel blocus sur les informations concernant sa localisation qu'elle en devient impossible à trouver, peut-être que seul un nombre très limité de personnes savent où est planqué cet arsenal si précieux pour les Britanniques. Rinnan renvoie les soldats fouiller l'île.

Ils cherchent toute la matinée.

Ils fument. Ils mangent. Ils demandent à la maîtresse de maison de préparer un repas pour tout le monde. Ils vont aux toilettes. Ils attendent, attendent encore, attendent toujours, pendant que les soldats repassent l'île au peigne fin. Mais ils sont fatigués, récalcitrants, ont perdu tout enthousiasme et continuent uniquement de chercher parce qu'ils en ont reçu l'ordre.

Il ne reste plus qu'à abandonner. Ils ne trouveront pas d'armes, sans doute parce qu'il n'y en a pas, pense Rinnan en fermant les yeux. Il reprend un comprimé, sans se soucier qu'on le voie. Il est en effet arrivé à la dernière option de l'opération : « Si les gens ne coopèrent pas et si vous ne trouvez rien, vous avez l'ordre d'abattre deux otages choisis au hasard. »

Ce sont les ordres et ils doivent être respectés, il n'y a pas moyen d'y couper. Les ordres sont les ordres. Ils veulent une démonstration de force, une action de dissuasion, tout comme ils l'ont fait avec les dix victimes expiatoires exécutées à Falstad. Quelqu'un doit mourir et adresser ainsi aux autres le signal de ce qui les attend. Merde ! pense Rinnan en voyant Karl s'approcher de lui avec un air inhabituellement coupable.

– Chef… je crois qu'il n'y a pas d'armes, dit-il à voix basse, en enlevant l'herbe de son pantalon.

– Je sais, Karl… Mais nous devons quand même remplir notre mission.

Rinnan se dirige vers les soldats, las et apathiques. Il dit à l'officier qu'il peut donner l'ordre à ses hommes de remonter dans le bateau, la recherche est terminée.

Quelques minutes plus tard, ils regagnent le continent tandis que Rinnan scrute le paysage avec ses granges blanches et ses maisons d'habitation rouges. Il songe à l'absurdité de ce qu'il s'apprête à devoir faire : sélectionner deux hommes parmi ces habitants, deux hommes qui ignorent encore que leur fin est proche.

Il n'a pas le choix. Quel bordel ! se dit-il. Si seulement les Allemands l'avaient laissé continuer son boulot de renseignement, il ne serait pas là à se taper ce sac de nœuds. De toute évidence, ils ont extorqué de faux aveux à un homme qui aurait admis avoir une armée dans la cave et le diable dans le grenier pourvu simplement qu'ils arrêtent de le torturer. Alors qu'il se retrouve dans le pétrin jusqu'au cou… Il en est là de ses pensées quand Karl lui passe une double tartine dégoulinante de confiture comme il les aime.

– Merci.

Il en croque aussitôt une bouchée. Et, maintenant que le silence est rompu, le capitaine lui demande où ils doivent aller. Exactement la question qu'il attendait. Il désigne une ferme d'apparence paisible, avec deux hommes travaillant à l'extérieur.

– Emmenez-nous là-bas.

Le capitaine vire à tribord, l'eau s'élève en vagues sur les côtés et dessine ensuite un joli sillage écumeux. Le moteur diesel gronde et cogne à toute vitesse sous eux comme le cœur d'un animal. Rinnan voit les deux hommes suspendre leur activité et tourner leur attention vers le bateau qui s'avance vers leur ponton. Il semble qu'il s'agit d'un père et son fils adulte, tous deux en salopette de travail.

Le bateau accoste, Rinnan saute sur le ponton. Le plus âgé lève la main en guise de salut, mais la baisse dès qu'il aperçoit les soldats allemands à bord. Le plus jeune dit quelque chose, paraît vouloir s'enfuir, mais son père le retient.

– Bonjour ! dit Rinnan en venant à leur hauteur, suivi de Karl, une mitraillette en bandoulière et les soldats allemands derrière lui.

Leur réticence est si puissante qu'elle brille sur leur visage, Rinnan a déjà été maintes fois témoin de ce phénomène. Ils ne peuvent néanmoins que rester immobiles et attendre que ce soit terminé, comme on le fait face à une douleur subite et inattendue.

– En quoi puis-je vous aider ? demande le père.

– Eh bien, un homme du coin a avoué qu'il y avait une grande cache d'armes dans l'une de ces fermes.

Jaugeant la réaction des deux hommes, Rinnan espère que l'un d'eux perdra contenance, mais ils le regardent sans comprendre.

– Une cache d'armes ?

– Oui. Pouvons-nous jeter un œil à l'intérieur ?

– Je vous en prie.

Si les soldats trouvent quelque chose, il échappera à sa sale besogne, pense Rinnan. Il dit aux soldats d'emmener les hommes sur le bateau et de les surveiller en attendant.

Il frappe à la porte de la maison et s'essuie les pieds avant d'entrer dans le couloir. Il tombe dans le salon sur un couple de personnes âgées, un homme qui fume la pipe et sa femme qui tricote.

– La paix soit avec vous, leur lance-t-il avec un sourire que le couple lui retourne aussitôt.

Il ne sert à rien de chercher ici, pense-t-il, et quitte la maison. Sans se retourner, sans douter un instant, il retourne au bateau et demande au capitaine de les conduire à l'îlot le plus proche. Puis il rassemble les prisonniers. Karl les force à descendre sur les rochers d'un îlot rocheux à l'embouchure du fjord, où rien ne pousse à part des buissons, où nul ne stationne à part les mouettes.

Une fois de plus, Harald doit être transporté hors de l'embarcation, puis tous les prisonniers sont poussés loin du rivage.

– Où allons-nous ? demande le père en se tournant vers Rinnan.

– On peut s'arrêter ici. Mettez-vous là-bas, mains en l'air, dit Rinnan en montrant une percée dans la bruyère.

Karl Dolmen et Finn Hoff chargent leurs mitraillettes et les mettent en joue. Karl reste de marbre, comme d'habitude, il ne montre aucun signe d'incertitude, tandis que ce grand échalas de Finn a l'air agité, jette des regards nerveux vers Rinnan, le malaise imprimé sur la figure, comme s'il était piégé et cherchait une issue. Putain, c'est pas juste ! pense-t-il. Tuer ces deux pauvres gars innocents…

Le fils éclate en sanglots, le père semble au bord des larmes, il baisse un bras qu'il plaque sur son visage, mais Karl lui crie comme un éclair :

– Les mains en l'air, on a dit !

La phrase suffit à le faire craquer : les larmes coulent sur ses joues, il bafouille de manière incohérente.

– S'il vous plaît ! Nous n'avons rien fait ! Nous sommes innocents ! Qu'est-ce que vous nous voulez ? S'il vous plaît ! Vous devez vous tromper ! Nous ne sommes que des fermiers ! Je vous en supplie, ne tuez pas mon fils ! s'écrie le père, le visage défait par la peur, le chagrin et le désespoir.

Il faut juste en finir.

– Qu'est-ce qu'on fait, chef ? demande Finn, la mitraillette pointée sur les deux hommes mais le visage tourné vers Rinnan.

– Harald ! crie ce dernier. Dis-nous où les armes sont cachées !

Henrikø pleure à son tour. Son visage meurtri et ensanglanté se couvre de larmes, la morve coule de ses narines. Il implore :

– Mon Dieu, je vous en prie ! Nous ne savons rien ! Je ne sais rien ! S'il vous plaît, ne faites pas ça !

– Ce sont tes derniers mots ? demande Rinnan.

Harald acquiesce, à défaut d'autre chose. Oh, la chiotte… qu'on en finisse le plus vite possible avec cette tragédie, pense Rinnan. Il se tourne vers Karl et Finn et leur adresse un signe de tête. Le père lâche un bref « non ! », mais sa voix est interrompue net par le fracas assourdissant des deux mitraillettes. Les balles leur transpercent le corps, les deux hommes s'écroulent.

– Oh, mon Dieu ! murmure Harald.

Il s'affaisse dans la brouette. Bjørn, impassible, garde les paupières closes.

Karl se dirige vers les corps et les fait rouler. Finn reste immobile, la mitraillette plaquée contre la cuisse, tête baissée avec la frange brune qui lui tombe dans les yeux.

Le fils respire encore, un souffle irrégulier. Il tremble, il cligne des yeux, son ventre est agité de convulsions, du sang s'écoule de sa poitrine et de sa bouche. Il leur adresse un regard implorant et tend la main vers Karl comme s'il lui demandait de l'aide.

– Ah, putain ! lâche Karl.

Il pointe alors la mitraillette sur la tête du jeune homme et un dernier coup de feu retentit à travers le fjord. Rinnan prend une profonde inspiration, secoue la tête et observe le garçon inerte dans la bruyère. Finn s'est entre-temps éloigné. Il se tient quelques mètres plus loin, comme un trait qui se découpe dans le ciel.

Personne ne parle. Une mouette crie au-dessus d'eux.

– Et maintenant, chef ? demande Karl.

Rinnan plonge la main dans la poche de son manteau et touche le tube de cachets. Il ne devrait pas en reprendre, on l'a prévenu qu'une consommation excessive risquait de provoquer une crise cardiaque, mais là il a vraiment besoin d'un remontant. De l'alcool aurait été idéal. Il n'aurait jamais dû se retrouver dans ce merdier, pense-t-il. Il demande à Karl et Finn de jeter les cadavres dans le fjord.

Ainsi se termine l'opération Seehund II. Ils plient bagage et partent le plus vite possible, pour ne plus repenser à cette triste affaire. Dès qu'ils atteignent le continent, Rinnan monte dans un des camions et retourne à Trondheim pour remettre son rapport.

Les missions augmentent pendant l'automne. Ils ont toujours plus d'hommes à arrêter, à torturer, à assassiner. Ça n'en finit pas.

Les Allemands reculent sur un nombre croissant de fronts. La Russie envahit le nord de la Norvège.

Vient décembre.

Rinnan rencontre une fille lors d'un dîner de Noël. Elle s'appelle Gunnlaug Dundas, elle est petite, elle a des yeux bleus, des cheveux blonds, un regard perdu. Et pour cause puisque son petit ami a été récemment tué par la Résistance. Elle a maintenant besoin d'un refuge, de quelqu'un qui peut l'accueillir, lui donner de la chaleur, de la nourriture, de l'amour. Rinnan peut lui offrir tout ça, elle lui plaît d'emblée. Elle est si jeune, si pure, elle a le sourire radieux et un regard irrésistible, qui réchauffe immédiatement. Ils échangent de brèves phrases et œillades tout au long du repas, ils remplissent leurs verres d'eau-de-vie, les portent aux lèvres. De petites étincelles crépitent quand ils en viennent à se toucher les mains par inadvertance en passant le plat de pommes de terre, quand il ose enfin plaquer sa cheville contre la sienne sous la table.

Comme c'est merveilleux !

C'est merveilleux de se sentir à nouveau amoureux, pense-t-il. Et il remarque que ce sentiment est réciproque, qu'ils vont partir ensemble, qu'ils vont se déshabiller l'un l'autre, qu'ils vont se réveiller ensemble. Ça tombe sous le sens. Puisque les règles ordinaires ne s'appliquent pas à lui. Il a sacrifié tant de choses pour en arriver là, plus que quiconque ne se serait hasardé à le faire, pense-t-il. C'est donc sa récompense : vivre selon un autre règlement, une autre liberté, où tout flotte.

Nous sommes la veille du premier de l'An 1945, Rinnan organise une fête pour certains membres du Cloître de la Bande. Klara et les enfants sont allés se coucher, mais la fête se poursuit bien après minuit, ils s'installent dans le salon pour continuer de boire. Les verres sont maculés de traces de doigts, les cendriers sur la table débordent de mégots recroquevillés comme de petits animaux, les visages brillent et rient à la lueur des bougies. Toutefois, une personne est plus silencieuse que les autres : Finn. Le jeune homme de vingt-deux ans n'a jamais retrouvé tout à fait le sourire, de même que ses yeux se sont couverts d'un voile sombre depuis qu'il a dû exécuter deux innocents, sur l'îlot.

Nous sommes maintenant le 1er janvier, le tout premier jour de cette année 1945. Finn vide son verre et s'extrait à grand-peine du fauteuil. Il chancelle, plaque ses cheveux noirs en arrière et annonce :

– Je crois que je vais sortir me tirer une balle dans la tête.

Rinnan éclate de rire.

– Bonne chance ! dit-il en levant son verre pour porter un toast.

Les autres l'imitent tandis que Finn passe devant le canapé, le dos voûté. Il se cogne contre l'encadrement de la porte, enfile ses bottes et sort. La fête continue, et il s'écoule un bon moment avant que quelqu'un ne remarque qu'il n'est toujours pas revenu. Le lendemain, on retrouve son corps non loin de l'endroit où il a grandi, avec une balle dans la tempe et un pistolet gisant dans la neige à côté de lui.

C'est ainsi que commence l'année 1945.

R comme ruissellement, celui de la pluie qui dégouline dans les gouttières du Cloître de la Bande, tambourine contre la toiture ou fouette les fenêtres avant de s'écouler en lignes irrégulières et imprévisibles.

Nous sommes à présent en avril 1945. Les jours et les nuits se succèdent en une tempête continue, rythmée par les coups de fil de Flesch qui leur ordonne de procéder à davantage d'interrogatoires et de planifier davantage de missions. Rinnan prend de l'alcool, prend des cachets, prend des prisonniers, prend des vies. Et il a pris des vacances en mars avec sa nouvelle maîtresse, Gunnlaug Dundas, qu'il surnomme Minouchette. Mais, hormis cette brève interruption d'une semaine, le temps file sans guère de changements et sans aucune issue possible. Seul ce système peut le salarier et lui donner du pouvoir. Seule la guerre peut le protéger de tous ceux qui veulent sa mort.

Un après-midi, Rinnan apprend que son ancienne maîtresse Marie Arentz est de retour en Norvège, après plusieurs années passées en Allemagne. Elle et son petit ami du moment, un certain Bjørn Bjørnebo, qui travaille pour un autre groupe de renseignement allemand, prévoient de s'enfuir en Suède. Ils ont pris contact avec des gens qui proposent de les aider alors qu'ils sont en fait des contacts négatifs, qui travaillent pour Rinnan sans en avoir conscience eux-mêmes. Rinnan remercie l'homme pour ces informations et lui demande d'indiquer aux deux fuyards de se tenir prêts : on passera les chercher dans la soirée.

Il se verse un autre verre de liqueur de café, rit intérieurement en pensant au nom du petit ami de Marie, Bjørn Bjørnebo – Ours Tanière d'Ours en norvégien –, et annonce la nouvelle à Karl.

– Tu vas les laisser partir ? demande-t-il.

Et la question est fondée car, dans certains cas, Rinnan y consent, non sans avoir consulté Flesch : il permet parfois aux réfugiés de s'échapper par la frontière, pour qu'eux-mêmes félicitent par la suite ce réseau et lui confèrent ainsi une certaine légitimité. Il s'agit d'un calcul simple, avec d'un côté le nombre de réfugiés sans importance qu'ils sont obligés de laisser partir, de l'autre le nombre de résistants qu'ils peuvent capturer.

Rinnan sourit et secoue la tête. Non, ces deux-là ne s'échapperont pas. Jamais de la vie. Il boit une gorgée, lèche la liqueur à ses lèvres et explique à Karl ce qu'il a l'intention de faire.

Dans le courant de la soirée, Marie et Bjørn attendent au point de rendez-vous. Ils sont soudain éblouis par les phares d'une voiture qui s'arrête devant eux. Deux hommes sont assis à l'avant. Bjørn ouvre la porte pour Marie et, après s'être assis, il s'adresse au chauffeur avec une voix soulagée :

– Merci beaucoup d'avoir pu arriver si vite.

Le chauffeur enlève son chapeau et se retourne.

– Salut. Ça fait un bail qu'on s'est vus, dit Rinnan en souriant.

– Henry Oliver ? fait Marie.

Karl se retourne sur le siège passager et pointe son arme vers eux. C'est bizarre de revoir son visage, de revoir ces longs cheveux qui se posent sur des joues qu'il a caressées autrefois, ces lèvres qu'il a embrassées autrefois, ces yeux qui se sont fermés de plaisir sous lui. Seulement voilà, pense Rinnan, depuis les rôles ont changé et ce n'est pas ma faute.

– Qu'est-ce que tu nous veux ? demande Marie.

– J'avais juste envie de faire un petit tour avec vous, répond Rinnan en passant une vitesse. Mais pas vers la Suède.

– Où alors ? veut savoir Bjørn.

– Chez nous, à notre quartier général, dit Rinnan. Et là, nous déciderons de ce que nous allons faire de traîtres de votre engeance.

R comme recherches, celles que je mène aux Archives royales d'Oslo. Passé la vérification de ma carte d'identité à l'entrée principale, l'homme âgé préposé à la sécurité me donne mon sésame pour entrer. Je monte l'escalier, longe les vitrines contenant de vieux livres, atteins le comptoir où j'expose la raison de ma présence. L'employé m'explique que tous les documents sur Rinnan ont été numérisés et que, leur accès étant restreint, je n'ai jusque-là pas eu la permission de les consulter. Et ce, non pas à cause de Rinnan mais par respect pour les victimes innocentes qui y sont mentionnées ou photographiées. Les Archives possèdent tout le matériel qui le concerne, tout ce qui existe encore car, à l'instar de Henry Oliver Rinnan, les officiers du quartier général nazi à Trondheim ont tenté de détruire autant de preuves que possible dans les derniers jours de la guerre.

Il y a plus de cinq mille pages, pour la plupart des feuilles A4 scannées avec des notes dactylographiées, notamment les interrogatoires où Rinnan fournit des descriptions extravagantes sur sa relation avec une espionne russe : elle l'aurait anesthésié avec du chloroforme mais ne l'a pas réellement tué parce qu'ils étaient amoureux l'un de l'autre. Il y a également des entretiens avec les prisonniers ayant survécu et des clichés de certains cadavres. L'un d'entre eux demeure gravé dans mon esprit : il montre un prisonnier du Cloître de la Bande, retrouvé mort dans la neige, le corps recroquevillé et noué à l'aide d'une corde, comme on peut ficeler un poulet rôti ou un morceau de viande.

Je feuillette les entretiens et les transcriptions des audiences, puis j'aboutis à des dossiers portant la mention *divers*. Je tombe sur des notes manuscrites de Rinnan, que j'ai lues dans une des biographies qui lui sont consacrées. Je continue de chercher, mais ne trouve rien de plus que celles que je connais déjà. Les autres ont probablement été détruites avant la fin de la guerre. En fin de compte, force m'est d'admettre que je ne saurai jamais si c'est vraiment Rinnan qui a écouté ta conversation et t'a fait arrêter. Cela restera un mystère.

R comme réquisitoire, le procès que Rinnan tient au Cloître de la Bande. Nous sommes la nuit du 19 avril 1945, la lumière du réverbère brille à travers la fenêtre du salon, jetant de longues ombres sur les deux personnes debout au milieu de la pièce, les mains attachées dans le dos : Marie Arentz et Bjørn Bjørnebo. Rinnan est assis à son bureau, les autres membres de la bande ont pris place de chaque côté. Il se verse un verre de liqueur, se lèche les lèvres avant de reprendre une gorgée. Puis il s'éclaircit la voix et porte son attention sur les personnages qui se tiennent devant lui.

– Bon, vénérable assemblée ! Veuillez saluer l'honorable juge Karl Dolmen qui préside à mes côtés. L'un des accusés ici présents souhaite lui-même assurer sa défense. L'audience est ouverte !

Il frappe son bureau avec une baguette rapportée de la cave, les claquements qu'elle produit le font glousser.

– Je vous le concède, ça n'a rien d'un vrai marteau de président. Il faudrait trouver quelque chose de mieux pour notre vénéré juge. Voyons voir…

Il se lève et file prendre une bûche près de la cheminée. Personne ne parle pendant qu'il la soupèse avant de la remettre en place et de secouer la tête. Ils suivent son regard tandis qu'il fait le tour de la pièce – tous à l'exception des deux accusés qui fixent le parquet sous leurs pieds. Il aperçoit soudain un objet répondant à ses attentes, une chaise de la salle à manger, qu'il rapporte à Karl.

– Maintenant, monsieur le juge, si vous pouviez vous donner la peine de desserrer l'un de ces marteaux de président pour moi ? Ils ont visiblement tenté de s'échapper, tout comme ces deux-là, soit dit en passant…

Plusieurs autres membres de la bande ricanent face à la grimace théâtrale que Rinnan fait en direction des deux accusés.

– Celui-ci par exemple… dit-il en tapant un des pieds de la chaise dans la paume de sa main. Figurez-vous qu'il a essayé de se cacher. Il a essayé de *prétendre* qu'il n'était pas un marteau de juge mais un pied de chaise innocent !

Il voit l'effet que les mots ont sur les autres, sa plaisanterie en fait rire certains. Il baisse la voix et pose une main sur l'épaule de Karl Dolmen.

– Mais nul ne nous dupe aussi facilement, n'est-ce pas, monsieur le juge ?

Karl fait signe que non et prend la chaise des mains de Rinnan, qui s'écarte. Il l'installe par terre, à l'envers, bloque le dessous du siège avec sa chaussure et écarte le pied de chaise sur le côté. On entend les fibres sèches craquer puis un grincement métallique quand les clous sont arrachés de la boiserie.

– Bravo, monsieur le juge ! Maintenant vous l'avez ! dit Rinnan.

Karl frappe le pied de chaise contre sa paume à plusieurs reprises et lève les yeux.

– Merci, monsieur le procureur. Ça fera parfaitement l'affaire !

– Tout le plaisir est pour moi, monsieur le juge !

Rinnan passe devant Bjørn Bjørnebo et s'assied à son bureau. Il regarde Karl et sourit.

– L'audience est à présent ouverte, donc… Monsieur le juge ? Vous devez frapper le marteau de président sur la table, et patati, et patata.

Karl se réveille de sa torpeur et frappe le pied de chaise trois fois de suite sur la table :

– Voilà… Nous pouvons commencer… Monsieur le procureur, pouvez-vous nous expliquer de quoi ces deux traîtres communistes sont accusés ?

Rinnan prend une gorgée de liqueur puis se lève. Sa chaise grince contre le plancher quand il la recule.

– Oui, monsieur le juge. Les deux accusés ici présents, Marie Arentz et Bjørn Bjørnebo, sont accusés de haute trahison, de mutinerie et de tentative d'évasion.

– Parfait. Merci ! Les accusés ont-ils des objections ?

Marie secoue mollement la tête. Bjørn ne dit rien.

– Aucune objection ?! s'exclame Rinnan, les coudes sur la table, la tête enfoncée entre les épaules. Ce sont pourtant des crimes très graves. Avons-nous des preuves pour étayer ces affirmations ? Nous ne pouvons pas juger les gens sans preuve pour des délits aussi graves…

– Oui, monsieur le procureur, répond Karl. Nous avons besoin d'une forme de preuve. Est-ce que nous en avons une ?

Rinnan écarte sa chaise et se poste devant la table.

– En fait, oui. Nous avons un témoin dans la salle d'audience, monsieur le juge. Henry Oliver Rinnan peut-il venir témoigner à la barre ?

Inga frappe dans ses mains avec délice quand Rinnan s'approche d'un petit secrétaire sur lequel est posé un vase.

– Oui, c'est moi… Oui, merci… Oui… dit Rinnan.

Il regarde vers le bureau où il vient de jouer le rôle du procureur, hoche la tête à plusieurs reprises comme s'il apportait une réponse à une série de questions. Les autres rient.

– Oui, merci. Je tiens vraiment à remercier la cour. Et je suis heureux de partager ce que je sais au sujet de ces deux traîtres. J'ai rencontré l'accusée, Marie Arentz, pour la première fois en 1942, alors qu'elle était une amie d'une de nos premiers membres, Ragnhild Strøm. Toutes deux ont voyagé à bord du *MS Kong Haakon* pour une mission extrêmement importante et qui plus est réussie, à Bodø, où elles ont infiltré la Résistance et pu découvrir plusieurs voies d'évasion clés vers la Suède…

Le témoin Rinnan écoute des questions imaginaires, hoche plusieurs fois la tête et dit :

– Oui, oui… absolument… je suis tout à fait d'accord – après quoi il reprend la parole : Oui, Mlle Arentz était une excellente agente au sein de la Sonderabteilung Lola… Elle aurait pu aller loin, mais elle s'est enfuie, comme l'a fort justement souligné la cour. Elle s'est engagée auprès de la Croix-Rouge allemande, entre autres choses. Si elle avait été intelligente, elle y serait restée. Au lieu de cela, elle est rentrée à Trondheim, où elle s'est mise en ménage avec un espion qui se fait appeler… voyons voir… comment il s'appelle déjà ? Wolf Wolfsen, je crois bien…

La petite amie de Karl Dolmen, Ingeborg Schevik, rit à gorge déployée, et Gunnlaug se met elle aussi à ricaner, de façon incontrôlable, semble-t-il. Les yeux de Rinnan rencontrent les siens, il lui adresse un sourire malicieux, content du procès, content qu'elle lui sourie. Mais il est l'heure pour lui de revenir à son rôle. Il se redresse et déclare :

– Non, désolé, je me suis trompé… Son nom est Bjørn Bjørnebo, il travaille pour une agence de renseignement rivale, si inutile que je n'ai même pas pris la peine d'apprendre son nom…

Rinnan retourne au bureau pour reprendre son rôle de procureur. Il en profite pour boire une gorgée de liqueur et sent la chaleur de l'alcool se disséminer dans son corps.

– Donc, Henry Oliver Rinnan, pouvez-vous nous dire ce qui s'est passé ensuite ? Essayez d'insister sur les raisons qui font que ces deux accusés sont jugés aujourd'hui.

Rinnan retourne à la barre des témoins, pose les mains sur le secrétaire et s'adresse à présent au juge Karl Dolmen.

– Oui, monsieur le juge. Tout s'est passé aujourd'hui même. Par le biais de l'un de nos contacts négatifs, j'ai appris qu'un couple norvégien avait l'intention de fuir. J'ai donc pris des dispositions pour organiser leur transport jusqu'à la frontière. Je me suis débrouillé pour trouver une voiture, je me suis rendu sur place, j'ai attendu, nos deux petits tourtereaux sont arrivés la bouche en cœur, prêts à passer la frontière. Autant vous dire qu'ils n'étaient pas très contents de voir qui était au volant ! L'assemblée peut me croire !

Il regarde autour de lui et voit les visages de chacun s'illuminer. Il traverse la pièce, se poste devant Karl à qui il prend le pied de chaise des mains.

– Comme c'est une affaire pour la Cour suprême, nous allons avoir besoin de plusieurs juges, c'est exact ?

– C'est tout à fait exact, confirme Karl.

Rinnan voit Ingeborg sourire et donner un coup de coude à Gunnlaug. Rinnan s'éloigne en frappant le pied de chaise dans sa paume. Jetant un regard circulaire dans la pièce, il distingue une étincelle d'impatience dans les yeux des autres membres de la bande.

Il retourne alors derrière le bureau pour endosser son rôle de procureur et s'adresse au secrétaire vide où il se tenait en tant que témoin.

– Remarquable, monsieur Rinnan. Merci pour votre introduction courte et concise. Les accusés ont-ils des commentaires à faire sur ces accusations ?

Bjørn et Marie secouent la tête, mais ne disent rien. Rinnan élève la voix et fait claquer le pied de chaise sur la table.

– J'AI DIT : LES ACCUSÉS ONT-ILS DES COMMENTAIRES SUR LES ACCUSATIONS ?!

Marie et Bjørn sursautent de peur et lèvent les yeux vers Rinnan.

– Non, chuchotent-ils – d'abord elle, puis lui.

– Bien. Merci. Les accusés sont-ils conscients de la peine encourue pour trahison et tentative d'évasion ?

– Non, répond Bjørn.

– Non, moi non plus en fait… Alors consultons notre jury ici, avant que le juge ne prononce son verdict…

Ils devaient le pressentir, mais ce n'est que maintenant qu'ils le savent vraiment. Marie avait peut-être espéré que leur relation précédente pèserait dans la balance, que Rinnan l'épargnerait d'une manière ou d'une autre. Mais cet espoir vient de voler en éclats et elle se met à pleurer en silence. Les larmes coulent sur ses joues et tombent sur sa robe.

– Alors ! Y a-t-il des circonstances atténuantes que la défense souhaite présenter à la cour ?

Bjørn lève les yeux et secoue la tête, d'une manière qui révèle son angoisse, comme s'il craignait les conséquences d'un malentendu.

– Aucune ! Pas banal tout ça…

Rinnan regarde autour de lui, les autres lui sourient.

– Normalement, la défense essaie de modifier ou d'adoucir le verdict autant que possible, mais cela ne semble pas être le cas dans cette affaire. Monsieur l'avocat de la défense… ?

De nouveau Bjørn Bjørnebo secoue la tête.

– Qu'en pensez-vous, monsieur le juge ?

– Eh bien… Je comprends que la défense n'a aucun argument à apporter qui plaide en la faveur de ces délits, dit Karl. Le seul point positif qu'on puisse trouver à propos de l'accusée est que Mlle Arentz porte une jolie robe.

Des rires fusent dans la salle, Rinnan cogne le pied de la chaise contre le bureau.

– Exactement. Je suis tout à fait d'accord. Une jolie robe, qui cache sûrement quelque chose de tout aussi joli en dessous…

Plusieurs membres du groupe applaudissent, mais Rinnan reste de marbre. Il se contente de toiser les deux accusés debout devant lui.

– Dans ce cas les accusations sont confirmées. Quelle peine la cour recommande-t-elle, monsieur le juge ?

Cette question posée, Rinnan tend le pied de chaise à Karl. Celui-ci le dévisage, hésite un instant, se lèche les lèvres. Puis il vrille son regard dans celui des accusés et déclare :

– Je condamne par la présente les accusés à la peine maximale : la mort.

– Parfait, merci, dit Rinnan. S'il vous plaît, emmenez-moi ces zigotos à la cave.

Marie frémit en entendant ces mots. Elle se retourne et court vers la porte, mais un membre du gang la rattrape et la plaque au sol.

– Nooon !!! crie-t-elle en agitant les pieds et en se débattant.

Bjørn s'approche d'elle, lui aussi les mains liées dans le dos. Il a tout juste le temps de lui dire « Je t'en prie » que deux autres hommes le précipitent déjà à terre. Adossée au mur, Gunnlaug observe la scène en touchant nerveusement la manche de sa chemise. Elle ne sourit pas. Et depuis un certain temps d'ailleurs, ce qui est normal, tout ça est un peu trop pour une nouvelle venue comme elle ; mais elle doit comprendre que ça fait partie du travail, de ce pour quoi elle est payée.

– Faites descendre les prisonniers ! crie Rinnan, non sans un clin d'œil à Gunnlaug.

Ils sont portés chacun par deux hommes, l'un tenant les jambes, l'autre le torse. Marie ne cesse de gigoter, de crier et de pleurer en quittant la pièce et jusqu'à l'escalier. On entend ses cris résonner dans le salon alors qu'elle est déjà à la cave.

– Et donc, chers compatriotes, l'audience est levée ! dit Rinnan.

Il passe devant le bureau. D'un air faussement calme, il se pavane dans la pièce et se dirige vers la porte de la cave. Il sent l'ivresse de la liqueur et des cachets adoucir son esprit et le faire chanceler. Au moment où il doit se retenir à l'encadrement de la porte, il tourne la tête vers les autres et leur lance :

– À tout de suite, mes amis !

Sur ce il descend l'escalier, lentement, marche après marche. Le sourire disparaît de son visage quand il arrive à la cave, remplacé par une tristesse soudaine et inattendue, car il sait maintenant ce qu'il est obligé de faire.

R comme représentation, celle que Jannicke organise dans la cave du Cloître de la Bande où se trouvent Grete, Jannicke et deux amies du quartier en ce samedi soir de 1956. Depuis plusieurs semaines, elles ont peaufiné la comédie musicale qu'elles s'apprêtent à jouer. Après l'école, elles ont jeté leurs cartables dans le couloir, dit bonjour à Ellen ou à la nourrice danoise et descendu quatre à quatre les marches de l'escalier, insensibles à l'odeur de moisi et au froid. Dans la cave, on les a laissées tranquilles, nul ne s'est plaint qu'elles faisaient trop de bruit au point de fatiguer Ellen.

Sur une scène aménagée contre un mur, elles ont répété leurs chansons et leurs danses pendant que Grete, du haut de ses cinq ans, les regardait. Quand elle a demandé à sa grande sœur en quoi elle pouvait les aider, celle-ci lui a répondu qu'elle pouvait faire l'ouvreuse – et Grete de se précipiter dans sa chambre pour en rapporter papier et crayons de couleur, puis, allongée sur le ventre, sur le plancher de la cave, elle a dessiné tout un tas de billets d'entrée.

Lorsqu'elles ont parlé de la représentation à leurs parents, Grete a vu le visage de sa mère se modifier et sa bouche esquisser un sourire forcé. Puis, pour la énième fois, elle l'a entendue poser cette question : est-il vraiment nécessaire de passer autant de temps à la cave, dans cet air vicié et froid ? Et, cette fois comme chaque fois, Jannicke lui a expliqué qu'elles étaient bien couvertes et que ce n'était pas un problème. Une réponse que même Grete a fini par s'approprier et à laquelle leur mère n'a trouvé aucun contre-argument.

Or, un soir, alors qu'elle était couchée dans son lit, Grete a surpris une discussion entre ses parents à la cuisine. Ils parlaient de la comédie musicale, quand sa mère a soudain élevé la voix :

– Mais dans la cave, Gerson ! Dans la cave !

– Chut, Ellen !

– Elles ne sont au courant de rien, voyons !

Puis leurs pas se sont éloignés de la chambre à coucher. Levant la tête, Grete a vu dans le lit à côté d'elle les contours du corps de Jannicke, qui elle aussi s'était assise. Sans prononcer un mot, les deux sœurs ont fixé l'obscurité. Que voulait dire leur mère ? De quoi n'étaient-elles pas au courant ? Les voix n'ont pas tardé à se taire dans le salon, Grete a entendu sa mère ou son père aller à la salle de bains, puis un bruit de canalisations. Là, elle a dû s'endormir.

Quelques jours se sont écoulés, le grand soir est enfin arrivé, c'est l'heure de la première.

Les filles ont écumé le quartier pour vendre des billets. Elles ont transporté des chaises en bas et les ont disposées en rangées, elles ont allumé des bougies et se sont faites belles pour l'occasion. Tout est fin prêt.

– Tu peux laisser entrer le public, Grete, dit Jannicke en souriant à sa sœur.

Vêtue d'une robe de soirée et de talons hauts, elle a les lèvres peintes au rouge à lèvres, les cils noircis par le mascara, le visage recouvert de la poudre qu'elle a empruntée à la nourrice. Grete fait un signe de tête énergique avant de monter l'escalier au pas de course. Elle bondit sur chaque marche et, arrivée en haut, entend des murmures de l'autre côté de la porte, pour la plupart des voix enfantines. Elle entrouvre, jette un œil à travers l'entrebâillement, voit des visages d'enfants et de parents entassés dans le couloir.

– Tu es prête ? demande Gerson.

– Je peux voir vos billets, s'il vous plaît ?

Gerson se retourne et marmonne une phrase inaudible à l'une des voisines qui déclenche une vague de rire tout au long de la file d'attente, puis il tend à Grete deux billets faits main.

– Merci, dit Grete, d'un ton exagérément neutre et ordinaire, comme si elle se tenait à l'entrée de la salle du théâtre de Trondheim. Entrez et prenez place.

– Les places sont numérotées ? demande son père en lui caressant doucement le dos avec un sourire complice.

Grete fait signe que non et voit le visage extrêmement tendu de sa mère. La cave se remplit. Il n'échappe pas à Grete que certains voisins observent les murs avec insistance, comme s'ils venaient de renifler une odeur pestilentielle.

R comme réconciliation. Alors que je roulais en voiture dans le comté de Trondheim, Rikke m'a téléphoné pour me dire qu'il y avait une autre raison au fait que les événements de la guerre avaient été passés sous silence au sein de la famille. Non pas seulement le malaise qu'ils suscitaient, estimait-elle, mais aussi le contraire : un désir de pardonner et de passer à autre chose, d'affirmer qu'on ne pourra jamais changer ce qui s'est produit, qui n'est en rien une volonté de lisser, de refouler ou d'oublier. Tout ce que nous pouvions changer, c'est le chemin qui nous conduit vers l'avenir. Cette réflexion constituait le cœur du travail de Julius Paltiel, survivant d'Auschwitz. Non pas juger, persécuter ou accuser, mais pardonner et voir de l'avant.

« Nous vivons une époque de guerre verbale. Ton roman devrait être un appel à regarder l'avenir, l'occasion d'une réconciliation et d'un pardon », m'a-t-elle ensuite écrit dans un texto.

Il m'a semblé détecter chez Grete une position similaire, lors de nos conversations sur sa mère ces derniers temps. Un changement progressif s'est opéré chez elle, en ce qu'elle n'accusait plus sa mère pour tout ce qu'elle n'arrivait pas à faire. Ces incriminations ont été remplacées par un sentiment de lente réconciliation, par la prise de conscience que la guerre avait brisé sa mère, détruit ce qu'elle aurait pu être et devenir. Toutes ces discussions, ces bribes et fragments de conversation ont peu à peu conduit à une réconciliation. La guerre a détruit le potentiel de tant et tant de gens, de tant et tant de rêves pleins de jeunesse. Mais que nous le voulions ou nous, c'est de cette destruction que ma famille est originaire.

S

S comme *Stolperstein*, ou pavé de mémoire. Il existe plusieurs moyens pour appréhender l'ineffable, pour s'approprier des événements si inconcevables, si barbares que nos pensées et nos émotions ont besoin de recourir, sous une forme ou une autre, à des béquilles. Les *Stolpersteine* font partie de ces moyens. Pour l'heure, quelque soixante-sept mille de ces pavés en laiton, sur lesquels figure le nom des défunts, ont été incrustés dans les trottoirs de différentes villes européennes. Soixante-sept mille personnes qui ont toutes eu une enfance, des musiques qu'elles aimaient, de mauvaises habitudes. Soixante-sept mille personnes qui sont tombées amoureuses, ont rêvé de l'avenir, se sont mises en colère, qui ont ri, chanté, aimé. Soixante-sept mille – ça m'a semblé un chiffre invraisemblable quand je l'ai entendu la première fois ; mais l'instant suivant j'ai pris conscience du nombre de pavés qu'il restait à poser pour que ce projet artistique soit mené à bien. Cela signifie qu'il manque près de six millions de *Stolpersteine*. Et cela implique que les trottoirs d'Europe seraient couverts de laiton si le projet était accompli. C'est une pensée étourdissante, presque intenable – et j'ai immédiatement repensé à une synagogue à Prague que j'ai visitée un jour avec Rikke, peu de temps après notre rencontre. C'était un endroit tranquille, où toutes les personnes assassinées dans cette ville avaient leur nom écrit en rouge sur le mur en brique blanche, du sol au plafond, tant et si bien qu'on avait la sensation d'entrer dans un tombeau, tandis que l'entêtante lecture des noms se poursuivait, encore et encore et encore, et chuchotait sans mots : *Ne m'oublie pas. Ne m'oublie pas. Ne m'oublie pas. Ne m'oublie pas.*

S comme soldats, ceux affectés à Falstad, pour la plupart si jeunes, incapables de comprendre tout à fait ce dont ils font partie. S comme sanctions, ces punitions insensées qui peuvent prendre différentes formes et ne te sont infligées qu'une seule fois, mais à cette occasion elles ressemblent à ça : vous êtes alignés et forcés tantôt de ramper sous les lits de la cellule, tantôt de les escalader, le plus vite possible, de faire des pompes puis une roulade, et de recommencer, toujours en allant le plus vite possible, pendant que les soldats se tiennent tout au long du circuit et distribuent coups de pied et coups de poing. Un homme que tu connais est frappé si fort qu'il se retrouve à l'infirmerie avec la mâchoire disloquée. Tu arrives à endurer tout cela sans blessure grave. Tu éprouves uniquement une grande colère, parce que ces mauvais traitements continuent jusqu'à ce que les soldats soient trop fatigués et qu'on leur dise qu'ils peuvent arrêter.

S comme silence, le silence dans ta cellule. S comme salive, et les crachats que tu dois endurer.

S comme sommeil, qui ne te vient que par à-coups. S comme sclérose, quand les muscles sont si douloureux qu'ils en deviennent tétanisés. S comme son, ces chansons qui sont entonnées dans les ateliers pour vous remonter le moral à tous. S comme sonorité, celle de ta langue maternelle qui te permet de parler avec les prisonniers russes et yougoslaves. S comme souffrance, comme soucis, comme séparation. S comme soleil, celui dans le ciel qui brille sur le paysage, indifférent à l'endroit où il brille, au corps qu'il réchauffe, que ce soit celui d'un gardien de prison, couché les yeux fermés, ou d'un prisonnier contraint de marcher à quatre pattes, ou encore celui d'un papillon citron qui se pose un instant sur le dos de l'homme alors qu'il gît face contre terre, épuisé, avant de s'envoler et de disparaître par-dessus le mur d'enceinte jaune de la prison.

S comme sanglots et ces cris de terreur en provenance de la cave du Cloître de la Bande. Le 26 avril 1945, une semaine environ s'est écoulée depuis le procès de Marie et Bjørn. Rinnan descend les marches de la cave après son retour du Misjonhotellet où il a parlé à Flesch des deux prisonniers et lui a demandé ce qu'il devait faire d'eux.

– Tuez-les, a répondu Flesch – sans un mot de plus.

Rinnan a envisagé un instant de lui demander comment et quand, mais la question aurait été vaine : Flesch s'en fichait, Rinnan a décidé de ne pas le déranger davantage avec cette histoire.

Les deux prisonniers sont maintenant debout, les mains attachées dans le dos. Karl les met en joue avec son pistolet. Dès qu'elle voit arriver Rinnan, Marie gigote et crie. Il a beau poser le doigt sur ses lèvres pour lui faire signe de se taire, elle ne se calme pas. Marie recule, trébuche, tombe à la renverse, s'écrase sur le sol, mais évite de se cogner la tête. Bjørn veut se ruer sur elle, mais Karl le rattrape par la chemise et lui colle le canon du pistolet sur la tempe. Les yeux écarquillés, il se tourne en interrogeant Rinnan du regard, prêt à recevoir des ordres.

Marie rampe vers le mur d'en face, égratigne dans sa progression ses genoux et ses coudes dénudés sans cesser de sangloter et de pleurer.

– Mets-le dans la cellule vide ! crie Rinnan.

Karl obéit, pousse Bjørn qui, lui aussi pieds et poings liés, est contraint de faire des dizaines de petits pas pour éviter de tomber.

Rinnan contourne la table où sont posés des pinces et des fouets, passe devant un tonneau. Marie, toujours allongée par terre, le regarde et hurle :

– Laisse-moi tranquille ! Laisse-moi tranquille !

Ça lui fait mal aux oreilles, ces bruits, pense Rinnan. Ils sont trop stridents. Il cherche une solution de rechange, prend une bouteille qui n'a jamais été utilisée jusque-là, dont l'étiquette comporte le mot magique : *chloroforme*. Il défait le bouchon et verse le liquide sur un torchon qui traîne à côté.

– Laisse-moi tranquille ! Au secours ! À l'aide !

Rinnan s'approche de Marie maintenant rencognée à l'angle. Elle pousse un cri perçant, assourdissant. Rinnan se tourne, s'empare de son pistolet et tire dans le mur, à un mètre d'elle, sciemment.

– Marie ! appelle Bjørn dans sa cellule – Karl lui ordonne aussitôt de se taire.

Marie pleure, mais ne bouge plus.

– Tu peux arrêter de crier, s'il te plaît ! dit Rinnan en s'approchant d'elle avec le torchon caché dans le dos. Ne dis rien, ne bouge pas…

Elle le regarde avec des yeux agrandis par la terreur, avec une respiration haletante. Elle ouvre la bouche pour parler.

Il presse alors sur son visage le tissu imbibé de chloroforme.

Dans les films comportant une scène similaire qu'il a vus au cinéma, la victime s'évanouit dès que le chiffon est plaqué sur le visage ; anesthésiée, elle glisse avec élégance sur le sol, sans opposer de résistance, comme si on la couchait dans un pré d'été pour qu'elle se repose. Or ce n'est pas du tout ce qui se passe ici. Marie bande tous ses muscles. Elle tente de lui donner des coups de pied pour s'échapper.

– Aaah, putain ! s'exclame Rinnan.

De l'autre main, il l'attrape par l'épaule et appuie le torchon encore plus fort sur sa bouche et son nez. Marie essaie de le mordre à travers le tissu, ce qui l'oblige à courber sa main et appuyer toujours plus fort. Le chloroforme finit par faire effet. Rinnan retire sa main, plie ses doigts. Il sent à quel point les muscles de Marie se sont ramollis, jusqu'à paraître sans vie, telle une robe qui aurait glissé d'une chaise.

Karl revient dans la pièce, la mine concentrée.

– Marie ! crie Bjørn depuis sa cellule.

Karl se retourne aussi sec, cogne la crosse de son pistolet contre la porte et lui demande de fermer sa grande gueule.

Rinnan s'agenouille devant Marie. Sa robe a glissé jusqu'à sa taille, révélant ses sous-vêtements. Il va chercher un couteau sur la table, un couteau de pêcheur avec un manche en bouleau et une longue lame pointue qu'il fait glisser le long de son pouce. Elle est extrêmement tranchante. Il s'agenouille à nouveau, fait lentement glisser le couteau jusqu'en haut des hanches et sous le bord de la culotte. Il passe la lame sous le coton qu'il entreprend de trancher. Il veille surtout à ne pas abîmer la peau. Il tire, l'élastique cède. Il attrape la partie détachée d'une main et la tend pour que la lame coupe plus facilement le côté opposé. Dans son mouvement, il en vient à effleurer du bras la peau et les poils pubiens secs de Marie. L'élastique de l'autre hanche est à présent découpé lui aussi. Rinnan entend Karl s'approcher, mais il ne se retourne pas. Il déplace le couteau vers la robe, choisit un endroit au niveau du ventre et remonte la lame dans l'étoffe. Il ne lui reste plus qu'à saisir de chaque côté les deux pans et à déchirer le tissu.

La poitrine de Marie se soulève lentement. Son visage semble détendu, paisible, comme les matins où ils se réveillaient côte à côte.

Il pose le couteau contre le soutien-gorge dont il sectionne les baleines. Les seins apparaissent et les mamelons se dressent en l'air. Cette poitrine dans laquelle il avait enfoui son visage, qu'il avait autrefois léchée, sucée.

– Qu'est-ce qu'on va faire d'elle ? demande Karl.

– Trouve une corde, dit Rinnan sans se retourner.

Il caresse le ventre de Marie, plaque une main autour d'un sein.

– Marie ! Tu es là ?! crie Bjørn dans sa cellule.

Rinnan ne répond pas. Il pose la lame sur l'épaule et coupe les deux bretelles qui retiennent la robe. Il retire le vêtement, comme s'il s'agissait d'une robe en papier dans un magazine, qu'on peut découper aux ciseaux et replier autour d'une poupée en papier, avec de petits rabats de chaque côté.

Il pose le couteau et se colle à Marie. Il la soulève, laisse sa tête sans vie reposer sur ses genoux. Ses cheveux retombent sur son pantalon. Ses lèvres entrouvertes sont toujours aussi belles et douces. Ses paupières sont closes. Karl entre au même moment et les découvre dans cette position. Il tient une corde et s'efforce de ne surtout pas regarder le corps nu face à lui.

– Bien. Merci, dit Rinnan, sans lever les yeux.

Il caresse le front de Marie, écarte soigneusement les cheveux qui lui tombent dans les yeux.

– Fais un nœud coulant, et attache la corde au plafond.

– Bien, chef !

Karl réussit à passer la corde par-dessus une poutre en bois. Il fait un nœud coulant et le tend à Rinnan, qui relève enfin les yeux pour le prendre.

– Merci, Karl.

Il passe la corde au-dessus de la tête de Marie, lui soulève le crâne avec précaution pour éviter de lui faire mal, descend la corde autour de son cou et serre.

– Voilà. Maintenant tu peux tirer la corde, Karl.

Et Karl tire, prudemment. La tête de Marie s'élève du sol. Puis le haut de son corps, peu à peu, toujours un peu plus chaque fois que Karl actionne la corde. Ses bras pendent le long de ses flancs. Rinnan toujours assis la regarde flotter sur ses genoux, entrer comme en lévitation, les bras ballants, la tête légèrement inclinée en arrière.

– Bien, Karl, encore un peu.

Karl obéit encore, mais soudain Marie se met à gigoter. Rinnan se précipite sur elle et la saisit aux genoux. Il la tient fermement, l'oblige à rester droite pendant que Karl tire sur la corde à l'autre bout. Il sent la vie battre dans son corps. Il sent à travers ses doigts cette vie se tordre, se déhancher, se tortiller pendant qu'il appuie son visage contre sa cuisse et tire vers le bas, de toutes ses forces, jusqu'à ce qu'elle ne bouge plus du tout, qu'elle reste immobile, suspendue, en tournant lentement à cause de la corde tendue.

Là seulement, Rinnan lâche ses jambes et la regarde. C'est un spectacle étrange. Cette femme nue, ce corps à côté duquel il était autrefois étendu, est à présent suspendue à une corde passée autour d'une poutre et décrit de lents cercles. Il est essoufflé après cet effort, et Karl également. Le téléphone sonne à l'étage.

– Très bien. Maintenant, tu la fais redescendre, tout doucement, dit Rinnan.

Karl relâche la corde, petit à petit, qui émet de temps en temps un léger sifflement quand elle glisse par à-coups contre la poutre. Et Marie se retrouve couchée par terre, une mèche de cheveux dans la bouche et les seins penchés sur le côté.

– Eh oui, que veux-tu... Je suppose que ça va être ses funérailles, Karl. Tu peux aller voir là-haut si on a des fleurs ?

Karl monte, Rinnan s'assied à côté du corps de Marie, la tête un peu inclinée vers l'arrière.

– Hé ho ? Marie ? crie Bjørn depuis la cellule.

Rinnan caresse de l'index la cuisse de Marie. Il pose une main sur son ventre, comme il l'avait fait ce matin-là, dans son lit, quand ils s'étaient réveillés nus l'un contre l'autre. De l'autre main, il lui enlève les cheveux qui retombent encore au bas de son front. Il ne veut pas qu'elle ait les cheveux dans les yeux.

– Pourquoi t'es-tu enfuie, Marie ? Pourquoi tu m'as fait ça ?

Karl revient au même moment avec un vase trouvé dans le salon.

– Merci, Karl.

Il se libère du corps mort, retire les fleurs du vase et enroule les doigts de Marie autour des tiges. Il place ensuite entre ses cuisses les mains nouées tenant toujours le bouquet, de sorte que son sexe soit en partie caché.

Voilà, comme ça c'est bien. Elle est allongée, les yeux fermés et des fleurs dans les mains. Ils ne peuvent pas faire plus joli que ça, pense Rinnan avant d'allumer une cigarette et de demander à Karl d'aller chercher Bjørn pour qu'ils puissent se débarrasser de lui.

– Marie ? Rinnan ? Qu'est-ce qui se passe là-bas ? crie Bjørn.

Karl part vers les cellules, attrape le porte-clés arrimé à un crochet planté dans le mur et déverrouille le cachot. Il alpague le prisonnier et l'emmène. Rinnan voit Bjørn avancer avec des mouvements rapides et saccadés. Ses yeux bougent dans tous les sens. Quand il voit le cadavre gisant au milieu de la pièce, il se calme immédiatement. Ses pieds marchent d'eux-mêmes, ses lèvres balbutient « Non, non, non »… Il s'agenouille à côté de Marie, personne ne tente de l'arrêter. Il pose sa main sur la sienne et, entre deux sanglots, dit qu'il veut mourir lui aussi. Il les supplie d'en finir.

– Il suffit de demander, répond Rinnan.

Il vise alors le front de Bjørn et appuie sur la détente. Une détonation étonnamment forte retentit, la tête de Bjørn sursaute, une flaque de sang se répand sur le béton.

Karl regarde l'autre cellule où un autre prisonnier, un résistant, est détenu. Il se tourne pour interroger Rinnan du regard, qui lui adresse un signe de tête rapide en guise de réponse. Autant se débarrasser de lui aussi, pour l'empêcher de raconter à quiconque ce qu'il a vu.

T

T comme ténèbres.

T comme terreur, comme tabassage, comme torture.

T comme temps.

T comme trois. Trois cercueils pour les trois cadavres qui gisent dans la cave. Marie Arentz, Bjørn Bjørnebo et enfin Dagfinn Frøyland, le résistant qu'ils ont tué le même soir parce qu'il a été témoin de la scène. Rinnan décroche le téléphone à l'étage, la ligne directe avec le standard du Misjonhotellet. Pour avoir entre-temps appris un peu d'allemand, il a envie de montrer aux autres ce qu'il sait.

– *Guten Tag*, dit-il à l'homme à l'autre bout du fil. *Drei Kisten, bitte, für Sonderabteilung Lola.*

À la question de savoir où il souhaite que la livraison ait lieu, Rinnan indique l'adresse et précise qu'il s'agit d'une urgence absolue.

– *Vielen Dank*, dit Rinnan, satisfait.

Il raccroche et boit une gorgée de liqueur. Elle est décidément délicieuse, pas trop sucrée, épaisse, ronde en bouche. Le berger allemand se lève, le regarde avec impatience. Rinnan le gratte derrière les oreilles, ébouriffe ses poils, puis descend dans le salon. Il entend Karl se laver les mains aux toilettes et attend qu'il sorte.

Les autres membres de la bande vaquent à leurs occupations, lisent des documents, fument une cigarette, bavardent ou planifient une nouvelle mission. C'est dommage pour Marie, mais elle ne peut s'en prendre qu'à elle-même. C'est le prix à payer lorsqu'on tente de fuir et qu'on trahit leur cause. Tant pis pour elle, se dit-il. Voyant Gunnlaug à la fenêtre, qui porte elle aussi une belle robe, il imagine ce qu'il va lui faire plus tard, une fois que ces cadavres seront sortis de la maison. Il lui adresse un sourire, qu'elle lui rend à moitié seulement. Qu'est-ce qu'elle a ? se demande-t-il, sans aller plus loin dans sa réflexion puisque Karl sort au même moment et Rinnan lui crie à travers la pièce, parce qu'il veut que les autres l'entendent :

– J'ai commandé trois cercueils pour nos prisonniers, Karl. Ils vont arriver d'une minute à l'autre.

– Bien, chef.

Il ne dit rien de plus, toujours disposé à prêter main-forte dès qu'il faut régler un problème. Voilà le genre d'homme dont on a besoin : quelqu'un qui agit avec ses mains quand soi-même on agit avec sa tête. Il va à la cuisine, découvre des empilements d'assiettes et de casseroles sales, des taches de sauce et de nourriture, mais ça ne fait rien, tant qu'il reste quelque chose à manger, pense-t-il. Il regarde dans une marmite qui contient les restes d'un ragoût de bœuf. Une pellicule marron foncé s'est formée sur le dessus, mais en mélangeant vite fait, on n'y verra rien, se dit-il. Il mange à même le plat et sourit à Gunnlaug qui vient d'entrer. Il lui demande si elle en veut. Elle s'approche, toujours autant sous le charme d'avoir la permission de l'approcher, lui qui est le chef, pense-t-il. Tout en entendant un moteur de voiture à l'extérieur, suivi de plusieurs véhicules qui se garent, il prend Gunnlaug par la taille, sent contre sa main le corps élancé de la jeune femme, lui caresse doucement le dos sous la robe. Il lui demande ensuite d'ouvrir la bouche et lui donne un morceau de viande. Ses yeux brillent, il sent la courbure de son dos et ses seins se presser contre lui, l'excitation se manifeste aussitôt dans son pantalon quand il songe à ce qu'ils feront tout à l'heure.

On sonne à la porte. Ah, ça n'a pas traîné, se dit-il. Il se penche pour embrasser Gunnlaug dont les lèvres ont un goût de sauce. Il lui sourit.

– Allez, file au travail... lui dit-il en lui tendant la marmite.

Il se dirige vers le couloir où Karl est déjà en route.

– Ça doit être les cercueils, dit Rinnan en s'appuyant à l'encadrement de la porte de la cuisine pendant que Karl ouvre.

Deux jeunes soldats allemands se présentent en tenant une caisse fabriquée à l'aide de planches de pin jaunes. Ce n'est pas un cercueil. Rinnan se fige. Il cligne des yeux et les regarde. C'est une caisse assez grande, d'un mètre de long peut-être, mais ce n'est pas un cercueil. Deux autres du même type sont posées derrière eux.

– *Was ist das ?* demande Rinnan.

– *Drei Kisten*, répond l'un des soldats, en désignant avec hésitation les deux autres.

Sentant les regards des autres plantés dans son dos, Rinnan pivote sur ses talons et entraperçoit le sourire nerveux de Gunnlaug. Elle comprend immédiatement que ce n'est pas ce qu'il attendait, et les autres aussi d'ailleurs. Rinnan se tourne vers les soldats, s'apprête à leur demander s'il s'agit vraiment des *Kisten* qu'il a commandés mais ravale ses paroles. Ils viennent en effet de répéter le mot qu'il a employé, celui qu'il a prononcé au téléphone, donc l'erreur vient de lui. Visiblement, *Kisten* ne signifie pas *cercueils* en allemand, comme c'est le cas en norvégien, mais tout bonnement *caisses*. Qu'à cela ne tienne, se dit Rinnan, les caisses devront faire l'affaire, car pas question d'admettre devant tout le monde qu'il s'est trompé de mot. Il ne va pas s'abaisser à une telle humiliation, plutôt crever ! se dit-il. Il ne lui reste plus qu'à improviser, à se contenter de ce qu'ils ont, à prétendre qu'il avait bel et bien en tête ces trois caisses. De toute manière, personne n'osera mettre sa parole en doute. Ils savent de quoi il est capable.

– *Gut, gut, drei Kisten*, dit Rinnan aux soldats avec un sourire satisfait. *Vielen Dank*, ajoute-t-il avant de s'adresser aux autres membres de la bande : Bon. Karl ! Demande à quelqu'un de t'aider à descendre ces caisses dans la cave et à y mettre les corps.

Il retourne à la cuisine pour continuer de manger, en espérant trouver Minouchette. Or elle n'y est pas. Il l'aperçoit retranchée dans le salon, elle regarde ailleurs. Il repense à la semaine qu'ils ont passée tous les deux en mars, quand il a enfin réussi à prendre des vacances. Rien qu'elle et lui, cette femme si jeune, si peu sûre d'elle, si facile à séduire.

Oui, oui… Les corps la mettent évidemment mal à l'aise, pense-t-il. Et si ça se trouve, elle a découvert qu'il a eu autrefois une relation avec Marie, maintenant morte dans la cave. Elle le sait sans doute depuis une semaine, depuis qu'ils cuisinent les prisonniers ; quelqu'un de la bande n'aura pas pu tenir sa langue et, conséquence, elle craint d'être la prochaine. Alors que non, bien sûr, pense-t-il. Il sent aussitôt déferler en lui une bonté pour cette fille tellement adorable. Si jeune, si innocente, si belle. Ça fait longtemps qu'il n'a pas éprouvé de tels sentiments pour une femme, se dit-il en mangeant, en ne piochant que les morceaux de viande. Il cherche autour de lui ce qui pourrait lui faire office de dessert. Une liqueur peut-être. Ils ont aussi des pastilles. Il en prend une, la croque entre ses dents, puis rejoint Gunnlaug dans le salon. Elle a les mains croisées comme si elle ne savait pas quoi en faire, pauvre chatte.

– Tiens, prends donc un petit remontant, dit-il en lui tendant un verre de liqueur de café. J'ai bientôt fini. Après, on pourrait sortir et se faire un truc sympathique tous les deux, hein ? demande-t-il en levant son verre.

Le téléphone sonne. Quelqu'un décroche, un autre lui prend l'appareil des mains. Rinnan sirote sa liqueur, la chaleur de l'alcool se diffuse dans son corps et apaise la tension qui s'accumule en lui. Karl remonte de la cave sur ces entrefaites, le visage rougi par l'effort, le front perlé de sueur, la mine sombre et contractée. Ça ne lui ressemble pas, pas du tout même.

– Ils ne rentrent pas dans les caisses, chef, dit-il nerveusement, à voix basse, pour que personne ne l'entende – en vain.

Rinnan pose une main sur son bras.

– Excuse-moi un instant, Minouchette, murmure-t-il, et il fait quelques pas en direction de la fenêtre. Qu'est-ce que tu dis, Karl ?

– Les corps… ils ne rentrent pas dans les caisses… Qu'est-ce qu'on fait ?

– Tu les mets dedans, Karl. Tu fais ce qu'il faut. On n'a pu avoir que ces caisses, donc on utilise ces caisses. Compris ?!

Il sent la colère et la frustration bouillir en lui à la fin de sa phrase. Pourquoi, bordel de Dieu, Karl vient-il prouver devant tout le monde que leur chef ne sait pas comment on dit *cercueil* en allemand ? Il est con ou il ne pige pas à quel point c'est embarrassant pour lui ?

– Oui, bien sûr, chef, répond Karl avant de repartir à la cave, non sans jeter un rapide coup d'œil à Gunnlaug.

Rinnan retourne auprès de Minouchette et se met à lui parler de tout autre chose : ce qu'ils feront quand la guerre sera finie, l'endroit où ils iront en vacances. Il la sent se radoucir, se départir de son anxiété et se rapprocher de lui. Elle le laisse mettre son bras autour d'elle et lui sourit. Voilà, pense-t-il tout en lui caressant le dos, maintenant elle comprend qu'il a un travail exigeant, qui l'oblige à prendre des décisions difficiles, qui le place devant d'énormes responsabilités.

Or Karl remonte encore et tape d'un doigt sur l'épaule de Rinnan. Cette fois, seule la peur se lit dans ses yeux.

– Désolé de vous déranger, chef…

Il recule de quelques pas, voulant qu'ils discutent à l'écart des autres, ce à quoi Rinnan consent volontiers, il trouve même que c'est bien réfléchi de sa part : épargner Minouchette et ne pas déverser ses problèmes devant elle.

– Qu'est-ce qu'il y a ?

– Je suis désolé, mais… les caisses, elles sont trop petites… Même en leur pliant les genoux, ils ne tiennent pas dedans… Qu'est-ce qu'on fait ?

Pour Rinnan, c'est la goutte d'eau : sa patience est à bout.

– Écoute, Karl. Soit tu fourres ces cadavres dans les caisses, soit c'est moi qui te fourre dedans. Est-ce que je me suis bien fait comprendre ?! Je me fous de savoir comment tu y arrives. Fais marcher ta cervelle, bordel !

– Bien sûr, chef. Désolé, dit Karl à nouveau, sans faire mine de partir, sans doute parce qu'il ne sait toujours pas comment il va se débrouiller.

– Tu te souviens qu'on a une hache dehors ? dit Rinnan à voix basse.

Karl opine et sort. Gunnlaug discute à présent avec Ingeborg et, bien que celle-ci rie, Gunnlaug ne semble pas l'écouter. Karl revient, la hache à la main, jette un coup d'œil à Rinnan comme s'il espérait qu'il l'arrête dans son élan. Mais, Rinnan se bornant à le toiser, il descend l'escalier.

Quinze minutes s'écoulent. Peut-être vingt. Puis Karl et un acolyte sortent de la cave avec la première caisse.

– Merveilleux, Karl ! s'écrie Rinnan à la cantonade. Tu sors les trois caisses et tu vas les balancer dans le fjord.

Le silence est total dans le salon. Pendant que les caisses sont transportées à travers la pièce, tout le monde cherche un endroit où fixer son regard, quelque chose à feindre de faire ou d'observer, n'importe quoi, mais surtout pas assister à ça : le sang qui dégouline des planches au fur et à mesure qu'une odeur de fer se répand dans le salon et le couloir.

Aucun ne pipe mot.

– Vous avez un problème ?! lâche Henry. Nous avons une guerre à mener, je vous signale. Retournez au boulot ! hurle-t-il.

Il allume une cigarette et demande à Ingeborg d'ouvrir une fenêtre. Quelques instants plus tard, les trois caisses sont sorties. Un des membres du groupe se met aussitôt à nettoyer le sol, de sa propre initiative. Puis la nuit tombe enfin.

T comme tracas, comme tourments, ceux d'Ellen Komissar alors qu'elle traverse les rues de Trondheim d'une démarche pressée, les yeux rivés sur le trottoir. Elle se passe la langue rapidement sur les lèvres, elle presse le pas, elle doit se dépêcher, pense-t-elle tandis que des images de Gerson défilent dans son esprit, car elle en est désormais persuadée : il cache quelque chose. Elle s'en est rendu compte dès le jour où la nourrice danoise a démissionné ; les derniers liens de confiance qu'ils partageaient se sont brisés, une dureté inédite a pris possession de son regard. Il fait si souvent des heures supplémentaires qu'ils se croisent plus qu'ils ne se retrouvent et, pour peu qu'il soit à la maison, il évite de la regarder et lit son journal pendant le repas. Donc, forcément, il lui cache quelque chose, pense-t-elle en remontant une nouvelle rue. Elle se voit déjà ouvrir la porte de la boutique et le trouver en compagnie d'une autre femme. Ou pire encore : il n'est pas au travail, contrairement à ce qu'il lui a dit, et elle tombe sur Marie qui ne comprend pas où Ellen veut en venir vu que Gerson l'a elle aussi roulée dans la farine. À moins bien sûr qu'elle soit dans le coup, qu'elle couvre son fils et lui serve une histoire à dormir debout, comme quoi il est parti chercher une commande, alors qu'en fait il est chez sa maîtresse, à coup sûr dans le lit de la jeune Danoise, en train de s'envoyer en l'air avec elle. Quelle horreur ! peste-t-elle. Elle sent son cœur cogner dans sa poitrine et la colère. Les mâchoires fermement serrées, elle formule des phrases dans sa tête, les peaufine et les répète, jusqu'au moment où elle les lui lance à la figure et le remet à sa place, à tel point qu'il s'agenouille devant elle et implore son pardon. Il lui dit comprendre sa frustration et lui annonce qu'ils vont retourner à Oslo. Elle les imagine enfin repartir vers le sud, où toute la famille franchit la porte de la maison de son enfance. Mais elle prend conscience que la fin heureuse de son fantasme est un peu tirée par les cheveux ; le début était plus probable, pense-t-elle au moment de tourner au coin de la rue Nordre gate. Elle courrait presque pour y arriver plus vite et obtenir des éclaircissements. Elle voit alors les vitrines allumées. Et elle voit Gerson derrière le comptoir tandis qu'une femme âgée essaie un chapeau et se tourne vers lui pour obtenir son avis.

Il n'y a pas de jeune femme, Gerson est en train de travailler. Ellen s'arrête net, s'apprête à se retourner lorsque Gerson l'aperçoit. Il a l'air surpris de prime abord, son visage s'illumine, il fait mine de vouloir lever la main pour lui faire signe ; mais il suspend son geste, comme s'il interprétait le regard accusateur sur le visage de son épouse. Elle voit ses épaules s'enfoncer avant qu'il ne se tourne vers la vieille dame au chapeau et esquisse un sourire.

Ellen ne bouge pas. Elle envisage de traverser la rue pour parler à Gerson, mais pour lui dire quoi ? Et pourquoi d'abord est-elle venue ? Pour lui rendre une simple petite visite ? Si c'était le cas, elle ne serait pas venue à l'improviste comme elle vient de le faire. Elle se maudit. Qu'est-ce que je peux être bête ! pense-t-elle, avant de rebrousser chemin pour rentrer chez elle d'un pas désespéré.

Elle se fait belle, s'efforce de rendre la maison agréable. Elle veut discuter avec les filles, mais elles sont occupées et ne comprennent pas pourquoi leur mère se colle soudain à elles, pourquoi elle veut soudain les câliner. Elles se tortillent pour se libérer.

Ce soir-là, Gerson rentre tard du travail. Il a bu et refuse de lui dire où il était. Il file directement à la salle de bains puis au lit, bien qu'Ellen l'attende sur le canapé, se lève et lui sourie quand elle le voit sur le seuil de la porte. Il veut clairement s'éloigner d'elle, il ne reste absolument plus rien de la lumière qui brillait dans ses yeux quand il la regardait autrefois.

Ils se couchent. Elle tend une main dans le noir, la pose sur son épaule, mais il marmonne qu'il est fatigué, qu'il veut juste dormir, et lui tourne le dos.

Ellen ferme bien les yeux. Elle entend sa respiration, régulière et calme. Elle ressent la distance qui les sépare, elle a l'impression que tout entre eux s'est désintégré.

Quelques jours plus tard, Gerson revient tôt du travail alors que les enfants sont sorties. Et il déballe tout : on lui a proposé un emploi à Oslo, il ne voit aucun avenir commun, il va lui trouver un appartement où elle pourra vivre avec les filles, mais il veut divorcer.

T comme tromperie. Dans l'une des rares interviews que Klara Rinnan ait données, elle évoque la première fois où elle a appris que son mari la trompait, quelqu'un l'ayant vu sortir d'un hôtel avec une autre femme. Pourquoi est-elle restée mariée avec lui ? Ils avaient trois enfants, il était souvent absent mais toujours gentil envers les petits quand il rentrait. Enfin, et surtout, il gagnait bien sa vie et veillait à ce que la famille ne manque de rien, à une époque où la plupart des gens faisaient la queue pour obtenir de la nourriture rationnée. Donc elle est restée.

Un jour, dans la rue à Trondheim, Klara a vu une jeune femme venir à sa hauteur en promenant leur berger allemand. Le chien l'a tout de suite reconnue et a tiré sur sa laisse pour s'approcher d'elle tandis que sa queue frétillait de joie. Cette inconnue, surnommée Minouchette par Rinnan, n'était autre que sa dernière maîtresse, enceinte de lui, mais qui ferait une fausse couche en prison, aux dires mêmes de Klara.

Elles ont continué chacune dans sa direction. Klara n'a pas voulu se retourner pour regarder le chien dans les yeux. Elle a juste entendu la voix de la femme crier au berger allemand de la suivre, avant de tirer sur la laisse et de disparaître.

T comme téléphone, celui sur le bureau de Rinnan qui sonne en cette nuit du 7 mai 1945. Ces derniers temps, l'Allemagne a perdu sur toujours plus de fronts et, après six mois de revers, tout espoir de voir sa chance tourner diminue de jour en jour. Et là, un employé du Misjonhotellet lui annonce que c'est fini. L'Allemagne a capitulé. La guerre est terminée.

Mon Dieu.

La guerre est finie. Tout est fini.

– Qu'est-ce qu'il y a ? demande Karl, qui se rend compte que quelque chose est arrivé.

Rinnan est incapable de lui répondre. Il remarque tout juste que son corps est lentement saisi par un engourdissement proche de la paralysie. Peut-être vaudrait-il mieux qu'il se suicide, qu'il descende à la cave et se fasse exploser le caisson ? Non. Sitôt formulée, il refoule cette idée. Nul besoin pour lui d'abandonner vu qu'ils n'ont pas encore été pris. Si ça se trouve, il peut s'en sortir et s'enfuir, pense-t-il en raccrochant. Il relève la tête.

– Réveille tout le monde ! L'Allemagne a capitulé, quelle bande d'abrutis !

Karl le regarde fixement. Sa petite amie, Ingeborg, arbore la même mine sinistre.

– Dépêchez-vous ! Faut qu'on brûle tous les papiers et qu'on foute le camp d'ici. Vite, vite, vite ! dit-il en tapant une main contre le mur.

Il prend sa bouteille de liqueur, boit un verre d'une traite, réfléchit à ce qu'il faut faire en urgence, à ce qu'il faut absolument détruire, tandis que les autres titubent de pièce en pièce, attrapant des choses, les reposant aussitôt, frappant aux portes des chambres où certains dorment encore. Il se sert un deuxième verre qu'il vide aussi vite que le premier et se dirige vers le classeur. Il sort tous les dossiers contenant les documents confidentiels : plans, listes des agents, des contacts négatifs, des gens qu'il a torturés et tués. Il empile le tout, certaines feuilles glissent ou s'envolent dans l'empressement, mais le gros atterrit au fond de la cheminée. Un nuage de cendres se répand dans le même élan à travers la pièce, qui l'oblige à tourner la tête et à retenir sa respiration pendant un instant. Il va chercher des allumettes et se rend compte immédiatement qu'il lui faudra une éternité avant que toute cette paperasse prenne feu. Il demande à Karl d'aller chercher un bidon de pétrole. Ingeborg l'aide à ramasser les feuilles qui traînent par terre, Karl revient, Rinnan déverse du pétrole dont l'odeur le prend aussitôt aux narines, lance une allumette sur le tas de papier. Une explosion retentit lorsque les vapeurs de pétrole s'enflamment dans l'air, un bruit étonnamment fort qui provoque chez lui un éclat de rire. Il réfléchit à ce qu'ils doivent emporter. De la nourriture, des boissons et des cigarettes. Il leur suffit d'atteindre les montagnes de la commune de Verdal et, de là, passer en Suède où ils pourront s'enfuir, se disperser, se volatiliser.

Ça peut marcher. Il a passé des années à cartographier ces voies d'évasion, il connaît la région comme sa poche. Il faut uniquement qu'ils se dépêchent. Il comptabilise le nombre de voitures qu'ils ont, ils n'ont plus le temps d'en trouver d'autres.

– Écoutez-moi tous ! Vous prenez des armes, des munitions et de la bouffe. On va passer la frontière suédoise. On part dans cinq minutes ! C'est clair ?!

– Oui, dit Karl.

Ingeborg acquiesce. Minouchette est plaquée contre le mur, défaite, visiblement en état de choc – la pauvre, pense Rinnan, c'est compréhensible. Il s'approche d'elle, mais elle se libère de son étreinte, prétextant qu'elle doit faire ses valises. D'accord, d'accord. Donc son masque vient de tomber à elle aussi. Sale petite pute opportuniste, va ! Et dire qu'il croyait finir ses jours avec elle. Tant pis.

Il ne lui reste plus qu'à emballer ses affaires. Il attrape un sac, le remplit de cigarettes, de munitions et d'argent. Il n'oublie pas de prendre une mitraillette. Il traverse le couloir, il ne se retourne pas.

Il quitte le Cloître de la Bande pour la dernière fois, dans le noir, alors que la ville est encore plongée dans la nuit.

U

U comme ulcérations, ces ampoules qui se forment dans le repli de peau entre ton pouce et ton index à force d'avoir défoui la terre à la bêche, autour des racines des arbres dans la forêt de Falstad ; une vésicule violacée qui perce au bout de quelques jours et laisse un lambeau de peau morte sur la chair à vif.

V

V comme violence.

V comme vin.

V comme vague à l'âme en cet hiver, lorsque la terre noire durcit et que les flocons blancs se déposent sur les champs, les toitures et jusque sur les crochets de la clôture en fil de fer barbelé en leur donnant l'apparence de petits lapins ou d'un autre animal pelucheux. V comme vague à l'âme encore, lorsque tu vois un soldat pencher la tête dans la lumière d'un lampadaire, le soir, en laissant la neige fondre sur son visage. V comme vague à l'âme toujours, lorsque vous descendez à la buanderie où les lettres et les paquets de nourriture introduits illégalement dans le camp sont distribués dans l'air moite et humide des chemises et des draps étendus, si soyeux qu'ils te rappellent ton enfance à Parytchy, quand tu appuyais ton visage sur le linge mis à sécher dehors, quand tu humais l'odeur douce du coton juste lavé.

V comme vérité et comme une citation attribuée à Rinnan, une phrase qu'il disait à tout nouveau prisonnier arrivant au Cloître de la Bande : « *Bienvenue dans le seul endroit de Trondheim où l'on dise la vérité.* »

V comme le village de Verdal et ses montagnes environnantes. Nous sommes début mai 1945, Rinnan et sa bande sont entassés dans plusieurs voitures avec le prisonnier de la cave qu'ils ont emmené comme otage. Ils ont fait un crochet par Levanger pour que Rinnan puisse embrasser ses enfants, désorientés, puis ils ont continué vers l'est, en direction des montagnes, dans l'espoir de trouver un passage en Suède.

Ironie du sort, le camion a crevé, ce qui les contraint à continuer à pied. Il fait inhabituellement froid pour la saison et la neige est encore épaisse dans les hauteurs. Ils marchent en file indienne. Rinnan tient un pistolet dans une main, une bouteille de liqueur dans l'autre, en plus d'une cartouche de cigarettes coincée dans la poche de son manteau et qui menace à chaque instant de tomber car la poche n'est pas assez profonde. Gunnlaug lui emboîte le pas, tête baissée, en faisant semblant de surveiller le chemin pour éviter de trébucher sur une pierre ou de s'enfoncer dans la neige. Qu'est-ce qu'elle a encore ? Elle fait la gueule sous prétexte qu'ils perdent cette bataille ? se demande-t-il. Il se tourne vers le prisonnier, ce Magnus Caspersen qui avance d'un pas lourd, la nuque penchée. Quelle connerie de ne pas l'avoir balancé dans le fjord ! pense-t-il. Le type a une croix gammée brûlée sur la cuisse prouvant qu'il a été torturé, il aurait mieux valu qu'ils se débarrassent de lui, mais maintenant c'est trop tard. D'un autre côté, il fera une bonne monnaie d'échange s'ils sont capturés. Il leur suffit d'atteindre la Suède et de passer la frontière pour se mettre à l'abri, ce qui ne devrait pas être sorcier ; puis Gunnlaug et lui s'installeront quelque part en Suède et elle pourra donner naissance à l'enfant qu'elle porte, son enfant à lui, pense-t-il en repoussant une branche de sapin. Arrivés à une route, ils entendent soudain un bruit de camions non loin.

Il se retourne et fait de grands gestes aux autres pour qu'ils traversent la route en courant et se précipitent dans la forêt de l'autre côté. Il s'élance, si vite que la cartouche de cigarettes tombe de sa poche et glisse sur une congère. Il voit Karl abandonner la caisse d'eau-de-vie, les bouteilles tintent en atterrissant dans la neige.

– Ici, vite, par là ! crie Rinnan.

Il désigne un mamelon derrière lequel ils peuvent se cacher. Ils le dépassent à toute allure et se serrent derrière le rocher. Lorsqu'il se retourne, Rinnan constate que Magnus Caspersen a rebroussé chemin et détale vers la route en agitant frénétiquement les bras. Bordel de merde ! Ils n'ont plus d'otage pour négocier… Tant pis.

– Faut qu'on se tire d'ici ! murmure Rinnan.

– Où ? demande Karl.

– En Suède, pardi ! répond Rinnan.

Il entend un camion se garer à proximité, un claquement de portières, des cris d'hommes. Karl secoue la tête et dit que c'est trop loin. Il leur suggère plutôt de se cacher dans une cabane voisine et d'attendre que les choses se calment. Rinnan ferme les yeux. Là c'est vraiment la débandade, pense-t-il, même son homme le plus fidèle refuse d'obéir aux ordres. Mais bon, qu'il en soit ainsi. Dorénavant, ce sera chacun pour soi. Il souhaite bonne chance à Karl et à sa petite amie, puis dit aux autres de le suivre en vitesse s'ils veulent rester en vie.

Gunnlaug le regarde, Rinnan lui tend une main et lui sourit, mais elle se détourne. Bon, on réglera ça plus tard, pense-t-il. Il tape sur l'épaule de Karl et lui souhaite bon courage, fait signe aux autres de venir avec lui. Leur progression est compliquée par les pentes escarpées, recouvertes de pierres et de bruyère, jalonnées de trous invisibles sous la neige et dans lesquels on s'enfonce aussi facilement que brusquement. La neige est glacée de chaque côté de ses jambes et dégringole dans sa nuque au moment où ils passent sous des branches, l'odeur des aiguilles de sapin lui rappelle son enfance. En se retournant, il constate que leurs empreintes dans la neige seront faciles à suivre. Mais bon, c'est inévitable, se dit-il en pressant le pas. Quand ils arrivent à une clairière, d'autres membres du groupe décident de partir de leur côté. Il n'a même plus envie de discuter, il les congédie d'un revers de main, même si ça le blesse. Bande de lâches, ils n'ont même plus confiance en son plan ni en la personne la plus à même de les conduire en sécurité, pense-t-il. Et cette personne, c'est lui, bien sûr ! Mais pas question de leur faire la leçon comme un petit morveux, s'ils ont décidé de partir dans une autre direction, grand bien leur fasse, ouste et bonne chance ! Ce qu'il leur lance aussi, bien qu'il n'arrive pas tout à fait à cacher sa perplexité en regardant Gunnlaug et en demandant qui vient avec lui.

Ils ne sont donc plus que six, après que la moitié du groupe lui a fait faux bond. C'est idéal car, avec un peu de chance, leurs assaillants choisiront plutôt les traces des autres, pense-t-il. Ils poursuivent leur route, en file indienne, la nuque penchée. Ils descendent une vallée, traversent une petite route, remontent une colline à l'abri de lourds conifères. Soudain, il entend une détonation de mitraillettes. Puis des coups de fusil. Et enfin une grenade qui explose. Ils se regardent. Rinnan se sent fatigué, en plus il a faim, comme les autres sûrement. Son cœur cogne dans sa poitrine. Les tirs s'arrêtent, le silence se réinstalle dans la forêt. Gunnlaug le regarde d'un air sombre et interrogateur. Elle est si belle dans son anorak blanc, si jolie même si elle porte un bonnet, pense-t-il. Il fait un pas vers elle, voudrait tant la toucher, mais elle se retourne et désigne une trouée entre les arbres. Elle demande s'ils devraient prendre ce chemin.

Ils continuent, peut-être un quart d'heure, et finalement Rinnan aperçoit une petite cabane dans une clairière. Il n'y a pas de lumière aux fenêtres, pas de fumée qui s'échappe de la cheminée. C'est parfait. Si ça se trouve, il y aura aussi de quoi manger, pense-t-il. Il leur indique qu'ils vont s'arrêter ici pour se reposer. Aucune empreinte de pas ne mène à la cabane, sinon quelques petites traces rondes provenant de chevreuils en quête de nourriture.

Rinnan se précipite vers une fenêtre et jette un œil à l'intérieur. L'endroit est vide, comme il l'avait estimé. Il va à la porte, elle n'est même pas fermée. Ils n'ont plus qu'à s'y réfugier. Il tient la porte pour permettre aux autres d'entrer. Et maintenant, à table ! pense-t-il. Il se précipite vers les placards de la cuisine. Trouvant une armoire pleine de conserves, il se tourne vers le reste de la troupe avec un sourire. Au même moment retentit le bruit d'une mitraillette, des bris de verre sont projetés partout lorsque les vitres explosent. Ils se jettent à terre. Une nouvelle rafale de tirs les atteint, qui les asperge d'éclats de verre et de copeaux de bois. Une brioche desséchée sur le plan de travail est mise en pièces. Puis le silence se fait. Rinnan relève la tête du plancher. Gunnlaug le fixe du regard, presque avec mépris, avant de tourner son visage vers la porte.

– RINNAN ! ON SAIT QUE VOUS ÊTES LÀ-DEDANS ! SORTEZ TOUS LES MAINS EN L'AIR ! crie un homme.

– NE TIREZ PAS ! crie Rinnan. JE SORS !

Il doit négocier avec eux, pense-t-il en prenant garde de ne pas mettre la main sur un bris de verre. Il se lève et franchit la porte. Un homme le met en joue avec sa mitraillette, trois autres sont campés derrière lui. Un quatrième est couché sur un talus, avec une mitrailleuse encore plus lourde. Même s'ils font eux aussi usage de leurs armes, ils ne pourront pas s'en sortir vivants, se dit Rinnan, il va falloir être rusé.

– Bonjour, dit-il d'un ton jovial, les mains au-dessus de la tête, qu'il abaisse lentement en s'approchant d'eux. Je serais heureux de négocier à propos de… commence-t-il, mais il ne fait pas un pas de plus car le soldat pointe son arme sur lui et appuie le canon contre sa joue.

– STOP ! crie-t-il. VOUS ÊTES CERNÉS ! LÂCHE TES ARMES IMMÉDIATEMENT OU JE TIRE !

Rinnan le regarde et fait une rapide évaluation de la situation, car le type n'a pas l'air de bluffer. Bien au contraire, peut-être qu'il a même *envie* de lui tirer dessus et qu'il cherche uniquement un prétexte pour appuyer sur la détente, pense Rinnan en sortant lentement son pistolet de son étui.

– COUCHE-TOI PAR TERRE, LES MAINS BIEN DEVANT ! VOUS, À L'INTÉRIEUR : SORTEZ, CALMEMENT, LES MAINS BIEN AU-DESSUS DE LA TÊTE. TOUTE PERSONNE QUI TIENT UNE ARME OU QUI TENTE DE S'ÉCHAPPER SERA ABATTUE !

Rinnan sent la neige froide contre sa joue. Il tourne la tête et voit Gunnlaug sortir. Elle a l'air épuisée, harassée, mais elle est toujours aussi belle. Soudain quelqu'un lui attrape les mains, les plaque dans son dos et lui passe les menottes. C'est fini. Un soldat s'approche de lui, les poings serrés et les yeux luisants de haine. Un deuxième le suit.

– Tu fais moins le malin maintenant, hein ? dit-il.

Puis vient le coup de poing.

V comme vie, la vie qui continue. Plusieurs années se sont écoulées depuis le matin où mon fils et moi nous sommes agenouillés près de ta *Stolperstein* à Trondheim. Plusieurs années se sont écoulées depuis que j'ai vu l'obscurité tomber sur les yeux de mon fils lorsqu'il a demandé ce qui t'était arrivé. Aujourd'hui, il n'a plus dix mais quatorze ans ; ma fille n'a plus six mais dix ans et bientôt onze, et ils ont bien sûr entendu de nombreuses conversations sur ce sujet au cours des dernières années, sans que cela les effraie comme je le croyais initialement. Il n'y a pas si longtemps, mon fils est entré dans mon bureau pendant que je travaillais.

– Tu écris toujours sur ce Rinnan ? m'a-t-il demandé.

– Oui. Tu as entendu parler de lui ?

– Bien sûr. C'est le fou qui a tué des tonnes de gens dans la cave où grand-mère a grandi, non ?

– Oui, c'est lui.

Mon fils a hoché la tête, puis il a regardé quelque chose sur son téléphone portable. Mais, en sortant, il s'est retourné et m'a dit :

– S'il y a une autre guerre, on s'enfuira quelque part dans le Pacifique, hein ?

V comme voie, V comme volonté. Karl Dolmen et sa petite amie choisissent une autre route que Rinnan pour rejoindre la Suède, mais ils sont repérés par une patrouille norvégienne. Après une courte poursuite, ils se cachent dans le hangar d'une ferme, tandis qu'un petit groupe de soldats bloque la route et tire des coups de semonce sur le toit. Recroquevillé par terre avec sa petite amie cramponnée à son bras, Karl se lèche la lèvre inférieure et évalue les possibilités de s'en sortir. Ils ont le choix : soit ils essaient de s'échapper, soit ils se rendent. Il entend les soldats crier dehors, il les sait armés de mitraillettes. Il lui sera difficile de fuir sans en descendre quelques-uns et détourner l'attention des autres, pense-t-il. Du coup il met la main dans son sac. Il sort une grenade, surpris par sa lourdeur. Puis il avise le trou dans le mur qui fait office de fenêtre, près du toit.

– Qu'est-ce que tu fais ? lui demande sa petite amie en regardant la grenade.

– T'inquiète pas, chuchote Karl avant de se tourner vers la porte. OK ! On sort !

À ces mots il se lève, retire la goupille de la grenade et la lance à travers le trou dans le mur. Mais à peine a-t-elle quitté sa main qu'il comprend que quelque chose cloche, que son lancer n'est pas entièrement réussi : un cognement sourd résonne quand elle heurte les planches à côté du trou carré – elle rebondit et roule vers eux. Il a tout juste le temps d'entendre sa petite amie crier « OH MON DIEU ! », de se précipiter pour l'attraper afin de la relancer, que la grenade explose devant eux.

V comme vigueur, comme vitalité ; et V comme vent, dont le léger souffle agite parfois les cheveux d'Ellen en ce printemps 1945 inhabituellement chaud en Suède. Ellen, cette femme dont Gerson est tombé amoureux, issue de la bourgeoisie, qui fume des cigarettes de l'usine de son grand-père, qui aime dessiner et parler d'art tout comme lui, qui peut jouer par cœur des concertos pour piano avec ses doigts fins, mais qui peut aussi rire et sourire de tout ce qu'elle ne sait pas faire. V comme victoire et la fête sauvage qui éclate lorsqu'ils entendent que la guerre est finie, que les Allemands ont capitulé, que les réfugiés juifs vont pouvoir retourner chez eux. Ils font la farandole, se prennent et se serrent dans les bras, des gens s'embrassent alors qu'ils se connaissent à peine, l'air du printemps est saturé de l'attente d'une nouvelle ère, d'un nouveau départ. Ellen se jette au cou de Gerson, ils s'enlacent en souriant.

– On rentre à la maison alors ? demande-t-elle d'un ton taquin, sur la pointe des pieds.

Ses yeux noirs brillent. Elle est si belle, pense-t-il en retirant de son front une boucle de cheveux.

– Oui, maintenant on peut rentrer à la maison, répond-il.

Il sent soudain les lèvres d'Ellen pressées contre les siennes et, quand il rouvre les yeux, il voit sa mère leur sourire.

Quelqu'un lui cale une bouteille dans la main et la fête continue.

V comme virages, ces lacets qui sillonnent la route sinueuse descendant des montagnes de Verdal. Nous sommes en mai 1945 et Rinnan est assis dans un véhicule de police, menottes aux mains, un œil au beurre noir tuméfié après le coup de poing qu'il s'est pris, si enflé qu'il peut à peine voir. Il parcourt le chemin en sens inverse, il rentre à Trondheim. Il regarde par la vitre avec son œil indemne. Voyant les maisons pavoisées, ces drapeaux norvégiens hissés partout, il éprouve malgré tout un semblant de soulagement : il a été capturé, il n'a plus besoin de fuir. Il se demande s'il peut parvenir à une sorte d'accord avec les autorités ; peut-être va-t-il arriver à les convaincre qu'il dispose d'une tonne d'informations, qu'il leur serait d'une grande utilité pour peu qu'ils placent adroitement leurs cartes. En tout état de cause, il va pouvoir leur montrer de quoi il est capable, pense-t-il en levant la main pour toucher son œil gonflé, curieux de savoir à quoi il ressemble. Il se penche contre l'appuie-tête et sent à quel point c'est merveilleux de pouvoir enfin souffler. Il se repose jusqu'au Misjonhotellet, entre-temps repris par les autorités norvégiennes. Il n'y a plus de jeunes secrétaires fringantes attendant de recevoir ses ordres, uniquement des policiers norvégiens. Leur haine à son égard est à peine voilée. Il voit les regards luisants de mépris et de contentement qui émanent de certains, comme l'agent qui l'accueille en l'attrapant par le bras sans ménagement.

– Tiens donc, Rinnan… Alors, on fait moins le malin ?

Ha, lui aussi ! À croire qu'il a volé la réplique dans le même film, pense Rinnan. Il est emmené au bas de ces marches qu'il a descendues des centaines de fois ces dernières années, à la cave où il est jeté dans une cellule, content d'entendre la clé tourner dans la serrure. Il avait cru un instant que le policier ne rende justice lui-même et lui colle tout de suite une balle en pleine tête. De toute évidence, il échappe au règlement de comptes.

On s'occupe bien de lui, il n'a pas à se plaindre. Il demande à être interrogé par Odd Sørli, l'un des chefs de réseau de la Résistance, l'un des rares susceptibles de le comprendre, qui saura de quoi il parle. Il sait que Sørli le respecte et respecte ce qu'il a réalisé, même s'ils étaient dans des camps opposés.

Il se lie d'amitié avec les femmes de ménage et commence même à se plaire en cellule, à leur parler en détail de ce qui s'est passé, de ses missions, de ses infiltrations, de ses opérations en tant qu'agent double. Il évoque une espionne russe avec qui il a eu une relation, leurs rencontres ultra-secrètes, à l'hôtel ou lors de voyages en train à l'étranger, leurs scènes d'amour à tel moment, leurs luttes séparées à tel autre. Elles semblent mordre à l'hameçon, en tout cas elles sont tout ouïe, ce qui est une bonne chose car il a vraiment besoin de raconter à quelqu'un ce qui s'est passé. Mais son flot de paroles représente aussi une tentative pour se sortir d'ici. S'il les convainc d'être en possession d'informations internes sur les services secrets soviétiques, ils admettront certainement qu'il leur sera plus utile vivant que mort, pense-t-il.

Et ses efforts finissent par payer car, lors du réveillon de Noël 1945, le gardien qui lui apporte son repas laisse la porte de sa cellule déverrouillée.

Rinnan attend un moment. Il sent l'excitation monter en lui. Il sort de sa cellule et écoute à la porte suivante. Personne. Il appuie alors sur la poignée, regarde à travers l'entrebâillement, se faufile en haut de l'escalier – et s'échappe.

W

W comme Wehrmacht.

W comme deux V imbriqués, quand par exemple les gouttes de transpiration coulent dans tes yeux en plein été dans la carrière, ou quand l'épuisement est si intense que tu ne parviens plus à voir clair.

W pour Wolfsohn, le nom de jeune fille de ta femme et le nom d'un des prisonniers de Falstad, David Wolfsohn. Lui aussi a une *Stolperstein*, placée au pied de l'immeuble où il vivait autrefois, cet appartement devenu plus tard le premier quartier général de la bande à Rinnan.

X

X comme les choses qui ne fonctionnent pas. X comme ce qui demeurera à jamais une inconnue, un mystère. X comme le panneau en bois bordé de rouge, reproduisant une sorte de X et planté devant le passage à niveau près la gare la plus proche. Les prisonniers sont descendus du train et contraints de marcher le reste du chemin jusqu'au camp de Falstad. Une nuit, fin septembre, un nouveau groupe de détenus arrive à minuit. Tu dors déjà, mais tu es réveillé par les cris des soldats qui leur ordonnent de se mettre en rang dans la cour. Et ? Tu te lèves, tu regardes instinctivement par la fenêtre, même si tu sais qu'elle ne donne pas sur la cour, donc tu ne vois rien. Puis tu replonges dans un sommeil profond, interrompu à intervalles réguliers par les cris et les hurlements dans la cour, mais rien qui te concerne. Le matin, pendant que tu prends ton petit déjeuner, tu découvres que les prisonniers sont toujours au même endroit. Ils sont restés là toute la nuit, et tu te sens coupable d'avoir dormi pendant ce temps, comme si cela avait pu les aider que tu restes éveillé.

Y

Y comme le dessin d'un sexe de femme, dans sa forme la plus basique et presque caricaturale, ce Y que tu as vu gravé sur la porte des toilettes à Falstad car la nature ne marque pas de pause. Les femmes enceintes doivent accoucher même si les bombes pleuvent du ciel. Certains doivent vite aller aux toilettes même si les balles traversent les murs. La respiration, la digestion, la faim, le désir. Rien n'est plus comme avant, mais rien ne s'arrête non plus, pas tant que le sang coule encore dans tes veines et transporte tout ce qui te maintient en vie.

Z

Z comme zèle, celui avec lequel tes veines pompent le sang, à un rythme régulier toute la journée, qui s'accélère lors des exercices matinaux et pendant les travaux forcés, quand tu es envoyé à la carrière ou à la scierie, qui ralentit au cours de la nuit, quand tu dors sans bouger d'un sommeil sans rêves.

Z comme la forme de la blessure incandescente laissée par les coups de bâton sur le dos d'un prisonnier pris en flagrant délit d'avoir introduit clandestinement du lait dans le camp.

Z comme zéro, l'année zéro, 1945.

L'année 1945 est presque terminée, tout comme la guerre est terminée, dans les villes la vie reprend peu à peu son cours normal. Mais ce soir, c'est le réveillon de Noël. Le premier Noël depuis la Libération, partout les gens sont chez eux et réveillonnent en famille. Ils sont enfin tous réunis autour de la table recouverte d'une nappe blanche, les visages brillent encore plus dans la lumière des bougies.

S'il y a moins de gardiens que d'habitude au Misjonhotellet, toutefois, lorsque Rinnan monte en catimini l'escalier de la cave et jette un coup d'œil vers l'entrée principale, il en voit un appuyé contre un bureau, en train de discuter avec un camarade. Heureusement, il connaît les lieux comme sa poche pour y être venu tant et tant de fois et, même s'il ne peut pas en sortir en empruntant la grande porte, il finira bien par trouver une issue. Puisque c'est forcément le but caché derrière cette comédie : lui permettre de s'échapper. Mais il ne faut pas non plus que ce soit trop flagrant, ils ne peuvent pas le laisser franchir la porte d'entrée, pas lui, l'homme le plus recherché du royaume, personne ne comprendrait, se dit-il en se hissant sur la pointe des pieds au premier étage. Les gens sont bien trop stupides pour ça, bien trop otages de leurs émotions ; alors que quiconque connaît ce petit jeu comprendra que Rinnan leur sera autrement plus précieux dans l'avenir, en tant qu'agent norvégien, infiltré chez les Soviétiques. Il sera en mesure de les tromper, lui – et comment ! Cette précision, cruciale pour la Norvège, ne fait pas l'ombre d'un doute. Alors que mort, en tant que symbole par excellence de la justice rendue par les vainqueurs, ça leur servirait à quoi ? pense-t-il. Il entend des voix dans un bureau. Mince… Il n'ose pas se faufiler dans le couloir pour s'échapper par l'escalier de service, il risquerait d'être découvert. Aussi jette-t-il un coup d'œil dans une autre pièce, vide. Il entre, referme doucement la porte derrière lui.

L'endroit lui est familier puisqu'il y venait souvent autrefois, lorsque les rôles étaient inversés et que c'était encore un bureau, désormais transformé en salle de rangement où s'empilent des cartons. Il va à la fenêtre, soulève le loquet avec prudence, glisse le bout de ses doigts entre la fenêtre et le montant, tire lentement, très lentement, pour que le bois ne craque pas.

Soudain, la fenêtre grince bruyamment en se décollant de l'encadrement. Il suspend son geste, attend. Dans la pièce d'à côté, la conversation se poursuit normalement et, quand l'échange se transforme en rires, il tire rapidement sur la fenêtre pour l'ouvrir en grand. Le vent froid s'engouffre, une fine couche de neige recouvre le rebord de la fenêtre. Il passe la tête dehors et regarde en bas. Une rue tranquille, déserte à cette heure, puisque c'est le réveillon de Noël. Mais le trottoir est loin. Enfin bon, je n'ai pas vraiment le choix, pense-t-il. Il grimpe sur le rebord, se retourne, se laisse glisser. Le cadre de la fenêtre lui gratte les hanches et la taille, lui comprime le torse. Son uniforme de prisonnier reste agrippé à un crochet, il le déchire, sent la neige fondre contre son ventre. Il regarde en bas, entend une voiture passer. Puis il lâche prise. La chute, vertigineuse, ne dure qu'une seconde. Il tombe avec trop de puissance, son pied heurte le sol en se pliant, écrasé par le poids du corps. Rinnan se rattrape avec les bras, sent le froid glacial contre ses paumes, s'égratigne le front sur le trottoir. Immédiatement, une douleur intense irradie dans sa jambe, de la cheville jusqu'à la cuisse. Il vient de se faire une entorse, à moins que ce soit une fracture. La rue est vide. Il relève la tête vers la fenêtre ouverte, personne non plus. Il doit maintenant s'enfuir. Mais où ? se demande-t-il en boitant, se maudissant d'avoir raté sa réception, car sa cheville tordue risque de tout gâcher. Il lui sera pratiquement impossible de quitter la ville par ses propres moyens, pas dans cet état-là. Quelle merde ! peste-t-il. Et c'est doublement la merde avec ce putain de réveillon de Noël où tout le monde est occupé. Il aurait pu voler une voiture et s'en aller, mais il peut faire une croix dessus avec cette foutue blessure. Là, j'ai vraiment besoin d'aide, se dit-il. Il essaie de se rappeler s'il connaît quelqu'un dans les environs. Quelqu'un qui accepterait de l'héberger un jour ou deux, le temps pour lui d'organiser sa fuite du pays pour commencer son travail.

Il claudique toujours mais, à un coin de rue, il se souvient tout à coup d'un type qui habite à deux pas et serait susceptible de l'aider – peut-être, mais seulement peut-être. Faut vraiment que ça marche, putain ! pense-t-il. Il frappe à la porte et explique sa situation : il est en fuite et s'est fait une vilaine blessure à la cheville. L'homme l'invite à entrer, lui dit qu'il ne peut décemment pas rester dans le froid avec une cheville foulée. Il propose à Rinnan de s'asseoir et lui sert un verre tandis que sa femme enlève sa chaussure pour vérifier sa jambe. Rinnan les remercie tous les deux, prend une gorgée d'eau-de-vie, commence à se calmer. Cela fait six mois qu'il n'a pas bu une goutte d'alcool. L'homme lui verse un autre verre, Rinnan lui demande de l'aider à trouver une cachette. Il travaille maintenant comme espion pour la Norvège, explique-t-il, mais c'est top secret, ça ne doit pas s'ébruiter. L'homme hoche la tête, lui donne une tape sur l'épaule, le ressert. Il lui dit qu'il va passer quelques coups de fil pour organiser un transport et une cachette.

Rinnan le remercie chaleureusement. Ils lui apportent une assiette et lui versent un autre verre d'alcool. La douleur s'atténue, son esprit s'allège. Putain, je vais y arriver ! pense-t-il, juste au moment où la porte s'ouvre sur une patrouille de police norvégienne, armée de mitraillettes.

Comprenant que l'homme l'a dupé, il vide son verre.

– Je suppose que nous n'aurons pas le temps d'en prendre un autre ? demande-t-il avant que la police ne l'emmène.

Rinnan a été renvoyé en prison la même nuit et, de ce moment, jamais plus on n'a oublié de fermer à double tour la porte de sa cellule. Personne n'a endossé la responsabilité de sa fuite. Sa cheville a guéri pendant l'hiver et le printemps, mais il a fallu attendre l'hiver suivant, en 1946, pour que l'enquête le concernant s'achève et que son procès s'ouvre. À cette date, Rinnan avait trente et un ans, une majorité des membres de la Bande en avaient environ vingt-cinq. Les photos d'eux prises pendant le procès les montrent tout sourire ou riant d'un air crâne, comme si ça leur était égal. Ainsi que l'écrit l'écrivaine et chercheuse Ann Heberlein dans son ouvrage *En liten bok om ondskap [Un petit livre sur le mal]*, nous, les êtres humains, nous sommes déjà justifiés de nos actions avant de les accomplir. L'action est donc mise en œuvre uniquement parce qu'elle est déjà passée par le filtre de notre jugement, qui a statué si elle était bonne ou mauvaise, si nous devions la faire ou pas. Une fois cette décision prise, l'action est déjà justifiée. Le remords est alors difficile, car il exige de revenir en arrière et d'oser regarder sa motivation et son explication avec un regard neuf.

Un membre de la bande à Rinnan condamné à une peine de prison s'est suicidé en se jetant d'une fenêtre de la maison de retraite

où il résidait, quarante ans après la fin de la guerre. Il avait plus de quatre-vingts ans. C'était peut-être le même homme qui allait voir Jannicke au kiosque de la station de métro Majorstuen et qui un jour lui a parlé de son passé sans savoir qui elle était. Kitty Grande, dans une interview filmée réalisée alors qu'elle était âgée, dit qu'elle n'a eu aucun remords, qu'ils ont fait ce qu'ils estimaient devoir faire.

Rinnan fait un clin d'œil à un autre membre du groupe alors qu'ils prennent place dans la salle d'audience. Il semble assez heureux de son incarcération, de l'attention qu'on lui porte. Il discute avec les gardiens, il apprécie d'avoir le numéro 1 épinglé sur la poitrine, il se vante de meurtres qu'il n'a pas commis. Il invente des contacts en Russie, des missions internationales secrètes auxquelles il aurait participé, bien que toutes les preuves attestent qu'il séjournait ailleurs à ce moment-là. Et pourtant. Récemment, on a retrouvé les cartons carrés et numérotés que les prévenus portaient chacun à gauche de leur poitrine et que certains ont gribouillé au verso pendant le procès. On décèle de la crainte dans ces gribouillis, comme sur le numéro 24, de Harald Grøtte. L'arrière du carton est recouvert d'un dessin au crayon à papier, représentant une femme assise sur un banc, sans la moindre indication de son identité, sans qu'on sache s'il s'agissait de la femme qu'il a dépecée. Deux hommes sont dessinés debout à côté d'elle et, en dessous, sont notés les mots *Peine de mort.*

Il est écrit sur le carton numéro 11 : *Il ne m'a pas été donné de conserver cette vie.*

Rien ne figure sur celui de Rinnan, ni mot, ni phrase, ni dessin. La seule chose qu'il semble regretter est l'exécution du père et du fils innocents, assassinés sur un îlot, dans le fjord, après la tentative infructueuse de trouver une cache d'armes. Pendant ce très long procès, c'est le seul moment où il a hésité.

Z comme zone, cette zone indéterminable que les bateaux atteignent.

Z comme la dernière lettre de l'alphabet et comme le dernier jour de ta vie. Nous sommes le mercredi 7 octobre 1942, tôt le matin, et tu es étendu sur ton châlit, dans ta cellule à Falstad.

Tu ouvres les yeux et prends ainsi conscience que tu as dû finir par t'endormir, d'autant que le ciel s'est éclairci. Les autres hommes descendent de leur bat-flanc, tu entends l'un d'eux marmonner une phrase à propos de la loi martiale. Tu te lèves à ton tour, deux hommes s'écartent pour te laisser passer. Tu serres la main de l'un d'eux, lequel se présente comme étant Henry Gleditsch. Là, tu prends conscience que ce n'est autre que Gleditsch, l'acteur et directeur du théâtre Trøndelag. Tu le reconnais pour l'avoir vu aux soirées auxquelles tu as assisté, ainsi qu'à Paris-Wien ou au théâtre où tu le croisais parfois dans le foyer en déposant Lillemor à son cours de danse classique.

– Henry ?! Mais qu'est-ce que tu fais là ?

– Quelle surprise, non ? répond-il, bras écartés, le sourire aux lèvres comme à son habitude. Ce soir, c'est la première au théâtre, alors autant te dire que ça ne m'arrange pas d'être ici. Tu crois qu'ils vont me laisser sortir pour que je puisse jouer ?

Son sourire est contagieux. Quand tu lui demandes le nom de la pièce, il te répond qu'il s'agit du *Canard sauvage* d'Ibsen et t'explique qu'ils étaient en pleine répétition générale quand les Allemands sont entrés sur la scène avec leurs gros godillots.

– Pourquoi as-tu été arrêté ? lui demandes-tu.

Il hausse les épaules et dit qu'il a fait certaines choses, comme refuser de faire flotter le drapeau allemand au-dessus du théâtre et couper la corde de la hampe pour empêcher quiconque de le faire à l'avenir.

– Mais quand il s'agit de notre ami ici présent, poursuit le directeur du théâtre en posant une main sur l'épaule de l'autre homme. Eh bien… ce n'est pas une très grande surprise que tu aies été arrêté, n'est-ce pas ?

– Hans Ekornes, dit l'autre homme en te tendant la main.

Henry Gleditsch se charge de résumer la vie dangereuse d'Ekornes, passeur d'hommes et d'armes entre les îles Shetland et la ville d'Ålesund, responsable de plusieurs grandes actions menées par la Résistance, jusqu'à ce que son réseau soit infiltré par l'agent double norvégien Henry Rinnan, qui a envoyé deux agents se faisant passer pour des réfugiés et les a tous arrêtés.

Vous parlez tranquillement pendant quelques minutes mais, à un moment, tu cesses de suivre la conversation, ton attention est attirée par des voix et des pas dans la cour de promenade puis dans les couloirs. Il y a une activité inhabituelle. Les autres tendent l'oreille à leur tour. D'autres hommes se sont assis dans leur lit, puis vous entendez des pas s'approcher de votre porte, suivis d'un cliquetis métallique dans la serrure. La porte s'ouvre. Un jeune homme se tient à l'extérieur, guère plus de dix-neuf ans, des yeux bleus et un visage pas tout à fait adulte. Il vous demande de quitter votre cellule et de le suivre, sans vous dire ni où ni pourquoi, mais l'heure est mauvais signe, penses-tu – à moins bien sûr que vous ne soyez transférés ailleurs, dans l'un de ces camps situés à l'étranger. Vous sortez, vous descendez l'escalier. Vous êtes dix. Henry Gleditsch marche devant toi. Vos pieds claquent contre les marches. L'air est froid et limpide.

Un bouleau solitaire se découpe dans la cour. Ses branches étaient dépouillées quand tu as été arrêté en janvier. Des bourgeons verts ont fini par pousser, l'été est arrivé, tu as été envoyé dans le nord du pays. Entre-temps, les feuilles ont jauni et commencent à tomber.

On vous ordonne de franchir le porche, de sortir dans la lumière du matin et de suivre le sentier gravillonné, en file indienne, mains derrière la tête. Peut-être envisages-tu l'espace d'un instant de t'enfuir ? De quitter la route en courant et de t'élancer dans la forêt de sapins ? Ce que tu ne fais pas, il y a trop de soldats armés autour de vous.

Tu as probablement déjà compris ce qui va vous arriver, car il n'y a aucune raison pour que vous sortiez du camp à cette heure-ci, encore moins sans scies ni pioches. On vous ordonne de passer entre les troncs. Un soldat te pousse avec le canon de son fusil, t'enjoint à marcher.

Les graviers crissent sous la semelle de vos chaussures.

Penses-tu à Gerson et Jacob ? À Lillemor ? Ou à Marie ? Imagines-tu son visage qui te sourit à l'autre bout de la table du petit déjeuner comme elle le faisait si souvent ?

Les gouttes de rosée scintillent dans l'herbe, les troncs foncés sont couverts de taches d'humidité, le souffle des soldats se transforme en vapeur à cause du froid. On vous conduit vers un trou, ou une fosse. On vous bande les yeux. Votre jugement est lu à haute voix. Vous êtes tous condamnés à mort. La peine va être immédiatement exécutée, par trois coups de feu tirés dans le cœur et deux dans la tête.

Et ensuite ? Tout a lieu en même temps. D'abord, le cri de l'officier. Ensuite, les coups de feu suivis d'une douleur surprenante, écrasante.

La vie est un fleuve. Un flot d'impulsions qui s'écoulent constamment dans tout ce qui vit. Et la mort ? La mort est ce qui éteint tout. Les balles s'enfoncent en toi, provoquent une explosion de douleur, avant que tes muscles ne cèdent, comme des cordes distendues, et que tu t'effondres, face contre terre, sur le sol de la forêt.

La dernière chose que tu ressens ? Une brindille qui te gratte la joue.

La dernière chose que tu entends ? Un homme qui crie : « CHARGEZ ! »

La dernière chose que tu vois ? Les visages de tes enfants quand ils étaient petits. Leurs joues douces et rebondies. Leurs grands yeux ronds, attentifs, ouverts, beaux. Leurs cheveux qui bouclent sur leur tête. Leurs mains qui serrent ton doigt, le petit sursaut de leur corps quand ils s'endorment.

Un ultime souffle franchit tes narines. Le sol marécageux, froid et humide contre ton front et tes doigts.

Puis ta conscience glisse hors de ce monde, ton corps entre dans le cycle de tout ce qui est mort, à l'instar d'une brindille cassée, du crâne d'une pie, de la carcasse d'une baleine gisant au fond de l'océan, dans l'opacité impénétrable des abysses, pendant que de minuscules mâchoires grignotent sa chair.

Deux mains saisissent tes poignets, deux autres tes chevilles, tu es soulevé. Ta tête retombe en arrière, tes yeux et ta bouche sont grands ouverts. Un filet d'eau salée coule de ton œil et descend jusqu'à ton oreille.

Puis tu es balancé d'avant en arrière, deux fois de suite, dans un mouvement qui n'est pas sans rappeler tes premières hésitations sur la balançoire que le voisin avait construite dans un arbre, là où tu as grandi en Russie ; puis ces matins où, enfant, tu aimais te balancer, et sentais la vitesse dans ton ventre, jusqu'à ce que tu lâches prise et que tu fasses un grand bond au-dessus de la flaque d'eau sous tes pieds. Sauf que maintenant ce sont les soldats qui lâchent tes bras et tes chevilles puis te jettent dans la fosse, cette entaille pratiquée dans la chair de la terre. Ton corps heurte le fond du trou avec un bruit sourd, ton bras gauche retombe sur ton visage, mou et immobile. De l'urine chaude passe au travers du tissu de ton pantalon et s'évapore dans l'air.

Et après ?

Une rafale de tirs, quasiment dans le même instant.

Un silence.

Quelqu'un se met à pleurer, implore la grâce.

Une nouvelle salve de balles.

Un silence.

De la terre est ensuite jetée sur toi.

Le souffle des pelles quand elles creusent. Les mottes de terre qui pleuvent dans l'entaille, qui recouvrent tes mains et ton visage.

À la fin, la seule chose de toi qui reste visible est le haut de ton genou. Un îlot de laine dans un océan de boue, avant qu'il ne s'enfonce lui aussi dans la terre et que tu sois totalement enseveli. Le froid. L'obscurité. Le silence. L'absence de bruit. Hormis le souffle des pelles et les nouvelles détonations. Puis le silence.

Un long silence.

La terre gèle puis dégèle, gèle puis dégèle encore, gèle puis dégèle une troisième fois, tandis que ton corps se désagrège lentement et qu'au-dessus de toi l'hiver glisse vers le printemps.

Nous sommes en 1945 et la guerre touche à sa fin. Cela fait trois ans que tu es enterré dans le sol marécageux de la forêt de Falstad, plongé dans le silence, figé dans le temps. Pendant que les avions de guerre parcourent le ciel, que les troupes avancent ou reculent, que les villes brûlent, que les familles cherchent leurs proches dans les décombres, que les soldats allemands tombent, que les chars roulent en direction de Berlin – pendant tout ce temps, tu restes allongé en silence dans le sol, le bras toujours replié sur le visage, le petit doigt retroussé comme un enfant endormi. Puis un événement se produit.

Je ne sais pas quel jour nous sommes, mais le printemps est bel et bien arrivé. Si tes oreilles n'étaient pas retournées à la terre où elles se décomposent, tu aurais entendu des pas au-dessus de toi, puis des pioches creuser le sol, frotter contre les cailloux et le gravier, et enfin une voix s'écrier « *Ici !* », en allemand, d'un ton suggérant que ces hommes sont très pressés.

Si ta peau n'avait pas perdu depuis longtemps toute sensibilité, tu aurais senti des mains t'attraper par les chevilles et les poignets pour te poser sur une couverture en laine. Tu les aurais senties t'enrouler dedans, la refermer aux deux extrémités avec une corde pour l'empêcher de s'ouvrir, comme un cocon. Et ensuite ?

Ensuite tu es étendu sur le plateau d'un camion et conduit au gré de routes étroites jusqu'à la mer, où un bateau attend au port. Tu es transféré à bord, puis tu es bercé par le roulement des vagues, toujours enroulé dans ta couverture.

Les éclaboussures et les secousses qui agitent ton corps chaque fois que les rames brisent la surface de l'eau. Les dames de nage qui grincent chaque fois que les hommes tournent les rames. Les gouttes d'eau salée qui sont projetées de part et d'autre. Les mouettes rieuses qui crient au-dessus de l'embarcation.

Les rames sont rentrées. Des voix résonnent. La pression sur ton corps diminue. Tu es soulevé. Ton genou et ton front se cognent contre le bordé du bateau. Puis tu es jeté par-dessus bord, dans une zone indéterminable. Ton corps heurte la surface de l'eau et coule.

Tu croises un banc de harengs qui reculent à ton passage. Tu t'enfonces toujours plus profondément dans l'opacité des abysses que la lumière n'atteint jamais.

Tu touches le fond, la vase se disperse.

À quelle profondeur es-tu arrivé ? Une centaine de mètres ? Plus ?

Combien d'années s'écoulent avant que la corde se désintègre et que la couverture de laine se déroule ?

Maintenant, tu es couché sur le dos.

Tu es peu à peu englouti par le sable.

Tu es balayé par les marées et les tempêtes.

Plus de soixante-dix ans s'écoulent. Les restes de ton squelette sont sans doute toujours là-bas, éparpillés au fond de la mer, ensevelis dans l'obscurité froide. Des stries dans la vase, là où ton corps a été drainé par le courant, semblables aux lettres de ton nom gravé dans le laiton d'une *Stolperstein* posée au pied de l'immeuble où tu vivais autrefois, sur le trottoir où je me suis agenouillé avec Grete, Steinar, Rikke, Lukas et Olivia.

Cher Hirsch. Une grande famille t'a succédé. Tes trois enfants ont survécu à la guerre, qui tous ont eu des enfants. Tu as des petits-enfants, des arrière-petits-enfants et des arrière-arrière-petits-enfants, tant et tant que j'en ai perdu le compte. Pendant que j'écris ces lignes, deux de tes arrière-arrière-petits-enfants sont à l'école. Mon fils s'est récemment fait poser un appareil dentaire et il est sans doute plongé dans un manuel scolaire à l'heure qu'il est, à moins qu'il traîne dans les couloirs du collège avec ses copains. Ma fille se produira bientôt dans un nouveau ballet où elle s'élèvera de plus en plus haut dans ses nouveaux chaussons, mais elle est aussi à l'école en ce moment, elle s'élance dans la cour ou glisse sur ses fesses au bas de la pente située derrière l'aire de jeux.

Une couche de givre recouvre Oslo.

La vie continue, je ferme les yeux, je repense à tout ce qui s'est passé depuis la pose de ta *Stolperstein* ce matin-là. Et je pense à toutes les histoires qui se cachent sous chacune des autres.

Nous continuerons de dire vos noms.

Cher Hirsch.

Nous continuerons de dire ton nom.

REMERCIEMENTS

Ce roman n'aurait pu être écrit sans l'aide de beaucoup d'autres, morts et vivants. Un merci tout particulier à Rikke, Grete et Jannicke, pour avoir partagé leurs histoires et leurs souvenirs et pour les innombrables discussions, pensées, images et larmes qu'elles ont apportées. Merci à mon éditrice Nora Campbell, qui peut voir au-delà de ce qui est écrit, et à Hilde Rød-Larsen, qui m'a fait envoyer ce manuscrit au moment le plus crucial. Merci aux bibliothécaires, aux scientifiques, aux survivants de la Shoah, aux auteurs de non-fictions et à tous ceux qui m'ont aidé dans ce travail, ainsi qu'à Annette, qui a vendu ce roman dans le monde entier avant même qu'il ne soit publié en norvégien. Je vous suis à jamais reconnaissant !

Ouvrage réalisé par Cursives à Paris

Cet ouvrage a été achevé d'imprimer
par Corlet Imprimeur
à Condé-en-Normandie
en juillet 2021

N° d'impression : 21060841
Imprimé en France